伉俪

朱生豪 宋清如 诗文选

朱生豪　宋清如　著

朱尚刚　整理

中国青年出版社

朱生豪诗文 上篇

图书在版编目（CIP）数据

伉俪：朱生豪宋清如诗文选／朱生豪，宋清如著；
朱尚刚整理.—北京：中国青年出版社，2012.10
（新青年文库·名家名作手稿珍藏本系列）
ISBN 978–7–5153–1116–6

I.①伉… II.①朱…②宋…③朱… III.①诗集–中国–现代
②散文集–中国–现代 IV.①I217.1

中国版本图书馆CIP数据核字（2012）第238827号

书　　名：伉俪——朱生豪宋清如诗文选（图文手稿珍藏本）
著　　者：朱生豪　宋清如
整　　理：朱尚刚
责任编辑：庄　庸　王　昕
特约策划：张瑞霞
特约编辑：于晓娟
出版发行：中国青年出版社
社　　址：北京东四十二条21号
邮　　编：100708
网　　址：www.cyp.com.cn
门 市 部：(010) 57350370
印　　刷：三河市华润印刷有限公司印刷
经　　销：新华书店
开　　本：787mm×1092mm 1/16
印　　张：31.25
字　　数：600千字
版　　次：2013年6月第1版 2013年6月北京第1次印刷
印　　数：0,001~5,000册
定　　价：68.00元

本图书如有印装质量问题，请凭购书发票与质检部联系调换。
联系电话：(010) 57350337

之江才子朱生豪

朱 生 豪　　英文主任
S. H. Chu　Englisg Editor

1931 年《之江年刊》上《年刊社职
员》栏中的照片

30 岁的朱生豪（婚后，摄于 1942 年）

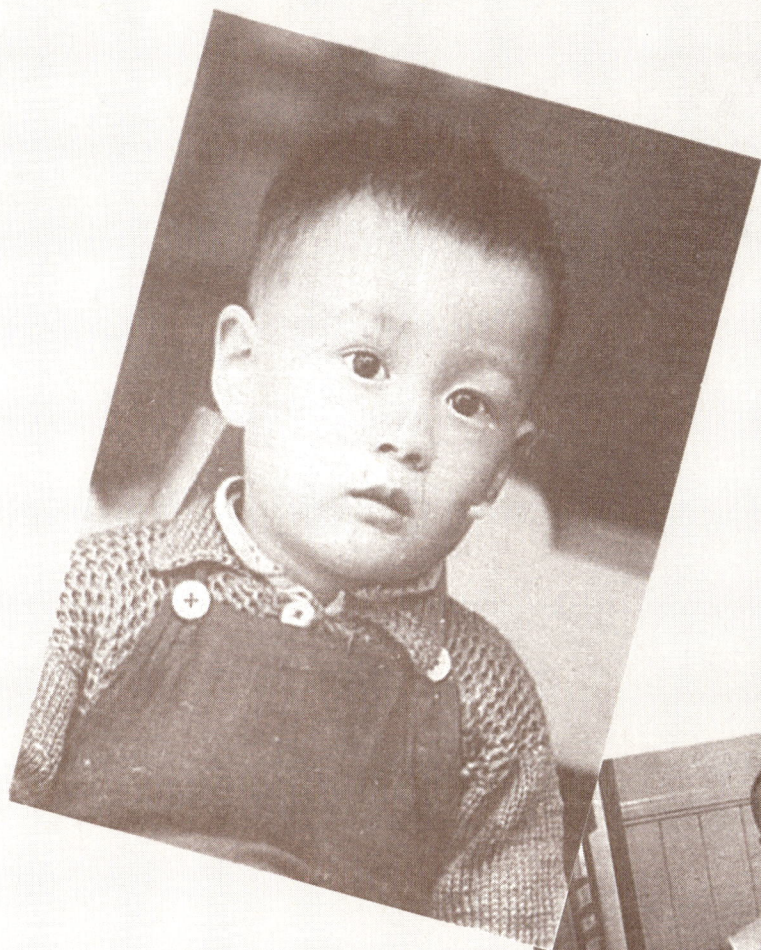

朱生豪遗孤朱尚刚儿时照片

太太棄養時遺訓二媳吳氏謂雲峰公眺已故

三房論理不可無後日後佩霞生有次子當承繼雲

峰公孫不許招領別姓為子吳氏謹遵遺囑勿敢

忘今佩霞生有三子長之森次之振三陸奎不幸

父母均已見背特由吳氏邀集親族公同議決以

佩霞次子之振承繼為雲峰公孫載諸家譜既於

雲峰公一支相承勿替俎豆常新而於洪氏遺訓

亦恪遵不悖所望之森等三弟兄永輯和好克

紹家聲親族亦與有榮焉是為啓

1925年朱生豪的叔祖母邀集亲族拟制的《立嗣议约》，载有朱氏数代的谱系情况（一）

立嗣議約

公議立嗣雲峰公後敢

竊思朱氏壽泉公洪太生子三長仙洲二雲峰五寶澐

雲峰公出嗣老三房浩泉公後寶澐公早世仙洲公生

女三長適曹氏次適姚氏三佩霞招贅婿陸潤洪

杜太

五　昌壽——春泉　出嗣
　　　　——湧泉——雲屏——錦芙——愛均
　　　　　　　　　　　　　——愛均兼桃孫
八　昌鼎——壽泉——仙洲蘇太——文藻
　　　　　　　　——鐵太——
　　　　　　　　——雲峰　出嗣——佩霞——長之森
　　　　　　　　　　　　　　　　　　　——次之振　出嗣
　　　　——洪太——寶澐　早世——陸潤——陸奎

中華民國十四年乙丑三月　　日

1925 年朱生豪的叔祖母邀集亲族拟制的《立嗣议约》，载有朱氏数代的谱系情况（二）

樹村公

長　昌葳────春泉　承嗣子────南喬────文清　恩撫子
　　　　　　　　　　　　　　　　　　　　　　慨㦛　燮均薰桃孫

三　昌豫────浩泉────雲峰　承嗣子────文鸞────之振　承嗣子
　　　　　　徐太　吳太

文清嗣
松珊

洪笠三穡　洪問疇押
沈友棠押
曹惡泳　克正
徐子雲押
徐桂庭
吳榕圃押
吳振馨代押
吳山樓代押

《莎士比亚戏剧全集》第一～三辑出版时世界书局的宣传海报

中央文化運動委員會用箋　　　　　　中央文化運動委員會用箋

迳啟者頃閱世界書局出版尊夫人朱生豪先生所譯莎士比亞全集輝煌巨籍燁然妙傳劇藝尚見多文之富至徽同力之勤難一箸之末終信千秋之不朽況於滬市渝瀆之際尤能康業誅伐為國慈繡言忘風徽其知忠愛何忌玉折蘭摧倏歸吳漠茲覽道籍輒增悅懟霜凋電碎忍問賢

埠之宸境苦眉單彌念遺孀之幼是用特于獎狀以示春彰倖於士林而慰魂魄附奉獎金國幣佳竹萬九卿濟教育範振之需尚布察納承後為荷此致

朱宋清如夫人
　　　附獎狀一件及國幣佳竹萬元

中央文化運動委員會主任委員張道藩

中華民國卅七年五月一日發出

1948年中央文化运动委员会主任委员张道藩致宋清如函，表示对朱生豪译莎业绩的嘉奖和对遗属的慰问，告颁奖状一件及奖金六千万元。

倘给姑母亲之人也须清如以续予以样之精神继续

上之协助，倘其既在生活之心理不达成此项目的，

而于路随时遇爱不快意之阻擋。

四、清如必须向母亲说明日里要求割去每月下午时间，

作入学之预备，及个人读书写作之用。

五、清如如有必要之理由当先征得素如同意，始约定半

如有必要之理由当先征得素如同意，始约定半

证明确有必要时以正之罢列，

六、清如以后各种事宜，万事清如就不约之一部清

须守期，不可失信。

以实践来酬唱英文之实。

1942年两人婚后去常熟宋清如娘家暂住前的「约法」

一、為照完款別看光起見，生意願於本年
暑期如放假回清班，應由常熟兵住益為使
用，郵譯事早日完成，不致哼你時輟起見，沏

二、生意當事故，曹時而再追回歸熊興。
布東當願時當畫當最大可能之孝敬，益誠意
照依清如之事傳訓令，增清如無必須絕時

三、生意願於畫畫最大可能之孝敬，益誠意
照依清如之傳訓令，增清如無必須絕時
等免生氣之感情，勿之其在精神上感愛物共。

三、□□□□□世當田須協日以稿貫三百元

约法七章

　　一、为避免离别痛苦起见，生豪愿于本年暑期后偕同清如重回常熟居住；并为使莎剧译事早日完成，不致时作时辍起见，非有重要事故，暂时不再返归嘉兴。

　　二、生豪愿对岳母尽最大可能之孝敬，并诚意服从清如之任何训令；唯清如亦必须绝对尊重生豪之感情，勿令其在精神上感受痛苦。

　　三、生豪必须按月以稿费三百元供给姑母等二人生活，清如必须予以种种精神上之协助，使其能在安定之心理下达成此项目的，而不致随时遭受不快意之阻扰。

　　四、清如必须向母亲明白要求划出每日下午时间，作为与生豪商酌文字上疑难，及个人读书写作之用。

　　五、清如必须向生豪保证不得有六小时以上之离别，如有必要之理由，当先征得生豪同意，并约定准确归期，不可失信。

　　六、关于补习英文事宜，可由清如就下列二办法中决定采取一种：

　　（A）除王龙因至亲关系，可允其间日一来外，其余一概拒绝；徐氏姐妹如偶有疑问，可予以讲释解答；唯不能代应其校中课卷，清如应先向王家姑母说明，教授王龙以不接受金钱酬报为条件，否则不教。

　　（B）收纳资质聪颖之学生五六人至七八人，规定每日上午为教授时间，每月须有一百五十元至二百元学费收入，以补贴本人饭食及损失。

　　七、清如必须允许生豪不勉强其从事不愿意之行为，如单独陪陌生人吃饭等。

其情况必须允许生豪不勉强其从事不愿意之行为，如单独陪陌生人以饭等。

中使堂接取一概。

(A) 陰王祖因至親阅作○ 可久其間日事邺，

其餘一概拒絕：徐氏姊妹如偶有疑問一可向

請釋解之，恍王祖代○ 彦共極中課表，情

如恐差向王不坑用說明，智援主祖以不接受

金錢所指為條件，倘老列不報。

(B) 收納費喷聘額之學生至六人至八人，約定

每日上午為級撂時間，每月○ 領有一百

五十元之學費供吟．小就婦女人飯食月

搞夫。

嘉興縣立女子中學

岳母大人尊鑒 自違
慈顏瞬逾旬日 遙想
履祉迪吉 定符私祝 婿等本擬於十號以前搭
船去粵 不意船期屢誤 遷延至今何未成行
最近情息大約廿號左右可以購得船票倘無
意外變卦屆時即當就道首途為期匇促不克
鹽前謁行失禮之實甚歉仄 婿屬醫界
日即宣界 □歸未隨侍左右 婿屬醫界何似遠近有
承推愛感愧之情匪言可喻此次遠行一重違
慈意幸蒙賢能十倍不才道路堪虞自當隨安
留神王收自貽
堂上亭也附上玉照一幀即希
金為莞洞 維繆姪安好

婿朱生豪敬啟
五月十四

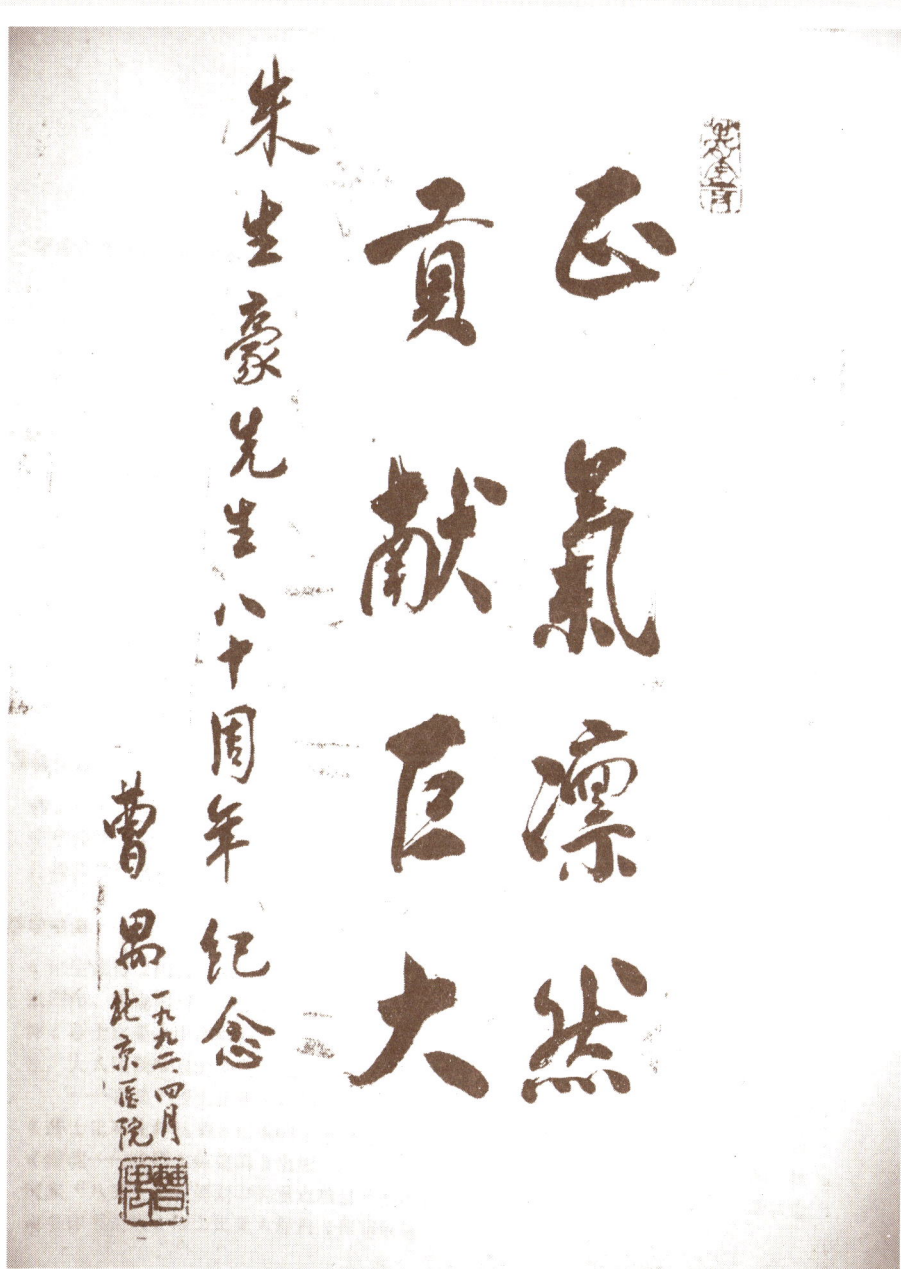

正气凛然

贡献巨大

朱生豪先生八十周年纪念

曹禺

一九九二·四月 北京医院

1992 年曹禺为纪念朱生豪诞辰 80 周年题字

第十七條　發行者亦得依據前一期之存書數除去結算時之存書數以其差額作為銷數結付版稅

第十八條　版稅未到結算時期不得預支但因著作者之要求得發行者之允許預支版稅者此項預支版稅數應於下一期結算版稅時盡先扣除之

第十九條　如經雙方同意對於本著作物之報酬得改以印刷本數依版稅率分配之例如初版印刷一千冊而版稅率訂為百分之十時即著作者取刊本一百冊發行者取刊本九百冊其餘各版依此類推所有本契約中關於銷數售價及結付版稅幣制各事項概不生效

第二十條　本著作物之售價由發行者決定之但須於出版後通知著作者

第二十一條　本著作物出版後其售價或以時局關係或幣制變更或物價漲跌等原因或其他營業上之必要而須增價或減價發售時得由發行者逕自實行不必通知著作者徵求同意在增價或減價發售時期內售出之書以各該增價或減價之價格結算版稅

第二十二條　各地售價及幣制或有與上海不同者結付版稅時概以上海售價及上海通用幣為準

第二十三條　應付版稅時如因時局關係或幣制變更應遵照政府法令辦理

第二十四條　結算版稅或領取版稅時如因時局不靖或戰事關係或其他變故致發行者暫時無法照付者得將該項版稅延期或分數期攤付之

第二十五條　凡延遲領取版稅其原因非屬發行者之過失者發行者不負責任

第二十六條　發行者為謀雙方便利起見得向著作者提議將尚未售出之存書其將來應得之版稅提早結算付清如照本付一部份又著作者之同意將尚未售出之存書其將來應得版稅提早結算付清如照預

第二十七條　著作者如須於本著作物應頁發貼印章者須於每版印刷前預將蓋就之印章檢交發行者應用如該著作物業已發行在外者恕不照辦

第二十八條　著作者以現款向發行者購買本著作物照門市原售實價八折優待但以三十部為限

第二十九條　贈送之樣本不付版稅但其部數由雙方協定

第三十條　本著作物之刊本有損壞者發行者得毀棄之不付版稅但

第三十一條　如發行者認為有發售預約或特價之必要除業於訂約時雙方商定外應於事前通告著作者請求同意

第三十二條　本著作物出版一年後發行者如認為銷路不佳存書過多得減價發售但應於事前通告著作者請求同意　以上兩項情形均應於事前通告著作者請求同意

第三十三條　本著作物凡售預約特價或減價之部數均照各該預約價或特價或減價之價格計算版稅

第三十四條　如著作者對於減價請求不予同意時或雖經同意減價而發行者仍認為銷價不多時發行者得向著作者要求解除本契約

第三十五條　本著作物出版後如遇在事實上不能銷售時或經雙方同意終止本契約時均得隨時終止本契約

1947 年，宋清如代表朱生豪与世界书局签署的版税契约（一）

版稅契約

第一條　著作者自願將後開之著作物（以下省稱本著作物）交付發行者一家印刷發行

第二條　發行者允照本契約所定之版稅報酬著作者

第三條　發行者不得將本著作物自行出售或託他人印售或將其著作權另行售賣租賃

第四條　著作者不得用自己或他人名義編印與本著作物印售類似之著作或有妨害其銷售之著作

第五條　著作者自願將本著作物永遠歸發行者一家出版發行由發行者視銷路情形於每版將售完時或已售完後再出新版

第六條　本著作物應由著作者整理齊全以無須加工便可付印為度其有加入圖畫之必要者須將所適用之原圖照相一併檢交

第七條　發行者收到本著作物時應依最適於營業需要之形式印行之

第八條　本著作物在製版中或已製版後著作者如欲修改內容文字或圖畫或因政府命令而須修改因此意外增加之製版費如在原製版費全數百分之十以內應由發行者擔負其超過百分之十者則所超過之數由著作者擔負之

第九條　本著作物在製版後如因政府法令或環境關係致本著作物不能出版發行時發行者對著作者不負任何責任並即解除本契約

第十條　本著作物再版時如發行者認為內容有修改之必要得要求著作者修改若著作者不克修改發行者得逕自代為修改此項修改文字或更換圖畫之費用應就著作者所得版稅扣除之

第十一條　本著作物每版印刷時發行者得要求著作者擔任最後一次之校對

第十二條　著作者應保證本著作物並無侵犯他人版權及違反法律情事如因此發生問題應由著作者負完全賠償發行者所受之損失

第十三條　本著作物如須呈報註冊由發行者代辦其註冊執照由發行者保管

第十四條　發行者對於本著作物之名稱認為有變更之必要時得商請著作者酌改

第十五條　本著作物出版發行後應填具版稅摺送交著作者收執每屆領取版稅時應由著作者在版稅結算通知單上簽字蓋章或開具收據連同版稅摺持向發行者具領

第十六條　本著作物版稅每年分上下二期由發行者查明各地直轄分局實際售出部數開具版稅結算通知單送交著作者憑摺領取但依下列辦理

（甲）上期　自一月一日至六月底之銷數於當年八月底前結算

（乙）下期　自七月一日至十二月底之銷數於翌年二月底前結算

（丙）如因時局及交通上阻礙致各分局銷數報告未能到齊時則結算時得僅以已收到之銷數報告為限其未收到之銷數報告遞延至下一期結算

　　　　　　　　　　　　　　　第四十六條　如⋯⋯

第四十七條
負任何責任因上項情形如經雙方同意得隨時解除本契約

第四十八條
如係預先簽訂契約而本著作物實際尚未交與發行者或僅交一部份而尚未交齊中途忽生變故著作者不能交稿或不能交齊時則本著作物既未出版本契約應不生效力倘一部份稿件已在製版印刷而著作者違約另行出版時應賠償發行者因此所受之損失

第四十九條
雙方訂約後如有爭執得邀請本契約保證人或其他雙方同意之第三者調解之
本契約一式兩分由著作者發行者各執一份

第五十條
本契約全文業經雙方同意著作者並無異議如有未盡事宜得由雙方協商加入粘貼或批明於契約之後加蓋印章為憑

著作物名稱　　莎士比亞戲劇全集

冊　　數　　　壹至叁輯

著作者姓名　　譯者朱生豪代表人朱宋清如

職　　業

住　　所

發行者商號　　世界書局

住　　所　　　上海

每部版稅率　　百分之拾伍

每部定價

中華民國卅年七月七日　訂於上海

立契約　發行者　　　　著作者
　　　　保證者　　　世界書局

第三十六條 本契約解除時雙方對於本著作物餘存之刊本圖版版執照應依左列方法處分之

（甲）餘存之刊本由雙方按照比例分配之（例如版稅為定價百分之十時所餘刊本著作者取百分之十發行者取百分之九十）其運送費用各自擔任之

（乙）餘存之圖版（即紙版鋅版等）照解約時上海市鉛印業公定價目算出製版價值照下列折扣由著作者備款向發行者領受

本著作物累計銷數	製版價值之折扣	本著作物累計銷數	製版價值之折扣
在一千冊以下者	九五折計算	在六千冊以上者	六五折計算
在一千冊以上者	九折計算	在七千冊以上者	六折計算
在二千冊以上者	八五折計算	在八千冊以上者	五五折計算
在三千冊以上者	八折計算	在九千冊以上者	五折計算
在四千冊以上者	七五折計算	在一萬冊以上者	四五折計算
在五千冊以上者	七折計算	在二萬冊以上者	四折計算

（丙）註冊執照應交還著作者

第三十七條 著作者所執之版稅契約或版稅憑摺或印鑑如有遺失應即以書面向發行者掛失並登報聲明經一個月後如無糾葛再由保人證明方可補訂新契約或補發新摺或更換新印鑑倘在掛失之前已被他人以原摺原印鑑領去版稅者發行者不負責任

第三十八條 本契約及版稅憑摺不得轉讓與他人亦不得作為抵押品

第三十九條 著作者住所或通信處有變更時應即通知發行者如因未經通知致第三十條三十一條三十二條之通告不能到達時發行者不負責任

第四十條 本契約第三十條三十一條三十二條等對於著作者之通告經過一個月尚未接到著作者之簽覆應即視為默許由發行者逕自執行

第四十一條 著作者如欲預行指定承繼本契約本契約規定之版稅不可分割其著作權為數人共同所有時應推定一人向發行者支取版稅及接洽一切

第四十二條 無論著作者或發行者非經對方面許可不得將本契約之權利讓渡他人但法定承繼人不在此限

第四十三條 如因不可抗力致本著作物之原稿圖版存書等遭受毀滅損失時發行者對於著作者不負賠償之責並將所損失之存書數目在版稅憑摺上註銷之

第四十四條 如遇社會秩序失常例如金融停滯原料缺乏或被統制電力限制或停止供給房屋機器工具被徵用或損壞工人罷工怠工停工等情形致本著作物不能添印新版除俟秩序復原繼續辦理外發行者對於著作物不負任何責任

第四十五條 因以上情形印至半卷或一卷方願意再行發行者不在此限

1947 年，宋清如代表朱生豪与世界书局签署的版税契约（二）

目录

朱生豪诗文

上篇

一份宝贵的历史珍藏，
一段尘封的爱情往事

　　朱生豪是人们所熟知的莎士比亚戏剧翻译家。他的译作以译笔流畅，文词华赡，保持原作的神韵为主要特色，半个多世纪以来受到读者的喜爱和学界的高度评价。他在日伪统治极其艰难的条件下，以惊人的毅力顽强拼搏，为中华民族撷取莎士比亚戏剧这项世界文学宝库中的皇冠做出了重要贡献，最后以生命殉之的精神，为后人所敬仰。

　　朱生豪之所以能在翻译事业上取得突出的成就，和他自小打下的扎实的文学功底密不可分。朱生豪是一个翻译家，但实际上更是一个诗人。正是诗人的素质使他能对莎士比亚诗一般的语言心领神会，使他的译作虽采用散文文体却仍不失诗的神采和激情。发掘朱生豪在莎剧译作以外的诗作和其他文学作品，对我们进一步全面了解这位青年才俊在文学之路上的成长轨迹，以及认识以朱生豪为典型代表的那一段历史和那一个时代文化人的状况，是很有意义的。

朱生豪的文学作品，除了莎士比亚戏剧的译作以外，大致上包括诗歌、散文随笔、书信等几大部分，还有一些零星的译作和其他体裁的作品。这些作品不但显示了朱生豪卓越的语言文字功底，还全面地反映了他的成长过程，他对于真、善、美的渴望，对纯真爱情的炽烈追求，进入社会前对未来的憧憬及渴望"端正河山"的报国热情，参加工作后对各种社会丑恶现象的愤慨（也包括无奈）。在国难当头、民族处于生死存亡关头的时候，他拍案而起，以自己的方式直接投入到抗日救国的行列中，秉笔诛伐日伪法西斯，而最终激励并支撑他把整个生命投入译莎事业的因素之一，也正是要以一己之力来回击日本侵略者因为中国没有莎剧的中译本而讥笑中国是"一个没有文化的国家"的谰言。

由于历史的原因，朱生豪的许多诗文作品都未能保存下来。现在能找到的最早的作品是他在秀州中学就读时发表在校刊《秀州钟》上的一些诗文。作为一个涉世尚浅的中学生，这些作品的确还稚气未脱，但从中也可以看出这个中学生非同一般的文字运用能力和超越他年龄特征的成熟度。未来的诗人和翻译家朱生豪就是从这里起步的。考入之江大学后，朱生豪的学识和文学才能又有了很大的提高，我们从之江大学的校内刊物和一些抄件上可以看到他在这期间的部分作品，特别是长诗《别之江》和词《八声甘州》堪称是他前期诗歌的代表作。

在大学的最后一年中，朱生豪有幸结识了当时的诗友，后来终生患难与共的知音和伴侣宋清如。从之江大学毕业后，朱生豪写给宋清如的大量信件成了他那几年中最重要的文学成果，这些信件文采斐然，风趣幽默却又不乏深刻的思想内涵，感情真切，爱憎分明，在许多问题上都有自己独创性的见解。这期间的许多诗歌作品也都"发表"在他写给宋清如的信中。译莎工作开始以后，有关译莎过程中的计划、进程、感受、心得，以及一些具体的细节，更是他在"情书"中倾诉的重要内容。朱生豪的"情书"，虽然在战争和动乱中损失了一部分，但现存的还有300多封。阅读这些书信不仅是一种美好的精神享受，也为我们认识真实的朱生豪、他的译莎事业，以及他所处的特定时代提供了很有价值的材料。由于朱生豪的书信从上世纪九十年代以来已经由多家出版社结集出版过，所以在这本《诗文选》中就不再重复收入了，但在宋清如的《朱生豪的生平及其翻译<莎士比亚戏剧>的过程》一文中引用的信件内容较多，也可以从中了解到大致的情况。

抗日战争开始后，朱生豪的生活状况发生了巨大的改变。经历了颠沛流离的逃难生涯，目睹了同胞们在日寇铁蹄下遭受的巨大灾难，朱生豪文学作品的思想内容也发生了质的飞跃。"屈原是，陶潜否"的词句也许是对他这一转变最好的概括。现在我们能收集到的作品主要包括发表在《中美日报》上的大量时政短论"小言"，以及发表在《红茶》和《青年周报》等刊物上的一些诗文。对日本法西斯侵略者及其走狗的口诛笔伐，对全国全世界人民反法西斯斗争的热情颂扬，对惨遭战乱荼毒的人民群众的深切同情，以及把民族复兴的希望寄托在年轻一代身上的殷切期望成了他这一时期文学作品的主旋律。朱生豪在这一时期还发表过多篇翻译小说，其主题也都是反法西斯、反战、谴责种族主义等等，具有鲜明的政治倾向，突出地显示了这位文弱书生"金刚怒目"的另一面。由于朱生豪的"小言"已经由人民文学出版社另行选编出版过，这里只选了其中较有代表性的一小部分（16篇），读者从中可以大致领略到朱生豪在两年多时间里写的1000多篇"小言"艺术性和战斗性兼具的风貌特色。现存的这一时期其他作品基本上都收入这本《诗文选》了。

朱生豪翻译的莎士比亚剧作在我国莎学和莎士比亚翻译史上具有里程碑的意义，因此他对于莎士比亚及其剧作和翻译工作的观点和论述等，自然也是我国莎学研究者兴趣集中之所在。只是因为朱生豪英年早逝，莎剧全集的译完尚且功亏一篑，有关莎士比亚的其他研究文章更是几近空白。现今要探究朱生豪的翻译思想和有关观点，只能从当年朱生豪为拟出版的《莎士比亚戏剧全集》写的一些附件，包括《译者自序》《莎翁年谱》以及各辑的提要，为个别剧本写的一些《题记》《题解》等中间找到少许信息。得益于我国数字图书馆系统的建设，不久前在1938年第12~13期的《青年周报》上，发掘出了朱生豪写的《傻子在莎士比亚中的地位》一文，可以说是现存的唯一一篇除了莎剧全集附件之外的论及莎士比亚的文章。上述这些文章都已经收入在本《诗文选》中。

朱生豪有关翻译的过程、心得等最集中的书面记载见于他写给宋清如的信中。这些信件虽未收入本《诗文选》，但在本书中宋清如的《朱生豪的生平及其翻译<莎士比亚戏剧>的过程》一文里，有关翻译工作的信件内容几乎已经全部引用了，应该可以满足研究者在这方面的需求。

莎剧原文主要用素体诗写成，因此在翻译中究竟用诗体还是用散文体历来是莎学界乐此不疲地讨论的一个话题。朱生豪选用散文体翻译可以不受诗体格律的拘束，更自由充分地发挥汉语的表现力，更完善地传达原文的神韵，同时也使译作更有利于舞台演出。不可否认，未能表现出原文的诗体特征的确是一个缺憾，也有一些翻译家在这方面做过很大的努力，获得过一定的成果，但鱼和熊掌要兼得的确很难，希望今后我国的翻译界在这方面能有新的突破。不过朱生豪得益于他诗人的素养，在他散文体的译作中也富有诗的韵味。我见过两个不同版本署着"朱生豪译"的"莎士比亚抒情诗"的集子，其实里面都是把朱译莎剧中散文体台词逐句拆开形成的"诗"。这样的做法虽然值得商榷，但至少可以说明散文体的朱译莎剧中还是富有"诗意"的，这一点至少已经为一些人所认可。在本《诗文选》中，我们选入了朱译莎剧里部分以诗体译出的内容，包括唱词等，供读者欣赏，借以认识诗人朱生豪在其译作中的发挥。

宋清如是朱生豪生活上的知己和事业上的伴侣，她也酷爱诗歌，大学一年级时就曾在当时"权威"的文学刊物《现代》上发表过多篇诗作，并受到主编施蛰存的极高评价。这里收入的诗篇见于《现代》和当时一些其他文学杂志、《之江年刊》、一些手抄稿和信件中。

大学毕业以后的一段时间，估计宋清如写的诗文不多，但还是有的，例如朱生豪发表在《红茶》上的两首词就是酬和宋清如的词，但宋清如的原词未能留存下来。

现存的几页诗稿，是抗战后期宋清如从四川回到上海与朱生豪劫后重聚的时候写的，诗句中所表达的凝重和悲凉正体现了在这特殊境遇下的心情。

此后不久，两人举行了"简而又简的婚礼"，然后回到常熟宋清如的娘家暂住，半年后的1943年初又一起回到嘉兴故居，度过了朱生豪生命中的最后一段日子。这是他们经过十年苦恋以后终于过上夫妻生活的两年，也是他们在极其艰难的生活处境中奋力挣扎的两年；是朱生豪"埋头伏案，握管不辍"，为完成译莎任务奋力冲刺的两年，也是他为译莎事业耗尽最后一丝心血的两年。这期间，宋清如既是朱生豪翻译工作的助手和参谋，又要勉力安排一家人的生活，为日常的柴米油盐操碎了心。朱生豪的体质不断下降，各种疾病的来袭使宋清如承受着巨大的压力，我的出生又使这个本已风雨飘摇的家庭雪上加霜。我们确实没有找到宋清如在这段时间里写的诗文作品，估计也实在是难以静下心来搞自己钟爱的文学创作。

虽然环境极端恶劣，但宋清如以全身心投入译莎事业的程度，其实并不亚于朱生豪本人，她不但独揽了对内对外一切家务杂事，保证了朱生豪在译事上的全力冲刺，还直接参与了这方面的工作，如对翻译中疑难问题的讨论，和书局的交涉联系，文稿的誊抄整理等等。1944年世界书局开始对莎氏剧集一～三辑进行排印，为出版做准备，宋清如承担了全部清样的最后校对工作。我们在对照了现存的朱译莎剧排印手稿和世界书局1947年版的《莎士比亚戏剧全集》文本时发现，二者之间在一些细节处有所改动，显然是宋清如在对最后一遍校样进行"校对"的时候所做的精心修改和润色。在丈夫病重、幼子尚不满周岁、家庭经济难以为继的情况下还能完成如此巨大的工作量，的确是一个奇迹！她以自己出色的文字功底和女性特有的细腻，为朱生豪的译著增添了光彩，所以朱译莎剧绝对是朱生豪和宋清如两人的共同成果！

朱生豪抱恨去世后，宋清如继续为实现朱生豪的遗志进行着不懈的努力。经过协调，世界书局版《莎士比亚戏剧全集》一～三辑终于在1947年出版。宋清如为此撰写了《译者介绍》作为《全集》的附件，还在《文艺春秋》上发表了《朱生豪和莎士比亚》的文章，希望能使朱生豪活在读者的心里。在朱生豪去世一周年和两周年时，还曾分别在《中美日报》和《文艺春秋》上发表了两篇祭文。这些文章文字生动凄美，感情真切深沉，读来感人至深，是宋清如早期散文的代表作。

50年代，宋清如曾经以"要把他没有完成的事情做完"为己任，勉力译出了朱生豪未曾译完的五部半莎氏历史剧，但因历史的原因未能出版，译稿也不幸毁于"文革"。拨乱反正以后，社会上对朱生豪及其译著的评价和历史地位有了新的认识，长期埋在宋清如心底的对朱生豪的思念之情再次迸发。宋清如用诗的语言继续着半个世纪前和朱生豪的交流，还在文艺界、莎学界许多友人的鼓励和支持下撰写了多篇关于朱生豪的回忆文章，为我国文化界留下了许多珍贵的史料。可以说，晚年的宋清如就生活在朱生豪的身影中，她把最后的精力都用来塑造朱生豪这个永生于她心中的形象了。宋清如晚年曾应许多报刊之邀写过综合性的回忆录，有些内容多有重复，这里选的一篇是为《新文学史料》写的《朱生豪的生平及其翻译<莎士比亚戏剧>的过程》。此文因为成文较晚，内容较全面，有一定的代表性，而且当时因受篇幅限制，发表时删削较多。现完整全文收在《诗文选》中，希望对有兴趣了解朱生豪生平的人们有所帮助。另外收入的一些短文，都是宋清如对某些具体问题的解说，从一些特定的角度，帮助读者认识朱生豪，理解朱生豪。

需要指出的是，宋清如虽然常常以"翻译家朱生豪的夫人"为人所知，实际上她还有着独立的自我。宋清如除了在20世纪30年代的女诗人中有相当的影响外，一生更是一位"春蚕到死丝方尽，烛炬成灰泪始干"的教师。她教过的学生数以千计，以其辛勤的劳动和广博的爱心和学生建立了深厚的感情，得到学生热烈的爱戴。本《诗文选》中有几首写给学生的诗，正是这种感情的佐证。

去年和今年分别是宋清如和朱生豪的百年诞辰。百年来，祖国和家乡都发生了翻天覆地的变化，特别是近年来经济和文化建设的腾飞更是今非昔比。作为他们的后人，我觉得尽自己的绵薄之力，把他们的经历和作品整理出来，把他们所代表的那一段历史和文化——这也是我们民族的一笔宝贵遗产——尽可能完整地保存下来并且移交给我们的后人，这是我义不容辞的历史责任。感谢中国青年出版社的朋友们给我提供了这个机会，使我得以在进入古稀之时实现这个愿望。同时需要感谢的，还有在我收集和整理父母作品过程中先后给我提供过帮助和支持的施蛰存、胡山源、范泉、屠岸等前辈学者，朱宏达、吴洁敏、骆寒超、姚辛、王福基、范晓华、朱安博、詹晓康、蔡纪淑、陆加敏等各界的朋友们和嘉兴学院的志愿者们；以及嘉兴市文化局、嘉兴市图书馆、嘉兴市档案馆、嘉兴市文物保护所、浙江兰宝毛纺集团公司等单位。我极为敬仰的前辈学者屠岸先生以九十高龄热情为本书题写书名，表显了对我父母的深厚情谊和对后辈的热情期许，我在此表示特别的感谢！

　　谨以此书献给我的父亲朱生豪、母亲宋清如的百年诞辰！

朱尚刚

2012 年 11 月

少年朱生豪

壹

中学时期的诗文

《秀州钟》诗三首

编者按：朱生豪少年时期的诗作，现在能找到的只有他发表在秀州中学校刊《秀州钟》上的三首：《城墙晚眺》、《柳荫中》和《雨丝》。这三首诗虽然略显稚嫩，却也显示了这位中学生不俗的文学素养及诗的灵感。后来的诗人朱生豪就是从这里起步的。

城墙晚眺

信步走上了城墙，
向下一望：
几处民房，
缕缕炊烟直上。

临去的夕阳，
卖弄着她的娇媚，
在那林中水上，
披着她那万点金星，
照耀得人心神迷惘。
唉！"夕阳无限好，
只是近黄昏！"

问太阳这般美丽，
却是为何？

莫非还恋着这黑暗的地球？
但是，没有光明，
何来黑暗？
我劝太阳，
不如归休！

寒鸦点点，
纷纷向夕阳中穿过；
汽笛呜呜，
直吹进了我的心窝：
"工人们呀，
这是你们歇息的时候到了！"

黑云阵阵推来，
大地逐渐模糊，

究有甚意思呢？

或许也是它一片好心，

要替这可怜的世界，

遮蔽——遮蔽。

河水静静的流着；

凉风冷冷的吹着；

人呢，

为何尚未回家？

（刊于 1927 年《秀州钟》第 6 期）

柳荫中

（一）

春之神姗姗地归去，

落花无主，乱飘红雨；

独有那长堤绿柳，

依旧青葱葱地。

（二）

这里是诗意的柳荫，

却静悄悄地没个人儿来往；

只有那杨柳丝丝拂面，

拂去了我一天怅惘。

（三）

这漫天青幔，

该费天公几许心思裁就？

怎得不令那闺中少妇，

撩拨起别离愁？

（四）

细雨飘飘，

微风吹过；

柳丝，伊也不怕风雨笑，

兀自作媚人舞。

（五）

枝上黄莺，

怕柳下有人行，

不敢放人瞧见，

祇躲在柳荫深处鸣。

（六）

那柳下溪边，

有一位小小的姑娘，

穿着薄罗衫子浅红裳，

低着头儿，

痴痴地看着水面波儿荡漾。

（七）

最是可怜——

柳枝委地娇无力，

带水复拖烟；

怎得不令人心儿沉醉，

意儿恋恋？

（八）

看那边杨柳，

低折舞肢腰，

在水面上不住地飘飘拂拂，

拂拂飘飘；但请莫惊动了游鱼，

误认作渔人垂钓！

（九）

柳丝儿虽钓不起鱼儿，

但我的心却已被伊勾上；

在临去的途中，

我不住地回头望望。

（刊于 1928 年《秀州钟》第 7 期）

雨丝

（一）

微笑吧，慰藉吧，

一切我都不要！

我只，我只要你的眼中泪！

我只要你的心头血！

（二）

诚然，我是个怯弱者呵：

我不愿见捕鼠的猫儿！

我不愿见杀人的勇士！

（三）

冰被沸水浇溶了；

但后来连沸水也一齐结成冰了！

（四）

这女人的头发的臭味呵！

到处都是和着膏油的女人的头发的臭味呵！

（五）

他又痴痴地睡去了！

（六）

刚提起笔时，
纸上便写上了"寂寞"二字。

（七）

周围的沉重的空气包围住了我，
我发现我是蜷缩在这大地上的
一角！

（八）

求上帝：
把一个地方指给我洒泪吧！

（九）

我疑惑：
地心吸力能吸人的意志吗？

（十）

让宇宙代纸，心田作砚，血泪
成水，悲哀为墨，
就单少了一支笔。

（十一）

任你严肃地表现着生命的悲剧，
终究不过是一个怪可怜的小丑
罢了！

（十二）

"过去"过去了，"未来"未来；
现在的"现在"？

（十三）

飞——
是小鸟儿掠过了水面？
是我的心飘扬於空际？

（十四）

是和风细雨，是狂风怒雨，
在我空虚的心中，
曾经这样地滴滴吹吹。

（刊于1929年《秀州钟》第8期）

短剧《英雄与美人》

人物：项羽，虞姬。

地点：垓下。

时间：半夜至黎明时。

布景：帐内，有一烛吐其溶溶之光。

【开幕时项坐帐中，虞侧坐，均低首不发一言；哑场约二分钟，有角声凄厉，自低而高；既而杂以歌声，激昂悠怨，多人和之。

歌声：疏星在天兮，照我行人面；

　　　行人在外兮，经岁复经年；

　　　年年岁岁兮，此沙羁场上，

　　　倦怀故乡兮，挥泪徒神伤！

　　　亦有家庭兮，有家不得宁；

　　　亦有父母兮，孰为慰其心？

　　　亦有兄弟兮，伤心永诀离；

　　　亦有妻子兮，此别会无期。

　　　望乡关兮不见，

　　　终吾心兮戚戚；

　　　心戚戚兮情悠悠，

　　　此恨兮几时休？——

项：（始则倾听，终乃瞿然起）啊！

你听啊！这些不都是楚人吗？——

唉！军心是这样地散了，大势是终于去了，英雄的事业，也该就此完了！

（徘徊帐内，复闻马嘶声）唉！美人！你跟我的时候，不能算不久长了；你和我的情爱，不能算不深切了；还有，还有我这匹马儿，又何尝能一刻儿离开呢？但，但而今啊！都完了，一切全都完了！（拔剑起舞）

虞：（含意欲申，但不能出言）……

项：（且舞且高歌）

歌：

力拔山兮气盖世，

时不利兮骓不逝；

骓不逝兮可奈何？——

虞兮虞兮奈若何？（废然归坐）

虞：（起舞歌）

歌：

心悠悠兮肠切切，

情能久兮爱不灭，

爱不灭兮亘古存，

此身虽死复安惜？

（歌声断续时，舞愈急，最后乃倒项怀中，喘息片时，仰视项面）呀！我不能再支持了！你试摸摸我的心头看，我的心跳得多急，我的血几乎要奔涌出来了；看我的呼吸是这样地急促啊！

项：啊！亲爱的！不要悲伤，静静地睡在我的怀里吧。——你可以听到我的心，正跳得和你一样地急哩。（呆看片时，潸然下泪）唉！这样一个美人，这样一个可爱而多情的美人，要舍弃啊叫我如何舍弃？

虞：（仰视项脸）唉！大王！像你这样一个英雄，这样一个可爱而又多情的英雄，我又如何能舍弃你？但现在时机是已经这样地急迫，你不能再顾恋于我了；这里是总不能存身的了，你还不如赶回江东，再图大举吧。我呢！请你不必顾虑，惟将一死报君情吧！——横竖我们俩的心是永远在一起的。

项：美人！你叫我再回江东，只原是不错；但是我丧失了八千子弟，到头来空身回去，叫我有什么面目去再见江东父老的面啊？我又怎样对得住他们呢？还有，还有我最亲爱的你，竟让她死在敌人的面前，叫我何以为情呢？

虞：（慨然）那有何妨？你这，这不是一把锋利的剑吗？就请你现在借我一用吧。——唉！天如果不生我时，一定可以使你成就许多事业；如今，你却沉醉在我的爱情里面，妨碍你事业的进行：我这作孽的身子啊，死了倒也干净！

项：亲爱的！不要说这些话了！假如我没有你时，你知道我的生命将感觉到怎样的枯寂啊！倒是天不生我时，还可以使你不致这样地薄命，误了你黄金时代的青春！

虞：（奋决地起来）啊！你这说的是些什么话？假使我不遇到你时呵，我拼着终老一生，你道你肯去做那些庸夫俗子的孝顺妻子吗？天幸使我遇到了你，我的心总算有了归宿了，就是这样地薄命啊，我也还甘心情愿！

【角声又起。

项：啊！亲爱的！这是我唐突了你了；你的盛情，已深深地刻在我的心弦上了。来！我们吻着，深切地吻着吧。（二人拥抱）

虞：时间是不等人的，你放心去干你的事吧！这里是一杯酒，（举酒奉项）里头放着我心头的蜜，请你饮着，饮着，算我最后的敬礼吧，祝你此去平安！

项：（含泪接酒，一饮而尽）谢谢！亲爱的！

虞：如今是我的时候到了，请你把宝剑借给我吧。——这是我目前唯一的路。

项：（拔剑颤抖着送过去，声泪俱下）亲爱的！你的死怕不是好事，只是……

啊……你你……（掩面泣）

虞：（忍痛）大王！请你走远些，免得被血污了。

项：难道在这最后的一刹那间，还不容我多偎傍吗？

虞：（镇静地）啊！大王！你是盖世的英雄，怎么也学起儿女之态来了？要偎傍难道在此一刻吗？人生终究是离别，不过是迟早间罢了。（拔剑出鞘，寒光森然，烛光煜煜，欲暗还明，持就烛光，拂拭细视）啊！这剑是该赞美的吧：从前在英雄身边，做过许多可泣可歌的事；如今又成就了一位美人的死，这剑，是值得赞美的吧！

（以剑指心）亲爱的！这里是我的一颗整个的纯洁的心，如今连我的身子，一齐把与你了！（复以剑对准胸头，预备划下）亲爱的！我最后的一句话，就是请你不要过分地为我悲伤：我身虽死，我的心是不会死的！（将剑对直划下，热血直喷，倒地而死，——尔时角声呜咽，方自高而低，而声绝）

项：（掩面失色良久，乃跪地抚尸恸哭）啊！美人！虞姬！亲爱的！你就这样地死了吗？你的一生，就这样地完了吗？就这样地为我牺牲了吗？啊！亲爱的！你的死是光荣的！是值得讴歌的！你的心，你的情，你的一切，一切我都已领受了！啊！亲爱的！我尊重你的意思，杀了几个敌人，再来和你相见吧！

（拾剑起身，将剑就烛光前展视）啊！这剑上染着光荣的美人的血，这剑是幸运的吧！（插入鞘内，这时天已黎明，角声复起，马嘶）马哪！美人是这样光荣地死了，你呢？（仰天长叹）天啊！我咒诅你，你一定要使英雄失败，一定要使美人短命；我问你：你这究竟是什么意思？（俯首许时，疾驰下）

【这时烛儿将烬，烛焰踊起一二寸，照见虞姬面含微笑，烛光随熄；幕后角声大起，闭幕后声犹不绝。

一七，一，一。脱稿
四，六修正。
（刊于1928年《秀州钟》第7期）

建设的学生运动论

革命为一种大破坏，更为一种大建设；然破坏不过为革命之手段，而最终之究竟，阙为建设，无破坏之功夫，革命目的，不能达到；言革命而不谈建设，其势亦不过造成以暴易暴之新局面，革命云乎哉？——此尽人之所知，固无庸喋喋为也。

挽近对于民众运动方面之趋向，渐有注重建设之势，斯固可喜之事也；而吾学生既不能脱然离乎民众，关系于将来之社会者，则学生运动，又安能惟枝叶是务，而忘其根本乎？

夷考中国之学生运动，实为五四运动之产儿，当时怒潮澎发，一苏醉生梦死之中华国民之迷梦，其功绩自不能谓不大，然及后如何？学生运动固犹是学生运动也，而曾无丝毫切实之工作见之于世，早已为一般民众所齿冷，而失其信仰矣，斯则谁之过欤？——故知徒务破坏之非计，而建设之宜先也。

兹以个人观点之所及，将今后学生运动应行注重之点条列于左：

其一，学生运动应注意于学生自治能力之培养也。所谓养成学生自治能力云者，即所以培养其独立精神，而完成其公民道德也。关于此点，现今之学生会，类能注意及之，故不具述。

其二，学生运动宜注意于团体生活之养成也。所谓养成团体生活云者，即所以养成组织能力，更以之发扬人类互助之天性也。如对校内则组织各种团体，互相切磨；对校外则举行交谊会等，联络社会人士等是。

其三，学生运动宜多为学术上及各种常识之探讨也。所谓为学术上及各种常识云者，即所以扩大其思想之领域培养其整齐之头脑，而完成其处世之智识也。如组织读书会，学术演讲会，各科研究会，时事讨论会等是。

其四，学生运动宜注意于各个体之身心发展也。所谓注意各个体之身心发展云者，即所以养成优美之品性，锻炼强壮之身躯，以完成其健全之人格与体格也。如组织音乐会，画会，娱乐会，运动会等；而尤须注意者，则为艺术运动之一般化是也。

此外尚有一点须注意者，则为职业预备问题是也，此事暇当为专篇以明之。

凡上所述，虽或肤浅挂漏，然于目今学生运动之方针，已略有端倪，书备于此，容可当刍荛之采乎？

（刊于 1928 年《秀州钟》第 7 期）

《秀州钟》封面

古诗与古赋

一、小引

诗歌的意义——古诗与古赋之价值

二、古诗与古赋之历史的观察

古赋为古诗的一体——《诗经》以前的诗歌——《诗经》——汉初的四言诗——五言诗的起源——七言诗的起源——汉魏以来古诗的流变——《楚辞》与赋——《楚辞》非出于《诗经》——《楚辞》的起源——《楚辞》的流变

三、古诗与古赋之文学的批判

好诗歌标准——《诗经》的文学价值——《古诗十九首》之文学价值——《楚辞》的文学价值

四、古诗与古赋之与新诗

古诗与古赋之腐化——新诗运动为复古运动

一、小引

诗歌是什么？这已经有不少人回答过了；据我个人的见解，诗歌不过是人类的——或者广义一点说是宇宙间的——自然的声音。朱熹有一段话说得很好："人生而静，天之性也；感于物而动，性之欲也。夫既有欲矣，则不能无思；既有思矣，则不能无言；既有言矣，则言之所不能尽，而发于咨嗟咏叹之余者，必有自然之音响节促而不能已焉：此诗之所以作也。"根据这一个标准，我们便可把古往今来一切诗歌的价值重新评定：凡是后世一切摹拟的，因袭的，雕琢的，拘束的，虚伪的，无病呻吟的作品，都没有真的价值，都可以不承认它们是真的诗歌。

讲到古诗与古赋，那凡是对于中国文化稍微有一点常识的，都能够知道它们价值之伟大。在它们里面，尽有许多美丽的语句，尽有许多铿锵的音调，然而它们的质地是朴素的，是自然的；在别处我们可以随处找到牵强割裂的痕迹，但在这里是绝对找不到的：这或许便是古诗与古赋的价值所以卓越的理由吧。

二、古诗与古赋之历史的观察

在未入正题以前，得先辨明一句，古赋之于古诗正像是白马之于马：说马不一定是白马是当然可以的，如果说白马不是马那就是错误了。古诗固然不就是古赋，但是古赋实在也是古诗的一体，把古赋和古诗对举，似乎也犯了同样逻辑错误的毛病。不过习用已久，我也就未能免俗了。

中国古诗的第一部伟大的总集是《诗经》，差不多都是周代的作品；《诗经》以前还有好多诗歌流传下来，多数和《诗经》的体制相仿——也有和《楚辞》差不多的，说这些为《诗经》所祖是可以的，要说一定哪一首诗是《诗经》的始祖，那便是笨伯所闹的笑话了。

《诗经》就大体讲是北方的文学作品——近人主张划《周》、《召》、二《南》和《陈风》入南方文学，《豳》、《秦》、二《风》入西方文学，理由很是充足；不过在形式上看起来，那全是北方的诗体。

当时《诗》的应用很广；臣下用《诗》句来做应对讽喻的工具，学问家教育家用《诗》句来引证他们的说素，外交家在出使宴会的时候，也都即席赋《诗》以联络二国的感情，《诗》的领域也是非常地普遍：贩夫走卒，村妇乡姑，都有赋《诗》见志的本领。

但不久，《诗经》式的四言诗时代过去了，汉初虽还有些人作它——如韦孟《讽谏诗》之类，但是很少而且没有多大的价值；于是五七言的古诗便代之而兴。

讲到五七言的起源，更是聚讼纷纭，莫衷一是。刘勰举《召南行露》、《孺子沧浪歌》、《暇豫优歌》等等来证明五言诗的起源很古，钟嵘更以《夏歌》"郁陶乎余心"，《楚辞》"名余曰正则"为五言滥觞，但这些都不过是片段的或者部分的五言，我们究竟不能把它们算做五言诗的始祖；世所传苏李唱和，班婕妤《怨歌行》，虞姬《垓下》、《和歌》，卓文君《白头行》等等，都不是十分靠得住；最可靠的正式的五言古诗，便要推《古诗十九首》。

《十九首》的时代也是很可议的，《玉台新咏》把其中九首归为西汉时枚乘所作，但并不说出甚么理由；照时代看起来，西汉时所盛行的是《楚辞》体的诗，所以还是把它归之于东汉为是。

至于七古的讬始，沈德潜以为《大风歌》和《柏梁台》、《联句》是七言的权舆；不过《大风歌》用的是楚调，《柏梁诗》已经有许多人证明它是伪作了，现在可靠的七言古诗，还一直要推到曹丕的《燕歌行》。

陈钟凡把汉魏以来的诗分为三类如下：

一、《楚辞》体——夹有"兮"字的五言、七言、或杂言诗。

二、前期古体诗——出于《诗经》、四言和杂言的乐府。

三、后期古体诗——汉魏新制，五、七言古诗。

自从汉魏到六朝，大抵用五言，到了唐朝，七言始盛。不过古诗自从到建安以后，渐渐趋重于声律对偶等技工，后来便成了近体诗一派。

关于古诗的流变，看下面所节录的一段文字，也可以略知梗概：

> 《十九首》大率逐臣弃妇，朋友阔绝，游子他乡，死生新故，家国乱离之感；建安以来，二王陈思王徐应刘，要不外抒情之什。此外蔡琰《悲愤诗》，开唐人杜甫一派；《庐江小》、《吏妻》，开唐人白居易一派：二者为述事之诗。正始中俗尚清谈，郭璞会合道家之说，孙许祖尚，一变而为说理。宋初风致又改，变而为写景。梁简文淫艳哀思，徐漓瘐肩吾尤以侧艳著，陵信承绪，三变而为宫体——开声律之先。五言盛于建安，流及晋宋，额靡于齐梁陈隋，北音又失之粗犷，唐人再造淳风，至开元大历而七言始盛，至工部乃集古今之大成。——陈氏《中国韵文通论》已经说得很多了，回过来讲古赋吧。

《七略》把赋分为四家：第一是屈原赋，第二是陆贾赋，第三是苟卿赋，第四是杂赋。陆贾赋现在已经没有了，苟卿本是北人，学楚声而作赋，他的赋都是说理的，没有什么文学价值；屈原的赋汉刘向把它们收集起来，加上后人的作品，总为一册《楚辞》，那真是中国文学中一颗最有光彩的明星。

《楚辞》完全是南方文学作品，到了汉代便流成所谓"赋"。它和汉以后赋有一个根本的不同点：就是前者是诗而后者为有韵的文，因此很有人主张《楚辞》不能称为赋；但是《楚辞》是赋的前身，那却是毫无疑义的。

刘勰说：《诗》有六艺，其二曰赋……赋与《诗》体虽异，总其归途，实相枝干。赋也者，受命于诗人，拓宇于《楚辞》也。这种"受命于诗人"的见解，实在可以代表中国自来一般学者的见解，那些尊经卫道的先生们，都要想把中国一切的学术，拉来跪在《六经》之下，于是说甚么"诸子皆《六经》之枝与流裔"哩，"《六经》皆史也"哩；而我们的《楚辞》，也就硬生生地被他们派做《诗经》的子孙了。

这种观念到现在如游国恩先生等，依旧深深地坚持着，游先生以为《楚辞》中习用的语助词"兮"字，在《三百篇》中已有早例在先，分明《楚辞》是向它取来的；他更把《楚辞》来仔细分析，分成六个阶段，表明从《诗经》到《楚辞》一路演进的痕迹：

第一个阶段以《天问》为代表，以为它和《雅》《颂》绝对相似；不过《天问》在《楚辞》中是一篇奇怪的作品，已经有许多人不承认它是诗了。它和其余各篇的体裁是显然两样的，假使不是因为它有一点神话趣味的话，我们简直可以把它逐出《楚辞》领域以外。——它和别篇中间也看不出甚么演化的痕迹来。

第二个阶段以《九歌》为代表，以为假使把五言句中的"兮"字取去，仍旧和《诗》体相仿；但是直觉告诉我，《九歌》中有许多"兮"字是决不能取去的，五言句在《九歌》中也并不多；关于《九歌》以下还要略为讲一点，这里暂时从略。

第三个阶段以《橘颂》和《九章》中《乱》辞为代表，以为这些和《野有蔓草》等《诗》同一句法；不过这种《诗》在《三百篇》中为数不多，要说《楚辞》受它的影响，还不如说它受南方文学的影响适当些。

第四个阶段以上和《诗经》相去愈远了，以前的既然不能证明，这一说就可以打破了。

游先生以为公元前五百年的楚人已能引用《诗》句（《左传》上例子很多），可见《楚辞》必然受过北方文学的影响；这个推测或许是准确的，因为受影响原是可以的，不过说《楚辞》"发祥"于《诗经》那就是谬误了，他的著眼点在一个"兮"字，这，云林女士曾经这样很滑稽地驳过了：游先生的《楚辞概论》上的字都可以在字书内见到，那么一部《楚辞概论》便是源于字书了。

不过像《楚辞》这样东西决不是可以凭空产生的，它是从"南方固有的诗体"里演化出来的，可惜古时南方文化不及北方，所以没有多少留存下来；其次《楚辞》里时代最早的一篇是《九歌》，这虽然或许曾为诗人——不一定是屈原——所润色，但确是一篇民间祭神的乐歌（这很足以打破游先生《楚辞》出于《诗经》之说：因为文人或者能受到《诗经》的影响，民间却不见得能受到吧），《楚辞》中许多神话化想象化的句子，大都受《九歌》的影响。

《楚辞》——南方文学因为有了大诗人屈原的一段悲壮凄凉的身世和他那芬芳悱恻的作品，顿时增加了百倍的声价，后世摹拟的非常的多，但大都不能追上它的脚跟，更不必说"迎头赶上去"；像《九歌》、《离骚》这样"旷古绝今"的作品，是再也看不见了。

《楚辞》到了汉朝便正式成立了赋体；汉赋在文学史上也是称盛一时的，不过但重形式（其实形式也尽有许多及不到《楚辞》的。像《九歌》这样美丽的音节，汉赋中是绝对找不到的），雕琢太过，毫无生气；后来愈趋愈下，最后成为律赋，更卑卑不足道矣！

三、古诗与古赋之文学的批判

好的诗歌在积极方面必须有下列四个条件：

一、美妙的音节——属于听官的；

二、生动的描写——属于视官的；

三、丰富的想象——属于感官的；

四、热烈的情绪——亦属于感官的。

在消极方面也须有四个条件：

一、不摹仿——创造的；

二、不雕琢——自然的；

三、不破碎——整个的；

四、不累赘——明白的。

我们且把以上的八个条件来批评古诗与古赋。

先看《诗经》：在音节方面，《诗经》自然没有像后世那么考究，但它那音节决不致逊于后世；《诗经》中用韵的方法不一而足，又常常用叠字和联绵字——双声叠韵的词类，对于音节方面帮助不少；有许多美妙的音节，简直是后世所梦想不到的。这里因为篇幅关系，不能多举例子，今但举一例如下：

> 鸱鸮鸱鸮！既取我子，无毁我室！恩斯勤斯，鬻子之闵斯！
>
> 迨天之未阴雨，彻彼桑土，绸缪牖户；今女下民，或敢侮予？
>
> 予手拮据，予所捋荼。予所蓄租，予口卒瘏，曰予未有室家！
>
> 予羽谯谯，予尾翛翛，予室翘翘，风雨所漂摇：予维音哓哓！

这是一篇很好的禽言诗，你看它的音节是多少凄苦！

在描写方面，也有一些很好的，虽然不是十分多：

> 葛之覃兮！施于中谷，维叶萋萋；黄鸟于飞，集于灌木，其鸣喈喈。

这是写景的，你看多少具体！

> 手如柔荑，肤如凝脂，领如蝤蛴，齿如瓠犀，螓首蛾眉，巧笑倩兮！美目盼兮！

这是写美人的，你看多少细腻！

讲到想象方面，自然及不到《楚辞》里想象的丰富，但也未始没有，举一个例：

> 陟彼岵兮，瞻望父兮。父曰：嗟！予子行役，夙夜无已；上慎旃哉！犹来无止！

情绪是诗歌中少不了的元素，一部《国风》，差不多完全是抒情的，《小雅》里也有一半是抒情的；无论是爱恋的欢歌，无论是失意的悲吟，无论是亲子之爱，无论是家国之痛，都有火般热的情燃起在文字的中间，例子太多了，让读者自己去领略吧。

反之在消极方面，摹仿的雕琢的自然绝对没有；不成片段的破碎的作品，像《国风》这种短诗里当然没有，就是在《雅》、《颂》里也找不出来。各章重复叙述，是《诗经》里普通的格式，但这决不是累赘，累赘是指铺张排饰，丛杂繁复，把正意淹没的意思，《诗经》可有这种弊病吗？

不过《诗经》也未必便是尽善尽美的：《颂》和《大雅》都不是我们所喜欢读的；句法方面，因为限于四言（自然也有一些很自由的新诗）不能操纵变化，于是此后便有五七言的古诗起来满足我们的欲望。

五七言古诗自从汉魏以后，大家辈出，单举举诗人的名字，也就够麻烦了；假使要就各家的诗，一齐加以批判，那真是夥颐繁杂，如何说起？而且纯驳不一，也未免太不经济，所以这里单把《十九首》来做个代表："古今风诗之妙，殆无有右于此矣！"

《十九首》的节是很自然的（这是一切古诗的共同的特点），不仅因为语句增长了的缘故，更多一种婉转的声调，为《三百篇》所不及。

《十九首》的描写功夫更比《诗经》进步了不少，看吧：

> 青青河畔草，郁郁园中柳；盈盈楼上女，皎皎当窗牖；娥娥红粉妆，纤纤出素手。

描写得一何妙也！

《迢迢牵牛星》一诗，借"河汉女"来发抒自己的衷情，美妙的想象里充满了热情，真是绝妙好辞。

假使有人要分别出《十九首》中哪一首是最好来，那一定是不可能的事。因为每一首都有同样婉转的情绪；假使要举例子，也最好全部举出来，因为单举一二首或几句，总使你觉得不能惬意！

《十九首》里所表现的全都是消极的——悲哀的情绪，最普通的是游子和思妇的情感，还有好多首是明白地表显着厌世达观及时享乐的思想，这种堕落的时代思想固然不可取，但这些对于文学的价值是毫无损伤的。

此外对于上面所举的摹仿、雕琢、破碎、累赘这四点，《十九首》无一或犯，所以它在中国文学史上，将永远占到极光荣的位置。

《十九首》以后的古诗，各时代有各时代的特色，也都有它们的通病，且让编文学史的先生们仔细去讲吧。

现在再讲到古赋：

关于音节方面，《诗经》和《楚辞》有一个根本的不同点，就是前者是短促的而后者是纡徐的，这实在很足以表示南北人的特征。《楚辞》中音节最美的自然要推《九歌》：你看它表示庄严伟大的情绪时就用铿锵响亮的韵，表示低徊婉转的情绪时就用轻快谐美的韵，表示悲哀失望时就用低下收促的韵，表示苍凉悲壮时便用重著沉痛的韵，音节与情绪关系最密切的莫过于此了。

此外各篇中音节方面也都是很考究的，如《悲回风》：

> 愁郁郁之无快兮，居戚戚而不可解。心鞿羁而不开兮，气缭转而自缔。穆

眇眇之无垠兮，莽芒芒之无仪……邈蔓蔓之不可量兮，缥绵绵之不可纤。愁悄悄之常悲兮，翩冥冥之不可娱。……纷容容之无经兮，罔芒芒之无纪。轧洋洋之无从兮，驰委移之焉止。漂翻翻其上下兮，翼遥遥其左右。氾滃滃其前后兮，伴张驰之信期。

《楚辞》的描写功夫也是很精的，然而尤其特色的是它的神话化的想象。试看《离骚》里面，苍梧、县圃、崦嵫、咸池、扶桑、白水、阆凤、春宫、穷石、洧盘、瑶台、昆仑、天津、西极、流沙、赤水、不周、西海，都是神话里的地名；羲和、望舒、飞廉、丰隆、蹇修、宓妃、有娀二女、有虞二姚、西皇，都是神话里的人物；蛟、龙、虬、象、凤、凰、鸾、鹥、鸩、鸠，都是神话里的鸟兽；甚至于自然界的飘风、云霓，也给拉了来做作者的扈从。这许多奇怪的人物，一齐拿来在文字里出现，试问中国文学里更有哪一篇有这么丰富的想象力？诗人，伟大的诗人！凭着他伟大的手腕，把我们都领到神话的世界里去了！

其次，《楚辞》和其他最好的文学一样，大多数每一句里都包含着缠绵悱恻的情绪，因为它们大部分都是由一丝丝的血泪所织成的。

《楚辞》——尤其是《离骚》，是中国文学史上一件最大的创作，除了《九歌》以外，完全是诗人的作品，这是和《诗经》不同的一点；但是它决没有一点雕琢的气息，这是后世诗人及不到的，然而偏有人（某君所著的《国语文学史》）说它是一件古典的作品，这真是冤枉极了！

现在的《楚辞》里也有些摹拟的作品，如《远游》一篇且剿袭司马相如赋中的话，但这是汉人伪作（据陆侃如考定）；决不致损及《楚辞》的本身；此外《天问》一篇就犯了我前面所说的破碎、累赘的两种毛病，但这篇我已经说过不能算它是诗，所以也不能和其他各篇相提并论。

以上略述古诗与古赋的大要竟。

四、古诗与古赋之与新诗

古诗自从演化为近体诗以后，渐渐地由创造而变为摹拟，由自由而变为雕琢，本来是极端自由的诗，到此便一层层地加上桎梏去，成了一个动弹不得的罪犯。一方面削足就履地刻意求工，反倒把自然的音节给失去了；描写呢，渐渐趋刻板，层层相因，千篇一律；想象与情绪，更是绝无仅有，于是诗便成为一个毫无生气毫无感情的死人（自然近体诗中也尽有许多很好的诗人，也尽有许多很好的作品，这不过指一般而论）。还有一个很大的差别：就是以前的诗是平民化的，后世的诗却成了特殊阶级的享乐品。这中间也曾起过革命——词曲的发生，但最后词曲也走上了同一的路径了。

《楚辞》成了赋后，更是愈趋愈下，所占的势力后来也及不到诗，实在《楚辞》早已经夭亡了。

于是到了近来，便有所谓新诗运动发生。新诗运动换一句话说就是诗体解放运动。所谓新诗的形式，有许多受西洋诗的影响，也有许多采自中国的词曲和旧诗；但是它的精神，却正是古诗与古赋那种自由的精神，所以我以为新诗运动实在是一种复古运动。古诗和古赋是中国文学上最有光芒的两颗明星，将来的新诗或许便是第三颗；忠实的诗人们，努力吧！

（刊于 1929 年《秀州钟》第 8 期）

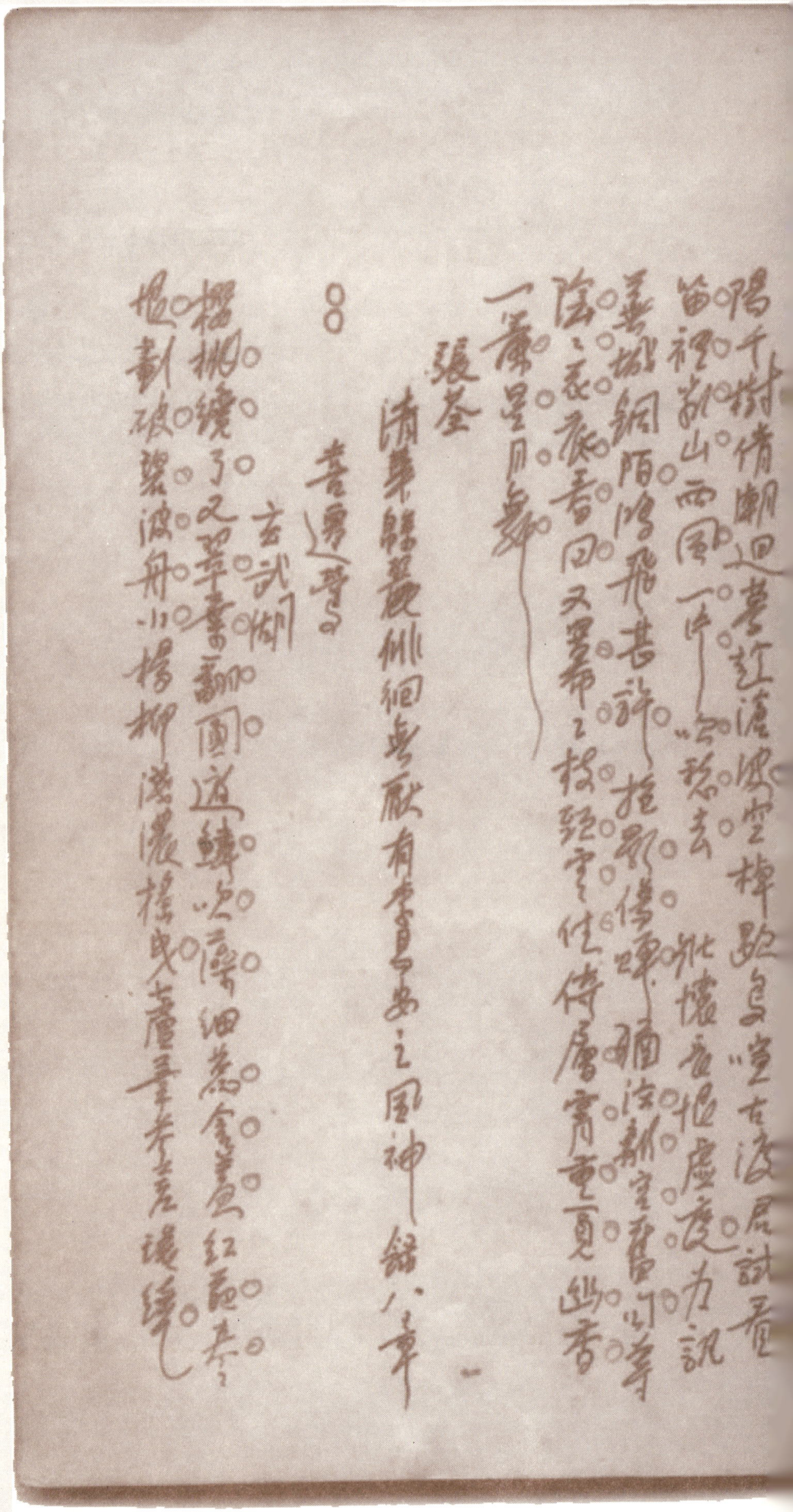

張基

善□□□

玄武湖

朱生豪把自己和诗友们的诗誊抄编成小册子《芳草词撷》

水龍吟

再叠九漢作

蒼茫重疊邊江巉深若思誰如此。愁魚紅鬱峰青。蒼然秋高雲隰日正濃。個夢滄臨關露清澄减色。橋邊覺夢到白雲去如思最多高如何豈年少俊遊踪。飛飛未觀相驚起。千峰相云浮雲雲一塵白一體秋意。候鄉聊瓊心期重卜堪欲夢視但試陽立盡松濤西。傳約細紀。綺麗香

○○○
用鄉米韻

○○○
重魚量之相未云鶴白更雷舉先蔭曰已之書書已舞

《芳草词撷》封面

《芳草词撷》词十三首

编者按：《芳草词撷》系朱生豪大学毕业后不久整理的手抄本，共选录了他自己及宋清如、彭重熙等词友所作的词56章，且对每位作者都有简短精当的评论。其中包括朱生豪自己的词作13章，自题"录十三章以当敝帚之供"，这些词均是词友们的唱和之作，内容以对景抒情、伤时感怀为多，也有如《庆春泽·次韵诸君作》那样充满豪放之气的作品。

需特别指出的是，这里的词均系按照朱生豪原抄本中的标记进行断句，和目前学界一些人所用的断句法稍有差异。

浣溪沙　　偶成

珍重年时罨画溪

水云澹漾石桥低

燕归芳草碧萋萋

莫道无情相望久

一汪儿泪没人知

落花深处暗裹衣

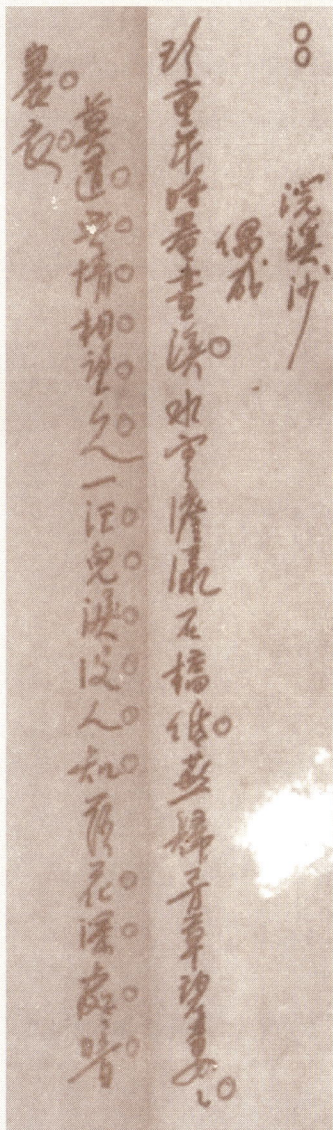

唐多令二首　西溪和彭郎

其一：

　　一棹泛溪船　漾洄水自闲　对
芦花零落秋田　遥想孤舟寒月夜
有飞雪　扑琴弦

　　沉恨上眉尖　神游忆曩年　今
宵清梦到苇边　懒作寻春春日燕
化鸥鹭　漫相怜

其二：

　　寥落古词魂　孤庵我拜君　月
明溪水影无痕　飞絮飘蓬千万恨
自呜咽　冷云根

　　芳意不堪论　休歌纨扇春　繁
华事散逐香尘　漫忆徐郎诗句好
流水梦　落花心

　　（徐志摩有《秋雪庵芦色歌》）

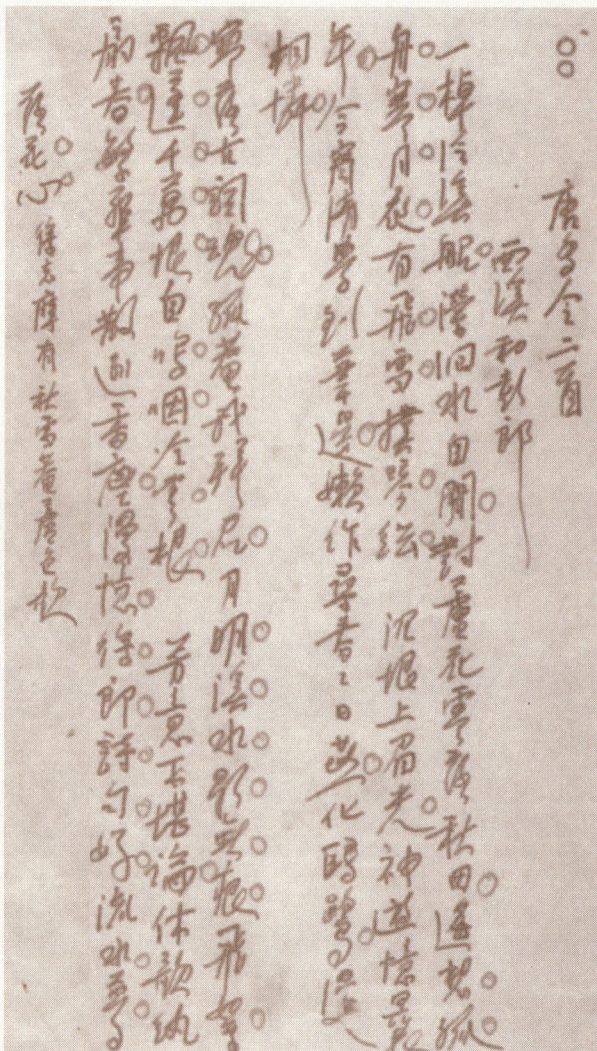

高阳台　秋感次韵彭郎

　　露冷蒹葭　渚寒鸥鹭　丹枫摇落秋江　萧瑟情怀　长怜月渡星塘　当年春梦迷离地
有蛛丝蔓草萦窗　漏渐长　尽处风更　尽处哀螀

　　漫追旧迹成凄咽　总濯春修鬓　换得秋霜　菊影依帏　怜伊长耐宵凉　旧巢燕子天
涯侣　应念我清泪千行　莫持觞　吟断寒魂　拼取情伤

桂枝香　次韵张荃

渔翁何处　正柳露初晞　野烟迎面　铁笛一声吹破　横江素练　梦魂昨夜依孤艇　泛淡月水星凌乱　酒寒才醒　沙禽飞起　彩霞煊烂

两鬓星霜暗里换　有双鹭苇边　偷听浩叹　漫折芦花　消受一襟秋怨　荒云寂寞丘山道　听长空雁唳凄咽　断肠旧浦　清歌寥落　当年欢恋

长亭怨慢　用白石韵

又春暗愁云如絮　水绕前村　草浓深户　斜逐花飞　晚山空翠冷如许　沈郎归去
犹梦倚珊珊树　月黑夜乌啼　见说有羁魂来此

朝暮念行人渐远　空把心期自数　怜伊桃杏　望软雨澹风轻咐　恐断魂万一飞还
又零落繁香无主　忍重折舞寒影柳　丝丝愁缕

法曲献仙音　用白石韵

寒雨连江　青山幂雾　永忆玉人吟处　撼树风狂　打船浪恶　暝愁渐入清俎　念花落
成迟暮　佳期逐潮去

忍回顾　叹孤怀飘飖如寄　望几点天外痴鸦寒舞　问讯采樵翁　旧诗魂今埋何许　露
夕风晨　有木客解詠怨句　正模糊一片　仿佛前朝烟雨

浣溪沙　寄希曼

君向燕山吊故都　寒笳白草塞鸿孤　拟将何物慰狂奴
侠客即今长已矣　世间应少信陵徒　一天秋兴忆人无

夜飞鹊　芙蓉次韵张荃

仙云堕无影　霞艳霜霏　墙外抱恨依依　依稀玉女前头过　蝶寒尚绕芳枝　萧萧秋风里　念陈王仙去　谁赋川妃　络纬辛苦　自更深长伴鸣机

惆怅空斋无俚　前度忆秋娘　曾是牵衣　曾是斜阳影里　隔花微羞　半面遥窥　年年秋雨　甚如今倍更歔欷　怕晚来风恶　瑶华荏弱　心事终违

庆春泽　次韵诸君作

万里秋云 千山落日 丈夫无事萦心 莽莽长河 风高试与凭临 壮怀惟爱投荒雁 谁

更听琐琐蛮音 潮深深 濯足沧流 逸兴难禁

擎云意气擎天志 笑蚁封兔窟 尘梦酣沉 我有豪情 岂愁绿鬓霜侵 欲挥长剑乘风

去 等他年化鹤重寻 尽而今 放眼高歌 唱彻平林

绮罗香　和赠天然次韵

　　我倦欲眠　君归且去　总有相思休语　不见秋云　嫣嫣又萦红树　等穤春桃杏开时　更载酒芳江唤渡　今且看芦雪如花　雁归远过潇湘去

　　风月倘思裴度　赠尔诗情万斛　一清如许　烛泪抛残　梦里犹吟秀句　且莫愁芳草难留　总到处黄花堪住　倚高楼一笛秋风　蛮吟枫乱舞

虞美人

　　盈盈双泪河阳笛　无那娇魂湿　低徊犹记画眉时　捲起一帘春梦雨如丝

　　而今零落筝琶怨　羞说当年愿　萍踪到处便为家　自伴满江明月唱芦花

三姝媚　次韵彭郎

　　羞春花靥冷　怨星梦寒时　芳心自省　遮莫君归　又宝钩风细　麝炉烟暝　何处飘零　总身似游丝无定　今日春风　明日秋风　垂杨荄井

　　记忆芰花小艇　共泪眼深深　凝情半顷　但得相亲　便拼疑梦里　宁愁路迥　一枕忺人　慵自把鬓云细整　盼伊双燕飞来　玉楼遥凭

33

○○

三姝媚

冶艳新郎

莫春花爛熳空綠是夢覺時芳心旧省遠重屏綉又
寶釣鳳細麝奩嫣喚何夜飄零絲見何瀟瑶要如
今日香風明日秋風了要楊蓁井
些扠眼深泡情辛頃倩得相親龍便拼
龍夢裡寧憐
記博芰死也取
經過一枕悵自把鸞笙細整听伊偶坐莫飛春都
玉樓還倚風

《无题》二首（七律）

之一

朱窗夜闻唤红箫，醉里听歌梦亦娇。

碧瓦有声珠露滴，蓝桥无路翠云销。

凌波忍看神姝步，蹈雾难寻佚女腰。

今夜月明风有恨，蝶魂如泪拂花苗。

之二

一庭苦月曬穠愁，细梦如花湿欲流。

嫩柳小桥芳躅远，晕江冷雾漆灯稠。

睡里几回闻碧啸，云端一角见红楼。

有人手把芙蓉泣，遥盼中天玉一钩。

（刊于 1932 年《之江年刊》）

火化的诗尘呈友人

相信我的话全没有虚假，朋友，
我一生就没有吐露过真情。
拉住了梦里的青色的呻吟，
我敲打我的心。这幻灭的影子，
早已不存在这世界；空让
阴雨里层层的霉苔爬上了
黑墙的头，蠕蠕的蜗牛吐出
腻腻的涎，泡没了我霉腐的
躯壳。何曾有什么智慧的灵泉？
希望也只是欺骗罢了！谁能
抓住这一朵蝴蝶的歌，情梦里
编成首绯色的花？我把我的
眼泪洒向了无际的虚无，
到头来还是流进了我的心。
你看这世上的事真要命！
谁了解得了谁？各人只是
各人自己的主人自己的仆，
影子？也不过是自己的影。
你看我已扯碎了秋叶，撕毁了
春花，握起这无力的拳头，
打散水里的明月之微笑。

听苦闷剥蚀我的灵感，挣扎
我也再不愿。将来的火花只
露过一丝迷人的笑，更等不到
将来，就飞散成一缕凄迷的烟。
你一切虚伪之精灵！更别来
苦搅我的梦魂。我需要暂时的
休歇，更深的思索。我原不乏
勇气，我要做一个基督，担承了
世人的罪；我要做一个释迦，
救尽了地狱里受苦的魂。
你一切虚伪之精灵！更别来
打乱我的安宁。我像是头
烦躁的苍蝇，撞来撞去撞不出
这一扇，一扇玻璃的窗门；
我像是匹病弱的小鸟，纵飞扬
也飞不到一尺的高；我跌下
这一埋落叶的上面，苦笑，
撑起这一堆负伤的心，轻轻地
抚慰用我的泪，泪滴着像
一点点的冰。同情我也不用，
让黑云埋了我！停止了流泉的

36

凄咽夜莺的歌，时钟藏起它
滴答的声音，桃花消了它
两颊的红。我要落叶盖着
我的腐骸，冷风吹尽我的血，
让苦闷在年深月久中消去，
这世上泯绝了我的记忆。别再
牵萦吧，朋友！我原值不得你
珍重的关心。

我原不乏勇气，
我要做一个基督，担承了
世人的罪；我要做一个释迦，
救尽了地狱里受苦的魂。
就是这一点慈悲的心肠，才
缠绵住了我整个的整个的
精神。谁攀折了一朵花我就
伤心：任它自开自落吧！何必，
真何必，劳你虚伪的殷勤？
银烛光下圣者的像前，我只
祈祷着我的心早早地化成冰。
我原能看透一切，我只打不破
这一缕缕春丝样的情；我织起
苦涩的梦，我流着眷恋的泪，
作起了密密的茧圈套住

自己的心。我搁着一把把
酸酸的汗，我凄迷地望着
你的眼睛，你的眼睛里藏着
你怯怯的魂。我抓住蔷薇的
死白的香气，我呆望天空里
飞过一片灰色的云。日光下
我的影凄凄地战栗，告诉我
今天是什么日子；我回过头来，
再瞧不见从前的路。几夜几夜
我躺在床上，想唤回我过去的
恬静的梦；我要告诉它，我仍爱
夜，仍爱月亮，仍爱娇娇的星。
梦既不来寻我，我也没勇气
诉述那种言语，这一切
靡丽的精灵，拆碎了神秘也
不过是一把腥骚的孤灰。
要闻香得向坟墓里闻去，
朽烂的棺木里藏着美的
真形；看不惯吗？人都是为
都市的肉臭迷恋住了，但我
可不能！我不能！我不爱作态的
鲜花，我只爱受人践踏的
落英。——
说爱情我可确实没有想到，

我厌恶唇吻的交融，一时的
冲动贴住了两颗不同的心。
你说那会是神圣吗？那是一个
最大的孽！野田里长不出
梦一样的花来，正如平凡里
长不出半朵灿烂的奇迹。
这不可言说的愚蠢我真恨！
它匍匐在我的足下，像一头
蠕蜒的蚯蚓，想钻进我干枯的
心壤。"告诉你"，我淌着泪水，
"我在天天等候着我的毁灭，
瞧你那种丑态我可不能耐！"
神经地一脚我踢开了爱情，
只剩暗银一样的空虚，陪伴
这一堆冒着微烟的残灰。
张开了臂，谁给我酒我就喝！
也不管它雷雨的夜里，我披着
蓬蓬的发，奔向古寂的墓墟，

把眼泪浇向骷髅的眼里，开出
一朵朵幻的花。我笑，我敲着
每一根骨骼，敲出了阴阴的
磷光，敲出了莲花一样的歌声。
我发颤地跳白色的舞，听冷雨
淋尽了我的皮肤，风铃颤尽了
我的哭声，都由他！我何尝想到
甚么究竟？我不是这地上的人！
只一件事忘不了，朋友，我诉
不尽我的伤心！我苦笑！我口
噤！你能懂得我的意思，相信
我，我一生就没有吐露过真情。

二十年五月十六晨
五月二十九日重删
（刊于1931年《之江年刊》）

英文诗《吹笛人》

编者按：朱生豪大学时还写过一首情调欢快的英文小诗 *The Piper*，Piper 是吹笛子的民间艺人。诗人通过他和艺人的对话反映了他在迎接春天到来时的美好心情，表达了对于美好人生的憧憬与追求。这首诗深得宋清如喜爱，并且在她漫长而孤寂的一生中始终陪伴着她。*Percy Chu* 是朱生豪的英文笔名。"大意"系编者所加。

The Piper：	大意：
By Percy Chu	吹笛人
Sing us a song——	请给我们唱一支歌吧——
Sing us a song of May,	唱一支歌儿，把五月赞美，
Sweet swallow will return	可爱的燕子将要归来，
From seas far,far,away.	来自那辽远，辽远的大海。
Sing us a song——	请给我们唱一支歌吧——
Sing us a song of cheers,	唱一支歌儿，把欢乐召唤，
Forget not the winter,	却不要忘记冬天，
The winter had our tears.	浸透着我们泪水的冬天。
Sing us a song——	请给我们唱一支歌吧——
Sing us love that can't die,	唱一支歌儿，让爱永不凋丧，
Dew-drops glitter on grass,	草叶上露珠在闪亮，
There's light in lady's eye.	女郎的眼中在放光。

（刊于 1932 年《之江年刊》）

译诗二首

编者按：这两首译诗分别见于 1932 年和 1933 年的《之江年刊》，前一首诗的原作者冯维德（音）待考，后一首诗的原作者任铭善，是朱生豪在之江大学的同学和诗友。两首诗的中文原作均已失传。"大意"系编者所加。

THE SEA ECHO

By Fong Wei-the

Translated by Percy Chu

Then she and I were passing by the sea,

She gave to me a look and a little key;

"Ope the door on your heart, please," she said,

"On your heart let my heart be laid.

 Will you keep it?

 Will you keep it?"

Now she bade me ope again that door,

But, alas! My key was lost on the shore;

Day and night! I came to the sea and found,

There in the clouds I heard a sound,——

"Give me my heart!

 Give me my heart!"

大意：

海的回声

冯维德（音）原作

朱生豪译

那时她和我在海边漫步

给我一个顾盼，外加一把小钥匙

"请把你心上的门打开，"她说，

"把我的心放入你的心中，

你能收好吗？

你能收好吗？"

现今她又来求我打开那扇门了，

但是，天哪，我的钥匙却掉落在岸边，

我没日没夜地回到海滨去寻找，

在那里，我听到云中的呼喊声——

"把我的心还给我！

把我的心还给我！"

之江大学情人桥

LYRIC

(Original Chinese by M. S. Reng)

Percy Chu

Before my window there's a little flow'er,

A little white rose she is.

She opens her petal each morning hour,

At twilight I leave her a kiss.

You say it's for me you've pray'd the Lord,

Ev'ry ev'ning before my window kneel you;

Bearing your shield, girding on your sword,

A thousand poems you've sung me, too.

But I wouldn't care much for your word,

Nor for your wish I take any pain,

For the blood, O the blood, on your sword

Has left my white rose a strain!

（刊于 1933 年《之江年刊》）

大意：

我的白玫瑰

（中文原作任铭善，朱生豪翻译）

在我的窗前长有一株小花，
一株小小的玫瑰，洁白动人，
每天她展开花瓣迎接清晨，
黎明中我留给她一个热吻。

你说是为我而向上苍祈祷，
每天黄昏时都跪在我窗前，
持着你的盾牌，佩着你的剑，
还向我颂唱过千百首诗篇。

但我对你的话不会太在意，
也不想为你的意愿费心机，
因为那血，那血！你剑上的血，
给我的白玫瑰染上了污迹。

八声甘州（之江大学 1933 级歌词）

又一江春水搅离情，惜别苦匆匆；忆晨暾夜月，鸣涛霏雪，芳树丹枫。转眼弦歌人去，塔影暝孤钟。别梦应来此，挂属苍松。

聚散何须惆怅？看纵怀四海，放志寥空！慨河山瓯缺，端正百年功。赠君婉娈幽兰色，一支香应与寸心同。长记得，年年今日，人笑东风。

（刊于 1933 年《之江年刊》）

别之江

再回头望一望你的家，
五月过去了，玫瑰
尚残留在枝头；
一步步一步步你远了！
再回头望一望你的家，
你的相思，你的爱。
望着烟雾的一片
也别用发愁。
今天开今天的花，
明天结明天的果。
一步步一步步你远了，
记忆发出明净的
缊艳在你的心中。
我再不恨西风
吹冷了我的年华，
只是这一片天真，
永远深锁在心扉，
因为你，慈爱的人
在你的歌声里藏着
我无尽的美梦——

当一片黑云坠下
我窗前，辽远的渺小的
声音向我招呼，
我就认识了我自己。
今朝我打开行囊，
收拾起一束花，
一卷诗，一个鲜明的
鲜明的爱，滋润
这惨淡的惨淡的心灵；
小心地我捡起
这圣洁的形像，
一副无邪的酡脸，
显着寂寞，显着欢喜。——
抖颤着我的双手，这
该是我末一次的流泪了！
胸头有无限的
痛楚，无限的愉快，
低低地祝告，低低地
我吻着，你神秘的影子！……

不是矜严的朝阳
又在催我？留恋
已不是时候！珍重地
我藏好这一切，
你美丽的恩赐！
揩干了泪，我走，
趁着朝阳的光辉，
大气的清鲜。再回头
望一望草叶上露珠的
跳跃，密密的林中
小鸟唱着旧日的歌。

唉！我不能忘记
星空下的草坪，月夜的
渔船，一星微弱的萤火
伴着我寂寞的行路；
无数的梦，无数的悲哀，
无数欢忻的笑，无数
天真的活跃，我能寻出
在夕阳下的沙滩上，
在放羊的山坡上，
在寂寞的溪边，
在无寐的夜间
鸣着蟋蟀的墙下……

只一次再让我
紧紧地靠着你，望一望
你圆活的黑眼，清清的
一汪里也许已浮上
怅惘。不，我不愿
再招起徒然的哀感，
看我的脸上已浮出
笑痕。让我们追索
第一次的见面——
啊，亲爱的朋友！
我羞红的颊凑近
你的耳边告诉，从那时候
起，我已欢喜你！
这回轻轻的分散原
算不得什么，大家
都只是一片轻轻的云；
把你的手给我，
别了，再不用牵记！

从今天起我埋葬了
青春的游戏，肩上
人生的担负，做一个
坚毅的英雄。过去

有什么好忏悔的?
幸得这一切,医治
我零落的伤痕!但现在
已无须,我要忘记,
不,深锁在我的心头

古昔诗人一句话,
冬天来了,阳春
岂能久远?如今我只期望

西风吹落了辛苦的收成,
残酷的霜霰终究
压不碎松柏的青青;
绵绵的长睡里有一天
会响起新生嘹亮的钟。
我欢喜,我跳跃,
春天复活在我的心中,
那时我再看见了你!

一九三三年六月
(刊于 1933 年《之江年刊》)

之江大学图书馆

中国的小品文

编者按：本文刊于之江大学1933级文科同学会的文艺刊物《汹涛》，此刊只出了一期即因经费问题而停刊。文中有几个字已经无法辨认，用"□"标出，最后一小部分也已缺失。

一、绪论

崇山峻岭，固然可以雄视一切；然而小小的一丘一壑，也未尝不可以令人徘徊瞻恋。汪洋巨浸，固然是十分的伟大巨丽；然而涓涓的一溪一涧，也未尝没有十分幽默的诗意。名媛贵妇，固然是非常富贵华丽；然而小家碧玉，也未尝没有一种特殊的天真的风味。同样，小品文虽然不曾在文学的园地里占过什么重要的地位，然而当你读倦了一册高文典籍之后，随便拿起一二篇小品文来吟诵的时候，也未尝不感觉到一种特殊的快感。

真的，小品文虽则是散文，它的趣味是比较地接近于诗的，庄严的面孔，道学的神气，在这里都用不著；它有的只是美妙的情感，深微的思想，活泼的描写，和风趣的话语，因为这种种，所以它的价值乃远超过于一切所有滥调的文字。

然而我们第一个先决问题是，什么是小品文？

要给任何文体下一个确当的界说是一桩难事，尤其是我们的小品文。但是我们不妨假定说："小品文是一种没有一定体裁的，精□的，有风趣的，不论抒情、写景，记事，或是想象的短篇文字。"在这里我们有两点要特别注意：其一，精□；其二，有风趣。

因为时间和篇幅的关系，这里不能再多说甚么废话。本篇的题目是《中国的小品文》，为便当起见，暂时把中国小品文的历史，胡乱地分为四个时期研究：

第一、从周秦到汉，是小品文的附庸时期。

第二、从汉魏六朝到唐，是小品文的本色时期。

第三、从唐宋到元明清，是小品文的没落时期。

第四、现在，是小品文的新生时期。

这样的分法原来是不值识者的一笑，不过明白的读者，总会原谅小子的浅薄吧。

在未正式叙述以前，还得表白一声：中国是注重实用的国家，纯粹的文学在这样的国家里是不会十分发展的，小品文自然不必说了。小子做这篇文章，绝对没有什么表张国粹的念头，不过为了一点趣味——有闲阶级特有的趣味——而已。

二、附庸时期——从周秦到汉

先秦时代是中国学术史上最有光芒的时代，无论是哲学还是文学，都是活泼泼地表显着十分的生气。那个时代的特产，是诸子哲学。诸子一方面固然是中国哲学的最大的源泉，一方面也是古代文学的贵重的宝藏。其中有许多有风趣的巧妙的寓言和精辟的譬喻，一直到现在还为人所引用：那就是我们所要说的小品文。因为这些小品文，都是附属在哲理文内的，所以我称这个时期为附庸时期。

这一期的小品文大都是含有寓言性质的，略举数例如下：

> 庄周家贫，故往贷粟于监河侯。监河侯曰："喏，我将得邑金，将贷子三百金，可乎？"庄周忿然作色曰："周昨来，有中道而呼者。周顾视车辙中，有鲋鱼焉。周问之曰：'鲋鱼，来！子何为者邪？'对曰：'我，东海之波臣也。君岂有斗升之水而活我哉？'周曰：'诺！我且南游吴越之王，激西江之水而迎子，可乎？'鲋鱼忿然作色曰：'吾失我常与，我无所处。吾得斗升之水然活耳，君乃言此，曾不如早索我于枯鱼之肆！'"

> ——《庄子·外物篇》

> 昔者弥子瑕有宠于卫君。卫国之法：窃驾君车者罪刖。弥子瑕母病，人间往夜告弥子，弥子矫驾君车以出。君闻而贤之，曰："孝哉！为母之故忘其刖罪。"异日，与君游于果园，食桃而甘，不尽，以其半啖君。君曰："爱我哉！忘其口味，以啖寡人。"及弥子色衰爱弛，得罪于君，君曰："是固尝矫驾吾车，

又尝啖我以余桃。"

——《韩非子·说难篇》

以上不过随便举二个例子，像这种有趣味的小品文在诸子书以及《战国策》等书里，可以寻出不少来。

《礼记·檀弓篇》向来文人都看为小品文的模范，的确也有很好的东西：

孔子过泰山侧，有妇人哭于墓者而哀。夫子式而听之，使子路问之曰："子之哭也，壹似重有忧者？"而曰："然。昔者吾舅死于虎；吾夫又死焉；今吾子又死焉！"夫子曰："何为不去也？"曰："无苛政。"夫子曰："小子识之。苛政猛于虎也。"

此外《论语》中侍坐问志一段也可以算是很好的小品文，不过它的性质和前面几段有点不同：

子路曾皙冉有公西华侍坐。子曰，"以吾一日长乎尔，毋吾以也。居，则曰，不吾知也；如或知尔，则何以哉？"子路率尔而对曰："……"夫子哂之。"求，尔何如？"对曰："……""赤，尔何如？"对曰："……""点，尔何如？"鼓瑟希，铿尔，舍瑟而作，对曰："异乎三子者之撰。"子曰："何伤乎？亦各言其志也。"曰："莫春者，春服既成，冠者五六人，童子六七人，浴乎沂；风乎舞雩；咏而归。"夫子喟然叹曰："吾与点也！"……

——《先进篇》

《楚辞》中《卜居》、《渔父》两篇，是中国有数的小品文字，它们的艺术手段是很高的。旧说屈原作，已经不能成立了；《楚辞》编于汉刘向，所以这两篇至晚是汉初的作品（《渔父》一篇也见于《史记》），把来放在这个时期里，还不致有什么谬误。今举《渔父》一篇见例：

屈原既放，游於江潭，行吟泽畔，颜色憔悴，形容枯槁。渔父见而问之曰，"子非三闾大夫与？何故至於斯？"屈原曰，"举世皆浊我独清，众人皆醉我独醒，是以见放。"渔父曰，"圣人不凝滞於物，而能与世推移。世人皆浊，何不淈其泥而扬其波？众人皆醉，何不餔其糟而歠其醨？何故深思高举，自令放为？"屈原曰，"吾闻之，新沐者必弹冠，新浴者必振衣。安能以身之察察，受物之汶汶者乎？宁赴湘流，葬於江鱼之腹中；安能以皓皓之白，而蒙世俗之尘埃乎？"渔父莞尔而笑，鼓枻而去，乃歌曰："沧浪之水清兮，可以濯吾缨；沧浪之水浊兮，可以濯吾足。"遂去，不复与言。

三、本色时期——从汉魏六朝到唐

汉代本来是很崇尚黄老哲学的，不过这所谓黄老不过是政治上的方略，究竟在一般思想上还是儒家哲学占□力；到了汉末魏晋以后，因为政治的背景，老庄哲学大大地流行，一班智识阶级都以放纵风流为尚。假使摒弃了一切，但着眼他们的精神生活上，那这个时期实在是最浪漫，最有诗趣的时期。因为有这样的时代背景，所以很产生了些很可爱的小品文。这时期的小品文没有迂腐的思想，没有陈旧的见地，所以称之为本色时期。

这时期书札是很出名的，有许多可以称为很好的小品文，举例如下：

植白：季重足下。前日虽因常调，得为密坐。虽宴饮弥日，其于别远会稀，犹不尽其劳积也。若夫觞酌陵波于前，箫笳发音于后；足下鹰扬其体，凤观虎视，谓萧、曹不足俦，卫、霍不足侔也。左顾右眄，谓若无人，岂非君子壮志哉！过屠门而大嚼，虽不得肉，贵且快意。当斯之时，愿举泰山以为肉，倾东海以为酒，伐云梦之竹以为笛，斩泗滨之梓以为筝；食若填巨壑，饮若灌漏卮。其乐固难量，岂非大丈夫之乐哉！然日不我与，曙灵急节，面有逸景之速，别有参商之阔。思欲抑六龙之首，顿羲和之辔，折若木之华，闭蒙汜之谷。天路高邈，良久无缘，怀恋反侧，如何如何！……

——曹植《与吴质书》

这时期最好的小品文，实在要推陶渊明的《桃花源记》了，试看：

……缘溪行，忘路之远近。忽逢桃花林，夹岸数百步，中无杂树，芳草鲜美，落英缤纷，渔人甚异之。复前行，欲穷其林。林尽水源，便得一山，山有小口，仿佛若有光，便舍船从口入。初极狭，才通人，复行数十步，豁然开朗。土地平旷，屋舍俨然，有良田美池桑竹之属。阡陌交通，鸡犬相闻。其中往来种作，男女衣著，悉如外人。黄发垂髫，并怡然自乐。

我们这位诗人的想象的描写力，是多少伟大！

最能代表当时的时代精神的，要算是《世说新语》了。这实在是一部怪可爱的书，里面有不少诗意的故事和话语：

卫洗马初欲渡江，形神惨悴，语左右云：“见此茫茫，不觉百端交集。苟未免有情，亦复谁能遣此！”

桓公北征，经金城，见前为琅邪时种柳，皆已十围，慨然曰：“木犹如此，人何以堪！”攀枝执条，泫然流泪。

王子敬云，“从山阴道上行，山川自相映发，使人应接不暇。若秋冬之际，尤难为怀！”

司马太傅斋中夜坐；于时天月明净，都无纤翳，太傅叹以为佳。谢景重在坐，答曰：“意谓乃不如微云点缀。”太傅因戏谢曰：“卿居心不净，乃复强欲滓秽太清邪！”

——以上并见《言语篇》

此外郦道元《水经注》一书，有描写很精细的地方，也可以算为这时期里小品文的材料。

四、没落时期——从唐宋到元明清

唐以前是玄学时期，唐以后是道学时期。唐人还有一点风趣，唐以后便迂腐之气，一天深似一天起来。从唐宋到元明清，时代是很长久，书存下来的也很多，然而有风趣的小品文却见不到几篇。因此这个时期便被称为没落时期。

然而好的小品文却并不是没有。在所谓唐宋八大家中，像柳，像欧阳，像大苏，文学天才都是很高的；韩愈，虽然腐气重一些，他的诗几乎像散文，他的文中却很有许多含着诗意的。这我们可以在他的几篇赠序中看得出来：

> 燕赵古称多感慨悲歌之士。董生举进士，连不得志于有司，怀抱利器，郁郁适兹土。吾知其必有合也。董生勉乎哉！夫以子之不遇时，苟慕义强仁者，皆爱惜焉，矧燕赵之士，出乎其性者哉？然吾尝闻风俗与化移易，吾恶知其今不异于古所云邪？——聊以吾子之行卜之也。董生勉乎哉！吾因子有所感矣：为我吊望诸君之墓，而观于其市，复有昔时屠狗者乎？为我谢曰："明天子在上，可以出而仕矣。"
>
> ——《送董邵南游河北序》

柳宗元的写景文最为佳妙，今引例如下：

> 从小丘西行百二十步，隔篁竹，闻水声如鸣佩环，心乐之。伐竹取道，下见小潭，水尤清冽。全石以为底，近岸，卷石底以出，为坻，为屿，为嵁，为岩。青树翠蔓，蒙络摇缀，参差披拂。潭中鱼可百许头，皆若空游无所依。日光下澈，影布石上，怡然不动；俶尔远逝，往来翕忽。似与游者相乐。潭西南而望，斗折蛇行，明灭可见。其岸势犬牙差互，不可知其源。坐潭上，四面竹树环合，寂寥无人，凄神寒骨，悄怆幽邃。以其境过清，不可久居，乃记之而去……
>
> ——《至小丘西小石潭记》

欧阳修的《秋声赋》，苏轼的《赤壁赋》，脍炙人口，的确也是很精彩的小品文字：

> 欧阳子方夜读书，闻有声自西南来者，悚然而听之，曰："异哉！初淅沥以萧飒，忽奔腾而砰湃；如波涛夜惊，风雨骤至。其触于物也，鏦鏦铮铮，金铁皆鸣；又如赴敌之兵衔枚疾走，不闻号令，但闻人马之行声。"予谓童子："此何声也？汝出视之。"童子曰："星月皎洁，明河在天，四无人声，声在树间。"予曰："噫嘻，悲哉！此秋声也，胡为而来哉？……"童子莫对，垂头而睡。但闻四壁虫声唧唧，如助余之叹息。
>
> ——《秋声赋》

> 壬戌之秋，七月既望，苏子与客泛舟，游于赤壁之下。清风徐来，水波不兴。举酒属客，诵明月之诗，歌窈窕之章。少焉，月出于东山之上，徘徊于斗牛之间。白露横江，水光接天。纵一苇之所如，凌万顷之茫然。浩浩乎如冯虚御风，而不知其所止；飘飘乎如遗世独立，羽化而登仙。于是饮酒乐甚，扣舷而歌之。歌曰："桂棹兮兰桨，击空明兮溯流光。渺渺兮予怀，望美人兮天一方。"客有吹洞箫者，倚歌而和之。其声呜呜然，如怨如慕，如泣如诉，余音袅袅，不绝如缕。舞幽壑之潜蛟，泣孤舟之嫠妇。……
>
> ——《前赤壁赋》

此外《世说新语》体的，有唐《语林》等书。另外宋以后，又流行了一种笔记，这种笔记现在很多，要是细心找起来，也未尝不可找到一些很好的小品文。

五、新生时期——现在

自从新文学运动以来，很有许多人用白话来写小品文；近几年来，尤其时髦，小品文……（以下缺失）

斯宾诺莎之本体论与人生哲学

斯宾诺莎〔Baruch Spinoza〕是葡萄牙犹太人，一六三二年生于爱姆斯脱丹〔Amsterdam〕。因为他的思想异端，一方面为本族所摈斥，另一方面又为基督徒所嫉恨，终身处于被逐的境地里。但他甘于孤独，澹泊自奉，不慕荣利，惟以磨眼镜片为生。他的人格的高尚超远，很吸引了一些有思想的人。一六七七年死。

斯氏承笛卡尔〔Descartes〕之后，注重理性，所以被斥为无神论者。但同时人像诺凡立斯〔Novalis〕，却说他是一个"被神所麻醉的人"〔a God-intoxicated man〕。从正统的神学立场讲，他实在是一个反宗教者。他否认个体的神的存在，目的支配世界，和意志的自由。他所云的"神"，不过是物质的宇宙里不可少的律。但在另一方面，斯氏认为他是揭出了宗教的真正的观念。"神"是他的哲学的根源和终极。

斯氏的中心观念即是他对于万物本体的认识。笛卡尔析宇宙为二元，"神"复离于二元之外。这种分别使"神"成为多余的无用的，同时使物质世界的根本解释发生困难，斯氏的工作即是使"神"和世界联系，证明"神"即是最后的"实在"，当万物的个体归于虚无的时候。他说："当经验告诉我们这生活里的一切都是虚妄无实在，凡我所畏惧的对象的本身，并不含有任何的善与恶，我就决心探究有没有一个实在的'善'的存在，本身有能力足以影响人心，排斥一切外物的关系；它的发现或得到将使我享到延续的，超越的，无尽的快乐。"又说："凡众人所追求的对象，不但对于他们无益，反而对于他们有害。因为快乐与不快乐，全恃我们所'爱'的对象而定。当一物不为人们所爱，就不会引起纷争，它的消灭也不会使人悲伤，如果它是属于别个人的也没有嫉妒会起来，恐惧憎恨，都无从而起。所有的烦恼，乃是起于对于易于消灭的事物的爱。但是另一种爱对于永久的无穷的一物，却能充实我们的心头欢喜，它的本身不糅和着任何的悲伤；这才是我们应当用全力追求的，最切要的事物。"

然则什么是哲学的目的呢？它即是从虚妄的现象世界中逃遁，因为在这世界上并没有真的快乐；从而使我们与真的"实在"之合一里得到祝福，惟有它才真值得我们的爱而使我们满足。它同样地感应到感情与理智之上，乃是宇宙的永久的单元，它包孕万物，各自给他们以本体：用宗教的说法，它即是"神"。因为万物的缺陷，才使我们探索到万物所根源的"神"的完全。

一、形而上学

斯氏分析一切事物为本体（Substance），属性（Attribute），和形态（mode）三者。本体为事物的内在的本身，属性是组成本体的原素，而形态则是本体的变化。笛卡尔已经承认心物二元，自身不能存在，必须藉着"神"才能明白。至斯氏则完全以为它们不是本体，不过是"神"的两种属性，"神"才是最后的唯一的本体，永久而无穷，在这一元之上，分开了心物两种属性，因是产生了一切的变化。

笛卡尔以为在神的无限的属性里，我们所能够知道的就是思想（Thought）与容积（Extension）二者。二者似乎有非常密切的关系，笛氏没有法子解释它的所以。同时在宇宙里面，有生命的和无生命的事物都有同样物质的机械的动作，不能即用意志的活动来解释。这是笛氏哲学所感到的两点困难。

斯宾诺莎的本体论使他得到了一个新的解决。要是思想与容积两种属性并非两件完全分开的物事，而是同一本体里面的两种方式，那么它们中间就不能有相互的作用，因为二者实在是一非二。但是无疑地它们可以有一种关系存在，因为它们是归宿同一的本体。所以，一方面是容积的形态，物的；他方面即有思想的形态，心的。二者成为绝对的平行，没有错综或歧异。这样他就允可了科学用物质解释一切外在的现象，因为思想可以用思想解释，容积可以用容积解释，二者既是平行，就毫无冲突。"它们是用两种方法表现的同一的事实。"

然则所谓究竟的本体，"神"也者，究是何种性质呢？当然它和我们平日以自己的思想情态所范畴的神截然不同。它也不是按照在它之上的某一种意旨而行为，因为照这样说，"那么'神'之外就有了另外的事物独立存在，而即使'神'也必屈服于定命之前，这种是与我们所说'神'是一切事物的元素和存在的最初的唯一的因之说相反了。"

宇宙是没有终极的目的的。我们平常以自己的地位替"神"设想，所以有那样谬误的推论。人有一种寻求自己福利的冲动，所以凡他所做的事都有一种目的，"他们希望知道一切事物的最后的原因。既不能从别处得到解答，因此便以自己的性格判断'神'。他们看见眼睛是为视用的，齿牙是为咀嚼用的，菜蔬兽类是为食用的，太阳给人光，海里有鱼，便以为这一切的存在都是为他们的好处，而推定有一位主宰为他们造出这一切好事，但是他们又看见飓风、地震、疾病一类有害于人的事，他们便猜想这是"神"给他们的，做错了事的惩罚。然而为善为恶，不一定得到应分的报酬，他们没有法子找出它的原因，便以为宇宙里尚有非他们所能理解的事实在。这样他们就甘于自蒙，而不愿推翻以前的错误的理解。"

因此人们就以自己为标准，而分别一切事物的善恶美丑等等区别来。但实际事物的本身亦无善恶可分，它们只是一种意识的状态，主观的判断而已。一物可以同时是善，是恶，是非善非恶。音乐对于忧郁的人是好的，对于哀伤的人是坏的，对于一个聋子，则是不好也不坏。凡是一切的区别和标准，都由于人们的想象而来。各人的观点不同，因此一切事物的评判也没有一定的标准。

所有一切我们所认为这世界的属性，都没有真实的存在，我们所能说的，只是一切事物"如是"，而且"必须如是"。"神"不能按照某种目的而创造万物，也不能创出一种异于如是的方式。正如三角形三内角之和等于二直角一样，没有一种自由意志足以改动。我们再能以我们所说的理智，或意志形容"神"，"如果'神'是有所谓理智或意志的话，即也截然与我们之所谓理智与意志大相径庭"。

如上所云，"神"乃是无情欲，无目的，无理智，无意志，无德性的，那么它究是何种性质的呢？斯氏认为"神"，所谓本体，所谓实在者，正如科学家所见的一样，乃是一组自然的定律。

但这是不是终极？"神"除了是一个抽象的本体之外还有何物呢？这是斯氏哲学所不易解决的一点。无疑地斯氏也想找出一个本体，足以容纳并解释一切现象世界中的"实在"。有限的现象世界是我们的出发点，无可否认地它是有一些"实在"，即使是不完全的。所以一个解释它的本体，也能须具有这现象世界中所有的如许真理。这问题是斯氏所不能圆满解答的。他的哲学的目的是要在不变的理性的定律里找出实在。而自然世界中一切变化的事实，即是这些定律的表现，但是他一进了抽象的境界之后，就没有法子再回到具体的境界。引用黑格尔的比方，斯宾诺莎的"绝对"就像是一个狮子的窟穴，每一条路都引人到那个窟里，但没有人能回得转来。

其次，他的哲学是建设在不稳定的根据之上。按照几何学的法则，只有从某一条真理才能推行出第二条真理。但斯氏所述的形态所代表的不正确的概念，是不足以推究出最后的真理来的。我们还可以这样说：此世界上我们的不完全的观念，容积的形态，或者其余个别的变化的事物，或是有存在，或是没有存在。假使它们是有存在的话，那么它们即是"神"之一部分，必须和"神"一样永生而充实。假使它们是没有存在的话，那么我们就不能以之为根据。事实是斯氏没有法子使外象的，有限的形态的，暂时存在的世界，和"神"之永久无时间性的实在，以及从"他"身上逻辑地推行出来的真理连接在一起。他全然忘记了有限的世界而不加解释，这是他所忽略的一点。

二、得救说

斯氏哲学的整个目标只是显出怎样人从他本来是现象世界的一部分逃出了"有限"而得到真福。人对于生活的不能满足是因为我们癖爱那些无永久性的事物。因为你们是虚妄常变，所以我们常处于情绪之磨练中，而不能得到平和。情绪的支配我们，以及昧于人生真实的目的，即是组织人类桎梏的要素。

斯氏以为人生的基条是各个人的自求生存。他名这种为己的活动，当全然依着自身的时候，为"自动"（action）。当一部分是依于自身以外的事物的时候，为"外感"（passion）。然则什么是这二者的区别呢？我们就得认识斯氏学说对于"心"之两种意见。

假使我们就我们对于此世界之现象的智识中取出我们经验的意识里各部分的情状，这就是形态（modes）。这些事实本身都是不完全，不独立的。每一个事实必须依赖着任何别的"有限的"事实，彼此相关，以至于无穷的数目。我们对于一个外象的认识，只是代表我们自身某种情状的感觉，这情状是由于实象和我们的感觉的错综而起；故实际是非物非我。缘是所有我们感觉的知识，都是不充分而杂糅的。

但"心"除了是一串有限的"形态的集合"而外，同时却又是"神"的本质之一部分，因为"神"是包括所有生存的事物的。所以"心"在他内在的真实里，也成为充实而永生。"自动"与"外感"的区别，即是充实的思想与不充实的思想的区别。前者得从"心"之自身寻得圆满的解答，因为他的本质乃与"神"的本质一致；后者却只能从其他相关的事物上找出部分的解答。

人的身体可以从各方面受到影响；他的变化以及行起此种结果的概念，即是所谓情绪（Emotion）。人从一个"外感"里得到较高程度的完全即是快乐，反之则为痛苦。由于欲望，快乐与痛苦，便组成了各种的情绪。一个外因的概念加上快乐，即成为爱；同样的概念加上痛苦，即成为憎。希望是从一些将来的事物的概念上所引起的快乐；失望是从过去的概念上引起的痛苦。其他莫不如是。

得到自由，就有两方面：一是从情绪遁逃，二是从不充实的虚妄的概念遁逃，二者实就是一件事。"人必须尽力使理性充实，以是得到最高的幸福。幸福即就是灵魂从'神'之密切的智识而来的满足。故我们必须了解'神'，它的属性，以及一切必然的行为。人的最高的欲望即是理性，他的终极的目标即是以他的理性充实地认识他自己以及一切事物。"所谓善，即是指能扶长知识的而言，恶即是阻碍或减失知识的事物。理性是自动的，故善即是强健；软弱与被动即是恶。故怜悯、羞耻、谦卑、懊悔、都是恶德，因为它们都是伴着一种痛苦的感觉而来，集中在人类的弱点上，使我们忘记我们实在的强健。人依照理性生活的，必须越过一切的怜悯与怀恨。他帮助人，只是为着理性，不是为着冲动。以冷静的无畏的眼光注视人生，只服从自己的意旨，不为人类的困苦或自己的过失所屈服，这才是理想的人格。

按照斯氏的说法，似乎要得到自由是不可能的，因为"必然"统制着一切，一切都是跟随着"神"的本质而来，人生当然是不能例外。"一个醉汉以为他所说的都是由于他的自由意志，但当他清醒的时候，便后悔刚才所说的话。同样是一个疯子，一个饶舌的妇人，一个孩子，他们都以为他们所说的是自己的自由意志，而实则是他们没有能力制服他们讲话的冲动。经验和理性同样告诉我们，人以自己为自由，只是因为他们意识到他们的动作，而没有意识到决定这些动作的原因；心的决断不过是它的冲动，因身体状况的变换而时常变换。"

所以我们没有法子避免生存的必然的事实。我们不能把"实在"更变。但这是一种桎梏，只当你反抗它的时候。要是我们知道了这真理而接受它，我们就得到了完全的，唯一的真实的自由。人被束缚不是因他服从法律，而是因他为自己的蒙昧和情欲所制。"神"是完全的自由，不是因为它能随心而行，乃是因为它所行的，全按照它自己的本行的法律，而不受任何的强迫；除它之外，没有外物足以决定它的行为。

情绪既是"外感"而非"自动"，即是代表此种外物的影响。我们可以用理解克服它，从混杂的概念中摆脱自己，而从每一事物的内在的真实里看出一切事物的必然性。经验与知识是以帮助"心"克服情绪。"我们失去了一件美好的事物会感到悲伤，但已经失去之后，我们便会明白它原是不能久长的。没有人会对一个婴孩怜悯，因为它不会说话，不会走路，不会理解。但如多数的人生下来便是成人，只有极少数是婴孩，那么人便会怜悯婴孩，因为他们以为这不是自然的必然的事实，而是自然的一种病态或错误。"

超越的力量，即是真实的知识的恒久与和谐，足以控制情绪，而克胜一切虚妄无实的概念。这一切的终极归宿到充实的概念之力量的来源，即是它们和"神"之概念的关系。每一件事物都和"神"的概念有关，因为"神"是所有事物的真理；于此我们得以克服情绪。大智慧的人，明白所有都是由于神性之必然而来，他的本分只是求理解它们是"全"的一部，而无须评价它们的好坏。他放弃一切自利的企图，以自己的生命融入大宇宙整个伟大的生命中，而得到最大的快乐。一切的爱，如上文所云，对于易变的事物，产生所有的忧愁和不幸。但爱对于不爱的永性，乃绝变没有我们平常的爱的缺憾，而只是一天一天地伸长扩大。这当然与平常宗教家所说的对"神"的爱绝然不同，因为宗教家的上帝是情绪的，正如人类一样，有爱也有憎，而斯氏的"神"，则是理性的。

斯氏所说的解脱的最后一步，即是与"神"的玄妙的合一。理性并不是由于各个人的经验而来，它是永在的，不受一切限制的，是"神"之无限智慧中的一部分。我们所孜孜寻求出来的理性，也许会从突然的直觉中发现，有如佛家所说的顿悟。这一种"悟"，斯氏名为"第三种知识"，产生了心的最高的圆妙的境界，因是而产生对于"神"的纯理智的爱，即是"神"对于他自身的爱。从这里面我们获得了极端，幸福，与自由。

普通的人以为道德宗教等等，都是一种负担，他们服从道德宗教，是因为死后可以放下这些负担，而得到他们的报酬；或是惧怕死后的惩罚。斯氏认为这是危险的谬误。幸福并不是道德的报酬，但道德的本身即是幸福。

这里斯氏结束了他的意见："凡愚昧的人，常为外因困扰，永远不能得到灵魂的满足，不知自己，不知有神，不知有物，死了便完了。但智慧的人，心常是平静的，他明白身，神，与物的永生的必然，永远有着真实的灵魂的满足。也许这一条路是限于取道的，但它决不是不能找到。因为要是得救是一件易事，那么何以全为差不多每一个人所忽略？所有一切超越的事物，都是难于得到的，正如它们是极其稀少的一样。"

（刊于 1933 年 6 月 12 日《之江期刊》创刊号，杭州之江文理学院学生自治会出版）

近代英美新诗运动

从十九世纪转入二十世纪，是一个颇多事的时代。政治上经济上社会上，各方面都显示着动荡不安定的局面。一八九九年有英国对荷兰的南美殖民地战争，一九〇〇年有美国与西班牙的战争，一九〇四年有日俄之战，以及十九世纪中叶以后工业革命的演进，机械文明的发展，女权运动与劳工问题的尖锐化，都给近世的文坛一个非常的震撼。从一九〇〇至一九一〇十年之中，欧美文学界都有了一个普遍的骚动，为要产生一种新的，为大众的文学。

这要求是含有两方面的意义。一方面无产阶级要求用他们的语言，述说他们所能了解的事实，因此在诗歌方面他们需要一种由新的文字所组织，全然属于一种新的形式的"新诗"。一方面智识阶级也已感到他们自己的文学之不稳定而企图在文字及题材方面有所改进。维多利亚诗人高唱空虚辽远的物事，喜欢用空虚辽远的字眼，这是新诗人所不能接受的。新诗人的歌唱是迫切的，他们反对修辞和字面的隐秘的用法，并废弃了 thou, thee, beseemth, camest 一类非现代的字样。

但是新诗人所走的路并不一致。基于第一方面的要求，于是产生了工业阶级的诗歌，机械的颂赞，都市生活黑暗面的歌咏，以及对于战争的新观念，和人道主义的近代的趋向。

另一派如 T. S. Eliot, Ezra Pound, 和法国的 Paul Valery 等，则以为近代社会的组织根本危及诗的本身，所以他们虽然也在诗里反映着新时代的精神，却极力使诗脱离现实的世界，以细密精致的匠人的手腕，使它成为一种卓越的语言，以哲学的玄想和文写技术的严密复杂，使它与日常语言成为迥然不同的事物，正如舞蹈之与平常行走一样。

另外自成一派的则是 Amy Lowell, H. D., Richard Aldington 所代表的影像派（Imagists）。他们主张提高观察事物的能力。不用生涩的字眼，所用的字眼必须恰当不易；创造新的韵律以表现新的意境；拣选题材有绝对的自由；每一首诗每一行甚至于每一个字都须表现一个影像（Image）；必须凝练，明确而整洁，集中而不散漫：这是他们的信条。

此外也许还可以提起所谓旁人派（the others），他们的诗无句读，无逻辑，无情感，不能使他们自己满足也不能取得读者的好感是意中事，因此这一派是差不多已经没落了。

虽然各自有不同的动向，总汇起来，这些新诗人所努力的却不外是两条路：一面是题材和文字方面的扩张和展开，一面是形式方面的更变。于是二十世纪的诗歌，就成为与前代全然不同的事物。

于此我们再探察近代英美诗歌的来源。在十九世纪早期 Edgar Allan Poe 已开始为诗的理论方面的革命，他主张诗非抒情，非说理，非数事，乃是创造一种美。在法国，Gautier 主张诗画应当一致，同时 Baudelaire 又将 Poe 的诗译成法文，结果使法国诗分为两派：一是 Villiers de L'isle-adam 诸人的班拿斯派（Parnassians），他们提倡形式格律的完整；一是 Baudelaire, Verlaine 这一派，他们提倡运用奇僻的美，由此产生象征主义、印象主义、自由诗等等。

同时 Walt Whitman 以雄伟的姿态出现于美国诗坛，他的《草叶集》（*Leaves of Grass*）完全是个人主义的诗歌，绝对的毁弃形式，用长的不规则的句子唱出自由不羁的禁神，同时他又是一个通俗的人民的诗人。

一方面是 Poe 与法国诗人的影响，一方面是 Whitman 的影响，这二者的结合，便产生了二十世纪的诗歌。

因为文字的相同，这里把英美两国的诗歌放在一起叙述。但实际上它们有很大的差异。英国诗因为有前代丰富的优越遗产，一般近代诗人多保守他们温雅端整的作风，所以所谓新诗运动，或者说诗歌复兴运动者，远不如美国那样急剧。一九一二年 Harriet Monroe 女士在芝加哥出版诗刊 *Poetry: A Magazine of Verse* 实在可说是美国诗运动的第一声。诗刊专门提倡新诗，采登一切无名作家的作品，容纳一切诗歌方面新的趋势和试验，并鼓励近代作家废弃维多利亚时代之形式主义。近代美国大诗人如 Carl Sandburg, Ezra Pound, Vachel Lindsay, Edgar Lee Masters，以及印度诗哲泰戈尔，都曾一时为诗刊握笔，有不少诗人借诗刊而成名，Masters 即是其中最著的一个。

要把现代知名的美国诗人一一提出，在这里是不可能的事，现在单提出代表的几个：Robert Frost, Edwin Arlington Robinson, Edgar Lee Masters, Carl Sandburg, Vachel Lindsay 五个代表诗歌的人生的倾向；其中 Frost 和 Robinson 尽量运用新的文字，而 Masters, Sandburg, Lindsay 则全然用新奇的形式改换了读者的眼界。Ezra Pound, T. S. Eliot, Amy Lowell, H. D. 四人代表为艺术的倾向；Lowell 女士和 H. D. 是影像派的歌人，Pound 和 Eliot 的诗里除了技巧的推敲之外，还包着艰深的理解。

Robert Frost 是一个哲学的沉思者。他反对近代的美国文明而退入新英格兰种田。他自己说他自己"非诗人向而写诗者。"他是一个民众的诗人，善于描写新英格兰人民的生活。他主张诗歌即是实际的语言，所以他的诗完全废除文学的套语和藻饰，明白，有力，诚实，而简单。

Edwin Arlington Robinson 和 Frost 一样也是一个新英格兰诗人。他善于剖析心理，富于讥刺和理智的成分。在风格方面他是最老成的一个，善于运用向来的形式。在近代美国诗里，他实在具有顶高的地位。

Edgar Lee Masters 以《斯蓬河诗集》(*Spoon River Anthology*) 一书震惊了英美的诗坛，在这里面他用朴素的简单的琐屑，在一个新的形式中，以深刻的观察和同情，抓住了每一个读者的心，确是一件伟大的创作。

Carl Sandburg 以工厂、机械、贫民为题目，是二十世纪的都会文明与工业的代表诗人。他肯定人生，喜爱大众，如果 Robinson 是理智的，严冷的，贵族的，则他便是感情的，热烈的，大众的。他诗歌的形式略近 Whitman，但更富于噪音；在他的诗里我们可以听见钢铁的声音和群众的雷鸣，在粗噪狂乱之中，充满了同情的温柔和可爱的梦想。

Vachel Lindsay 这位逝世不久的诗人是被称为"新世纪的歌人",他有意使诗歌回复到初民时代可以歌诵的形式,他的诗全是在这种形式之下写成,而成为新颖的可喜的。他常爱以黑人生活为题材。

Ezra Pound 是最早的影像主义诗人中之一个,他和 Masters 是完全属于两个世界的人物。他说技术的完整即是艺术的目的。比他后起的诗人如 Eliot, H. D., Richard Aldington, T.G.Fletcher, M.Bodenhein 都比他有更大的成就,但他的诗仍然保有一种不可犯的尊严。

T. S. Eliot 是一个神秘的人物,他的诗歌在英美法国都有极大的影响。他能熔和一切,在他的诗里,历史、哲学、科学、文学,以及日常的闲谈,几乎无所不有,同时有一种极艰深复杂的理解。无论在形式上或精神上都和维多利亚诗歌异趣,但他的诗也决不是属于大众的。

Amy Lowell 女士是一个多方面的人物。她是诗人,影像主义和自由诗(VersLibre)的宣传家,讲字家,翻译家,和批评家。她的诗"在男性的坚定的字句里,表现出一个敏感的审美的女性的灵魂"。因为对于东方文学的嗜好,使她的诗染上一层东方的奇丽的色影。

Hilda Doolittle 女士以 H. D. 的缩名发表她的诗歌,她是被讲为"唯一的真实的影像派诗人"。从现实世界遁入她自己所创造的世界,她的诗是技术精巧,富有雕刻的手腕,有着和冰雪一样,飞云石一样的晶莹、美丽、和冷。在诗意的纯粹上,她几乎是无比的。

近代的美国产生了不少的女诗人,Lowell 和 H.D. 两人之外如像 Lizette Woodworth Reese, Elinor Wylie, Winifred Welles, Margaret Widolemer, Mary Carolyn Davies, 早慧的神童 Hilder Conkling,以及工愁善病东方林黛玉式的女性 Adelaide Crapsay,都是很好的抒情诗人,Sara Teasdale 之为全世界爱诵,更不用说了。但是一般认为顶有希望的,却是比较最年轻的 Edna St. Vincent Millay。

Millay 女士二百行的《觉醒》(Renascence),是近代诗坛称道弗衰的名篇,虽然这也许还不算是她最好的作品。这诗她在十九岁时所写，是一个启示，一篇激进的人生的颂歌，放在一个天真的想象里。她是一个代表精神的抒情诗人，抒情诗的简清明净与美丽她都具备了。

对于美国近代诗，这里暂时作一个结束，新诗运动在英国虽没有像在美国那样的激烈而呈着五花八门的大观，但我们也决不能蔑弃它的重要。近几十年来英国政治上社会上思想上都产生剧烈的变化，在诗歌上有它们明显的反映；不过英国的诗人们，并不似美国那样企图用诗歌改造现实。

近代英国诗是多少也受到了 Yeats, Synge, Lady Gregory, Douglas Hyde, A. E. 一班人所揭起的爱尔兰文艺复兴运动的影响。Yeats 曾这样说："我们要废除陈腐的藻绘和修辞滥澜，弃掉一切人为的物事，而创造一种简单的近似语言的风格，好像即是从内心发出来的呼声一般。"

近代英国诗人也曾受到东方俄国中国印度日本诗的影响。他们不像美国那么多的主义，只是拣他们最适当的题材与形式而写，所以他们的价值是在诗的本身而不是在他们所表现的那一个时代的趋势。因是这样的保守，当然也有例外的，所以有人说，"英国的诗人简直不晓得有近代的世界"。

较之美国诗，英国诗是更艺术的美好，沉静而富深思，没有噪错，但它所缺乏的是那种进取的精神。这里也单提出较为伟大的几个。

Rudyard Kipling，这一个现存的大作家，是维多利亚时代英帝国主义的最后的代表，他的诗篇兴奋而富于脉搏，生动而饶有色彩。

Robert Bridges，这位桂冠诗人是一个在思想上无可采、在技巧上可赞美的诗人，他所写的，通俗而不失为纯粹的诗，富有音节的美和古典的温雅。

Thomas Hardy 在一九二八年以八十八岁的高寿死去。这位近代最老的老头子是顶值得尊敬的。他用冷讽热嘲的调子歌出对于人生之怀疑与失望，但有心的读者仍然会从这里面看出他对人类所抱的热烈的同情。

A.E.Housman写诗不多，但只是一本*A Shropshire Lad*，每一首诗都具着那样无瑕的轻柔的韵律，已被认为是Tennyson以后最好的抒情诗人了。

G.K.Chesterton和John Masefield是近代两个最好的Ballad作家；也许我们还可以加上Alfred Noyes，是绝对的非近代的，他神往于古代的梦幻，同时是一个通俗的作家，他的诗如《街琴》《强盗》《四十个唱歌的水手》等，以它们传奇式的美丽和音乐性的丰富，常为一般人所爱读。

Masefield一般公认为现代英国最大的诗人，这决不是过誉。他从真实的人生里采求诗料，以看那样健康的态度，确实他有一种非人所及的伟大性存在。

W.B.Yeats和George William Russell（即A.E.）是爱尔兰文艺复兴的两个大师。他们都是神秘主义者。Yeats尤其是一个顶可爱的情诗人，他的诗里有一种不可捉摸的美丽和顶甜蜜的音节，具着那种稀有的魅惑性。至于A.E.,Yeats说他"从一切事物的内心里找出一个芬芳的火焰"。

同样是神秘主义的诗人Francis Thompson是一个全然不懂外面的世界的最纯真的人，"The Hound of Heaven"，一首象征的诗，已被认为是一篇不朽的名作。Walter de la Mare从儿童世界里得到无限的诗情，他梦幻化了一切平常的事物，他的诗是顶迷人的可爱。

影像派在英国也有相当的活动，H.D.的男人Richard Aldington是主要的代表。他的诗富于玄学和批评意识，但缺少诱人的力量。

美国的诗人和批评家Louis Untermayer氏指出近代的诗不再是智识阶级为智识阶级而写的，它是属于大家的，人生的。近代的诗人们渴求智识与自我的剖析；在成就上决及不上前代维多利亚时候的Tennyson, Browning，或是Swinburne；他们不曾写过什么不朽的伟大的诗篇；他们多蹈有虚伪的夸张；他们的情绪不忠实，缺乏坚定的人生哲学：但这不是他们的错误，而是这时代人类共有的差误，因为Whitman说："要有伟大的诗人，必先有伟大的读者。"但无论如何，这多少年来新诗人们的努力是有了相当的贡献。他们肃清了前代陈腐的句调，使我们可以尽量应用现代的明白的语言；他们可以运用任何的题材，一个丑恶的大蒜贩卖者跟一个女人梳她的海青的头发是同样好的题目。

四月二十二日书成

（刊于《秀州钟》第 12 期，1933 年 6 月。此时朱生豪已上大四，本文系应母校邀约所写。）

中 國 文 學 會

之江大学中国文学会（站立者后排右第 4 人为朱生豪，前排右第 4 人为宋清如）

叁

大学毕业后的诗作（1933~1937年）

《鹧鸪天》三首

编者按：这是朱生豪大学毕业后不久寄赠给宋清如的。词中惟妙惟肖地记写了他们从初识到相恋，最后又不得不暂时分开的过程和相互间的感情。

楚楚身裁可可名，当年意气亦纵横，
同游伴侣呼才子，落笔文华洵不群。
招落月，唤停云，秋山朗似女儿身。
不须耳鬓常厮伴，一笑低头意已倾。

忆昨秦山初见时，十分娇瘦十分痴，
席边款款吴侬语，笔底纤纤稚子诗。
交尚浅，意先移，平生心绪诉君知。
飞花逝水初无意，可奈衷情不自持。

浙水东流无尽沧，人间暂聚易参商。
阑珊春去羁魂怨，挥手征车送夕阳。
梦已散，手空扬，尚言离别是寻常。
谁知咏罢河梁后，刻骨相思始自伤。

起身试可之言写年言气惫然微华同游伴侣呼才子高华文华

诲不屑耳 把酒问月久停停之 梁山卿似女见身 正陷耳警觉帝中

麻伴一笑低頭寄已似人

忆峄臺山卿见时十二婷婷十三废 席遽起 羌僮饶挥笔派織之

稚子詩 气高废竟失籍平生心绪许尺知 飛花遊北夬無言可

吞声意情不自持

浙州春院笔畫营苍 今日辔票易者 商阅洲者有因籍魂恐操手

征东这去陽 草之散于云腾离高二 新别仞之 写与爭訖知悟范

何日本海列首相思 妮自信予

（未完）

伉俪

朱生豪宋清如诗文选

打油诗《我爱宋清如》

编者按：这是已经毕业并在上海世界书局工作的朱生豪在宋清如准备写毕业论文时寄给她的三首"打油诗"，一方面表达了对宋清如的爱情，另一方面也为调节气氛，让宋清如放松因要撰写毕业论文和答辩而感到紧张的情绪。

我爱宋清如，风流天下闻；红颜不爱酒，秀颊易生雰。
冷雨孤山路，凄风苏小坟；香车安可即，徒此挹清芬。

我爱宋清如，诗名天下闻；无心谈恋爱，埋首写论文。
夜怕贼来又，晓嫌信到频；怜余魂梦阻，旦暮仰孤芬。

我爱宋清如，温柔我独云；三生应存约，一笑忆前盟。
莫道缘逢偶，信知梦有痕；寸心怀凤好，常艺瓣香芬。

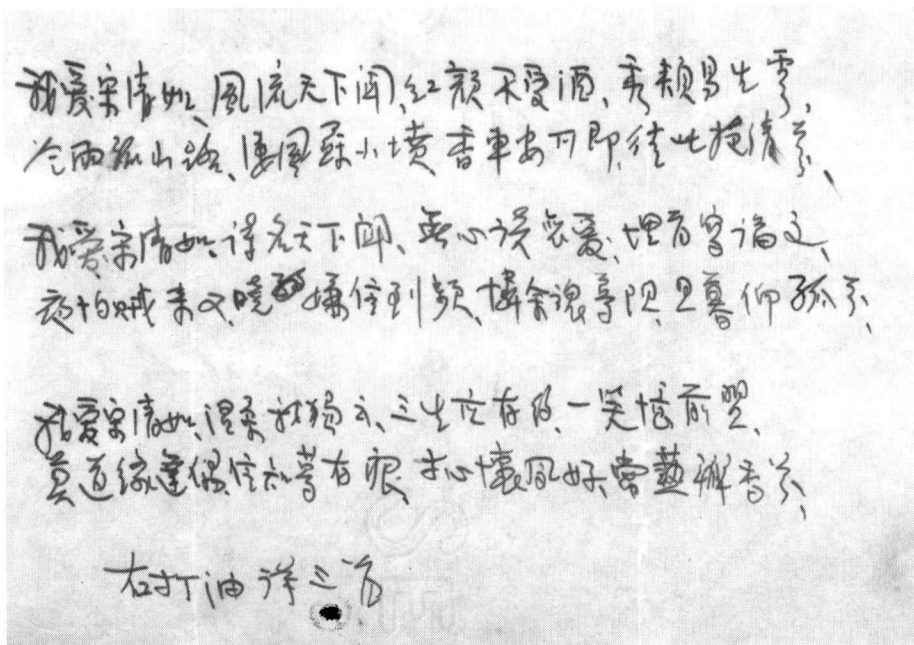

《蝶恋花》(用清如诗原意改写)

编者按：1934 年或 1935 年间宋清如曾寄给朱生豪一首新诗，朱生豪写了《蝶恋花》一首作答。诗词中两人以"秋风"和"萧萧叶"自喻，不想竟成了他们后来命运的谶语。宋清如后来记得她的诗前半首是：假如你是一阵过路的西风／我是西风中飘零的败叶／你悄悄地来，又悄悄地去了／寂寞的路上只留下落叶寂寞的叹息

不道飘零成久别

卿似秋风，侬似萧萧叶

叶落寒阶生暗泣

秋风一去无消息

倘有悲秋寒蛱蝶

飞到天涯，为向那人说

别泪倘随归思绝

他乡梦好休相忆

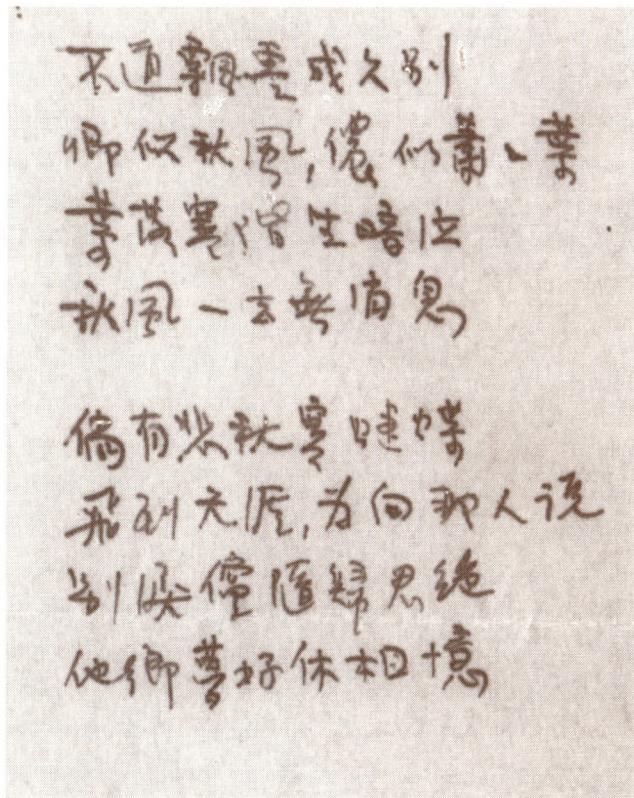

朱生豪信中诗词十九首

编者按：这些诗词均见于朱生豪 1933 年到 1937 年间写给宋清如的信中。

Drink to Me Only with Thine Eyes

编者按：本诗英文题目的字面意思是"只用你的眼睛为我干杯"，出自英国文艺复兴时期著名剧作家和诗人本·琼生的同名诗作。

今日融合无间的灵魂
也许明日便会被高山阻隔
红叶上的盟言是会消退了的
过去的好梦是会变成零星的残
忆了的
自夸多情的男女
明天便要姗笑自己的痴愚了
饮了这一杯酒，朋友
趁我们还未成为路人
请多多的望我几眼吧

树头的叶，夏天是那么青青的
一遇秋风便枯黄了，摇落了
当生命已丧失它的盛年
宝贵的爱情也会变成不足珍惜

自夸多情的男女
明天便要姗笑自己的痴愚了
饮了这一杯酒，朋友
趁我们还未成为路人
请多多的望我几眼吧

等到我们彼此厌倦之后
别离也许是不复难堪的了
然而等我们梦醒的时候
我们自己的生命也不复是可恋的了
相思是不会带到坟墓里去的
一切总有了结的一天
饮了这一杯酒，朋友
为了纪念我们的今天
请多多的望我几眼吧！

Drink to Me Only with Thine Eyes

今天献给费间的灵魂
也许明日便会被高山阻隔
在峰上的盼望也会消褪了吧
过去的事儿会象我更见的光境了吧
自誇多情的男儿
明天便要咀嚼自己的寂寞了
饮了这一杯啊朋友
让我们遂去找情绪人
请多〈啊给我斟满吧

松针上的露更大是那庭院之的
一阵秋风便枯萎了殘废了
当生命也丧失它的盛年
宝贵的事情也会变我不足珍惜
自誇多情的男儿
明天便要咀嚼自己的寂寞了
饮了这一杯啊朋友
让我们遂去找情绪人
请多〈啊给我斟满吧

告别我们彼此献供之役·
别辞也许是不復艰峻的了
且而当我们重醒的时候
我们自己的生命也不復见可爱的了
相思是不令萦到境嘉视去的
一切债有了偿的一天
饮了这一杯啊朋友
为着记念我们的今天
请多〈啊斟满我我吧！

75

伉俪
朱生豪宗清如诗文选

Forget-me-not

编者按：本诗英文标题的意思为"毋忘我"。

古昔一对男女
走到这桥上，
说，"别忘记我！"
他们手中的蓝花，
无意跌进水中，
水边伤心地长起来的，
是蓝色的毋忘我了。

撷了它，
表示相思之情。
远离的人，
记得王维的诗吗？
"红豆生南国，
南国的秋天是这样愁思着了；
红豆子是顶相思的，
多多的采哪！
多多的采哪！"
南国的春天是一样寂寞的，
赠与你，
这一束毋忘我吧！

绝句六首

编者按：朱生豪在信中说："前次绝句二十首之后，又做了十一首，没有给你看。前几首较好。"

春水桥头细柳魂，
绿芜园内鹧鸪痕，
蜀葵花落黄蜂静，
燕子楼深白日昏。

倚剑朗吟卐字栏，
晚禽红树女萝残，
何当跃马横戈去，
易水萧萧芦荻寒。

半臂晕红侧笑嫣，
绿漪时掀采莲船，
莲魂侬魂花侬色，
蛙唱满湖莲叶圆。

迟雪冲寒鹤羽毵，
偶尔解渴落茅庵，
红梅白梅相对冷，
小尼洗砚蹲寒潭。

秋花消瘦春花肥，
一样风烟雨露霏，
萧郎吟断数根须，
懊恼花前白袷衣。

燕子轻狂蝴蝶憨，
满园花舞一天蓝，
仙人年幼翅如玉，
笑澈银铃酡脸酣。

前次绝句二十首之后，又做了十一首，以为俗作为。而庵
说首较好：

　　春水桥头细柳垂　绿阴园内隔墙　蜀葵花底梦
　　啼莺些子楼深白日昏

　　倚剑阑吟正□□　晚窗红树女归迟　何当跨马搀
　　戈去易水萧萧展敌塞

　　半启窗红侧笑□　绿骑时□□莲艇　莲塘□□
　　花□□蛙鸣满湖莲棹园

　　□雪衔□鸥羽□□□解偶□芹菱　红梅白柏柳□
　　冷水龙说观蹲寒潭

略有宋诗调子，第三四两首，都故作拗句。又第九首：
　　秋花饷暮香花肥，一□风烟两露霏，□都吟敔数
　　根情，□揽花前日检衣。

第十一首：
　　□子轻柔柳□垫，满园花□一天□。仙人□幼□
　　如玉，笑□银钩醉月而甘。

七绝三首

编者按：朱生豪在信中写道："代你作了三首诗，这玩意儿我真的弄不来了。"

春风转眼便成秋，	不见花前笑脸红，	迷离旧事逐烟尘，
昨日欢娱此日愁。	寂寥身世可怜虫。	不尽凄凉剩此身，
愁到江山齐变色，	寒松阡陌娥眉月，	梦里依稀犹作伴，
惹伊鸥鹭亦低头。	肠断坟头夕夕风。	一灯红影照三人。

伉俪

朱生豪宋清如诗文选

俚词四首（借用张荃[1]女史诗韵）

水面花飘水面舟　　　　　　　　恼杀枝头间关禽

猖狂一辈少年游　　　　　　　　恼杀一院春光深

宁教飞花随水去　　　　　　　　敲碎一树桃李花

莫令插向老人头　　　　　　　　莫教历落乱侬心

美人汗与花香融　　　　　　　　陌上花儿缓缓开

且敞罗衫纳野风　　　　　　　　天涯游子迟迟回

春去春来都不管　　　　　　　　只愁来早去亦早

好酒能驻朱颜红　　　　　　　　不如日日盼伊来

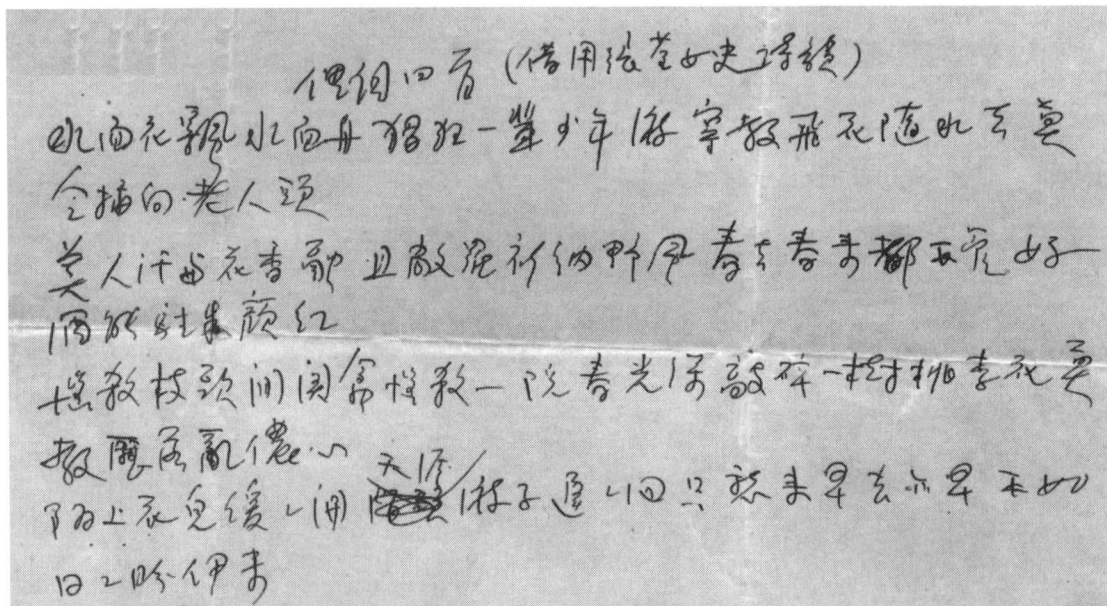

①张荃：朱生豪和宋清如的之江同学和好友，诗才甚高。

80

拼字集句四首

编者按：朱生豪在信中写了这四首诗后，写道："这玩意儿是我发明的，即是把一些诗词抄在纸上，然后把一个一个字剪下来，随意把各字拼凑成一些不同的诗句，如上例。很费心思，你一定不耐烦试。"

雁歌暝归霞，
楼凤惨瘅残，
屏墨香尘老，
轻灯舞往还。

宿酒愁难却，
旅尘染鬓寒，
临江慵写黛，
病却盼花残。

素缕委尘白，
软绡染水红，
春归絮舞苦，
花老燕飞慵。

千里无情月，
尚临别梦明，
断魂残酒后，
掩泪倚青灯。

伉俪

朱生豪宋清如诗文选

《恋の小呗》和《种树》

编者按：这两首诗见于宋清如一直保存着的少数几张朱生豪的诗稿。

恋の 小呗

愿你心上开出一朵小小欢喜的花，
愿我的心啊是一泓光明的流水，
把摇曳的花影投赠给流水，
让我的心分有你的欢喜吧！

也许花不久会萎谢呢，
也许欢喜如朝霞不能久驻呢，
那么把英英的残瓣散在我心上，
让流水载着你的哀愁吧！

种树

诗人说:"诗是像我这种蠢材做的，只有上帝能造一株树。"①

①这句话出自美国诗人乔伊斯·基尔默写的一首题为《树》的诗。

我要在庭心里种一株树，
用五十年的耐心看它从小变老，
我要在树底度我的残年，
看秋风扫着落叶。

为着曾经虐待过我的女郎，
我要在树干上刻满她的名字，
每一片叶上题着惨毒的相思，
当秋风吹下落叶。

我将赍着终古的怨恨死去，
我要伐下这树作我的
棺木，当末一序的秋风
卷尽了落叶。

肆

抗战开始后发表的诗文

『小言』选

《青年周报》上发表的小说、随笔及翻译小说

《红茶》半月刊上发表的翻译小说

《红茶》半月刊上发表的《词三首》和《新诗三章》

《红茶》半月刊上发表的《词三首》和《新诗三章》

编者按：《红茶》半月刊是胡山源主编的文艺刊物，1938~1939 年在上海"孤岛"内出版，朱生豪为特约撰稿人之一，并发表过一些诗词和翻译小说。其中《词三首》和《新诗三章》都发表在《红茶》第 5 期（1938 年 8 月出版，是八·一三事变一周年的纪念专刊）上。词中"屈原是，陶潜否"一语突出体现了朱生豪在思想感情上的转变。屈原和陶潜都是朱生豪十分喜爱的诗人，但现实生活使得朱生豪在积极浪漫主义和消极浪漫主义之间作出了进一步的抉择。这也表现了朱生豪决心投身到抗日救国事业中去的决心。

词三首

满江红　用任彭二子原韵

孤馆春寒　萧索煞当年张绪　漫怅望云鬟玉臂　清辉何许　碎瓦堆中乡梦断　牛羊下处旌旗暮　更几番灯火忆江南　听残雨

屈原是　陶潜否　思欲叩　天阍诉　慨蜂虿盈野　龙蛇遍土　花落休吟游子恨　酒阑掷笔芜城赋　望横空鹰隼忽飞来　又飞去

水调歌头　酬清如四川仍用原韵

西北有高楼　飞桷接危穹　有人楼上竚立　日暮杜鹃风　回首神京旧路　怅望故园何处　举世几英雄　骋意须长剑　梦想建奇功

花事谢　莺歌歇　酒樽空　旧日雕栏玉砌　狐兔窜枯松　为问昔盟鸥侣　湖上小腰杨柳　可与去年同　一片锦江水　明月为谁容

高阳台　和清如用玉田韵

苦雨朝朝　离魂夜夜　人生飘泊如船　忽遇飚风　狂涛卷尽华年　罗情绮恨须忘却　是女儿莫受人怜　试凭高故国江山　满眼烽烟

蜀山应比吴山好　望白云迢递　休叹逝川　花月轻愁　从今不上吟边　矛铤血染黄河碧　更何心浅醉闲眠　听不得竹外哀猿　山里啼鹃

伉俪

朱生豪宋清如诗文选

新诗三章

忆乡间女弟子

编者按：朱生豪在乡间辗转避难期间，曾为一些女学生辅导过功课。这首诗就是对当时情景的记叙。诗中对那几个女弟子奋发努力，颖敏好学的描述，正好跟残酷的现实形成鲜明的对比，朱生豪以此来寄托他对新一代的希望，以及对民族前途的乐观态度。

也许我将不忘记那一段忍气吞声的日子，
充满着沉痛，屈辱，与渴望的心情；
然而那也不是全没有可恋的，——
门外纵横着暴力的侵凌，
豺狼后面跟着一群无耻的贱狗，
而风雨飘摇的斗室之中，
却还温暖着无邪的笑语。

雅——大学教授的娇女，
是一个梳着两根小辫子的，
健谈而温婉的小鸟，
到处散布着阳光与青春的纯洁。
也许她还记得莎翁笔下 Cleopatra 的眩丽，
也许她还记得，那段著名的 Seven Stages of Man。
在一个兴奋的下午，
她告知我国军胜利的消息。

明——烟纸店里的姑娘，
是羞怯而沉默的，
头常常低俯着，
英文对于她是一种新鲜的课程，
两星期读完了第一册读本，
无论哪个教员不曾有过这样颖悟的学生。

而且我怎么能忘记乖巧的小凤，
房东家的小女儿呢？
每天放学回来，
她不忘记交给我一篇稚气的作文。
先生的责任是很重的：
九归乘除在她的算盘上打会了，
分数小数在她的笔下算会了；
她还学会了中国，南京，海南岛，
在英文里叫什么名字。
一个无父的孤儿，
小小年纪怪懂事的，
她知道怎样发愤努力。
早晨练字写总理遗嘱，
蒋委员长是她崇拜的英雄。

也许我将不忘记那一段忍气吞声的日子，

充满着沉痛，屈辱，与渴望的心情；

然而那也不是全没有可恋的，——

门外纵横着暴力的侵凌，

豺狼后面跟着一群无耻的贱狗，

而风雨飘摇的斗室之中，

却还温暖着无邪的笑语。

耗子·乌龟·猪

编者按：像耗子一样钻谋私利，像肥猪一样醉生梦死，像乌龟一样但求苟安，但是在侵略者的铁蹄暴力之下都不免同归于尽。可见对侵略者是不能抱任何不切实际的幻想的。这首讽刺诗以象征的手法描写了在当时特定的社会历史环境下芸芸众生的各种不同态度。

×军到来之日，
某屋的主人仓皇出走，
剩下满屋的耗子，
后圈一条来不及宰杀的肥猪，
和庭心一只积世的老乌龟。

耗子说，"这是我们的世界了；——。"
于是跳梁无忌，为所欲为。
乌龟是一个哲学家，
惟终日缩头曳尾于阶前，
悠然以度其千岁之长生。
肥猪则免作主人之馔，
深感×军的威德。

然而一把火烧去了耗子的窠，
感恩的猪奉献给×军一盘美味的烤肉，
更没有人查问乌龟的下落。

七太爷

七太爷今年七十岁了，

前清捐过廪补过贡生，

曾有土豪劣绅之目，

清党后服膺总理遗教，

而现今是当地的大慈善家。

他有一位长斋念佛的太太，

和七八个环肥燕瘦的如夫人。

×××之后，

他挈家避居乡间；

"读书人以气节为重，"

是他平日的恒言。

于是炮火惊醒了小市民的迷梦，

菩萨的神威再打不退敌人的飞机了；

七太爷的桑梓之乡，

也遭逢到这历史上的命运。

七太爷是一个大慈善家，

他惨念生民涂炭，

辄摇头长叹而唏嘘；

然而最使他心痛的，

是百余间自己的市房。

某方求贤若渴，
颇有拉他出任地方艰巨之意，
好，七太爷是一个读书人，
他懂得道理，约法三章堂而皇之地提出了：
一、不许强奸妇女；
二、买卖必须付钱；
三、城厢请不驻兵；
如不照行，他说：
他宁死不能受命。

三项要求不曾得到答复，
可是有一天几个人拿着手枪登门造访，
明天七太爷荣任了县长。

自从吃过一记清脆的耳光后，
七太爷便成为感恩深重的奴才了。
他的七八个姨太太剩了三个，
其余踪迹待考。

《红茶》半月刊上发表的翻译小说

如汤沃雪

OA在××常胜军中仅仅居军曹之职，但全定村不过是一处二千年来不曾经过变动的乡村，错落地点缀着几所草棚茅屋。OA有一本手册，指导他怎样把中国近代化起来。他奉命担负把全定村××化的任务。虽然是小小的村庄，OA很满意这一个使命，因为他自信为一个效率专家。而这是他第一次一显身手的机会。再者，成功的意义即是青云直上，而失败在××人眼中，是有甚于死的耻辱。

OA军曹乞灵于他的宝贝手册。这本软软的皮面小书，刚好放在他制服的内衣袋里。这一类的手册是在他的本国印制，专为开化中国的数百万乡村之用的。它们不但是一种权威的标记，同时也是不可缺少的南针。倘使没有这种指示，一个军曹怎么会知道应当怎么办或说些甚么话呢！

OA从他的手册上得到了这样的指示：第一步，联络村中父老；第二步，使该父老近代化起来；第三步——但第一步第二步还没有做到，再读下去也是没有用的，这位效率专家这样决定。

OA调查到他这一村中的父老是一个名叫老周的，开着一爿青云客栈。他踱到那所客栈里，看到老周正在假山石的园子里咿咿哦哦地读古书。他的广博舒适的长衫敞开着，那老头子安闲地用扇子煽他袒露的肚子。

这位效率专家揩他脸上的汗，无疑地他想到了他为了进步所付的代价。他把一个指头伸进他那重重的制服上的紧紧的高领下面去，勉强装出满不在乎的样子来。

OA开始他的任务了。

"老先生，"他卖弄恩德地说："我，××陛下的一个最微贱的小臣，奉命到贵村来，要把XX文化和科学的利益传扬到未曾沾惠的中国人民中间。"这一段话他说得很流利，因为他曾经照着手册用心背熟。

老周显然并不曾被他的话引起了兴味，如同这手册上所说的。他只是咕噜了一声，眼睛尽是望着那××人。

OA惶惑了。他不知道那种咕噜是什么意思，他的书上并没有告诉他。他决定照着指示继续下去。咳嗽了一声，他又作了一次英雄的尝试：

"××可以为中国人做他们自己所做不到的事，"他机械而正确地说着。一切都很顺利，要是老周不插嘴的话。

可是老周立刻插嘴："一条腌过的鱼，还能叫它在水中游泳吗？"他不动声色地问。

OA惶乱地翻他手册上的目录，那是他的长官们为了更大的效率起见而加了上去的。那上面既没有"腌鱼"，也没有"游泳"。他又茫无头脑了。

老周一面等候着回答，一面沉思地望着开满蔷薇花的园墙外面，长城随着岗峦的起伏而缭绕着，一直绵延到天际。他默不作声，随手拿起一把钝刀来，把蔷薇上的一段赘枝切下了。

这时候OA已经定了定心，预备照着指示继续进行。他决定把第一步跳过，因为他不是已经和村中的父老有了联络了吗？他开始第二步工作，那就是说要使该父老变为合于他们理想标准的人。

军曹咳嗽一声，开始他的第二段演辞，照着手册上的话而读出来：

"近代化中国计划十大要点：第一，以近代文学代替旧有经典——"

"很好，"老周又插嘴了："让我们交换书籍。尊驾的册子我可以领教一下，我这本破书您倘然读它一下，也可以给您些益处。"

"可是——，可是——，"OA吃吃地说，舍不得把他的权威的标记放手。

尊驾的册子上不是说要用您的新来代替我的旧吗？"这老头子伸出手来硬向他要。

OA的手抖了。事情显然有些越出常轨。他开始惶恐地流起汗来。

老周向他蔼然一笑，从他的旧书上读出一句圣人之言："现在听我读吧。我的书上说'在家千日安，出外无穷苦'。"

OA受了侮辱了。他的××陛下受了侮辱了。他的手册在这时变成了次要。当他伸手去拿那放在桌上刚才切过花枝的刀的时候，他的册子掉在地上了。老周的眼睛里有一种什么力量使这××人怔住。他没有看见老周伸出手来，一手把刀拿在手里，一手赶快拾起了手册，携在袖管里。OA大为恼怒，从老周的手里把刀夺下，预备向那中国人刺过去。

"杀死了村中长老，不过使得你的长官知道你的任务已告失败而已，"老周向他警告。

OA觉得他的话有理，手缩回了。

像山中的老虎那样快，老周从袖中取出那本宝贝手册，撕成两半，分别垫在他的鞋子里。

"我正缺少纸头垫我的脚底呢，"他说，他的锐利的眼睛注视着OA的每一个动作。

OA面色发白。即使他把那撕碎的手册拿回来重新糊好，他的使命也已经失败，因为对于像老周这样一个长老，简直毫无办法。失败即耻辱。耻辱甚于死。他的民族从古以来有一种解脱耻辱的方法。切腹自杀是胜于蒙羞而生的，完成这一目的的工具就在他手里。他不曾注意到老周这把刀是钝而无锋的。一刀划上去，他的厚厚的制服毫不受影响。

老周在他的身边，庄严地说：

"听好，我的孩子，"他说："生命是大家所宝贵的。即使是麻疯的叫化也不愿走一条枯烂的木板桥。在那边长城之下埋葬着无数的秘密。那边有你的容身之处。在那更楼之下有一条秘密的路，通到一间密室，你可以安全地躲藏起来，直到你的长官断定你已失踪，不再追问。然后你可以出来加入我们一起。你可以得到一个结实的乡姑做你的妻子，公地上你也可以得到一块耕种的田亩。"

说完了这段话，老周把刀丢到墙外。OA知道他没有其他的路好走。

现在在全定村可以看见有一个两条腿比别人略短些的和平的乡人，和一个知足的村妇一起在那儿用犁头耕田。空下来他便读那历世相传的圣贤经典。有市集的日子，他驱着牛车，经过他曾想要使它近代化而终于无成效的留着深深凹辙的泥路。

（草草译自 Coronet，Nov. 1937）

（刊于《红茶》第 10 期，1938 年 11 月 1 日）

钟先生的报纸（一个美国人眼中的上海新闻事业）

（George L. Moorad原作，朱生豪译）

我不知道为什么我会答应担任"美商上海X报"的主笔，除非因为我是年轻不懂事，而钟吉伯先生是那样客气。我一向容易给人戴上高帽子，而且我常常揩油他的香烟。他总是不让我报答他的厚意，而这次却是他第一次请我帮忙。

我知道他为什么要请我做主笔。这张报纸从前的老板似乎是因为对××人说过一句俏皮的讽刺话，而被关禁在南京反省院里。他说他们都是像包在玻璃纸里的东西，看上去非常干净美丽，可是打开来一看，全是和花生米一般无二。

钟说他预备把他的报完全照美国的方针办，除了所用的文字以外。他要我做主笔，因为我经验丰富，人格高尚，以及其他许多他一口气说出来的我的美德。他又要我把它注册作为美人经营，这样可以不必顾忌政府的检查员。我们照他的话行了，把钟高兴得了不得。

"哈哈！他妈的，"他叫起来，"正像在美国一样。"

那报的完全的名称的意义是"促进中美友谊，发扬民族精神的报纸"。我们在门口钉起了一块大的黄铜的牌子，中美两国的国旗交叉挂着。

我们的报纸一出来销路大好，因为其他的报纸都受着政府方面对于侮辱友邦、危害民国一类言论的取缔而碍手碍脚；民众渴望着消息，而我们给了他们。第一个月我们发行二万份，可是一下子就跳到了四万五千份，可惜无法多印，否则还可以多一些。

一个××水手给人杀死了，海军陆战队上了岸，在××区域满布起铁丝网来，把那些住宅区中的居民吓得魂灵出窍。别家报纸和我们一样知道那个××人是因为逛窑子争风给自己人杀死的，可是谁都不敢说出来，就是连张铁丝网的事也一字不提。我们一五一十把事实揭载出来，全市的人心都给激动了，别家访员都把他们自己报上登载不出的材料供给我们。等我们一登载之后，他们再转载。

也许你们不相信会有因为抢夺报纸而打架的事。我对你们说那不是造谣，差不多整整一个月，每天一个下午一直到十点钟为止，报馆门口总有一大群人等着。事情弄得很棘手，终于我们把全数报纸叫一个人承包了去；我们只要把它们望后门一摔，让他去跟报贩和读者们打架去。

这时候钟已经撺掇我把我的穷寒的腰包挖出来作为投资，我们买了一部国产的卷筒机，我可以发誓说那是照着一千九百年何氏式制造的。他是非常客气，我仍旧揩油他的香烟。他从不把他的烟盒子传给我，总是用他那长长的细细的淡黄的手指取出来，每次给我两三支。那种姿态使我心醉。

在这一段××人事件的骚动中，我简直没功夫去想到我们的报纸是否赚钱。一天到晚我只是把××人谩骂，写些激烈的社论。我这种翻成了中文的东西写得一定很不错，因为两方都要想设法收买。××大使馆提出一个不算慷慨而颇合情理的价格，中国的市长愿意给我们一千块钱一月津贴。我想卖出去，可是钟主张接受津贴。这样是可以在一个月之内把我们毁了的，因为自由是我们唯一的标榜。钟想出了一个聪明的计策，一方面他接受那笔钱，说几句赞助政府的话，一方面我再在同一机关内另出一份报纸。那时我是太天真了，终于和他妥协而照常合作。

很奇怪××事件冷淡下去之后，我们的销路却还是照常。发行的常额是四万份，门前总有一大群人注视我们的揭示板。

我知道我的社论没有吸引他们的能力，可是我也不去深究原因，直到有一天一家英文报纸攻击我们登载猥亵的记事。似乎是一个已婚的男子，在一种微妙的情形之下，死在新亚旅馆里。我们的某访员认为这是一件大可加上油酱去的资料，他用动人的文笔，详细记载那位绅士的可爱的女伴的肉体上的美丽，于是对于他们在旅馆卧室中可能的经过加以描写，照后下结论说那男子确是为爱情而牺牲了生命的。

我知道我们的读者们欢喜这种人情味，但这段记载激怒了我，在钟不在的时候，我把那个记者解雇了。报馆内全体人员直到当差为止立刻罢起工来，有五天工夫不出报纸，我正在走投无路的时候，钟从广州扫墓回来了；职员们要求收回把那记者解雇的成命，全体加薪百分之二十，再要我亲自道歉。

当然钟在我不曾有机会和他见面之前，已经什么都知道了，全体职员跟着他返馆工作。我不知道他把这次争端怎样解决了的，可是薪金既未增加，我也不曾道歉。那记者在两星期后辞职而不知去向了。他说他不配从事新闻事业。

我后来知道了其中的底细。钟把他召了回来，照后再设法使他不安于位。每一次在这记者的文字里找出了一个错处，便当着每人的面叫他出来，削他的台。为了保留最后一点点余剩下来的面子，他不得不出之于辞职的一途。

从这件事上钟觉得我有些伪君子假道学的气味。他并不当面说出来，但在几个月之后，他对我说中国人对于清洁的新闻是另有一种见解的。他说在中国文字中，讨论任何人类天赋本能的事，并不有伤风雅。我接受他的暗示，便把他所谓的"社会新闻"交给编辑部中人去弄了。甚至于当他们攻击一个青年会干事纳妾的时候，我也不加反对。

可是我很为我们那个被攻击者伤心。有一天他走进我们的编辑室里来，我不曾见过比他再可怜的人。他并不怀恨，只是一副听天由命的神气。他说他的唯一的儿子死了，他的老妻劝他娶一个年青些的女人，为的希望得到一个子息。可是现在因为这种恶劣无声的传布，也许他要敲碎他的饭碗。

"在中国"，他简单地说，"没有儿子而死去是很凄凉的。"

钟把他敲了一记一千块钱的竹杠，派给我一半。

大约在一个月之后，我开始奇怪起来，为什么我们不能赚钱。我知道我们的销路很有盈利；广告收入可观，而开支很简省。于是我发现钟在他的写字间里，设立了一个广告兜销处，外边来的广告费，都要扣去一成半佣金。我向他质问的时候，他假装吃惊，然后又装作受了侮辱的神气。他向我作了一个非常巧妙的解释，说明就在这一所房子里设立一个广告兜销处，比之到外边别家人家，去付二成佣金，在经济上也是一个合算的办法。他把我弄糊涂了，我自己还不曾觉得，他已经塞给我几枝香烟。那时我开始觉得钟这人很有手段。

下一个夏天，发生了美丽的阮媚莉自杀的故事。

媚莉是一个电影大明星，影迷心目中的真正的情人。从小的时候她在福建和一个富有的酒商住在一起。他同着她到上海来，她成为电影明星，不再回去了。同时她又成为一个青年的摄影家的情人。

用尽一切心机想把她夺回来而终于无效之后，这酒商赶到上海来，控诉那摄影家夺其所爱。这对于我们是一件大好的新闻资料，可是把媚莉气坏了。一个朝晨他们发现她昏迷在床上；她吞服了差不多一瓶的安眠药片，那天下午就送了命，在她的门外有成千的影迷流着泪。在中国他们也是把电影看得很认真的。

好，他们给她举行了一次盛大的葬仪，据说自从曾文正公死后从不曾有过这样大的大出丧。从租界到闸北，无数的摄影机把棺材前面那姑娘的一丈高的遗像，和柩车后跟着的全体电影界人员收入镜头。在出殡的道上，足足有二十五万人，刚刚在这个时候，我们的第一次号外出版了，把那酒商攻击得体无完肤，说那姑娘是被他致于死地的。我们把他称为万恶的淫棍，摧残了她的娇嫩的生命。哎哟，要是群众把他捉住了，准会把他的心都剖出来呢。

他吓得面无人色而到我们的编辑室来，穿着一件青布长衫以避免别人的注目。其实是没有什么人认识他的，但是他自己以为是众目之的，要想把事情疏通好来。我对他说不成功，钟也摇头。似乎他把那酒商送到门口，后来我也回家了。那夜里我知道我们已经出了第二次号外，净获利一万元。在第二次号外里说明前此的消息系传闻之误；事实上阮媚莉确乎是那酒商的妻子，而且还是三个小宝宝的母亲，他们都在哭哀哀地盼他们的母亲回来。她因为觉得对不起她的久受痛苦的丈夫，因此以一死来补赎她的失节。这一版号外也销售一空，我相信这个噱头不曾引起什么反响。中国人是惯于听捕风捉影之谈的，告诉他们真话反而不会相信。

举个例说，要是你知道蒋介石将军全然和平常人一样过活着，除了生活限度之内的必需外，他不多捞一个钱，这种话说出来群众是不会相信的。可是你如果说他在美国银行里存着十万万块钱，他们就会说你估计得太低了。也许他们是对的。我几个月都蒙在鼓里，不知道钟曾经从那摄影家手里拿到五百块钱，为了那张第一次的号外。

我们不时逢到严重的时机。有一次我们和另一家报纸说实业部长在白银收归国有的时候乘机操纵市场。我们说他的夫人是这回事情的出面主动者。我想我们不算十分错，可是他们立即把另一家报馆封闭了，美国总领事请我去谈话。

"瞧。"他对我说，"人家对于你那张下流报纸已经向我啧有烦言。我要叫捕房里来封闭了。"

不骗你们，我居然侃侃而言。我告诉他我的一切积蓄都放在这张报纸上，而约束一个中国人的记载是多么为难。于是我开始向他解释我们过去的经验，说得他笑起来了。我见他中了我的道儿，便答应他向部长登一则大大的道歉启事，以后再不惹事。因此他放我走了，好让我再干些坏把戏。

当我担任主笔的一段时期里，我懂得了许多中国报纸的门槛，以及为什么只有极少数几家报馆赚钱的原因。亲族的靠山在中国是安全的唯一的保证，一个成功的人，总是拖着几十个穷亲戚在背后。在我们的报馆里至少一半的人员都是钟的亲戚，而其余的一半都有几份辗转相连的关系。

因为吃饭的嘴有这么多，自然发生了人浮于事的现象。任何一家报馆都有从不访事的记者。消息的采访都是由其他独立的自称为"通讯社"的人员负责；法院和捕房里他们都享有着专利权。报馆记者倘要亲自去法院里采访消息，通讯社的人员就会把他撵出来。可是报馆记者从来没有这种企图，他只是一天到晚坐着喝茶。

此外除了我们的报纸之外，无论哪一家都有自命的各种专家：军事的，教育的，内政的，外交的，社会学的，生物学的。他们俯伏案头，孜孜兀兀地用毛笔和墨水写一些文字高深，没有几个人能读得懂的论文。但那没有甚么关系，因为根本不会有人去读它们的。比较上我们被认为有创造的精神，因为我们采取在上海大概十个人中间有五个人读得懂的语体文。识字的百分率在乡间低得多，这是乡下人所以如此快乐的原因。

出版家可以用每格三角到一元的代价从潦倒的文人手里买到较好的材料。中国人给他们取一个适当的名字叫作"黑手",因为他们必须和龌龊的石砚奋斗以求生活。一格约一千字,每一个字都是这些文人绞尽脑汁而写出来的。这种人在古昔帝王时代是受人崇敬而生活得十分舒适的,可是近年来大多数都遭着落魄的命运。军阀们所关心的是枪炮和鸦片,并不会想到优美的诗歌与高尚的生活。

我们有一个曾经在考场里中式过的老头子,他写些小说卖给人家,影片公司里要改编一本古典剧本的时候,也有他的份儿。他对于英文曾设法获得相当的了解,人是很聪明的。我试用他叫他供给国外通讯的材料,很快地他就得到了诀窍,因为他有一种善于刺探的本领。后来他另有高就,跟一个连自己姓名都写不大来的官员去了。每到上海来的时候,总告诉我一些政客们的秘密。

我想我们,一张上海×报,从来不曾有过两个月平平安安过去。每一次我们解决了一个麻烦的问题,不过得到几夜的宁静便又有新的麻烦发生。有一回因为我不小心,几乎使我们两人吃生活。

……(中略)

次日钟回里省视祖墓,去了一个月。

我在担心那回事将要使钟灰心于新闻事业,可是并不。他回来的时候,挟着一笔从××军人手里领来的可观的津贴,从那时起我们就要攻击××那班人不该在××继续蚕食领土的时候因循观望。钟在这一点上是真的十分热诚的,他希望立刻宣战,深信××必会战胜。

他把一切都计划好了。他说×××应该在××酿成一次事变,××人一定会借此发动。愤怒着敌方的侵犯中立地带,×有一切的理由用他的大队轰炸机攻击及夷平××租界。那样一种攻击,一定会使列强大起恐慌,不得不出来干涉,他这样说。

钟有各种捞钱的法门,可是我有点受不住过度的紧张而吃不消起来了。每天晚上要在床前跪下来祈祷明天不要因为什么你自己也不知道的事而闹出乱子来,这是很使人厌烦的。使人恼乱的,我想就是那种悬虑。

有一天我正在打算着怎样向钟出口说我要辞职的时候，他的扁脸孔笑起了一条缝，大踏步跨了进来。

"哈哈，他妈的，"他宣布着说，"今回我们可发财了。湖北省的主席要买军火。我们是他的代理人。你去买了枪炮来，他给我们鸦片卖。"

我瞪大了眼睛呆望着他。基督哪，在中国贩卖鸦片是要枪毙的。

"钟，"我使劲地说，"我有不好的消息。我的父亲死了，我必须回去料理丧事。没有人可以代我处置一切，我非去不可。"

钟给我一枝香烟。他是一脸孔的关切。家族观念是他唯一的弱点，可是他不愿意放我走。我们是很好的结合，几回逃过了捉将官里去，而且很赚几个钱。当我们那夜分手的时候，我知道他在和我一样快地转着念头，我怀疑不知我的辞意会不会摇动起来。我睡得很晚，只是在想着，终于我很高兴我的辞意并未摇动。

我已经说过下一天早晨是我到馆的最后一天。钟老早就在，我进去的时候，他送给我一株贵重的笔。

"一个很不忍和你分别的人戋戋微意，"他说。他以为他感动了我，可是他并不曾。

我拿出我给他的礼物来，一架费去我不少钱的照相机。我占了他的先着，不愿再接受他的殷勤了。我可以看出来他在摸索着衣袋，可是我赶紧抢了上去。

"请吸一枝香烟，"我说。

×　×　×　×　×

译者附记：本文载去年八月号 Esquire。作者显然是一个上海通，而且或许真和上海新闻界发生过关系的。为了免得得罪人起见，我希望读者还是把它当作一篇小说读。

（刊于《红茶》第 3~4 期，1938 年 7 月 16 日、8 月 1 日）

《青年周报》上发表的小说、随笔及翻译小说

论读书

> 假如在某种环境下，你将被放逐到一个荒岛上，消度你的余生，哪十本或二十本书，是你希望带去的？

莎士比亚在《爱的徒劳》（Love's Labour's Lost）里说："一切的娱乐都是无谓的；但是最无谓的，要算是费尽痛苦去找求痛苦，例如在一本书上钻研，去探求真理之光那种的事了：在你还没有从黑暗中摸索到光明之前，你的明亮的目光却已消耗而变成蒙昧。……"大意是这样。的确，读书是一桩痴人的事。世间果有秦始皇其人，能把所有的书付之一炬，那么人类文化或许要开倒车，但愚民政策果能有所成就，则"无知"的幸福，却非我们这时代人所能几及。

然而就我个人而言，不读书简直不能生活。一两天不吃饭尽有夷然处之的本领，一天不接触书本就要惶惶然如丧家之狗了。但是做一个现代的读书人，真不是一件容易的事。据我的意见，标准的读书人，至少该懂得两种以上的外国文字，本国文的充分的素养不必言；他除了所专精的某种学问之外，至少要具备一切不可少的丰富的常识，对于国际上政治经济上诸问题的隔膜是足以贻笑大方的，善于做梦的诗人，不懂得一点科学也是不行的，科学家除了一脑子的公式而外，对于艺术缺少鉴赏力，在某种意义上也是个乡下人。穷毕生之力以治一经，这种悠然的治学态度，我们这一辈人对之只有艳羡的份儿。

因此我只能自认为一个"爱美的"（如有人所译 Amateur 一字）读书者，我始终觉得我读过的书太少了。当然，像我们这种只配买买 popular edition 或跑跑旧书摊的

人，有许多煌煌巨著，无法读到，也是无可奈何的事。

最近，在《字林西报》上一位署名 Ega 的作了一篇《论书籍》(*On Books*)，他提出了一个不算新鲜的问题："假如在某种环境之下，你将被放逐在一个荒岛上消度你的余生，哪十本，或二十本书，是你所要携之与偕的？"对于书呆子们，这是一个颇值得争论的问题。记得前年曾有某刊物征求"青年必读书"之类的答案，有一位先生因为提出了《庄子》、《文选》而被人大骂：摆出导师的神气来要青年读这读那固然不很对，现在的中国青年是不会有工夫去读《庄子》、《文选》一类书的；但是各言尔志，却也不妨，就我自己说，这两本书我都十分欢喜。

Ega 先生不是一个学者，但是一个可说是典型的英国读书人，他所举出的几本 Must 的书，也许可以给我们相当的参考。他第一举出的是《牛津英语字典》，继之以 Roget 的 Thesaurus 和 Fowler《近代英语惯用法》(*Modern English Usage*)。我希望中国也有这一类继往开来的伟著。

其次他举的是《莎士比亚全集》，我还想加进一本英文《圣经》去，(我十分不满意基督教的肤浅的教理，但是《圣经》文辞的瑰丽永远是一个无尽的宝藏。)谁不曾读过这两本书的，不能算是读过英文。

第五本是《近代知识大纲》(*Outline of Modern Knowledge*，Gollanez 出版，一千页，五先令)。再以下是偏重于个人兴趣方面的，所举的有最近风行一时的 Guntler 的《欧洲内幕》(*Inside Europe*)，林语堂的《生活的重要》等。我不大赞成中国人读林语堂的书，虽然给外国人读读是很好的。我的意见是中国人很富于幽默的性质，但不大懂得幽默。任何的批评对于她——The Chinese People——都是有益的，任何的赞美对于她都是有害的。

我不想对于 Ega 先生的意见做更详尽的探讨。至于我，假如在必不得已的时候，并没有太大的奢望，只愿意拿一本《莎翁全集》和一部杜诗到我的荒岛上去。多谢日本人，去年沪战爆发的时候，几百本不值钱的旧书，都留在我的寓所不曾带出，匆匆之间随身带走的，只有一本《莎集》。在乡间过了几个月幽囚的生活，它是我唯一的良伴。可惜的就是渴想读杜诗而不能得。中国的诗人中间再没有比杜甫更亲切有味的了，尤其是对于我们这种身受乱离的人。如果文学是时代的反映，那么现时代是比杜甫的时代更伟大百倍的时代，照理应该有比杜甫更伟大百倍的诗人出来传达出不单是他个人，同时也是整个民族的呼声，这样的人也许会有，我们是在盼望着。

说一句老实话，处于这种不宁的时代里，能够携带两三本心爱的书籍，到一个无人的荒岛上去，毋宁是一种近于梦想的幸福。

（刊于《青年周报》第 11 期，1938 年 5 月 21 日）

《青年周报》第 11 期封面

傻子在莎士比亚中的地位

迫克（Puck）说："主啊，人类是一群多大的傻瓜！"（《仲夏夜之梦》，三幕二场。）《第十二夜》中的小丑说，"傻气就像太阳一样廻绕着地球，到处放射它的光辉。"（三幕一场）这两句话之为真理，大概是颠扑不破的。我不想多发表什么高谈伟论，因为每个聪明人都会说：这世界上傻气的事多过于聪明的事，越是聪明的人，干的事情越傻；现世界的统治者大半是些精神变态的狂人，而被统治者大半是些盲目的白痴……之类的话。我不敢承认自己是个聪明人，因此这些话还是保留不说为妙。本篇的题目，如上面所写出的，是"傻子在莎士比亚中的地位"。

所谓"傻子"，即 fool，这一个名称在本文中一般的界说，是指宫廷中或贵族家中所畜养的以调侃打诨为事的弄人，他们的智力并不低于常人，有时或远过于常人；所以称之为 fool 者，大概因为他们只会信口胡说，嚼嚼舌头，而不会一本正经地用庄严的"无韵诗"讲话的缘故。莎士比亚既然常把 fool 和 wise man 并举，我想就把它直译为"傻子"或者还不算十分不妥。

在喜剧中间，这种"傻子"（扮演仆人的丑角等也属于这一类）的任务大抵不过是说说俏皮话，制造一些笑料而已。早期的莎翁作品里，这种角色都是极其浅薄无聊的。可是斐斯托（Fetse）在《第十二夜》里，试金石（Touchstone）在《皆大欢喜》里，就占有相当重要的地位；尤其是后者贡献了不少的机智。可是我们也别忘记，《第十二夜》中的深刻的讥刺，那些高尚的人物：自作多情的公爵，"冷若冰霜"、然而见了一个小白脸就心里飘飘然起来的贵小姐，道貌岸然的清教徒管家，……没有一个不在发昏，而头脑始终清醒的，只有一个酗酒的托培叔父（Sir Toby Belch），一个雏形的福斯泰夫（Fastaff）和一个无足重轻的傻瓜，但是在全部莎翁作品里面，《李尔王》中的傻子要算是最著名的一个。在那篇伟大的悲剧中间，他所处的地位的重要，使他成为全剧中不可缺的一个成分。当李尔被他的女儿所冷遇，发了疯而在暴风雨中狂奔的时候，他的愤怒的詈骂，和那跟他一同出走的那"傻子"的嘲讽和感慨，以及含冤佯疯的爱特茄（Edgar）的装腔的鬼话，合成了一种奇怪的三步合奏曲，把悲剧的情调格外增强了。

把《李尔王》中的傻子作一个精密的分析该是一件颇有兴味的事，可惜这里没有机会。我们现在试把莎剧中的"傻子"分为几个类型：

第一是胡闹派，莎翁前期喜剧中的那些扮演仆人的丑角（他们虽然不是"职业的"弄人，对于他们的主人常处于"弄人"的地位），如《错误的喜剧》中的特罗米奥兄弟（Dromio Brothers），《维鲁那二士人》中的朗斯（Launce），《威尼斯商人》中的郎西洛脱（Launcelot）等，都可以属于这一类。朗斯对于他的狗的那一段独白，可以代表他们的风格：

> 呕，我到现在才哭好呢：我的一家都有这个毛病。我已经接受我的命运，像那浪子似的，要跟泊洛替尼斯大爷到皇宫里去。我想我那狗儿克来勃是条最没良心的狗了。我的妈泪流满面，我的爸吁声叹气，我的妹妹放声大哭，我们那丫头也号咷痛哭，猫儿也扭着她的手儿，一家门都弄得七颠八倒，可是这条狠心的狗简直不滴一点眼泪。它是块石头，全然是块石头，像条狗那样没良心。就是犹太人见了我们的分别也要哭起来。喝，我那老祖母，她眼睛已经瞧不见了，你瞧，也把她的眼睛哭瞎了。呕，我可以把那时的情形给你们看。这双鞋子算是我的爸；不，这只左面的鞋子是我的爸；不，不，这只左面的鞋子是我的妈；不，那也不对；……是的，对了，对了，那只鞋底（sole，与soul＝灵魂谐音）比较破一些。这只有洞的鞋子是我的妈，这是我的爸。他妈的！正是这样。好，老兄，这根杖是我的妹妹；因为怎瞧，她白得就像百合花，身材细得像根棒儿那们的。这顶帽子是我们的丫头阿南。这条狗算是我；不，狗就是他自己，我就是狗，——喔；狗是我，我是我自己；呕，对了，对了，于是我到我爸跟前；"爸，您的祝福；"现在那只鞋子就要哭得说不出话来了；于是我吻着我爸；好，他只是哭着。于是我到我妈跟前；——唉，要是她现在能够像个

木头人似的，说句话儿就好了！好，我吻着她；喝，就是这样，我的妈就这么一口气透上透下呢。然后我到妹妹跟前；瞧她呻吟得多么沉痛。可是这狗儿就不曾滴过一点泪，不曾说过一句话儿；睁着眼睛瞧我涕泗滂沱。（《维鲁那二士人》，二幕三场）

当然这种都是名副其实的傻子，他们除了胡说八道，说些似通非通的话，或者作些毫无意味的双关话（pun）以外，再没有别的本领，

第二类傻子也可以说是"哲学家"，他们是具有成熟的人生经验和智慧的玩世者，"用他的傻气作为盾牌，在它的掩护之下放射出他的机智来"。《皆大欢喜》中的试金石，和《李尔王》中的"傻子"是最好的代表。"忧愁的哲学家"杰凯斯（Jacques）在林中遇见了试金石：

他躺着晒太阳，用头头是道的话辱骂着命运女神，然而他仍然不过是个穿彩衣（傻子的"制服"）的傻子。"早安，傻子，"我说。"不，先生，"他说，"等到老天保佑我发了财，您再叫我傻子吧。"（成语有"愚人多福"，故云）于是他从袋里掏出一只表来，用着没有光彩的眼睛瞧着它，很聪明地说，"现在是十点钟了；我们可以从这里看出世界是怎样在变迁着；一小时之前还不过是九点钟，而再过一小时便是十一点钟了；照这样一小时一小时过去，我们越长越老，越老越不中用，这上面就大可发感慨了。"我听着这个穿彩衣的傻子对着时间发挥了这么一段玄理，我的胸头要像公鸡一样叫起来了，奇怪着傻子居然会有这样深刻的思想；我笑了个不停，在他的表上整整笑去了一个小时。啊，高贵的傻子！可敬的傻子！彩衣是最好的装束。（《皆大欢喜》二幕七场）

这种傻子，"他的头脑就像航海回来剩下的饼干那样干燥，其中的每个角落里却塞满了人生经验，他都用杂乱的话儿随口说了出来。"他们的所以甘心作"傻子"，是因为知道所谓"聪明人者"，也不过尔尔而已。"傻子自以为聪明，但聪明人知道

他自己是个傻子。"傻子有任意放肆的特权，所以杰凯斯要希望做一个傻子：

> 准许我有像风那样广大的自由，高兴吹着谁就吹着谁，傻子们是有这种权利的；最给我的傻话所挖苦的，最应该笑。殿下，为什么他们必须这样呢？这理由正和到教区礼拜堂去的路一样明白；给一个傻子用俏皮话讥刺了的，即使刺痛了，要是不装出一副若无其事的态度来，那么就显出聪明人的傻气，可以给傻子不经意的一箭就刺穿，未免太傻了。给我穿一件彩衣；准许我说我心里的话，我一定会痛痛快快地把这沾病的世界的丑恶的身体清洗个干净，假如他们肯耐心接受我的药方。（《皆大欢喜》二幕七场）

可是做这样一个傻子，决不是一件容易的事。正如梵琅拉（Viola）所说的：

> 装傻装得好也是要靠才情的：他必须窥伺被他所取笑的人们的心绪，了解他们的身份，还得看准了时机；然后像不择目的的野鹰一样，每个机会都能不放松。这是一桩和聪明人的艺术一样艰难的工作：
>
> 傻子不妨说几句聪明话。
>
> 聪明人说傻话难免受人笑骂。（《第十二夜》三幕一场。）

莎士比亚使用它的丑角，都和剧的背景相协调。感情主义（Sentimentalism）在《第十二夜》中表演着极重要的一角，因此该剧中的"傻子"斐斯脱也是一个具有那种倾向的人。他歌唱着"青春之恋"：

> 什么是爱情？它不在明天；
>
> 欢笑嬉游莫放过了眼前，
>
> 将来的事情有谁能逆料，
>
> 不要蹉跎了大好的年华；
>
> 来吻着我吧，你双十娇娃，
>
> 转眼青春早化成衰老！（二幕三场）

他歌唱着"失恋的悲哀":

免得多情的人们千万次的感伤,

请把我埋葬在无从凭吊的荒场。(二幕四场)

可是在《皆大欢喜》中的亚登森林(Forest of Arden)里,在那边"虽然与世间相遗弃,却可以听树木的谈话,溪中的流水便是大好的文章,一石之微,也暗寓着教训";公爵和他的从者们"逍遥自得地把时间消磨过去,像是置身在古昔的黄金时代里一样"。在这种悠然出世的环境中,"感情主义"是用不到的,因此试金石就是一个对于人生有许多古怪的观察,而能乐天知命的傻子;他的俏皮话不像斐斯脱那样近于幼稚,也不像《李尔王》中的傻子那样尖刻。他是一个受过宫廷教养的人:

我曾经跳过高雅的舞;我曾经恭维过一位贵妇;我曾经向我的朋友弄过手腕,跟我的仇家假装亲热;我曾经毁了三个裁缝,闹过四回口角。

他对于恋人们表示过"深切"的同情:

我记得我在恋爱的时候,曾经把一柄剑在石头上摔碎,叫那趁夜里来和琴四妹儿幽会的家伙留心着我;我记得我曾经吻过她的洗衣棍子,也吻过被她那双皲裂的玉手挤过的母牛乳头;我记得我曾经把一颗豌豆荚权当作她而向她求婚,我剥出了两颗豆子,又把它们放进去,边流泪边说,"为了我的缘故,请您留着做个纪念罢。"我们这种多情种子都会做出一些古怪事儿来;但是我们既然都是凡人,一着了情魔是免不得要大发其痴劲的。(二幕四场)

他的最有名的一段"俏皮话"是关于"一句诳话的七种演变",这里为着篇幅关系不再引述,读者可参看梁实秋《如顾》中的译文。

《李尔王》中的傻子似乎是精神上受到过某种迫害的人物,他的性格柔弱而易感,莎士比亚在刻画这一个配角的时候是用极其 Pathetic(我不知道怎样译这个字)

的笔调的。"自从小公主（Cordelie）到法国去了之后，陛下，这傻子着实憔悴了呢。"李尔对于他的怜爱也是极值得注意的；他常常称之为"我的孩子"，"我的乖乖"。

> 来啊，我的孩子，你怎样啦，我的孩子？冷吗？我自己也冷着呢。……可怜的傻小子，我的心里还留着一块所在为你伤心呢。（三幕二场）

他是李尔的愚蠢的一面镜子，用他的尖锐而不缺少同情的讥刺使李尔认清他自己的面目。等到李尔了解了自己的错误之后，他的任务是企图用诙谐来慰解他主人的心理上所受的创伤，然而这是他的能力所不及的。李尔终于全然发了疯，而他也不再在剧中出现。

从"万事都不关心"的斐斯脱到"什么都懂"的试金石，再到《李尔王》中的那个带有几分辛辣味的傻子，可以代表三个不同的阶段；过了这个界限，便是愤世嫉俗一流了。《屈劳埃勒斯和克蕾茜达》（Troilus and Cressida）中的色雪替斯（Thersites），便以骂世者的姿态出现。

这一出并不"喜"的喜剧，其中的主要角色是我们所熟知的《荷马史诗》《依利亚特》（Iliat）中的人物，以屈劳埃（Troy）被围而终于攻陷的事作为背景，叙述着一对屈劳埃恋人始恋而终离的故事。色雪替斯是一个"残废而粗俗的希腊人"，希腊将帅所豢养的一个专以谩骂为事的弄人。在他的嘴里，那些天神似的英雄都成为不值半文钱。奈斯脱（Nestor）是一块"老鼠咬过的隔宿的干乳酪"，攸力栖斯（Ulysses）是一头"雄狐"，哀捷克斯（Ajax）是一只"杂种的恶狗"，阿契尔斯(Achilles)是"同样坏的一只狗"，他们都是一群"狡猾的棍徒"，阿茄曼侬（Agamemnon）的脑子不过像"一粒耳垢那么大"，他们为了一只"乌龟"——曼尼劳斯（Menelaus）——和一只"婊子"——海伦（Helen）——而无事兴波，大动其刀兵，还有那头"年青的驴子"屈劳埃勒斯也会为了一个水性杨花的女人而神思颠倒；这一点都供给了色雪替斯谩骂的机会，"奸淫，奸淫，永远是战争和奸淫；别的什么都不时髦，身上有火焰的魔鬼抓了他们去！"

这样的人使我们记起了《暴风雨》中的卡力班（Caliban），他是一个浑浑噩噩不识不知的怪物，可是普洛士丕罗（Prosepero）光临到他的岛上，教给他讲话，——

我从这上面所得的益处只是知道怎样骂人；但愿血瘟病瘟死了你，因为你要教我说你的那种话！

然而骂人的人终不过是一个傻子，因为世间的事是骂不胜骂的。

写到这里，我对于什么是傻子，以及怎样的人才是傻子，很觉得有些茫然之感了。

（刊于《青年周报》12~13期，1938年5月28日、6月4日）

做诗与读诗

有的人主张"文学武器论"，有的人主张"文学无用论"，我自己是略为倾向于后一种说法的。譬如说，救国之道多矣，然而以文学救国这句话总有些说不出口来。也有人说一切文学皆宣传，这话近乎武断，固然一部分文学作品自有其宣传的价值，但宣传只是它的附带的作用。好的文学不一定产生大的宣传效果，而一篇平庸的作品却可以因为适中读者的心理而成为成功的宣传。

在一切文学中，诗歌似乎是最超然而贵族化的一种，虽然从历史的观点上看起来它是最原始的文学形式，未有文字的野蛮人就晓得怎样用歌谣来宣泄他们的情绪或讲说故事了。然而随着诗歌本质上的进步，它却一天天和群众疏远起来，终于成为只有少数人能欣赏的东西。要把它从神圣的缪斯祭坛上拉回到民间来，不是一件容易的事，虽然曾有许多人这样企图着。白居易可说是豪侠之士了，他的诗因为过于迁就"老妪都解"这一点上，却损失了艺术的价值。

拿中国的新诗来说罢，最初提倡白话诗是因为反抗旧诗的传统气息和古典词藻，企图把诗做成"明白如话"的地步；然而从脱胎于旧诗词的白话诗，演变为模仿西洋诗的新诗，技巧上不能不承认有相当的进步，可是这条路越走越窄，终于到了"看不懂"和"没人要看"的地步。虽然颇有些志士想把它从新的方面重行发展，然而强弩之末，大有此路不通的趋向。

不但中国这种根本是盲人骑瞎马式的新诗如此，就是外国的各式各样的Vers libre 也是这样。T.S.Eliot, Ezra Pound 一流大师的名篇，能够"不朽"到几时，大是一个疑问。

事实上，现代人比之往昔的人更倾向于理智的、客观的方面，而诗歌往往是感情的主观的，都会文明代替了乡村生活，mind 夺去了 heart 的地位，诗歌在近代文学中的渐趋没落，并不是一件可异的事。正像我们中间有许多人在年青时都曾经一度是个"诗人"一样，年纪一大，人变得懂事了些，这种诗情就像朝露一样消失了。

过了二十五岁而仍然在那里作诗的人，倘不是个无可救药的妄人，一定真有些"了不得"。

然而读诗是一件另外的事，它永远是人类所能享受得到的最大的趣味之一，可以使我们忘却生活的疲劳。即使它没有别的用处（如主张极端功利论的现代人所坚持的），至少也是一种无害的娱乐。教人读陶渊明"养真衡茅下"，"守拙归园田"一类的诗，固然要蒙"逃避现实"的嫌疑，然而真能体味陶诗，真能欣赏陶诗的人，至少在现在这种时候不会去做"汉奸"。我们不希望人做独善其身的清高隐士，然而清高总比卑污好些，"人格"还是现代中国所需要的。孔子以诗教弟子，便是认为诗在人格教育上有不可抹杀的用处。

这样说法或许有人嫌为迂腐，照纯艺术论者的眼光说起来，艺术是超功利越道德的。然而健全的艺术，虽不必合乎世俗的道德观念，却必有其本身的致善律。古今诗人中虽然也出过不少败类，但真能激起百世之下的同感的，总是精神上可以为我们师表的人，他们的作品中总是有一种磅礴的真气，不是浮光略影者所能同日而语。

这些话暂搁一旁。如果用纯粹艺术的眼光去评衡中国诗，就可以发见它和西洋将有一个显著的不同之处，即后者更接近音乐而前者更接近绘画。中国文学的缺少音乐性是单音文字的致命的缺憾，中国人的缺少"音乐耳"一部分也许是因为他们所用语言的单调与呆板所致。在诗歌中这种缺憾多少被平仄的协调和声韵的配合所弥补了，从原始的《诗经》体的四言诗，变成五言诗，再因《楚词》的影响而产生了七言诗，而成为长短句的词曲，不能不说是极大的进步，然而在声音的运用上毕竟没有西洋诗那样灵活。

在另一方面，中国诗的色彩却远比外国诗浓丽，这不用说是因为中国文字多少还保留着许多象形文字的诗质，能使读者在视觉上得到一种直接的印象。无论清远如"嫋嫋兮秋风，洞庭波兮木叶下"，华艳如"皎若太阳升朝霞，灼若芙蕖出绿波"，雄壮如"天苍苍，野茫茫，风吹草低见牛羊"，都富于极其鲜明的画意。魏晋以后，琢句之风更盛，简直是用文字来作图画了。谢朓孟浩然的秀句，就像是元人小品，读韩愈诗往往发生"苍松危石，岩岩高山"的印象，李义山的无题诸诗，便是工笔的仕女图。

然而诗的技巧是一回事，诗的灵魂又是一回事。一篇好诗的产生必须由于实感，要从人生中千锤万炼而迸出来的诗，才是永远不朽的动人的好诗。

（刊于《青年周报》第 14 期，1938 年 6 月 11 日）

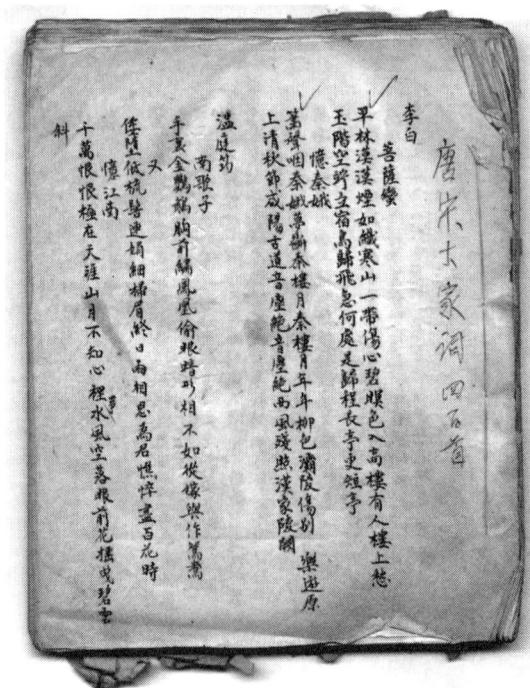

朱生豪宋清如在译莎间隙选编抄录的《唐宋大家词四百首》

楚辞

今年的端午节在许多地方是被冷落过去了，当然也很少有人会想起两千多年前这一天有一个跳水自杀的诗人。

代表清流士大夫阶级的意识，作为中国第一个民族诗人的屈原，他的悲剧的遭际不用说给后世的读书人一个很大的感动，从而他的作品无论在思想上形式上技巧上给予后代文学的影响，也是极其惊人的。

《离骚》是中国第一篇"诗人的创作"，半自传式的抒情长诗，在那里作者披着荷叶制成的衣裳，身上佩着各色的香草，吃的是菊花瓣，喝的是木兰上的露水，鸾凤蛟龙做他的扈从，在云端里到处访寻女神做他的恋人。丰富的想象，浓郁的情感，与纯粹象征的手法，使这诗成为一篇前无古人的独特的作品，供给后人无限的启发，甚至于剽窃的资料。

从形式与技巧上来说，《离骚》不是没有缺点的，散漫，冗复，拖沓，显然表示出它是随笔抒写，不曾经过精细考虑的作品。比较起来，《九歌》在艺术上是更为完美了。第一我们注意到《离骚》中每两句第一句句尾用"兮"字的句法，在这里变成了每句中央用"兮"字；前者单调地每四句一转韵，而后者却依自然的节奏而变化，这样产生了更为活泼生动的效果。其音韵之谐美幽婉，在中国诗中是很少见的。

这几篇祀神的乐曲，展开了一个奇丽的神话的境界，诗人一贯地用着悠谬荒唐的鬼话来寄托他的幽思。在《山鬼》一篇里，他写出一个飘渺的精灵，仿佛在山曲中徘徊来往，披着薜荔，带着女萝，她有着绝妙的容姿，寂寞地住在不见天日的幽篁之中，期待着她的所思，望着峰腰的阴云风雨，不禁兴起了天寒岁暮，莫与为言的悲感。

如果把这篇和杜甫的《佳人》对照起来，便可以很有趣地看出浪漫的与写实的手法之不同来。同样是为诗人自己人格写照的寓言，《山鬼》的第一句就是"若有人兮山之阿"，用"若有人兮"四个字表示出迷离恍惚的神气；在《佳人》里却用"关中昔丧乱，兄弟遭杀戮……"一类句子来使读者发生似乎实有其人的印象。然而在本质上是并无不同的。"绝代有佳人，幽居在空谷"，便是"若有人兮山之阿，……既含睇兮又宜笑，……余处幽篁兮终不见天"的注解；"合昏尚知时，鸳鸯不独宿，但见新人笑，那闻旧人哭？"便是"怨公子兮怅忘归，君思我兮不得闲"的注解；"摘花不插发，采柏动盈掬，天寒翠袖薄，日暮倚修竹"，便是"采三秀兮于山间，石磊磊兮葛蔓蔓……山中人兮芳杜若，饮石泉兮阴松柏……风飒飒兮木萧萧，思公子兮徒离忧"的注解。

《山鬼》一篇共二十七句，其中除一句九个字外，都是七个字一句；《国殇》也是这样。从《九歌》到汉武帝《秋风辞》、张衡《四愁诗》一类的作品，再到魏文帝《燕歌行》而成立了正式的七言诗，其中演变的痕迹是很显然的。"嫋嫋兮秋风，洞庭波兮木叶下……沅有芷兮澧有兰，思公子兮未敢言"，是《九歌》《湘夫人》中的句子；"秋风起兮白云飞，草木黄落兮雁南归，兰有秀兮菊有芳，怀佳人兮不能忘"，是《秋风辞》的句子；"秋风萧瑟天气凉，草木摇落露为霜，群燕辞归雁南翔，念君客游思断肠"，是《燕歌行》的句子；在句调和意境方面可以看出来是交为影响的。

除了《离骚》《九歌》之外，《楚辞》中最值得注意的便是宋玉的《九辩》和《招魂》了。从《九辩》我们可以看出《楚辞》形式上的更进一步，像《九辩》第一首"悲哉秋之为气也"，下面接着用了许多繁音促节的排句，刻画出秋气的凄森，到"燕翩翩其辞归兮"之后，音节又舒缓了，这样表出了一个寒士在秋风中一种无可奈何的情绪。

《招魂》据说是宋玉吊屈原而作的，不去管他这句话的是否，我们可以推定它和《九歌》一样，原来都是荆楚民间的一种巫词，给诗人利用了而成为瑰丽光彩的文章。《招魂》前半列叙上下四方的危险，东方有吃人灵魂的千仞的长人，十个太阳照灼在天空；南方有额上刻花的黑齿野人，用人肉祭祀他们的祖先，还有九个头的雄虺；西方有流沙千里，蚂蚁大得和象一样；北方又有层冰积雪；如果到天上去，天上是有虎豹看着门的，生着九个头的人一天拔九千株树，豺狼捉了人来当作玩具；

如果到地下去，地下有出角的魔王，阔背广肩，虎头牛身，生着三只眼睛，张开一双血手抓人。于是劝迷失的幽魂回到故居来，以下便铺张着宫室音乐饮食游观的钜丽，使人有目不暇接之概。

《招魂》的铺叙的手法一面启发了汉赋的作者，一面我们也可以看出如果把语尾的"些"字除去，其中大部分已经可以成为七言诗了。例如：

> 高堂邃宇槛层轩，层台累榭临高山，网户朱缀刻方连，冬有突厦夏室寒。川谷径复流潺湲，光风转蕙汜崇兰；经堂入奥朱尘筵。……仰观刻桷画龙蛇，坐堂伏槛临曲池，芙蓉始发杂芰荷，紫茎屏风文缘波，文异豹饰侍陂陁，轩辌既低步骑罗，兰薄户树琼木篱，魂兮归来何远为？……肴羞未通女乐罗，陈钟按鼓造新歌，《涉江》《采菱》发《扬荷》。美人既醉朱颜酡，娭光眇视目曾波，被文服纤丽而不奇，长发曼鬋艳陆离。……

作为七言诗看，这些句子是无瑕可摘的。至于结尾的"湛湛江水上有枫，目极千里伤春心，魂兮归来哀江南！"那真是绝妙好辞了。

（刊于《青年周报》第15期《中国诗漫谈》栏目，1938年6月18日）

夜间的裁判

（Martha Gellhorn 原作，自 The Spectator 节译）

我们所坐的旧车子某夜在离密西西比州的哥伦比亚约摸三十哩的地方出了毛病。经过一段黑暗的毫无办法的静默之后，我们听见又有一辆车子轧轧轧轧开了过来，不久就有一辆货车出现，发狂似的颠簸着。它停住了，一个人从一旁探出头来，手里拿着一个酒瓶，向我们摇挥。

我们说明了车子出了毛病，要求搭载。他把头缩进去，和开车子的人商量过后，便说他们可以载我们到哥伦比亚去，但是他们先要去参加一场私刑，问我们介不介意绕一个远远的圈子。

我们爬了进去，那个人用一个指头探进瓶子里把瓶颈揩了一下递给我。"吃下去保你好，"他说，"上等的好酒。"那不是拒绝人家殷勤的时候，我喝了一口，味道像烧起来的戤士林一样。他递给我的朋友乔，乔喝了一口，咳嗽起来，他们两人都笑了。

我怯怯地问，"谁去上私刑？"

"一个该死的黑鬼，名叫亥辛斯的，睭了一个乡下有几亩地的白人寡妇的觉。"

"她多少年纪了？"乔问。

"嘿，她老得也可以死了，四五十岁的样子。"他说亥辛斯是十九岁。

"出了什么事？"乔说。"你怎么知道她给他强奸了？"

"她自己说的，"开车的人说。"她奔到邻近的农场里去，哭叫着要把那家伙吊死；她说是亥辛斯。她当然认识他的，他曾经给她做过活儿。"

"你怎么说，他是个仆人吗？"

"不，"开车的人说，"他是给她种田的。她的那些佃农现在都一个个走完了；她一点也不让他们留着些壳屑儿，叫他们一个冬天没得吃怎么成。她对待黑鬼们真是厉害不过的，那女人。"

"唔，"乔说，很温和地，"照我看起来，一个十九岁的孩子，总不见得会去看上一个四五十岁的女人吧；除非她长得漂亮。"

"漂亮！"拿着酒瓶的人说，"喝，你见了她才相信。要是把她插在田里，乌鸦一见了都会吓死的。"

我糊涂起来了。这种人是要去参加一场私刑，可是我看不出来他们对于那黑人有什么义愤填膺，或是燃烧着怒火要为那个无名的寡妇报复耻辱。乔轻轻向我说，"我不相信那孩子碰了那女人身上的一根毛。我们可不能坐着眼看他给人吊死。"我觉得热辣辣地异样起来，可是想不出该怎么办。

"有多少人到场？好多人吗？"我问。

"欧，四乡的人都要来赶热闹呢。他们一个下午忙着打电话叫人。有几个孩儿们要去劫狱。那不难，郡长本来不预备把那黑鬼关到审判的日子。"

"可是，"乔说，这回他急了，"你们不知道他对于那女人做过些什么事。你们一点证据都没有，不是吗？"

"她说他干了，"开车的人说，"那不就够了吗？要是你说白人掉诳黑鬼讲真话，那不是天翻地覆了吗！"

"可是你说她一点壳屑儿也不让他的佃农们到手。他或者是去讨一点钱买食物；或者是发了急举起手来或是什么的，使得她当作他要打她……"

"听着，孩子，"手里拿酒瓶的人静静地说，"这不干你的事。"

他们恼了，我看得出来。他们出来喝酒取乐儿，我们却向他们问这问那，扫了他们的兴致。他们喝酒，可是不再把酒瓶递给我们了。

我们可以看见前面有许多车子的尾灯亮着。"到了，"开车的人说。拿酒瓶的人哈哈笑着拍他的腿。我看见一株巨大的树孤零零地直立着，大约有五十辆车子在尘土中蠕动，人们成群地等候着，笑着，喝着酒，向路上望着等什么事发生。

立刻有一队车子开过来，停住了。从车子里涌出许多人来，静悄悄地，显然他们知道他们所要做的事，似乎是干惯了的一般。有几个样子像是最穷苦的白人农民，他们自己也都是佃农。主持这幕戏的人大半都是中年有身家的人们。乔这时在说，"我也想杀死个什么人。"

最后来的几辆车子中间有一辆载着亥辛斯。我听见一个人说，"伶俐点儿，别让这小子没上生活就吓死。"他的两手反绑着，腰间也捆着一根绳子。他们把他拖到大树底下；他的腿拳屈在身子底下，他的头歪斜而沉重地挂在头颈上。他看上去渺小而太过于安静了。

人们围了拢来。没有欢呼，没有鼓噪，只是一阵持续的可怕的低语声，手续进行得很快。

一辆车子开到树下。两个人很快地爬上车顶。底下一群人把亥辛斯的软弱而精瘦的身体推推拥拥地扛耸上去。他一半躺着一半蹲着在车顶上。一根绳结上了树枝。绳的一端打着活结，车顶上的人拿着这一端，一面摇亥辛斯的身体。大家不说话，只用些含糊的声音彼此示意。群众静悄悄地，可以听得见蚊子叫。

另外一个人把一只大壶似的东西向亥辛斯头上倒，他突然抽搐地醒过来了。他发出的声音尖锐凄厉，不像人声，像是从别的地方发出来似的，听上去令人起森然之感。"老板，"他说，"老板我不曾干坏事，不要烧死我，老板……"群众颤栗起来了，被他的声音所激动，大家催赶紧些，究竟他们等些什么鸟。

那两人把他扛起来，把活结套在他的头颈上。这时他发着可怕的声音，像一头狗哭。他们跳下了车顶；车子很快地开向前。亥辛斯两脚牵制着想要保住他的立足点，可是车子从他脚底下滑了去。他吊在空中，在绳子上打着盘旋，他的头歪在一旁。在我的身边有一个抑塞住的哭声，那是乔的声音，他在哭，坐在那里毫无办法地哭。

我只是望着亥辛斯，心里想：这不会是真的。当绳子把亥辛斯悬宕到半空中去的时候，有一种突然发出来的喉音，似乎人们透了一口深深的气似的。一个人走了过来，手里拿着一张点着火的报纸。他走上前去，火焰舔起亥辛斯的脚来了。他曾经被放在煤油里浸过，为的烧起来容易些，可是起初似乎烧不大着。渐渐火穿到了他的裤子上，一直冒了上去，发出一种丝丝的声音，好像有一种气味钻进我的鼻子里。我走开了，胸中很不舒服。

回来的时候，那些车子都悄悄地开了去。大家都在彼此招呼，说，"再回，捷克……"、"瞧，皮雷……"、"明天见，山姆……"只是互道晚安而各自回家了。开车的人和拿着酒瓶的人回到货车里。他们似乎兴致很好。开车的人说，"嗯，现在可以有一时不再有黑鬼闹事了。我们现在可以载你们到哥伦比亚去。叫你们等那么久，对不起了。"

（刊于《青年周报》第 16 期《短篇小说》栏目，1938 年 6 月 25 日）

《青年周报》第 16 期封面

一个教师所说的故事

（约翰·高尔斯华绥著，朱生豪译）

我想我们大家都仍然记得，战事发生那年的夏天的特殊的美丽。那时我在泰姆士河畔的一个乡村里当教师。快五十岁的年纪，病态的肩胛，加上一副极端无用的眼光，我的不能参加兵役是没有问题的，正像别个感觉敏锐的人一样，这在我心中引起了一种似乎是异常多感的心情。大好的天气，炽人的田野，刈获方才开始，静寂的夜间颤动着月光和阴影，在这一切里面，这个巨大的恐怖正在滋长潜生，数百万青年人的死亡的拘票已经签下了。

在某一个八月底的晚上，我离开家向沙丘上走去。约摸在九点半时候我碰见了两个从前的学生，一个男的一个女的，悄悄地立在一个古老的沙坑旁边。他们抬起头来向我道了声晚安。在沙丘顶上立定，我可以看见两边没有围篱的田亩；谷堆着的也有，直立着的也有，在月亮底下镀上了金色，月光在天空、田野、树林、农舍和下面的河水上散布了一种眩耀的神采。对于像我这样一个中了魔惑的人，一切都似乎在作着妖妄的阴谋，仿佛在眼前展现了一幅外面世界里的惨酷凶残的屠杀的幻象。我想起了乔培凯脱和佩蒂罗敷还够不上谈恋爱的年龄，（要是他们果然在那里谈恋爱的话，）看上去是全然不像的。他们多分是没有满十六岁，因为他们才去年离开学校。佩蒂罗敷——一个有趣的孩子，聪敏而缄默——是村上洗衣妇的女儿，常常想洗衣服是辱没了她的，可是她已经在干这工作了，照村上的情形看起来，她是要一直洗衣服洗到嫁了人的。乔培凯脱在卡物尔的田地上做工，就在我站立的地方的下面，那口沙坑恰恰是他们两家中间的一半路。乔是个好孩子，雀斑脸，头发微红，一双碧眼睛直瞅着你。

我仍然站在那边，他在跑到卡物尔的田庄上去；现在我回想到那时的情形，真是遗恨无穷。

他伸出他的手来。"再会，先生，也许我不再看见你了。我已经入了伍。"

"入了伍？但是，我的好孩子，你到规定年龄至少还缺两岁呢。"

他笑。"这个月我已满十六岁，可是我打赌一定可以充作十八岁，我听说他们是不大顶真的。"

上帝！战争是怎样一种罪恶！从这种悄寂的月光的平和中，青年们匆忙地奔赴着人工的死亡，似乎天然的死亡还是不够与之奋斗似的。而我们——只能因此而赞美他们！嘿！我从来不曾停止过咒诅那拦阻我不去把那孩子的真实年龄告诉征兵当局的那种情感。

从丘顶上转身回家去，我又在沙坑边原来的地方遇见那孩子佩蒂。她的声音是很平静的，可是她全身震栗着。"他是那样倔强，乔！一脑子都是古怪的想头。我不知道他为什么一定要去，把——把我丢下。"

我忍不住微笑。她看见了，突然说：

"是的，我年纪很小，乔也是；可是无论如何，他是我的人呀！"

于是，吃惊着自己的这种大胆的表示，她把头摇了摇，像一匹羞怯的小兽似的，向一丛山毛榉中钻进去逃走了。

乔就是这样去了，有一年工夫我们不知道他的消息。佩蒂仍旧和她母亲在一起，替村上的人洗衣服。

在一九一五年九月的某个下午，我正站在乡村学校的教室里，和平常一样在沉思着战争和它的持久的僵局。街道远端的䴓顶的菩提树底下，我望得见一个兵士和一个女郎立在一起。突然他向学校走了过来，乔培凯脱出现在门口了。

"我想我要见一见你。刚刚得到行军令。明天就出发到法国去，才告了个假。"

我觉得喉间有些梗塞，正像当我们所认识的年轻人第一次出去时所感觉到的一样。

"我有点事要告诉你，先生，佩蒂和我上星期已经结婚了。"他走到门口打了个口哨。佩蒂走了进来，穿着暗青色的衣服，很整洁而沉默。"佩蒂，把你的结婚证书和戒指给他看。"

那女孩子把证书拿出来，我一看那上面一个登记员已经给他们结了婚，用真的姓名和假的年龄。于是她脱下一只手套，举起她的左手来——那个神秘的环儿就在手指上！好！傻事已经干下，责备他们也没用了！

"是什么时候了，先生！"乔突然问我。

"五点钟。"

"我一定要去了。我的行囊在车站上。她留在这里可以吗，先生？"

我点了点头，走进前面的小室里去。回来的时候她坐在从前读书的位置上，她的两臂扑在墨污的课桌上，头俯伏着。她的短短的黑发，和她的年青的肩部的颤动，是我所看得见的一切。乔已经去了！好！那是当时欧洲的一般现象！我回到了室里，让她哭个痛快，可是我再回来的时候，她也去了。

第二个冬天过去了，比第一年愈加泥泞，愈多的血流着，战事结束的希望，也愈为渺茫了。佩蒂给我看过三四封乔的信，简单的文句，这里那里夹杂着些一半压抑住的感情的言语，署名的地方总是用"你的亲爱的夫，乔"。她的结婚在村上已被承认。那时童婚是很通行的。到了四月里，很明白地她已经"恭喜"了。

五月初有一天我经过罗敷太太的家，进去问候问候佩蒂。

"日子快到了，我已经写信给乔。也许他可以告个假。"

"我想那是一个错误，罗敷太太。我以为还是等到战争结束了再告诉他的好。"

"也许你是对的，先生，可是佩蒂因恐他不知道而坐立不安呢。她是那样年青，你知道，不应该就做母亲的。"

"现在的时候什么事都是快得厉害，罗敷太太。"

一个月之后的某晚，我正在写论文，有人敲我的门，并非别人，正是乔培凯脱。"怎么！乔！告了假吗？"

"啊！我一定要来看看她。我还没有到那里去——我不敢。她怎样了，先生？"

苍白而满脸风尘，似乎经过一次艰苦的旅行，他的制服泥污而不加揩刷，他的微赤的头发蓬松着，看上去很是苦恼，可怜的孩子！

"我已经好几夜不睡了，想看她——她是这样一个孩子！"

"她知道你来吗？"

"不，一句话也不曾提。"

他来得正好，因为两天之后佩蒂就生了个男孩。那天晚上天黑之后乔跑来见我，非常兴奋。

"他是个宝贝，"他说，"可是我假如知道会这样，我决不做那事的，先生，我决不愿。一个人做些什么事情，似乎不到做好之后自己是不会知道的。"

从那个年青的父亲嘴里说出来，这是一句古怪的话，这句话的意思，到后来才是太明白了！

佩蒂很快地恢复了健康，不到三星期就能走动了。乔似乎告了一个长长的假，因为他仍然没有去，但是我不大和他讲话，因为虽然他对我总是很亲密，却似乎见我有些不好意思，讲到战争的时候，他简直闭口不提。一天晚上我遇见他和佩蒂倚在门上，靠近着河水——一个七月初旬的温暖的黄昏，当桑姆之战正是十分激烈的时候。外面是地狱的变相；而这里是极度的平和，静静地流着的河水，柳树和宁谧的白杨，暮色渐渐地深起来；那两个年青的东西，手臂交拥着，两个头紧贴在一起，——她的短短的黑发，和乔的蓬松乱发，已经是那么长了！我留心着不去惊扰他们。也许是他的最后一夜，明天就要重新回到熔炉里去了！

怀疑不是我的名分，可是老早我就有些疑心，直到那一个十分可怕的夜里，正当我要上床的时候，有什么东西敲着我的窗子，跑下去一看，外面是佩蒂，神情异常张惶。

"啊，先生，快来！他们把乔捉了去了。我恐怕他这回告假有什么岔儿，——是那么长。我想他会受到麻烦的，我曾经去问过比尔配脱曼"（村上的警察），"现在他们来当他逃兵抓了去了。啊！我干了些什么事啦？"

罗敷家的草屋前，乔在一个排长的卫兵的监视下立着，佩蒂扑到了他的怀中，里面，我听得见罗敷太太在向那排长求告，夹着婴孩的哭声。在村路的睡眠一样的静寂中，新割下来的蒿草的香味里，这是残酷的。

　　我向乔说话。他在她的臂中安静地回答我："我请假，但是他们不准。我必须来。一知道她的情形，我再也不能安定下去。"

　　"你的队伍在哪里？"

　　"在前线。"

　　"天啊！"

　　正在那时排长跑了出来。"我是他的教师，排长，"我说，"这可怜的家伙十六岁投军，现在你瞧还不曾满年龄哩，他又有了这个小妻子和一个新出世的婴孩。"

　　排长点着头。"我知道，先生，"他喃喃地说。"我知道。很罪过，可是我必须抓他去。他必须回到法国。"

　　"那是什么意思？"

　　"临阵脱逃，"他粗声地作着细语，"倒霉的事！你能够把那女孩子拉开吗，先生？"

　　但是乔自己松脱了她的紧握，把她推开；低下头来吻她的头发和脸孔；然后呻吟了一声，把她一直推到我的怀里，由卫兵管押着大步去了。我遗留在黑暗的飘着芳香的街道上，那伤心的孩子在我怀中挣扎着。

　　"啊我的天！我的天！我的天！"一遍又一遍地喊着。有什么话好说，什么办法好想呢？

　　那夜罗敷太太把佩蒂拖进屋去之后，我连夜誊写着关于乔培凯脱的事实。一份寄到他的司令部里，另一份寄给法国的随军牧师。两天之后，我再把他的出生证明书抄了副本寄上去给他确切证明。这是我所能尽力的一切。有半个月时间等候着消息到来。佩蒂仍然很悲痛。一想到因为自己的疑虑而由她自己把他交给他们的手中，这思想简直使她发了狂。也许全亏她的婴孩她才不至于变成疯人或自杀。那时桑姆之战继续在进行着，英国、法国、德国，几十万的女人每天在为她们的男子担着惊恐。可是我想没人能够有像那孩子那样的感觉。她的母亲，可怜的女人，常常到学校里来找我，问我听不听到什么消息。

　　"要是有最不幸的事情发生，"她说，"还是让这可怜的孩子知道了吧。这样的忧虑是会忧死了她的。"

于是有一天我果然得到了消息——从军队中的牧师寄来的信，一见了这，我把它塞在口袋里，溜到了河边，简直不敢当着别人的眼前把它拆开来。坐在地上，背倚着禾堆，我颤颤地把信拿出来。

"先生：乔培凯脱这孩子已在今天黎明时候枪毙。我很悲痛，不得不把这消息告诉你和他的妻子，可怜的孩子。战争诚然是一件残酷的事！"

我早已知道了。可怜的乔！可怜的佩蒂！可怜的！可怜的佩蒂！我读下去：

"我尽我的能力；你寄来的那些事实我已经向军事法庭上陈述，关于他的年龄问题也曾考虑过。但是那时告假是一概不准的；他的请求曾被明白拒绝；队伍正在前线，战事在进行着，而且那一个地段的情势是非常严重的。在这种情形之下，私人的问题无考虑的余地——军令是坚决的。也许必须要这样，我不能说。但是我为了这事大为痛苦，就是军法官他们自己也很感动的，那可怜的孩子似乎失了知觉；他不肯说话，什么事情似乎都不会听进去；他们告诉我判决之后他所说的唯一的话，当然也是我所听见他所说的唯一的话，只是'我的可怜的妻！我的可怜的妻！'一遍又一遍地反复着。他在最后的一瞬间，态度很镇静。"

他在最后的一瞬间态度很镇静！我还能够想象出他的样子来，可怜的任性的乔。天知道他虽然私离行伍，却不是懦怯！无论什么人一看他那双正直的碧眼会那样相信的。但是我想他们把他捆绑起来了。好！多费了一粒或少费了一粒子弹，比较起大规模的屠杀来算得甚么呢？正像柳树上的一滴雨点落下河水流到大海去，那孩子也像无数其他的人一样复归于黄土了。想起来是有些讽刺性的，他在一个月之前不愿去做合法的炮灰，现在却是他自己一方面的人打死了他！也许是有些讽刺性的，他把他这儿子遗留给这样一个不和平的世界！可是像这种真实的故事里，要找什么教训可找不出来的，除非它告诉我们生与死的节奏，对于我们中间任何人都是毫不关心的。

（刊于《青年周报》第18期，1938年7月9日）

士麦拿①的女侠

（Philip Gibbs原著，朱生豪译）

我在报纸上读到土耳其人已经进入士麦拿把基督徒区域付之一炬，屠杀男女婴孩，表示庆祝他们的胜利，那时我就想起一年前我在那边遇见的几个人，不知道他们在死前经历着怎样的苦痛，或者能不能侥幸逃生。

玛柴拉奇斯中尉，希腊陆军大本营的干部人员，曾经给我很殷勤的款待，好几次在他的别墅里请我吃饭；他的别墅是在城外离土耳其人区域一哩多路的地方。他曾经把我介绍给他的妻子，一个美貌的妇人——也许略为胖了点儿——徐娘半老的年纪，有两个男孩两个女孩，最大的十四岁，最小的五六岁样子，娇美得惹人欢喜，白白的脸孔，漆黑的眼球，举止都很可爱。最大的女孩子我记得和她的母亲一同唱着希腊文和法文的歌；玛柴拉奇斯中尉对我是客气得提心吊胆，拼命想要给一个英国人以良好的印象，因为是一个文人的我，也许会用善意的宣传来替希腊张目的；他看见我衷心地喜悦他的家庭娱乐，大为高兴。

当他暂时走出室外再去取一瓶希腊美酒的时候，他的妻子用英语跟我谈话，孩子们是听不懂的。她十分忧心地从琴边转身问我一个问题，显示出在她的灵魂里有一种极大的恐惧。

"你想我的孩子们在这里安全吗？"略顿片刻之后，她似乎要解释她的恐惧。"我的丈夫勇敢得想不到一切的危险，可是我为了这些小的们，却是一个弱者呢。土耳其人不会攻击士麦拿吧？"

我吃惊而有些迷惑了。即使当她在唱一只法国的民谣，她的大女儿的手按在她肩上，两个婴孩坐在地板上靠近她的身旁，还有那一个小儿子像一尊希腊小铜像似的坐在圈臂椅里，一眼不霎地倾听着——现在回忆起来真是多美的一群——即使在那时候，一种潜意识的恐怖和灾祸的预感使我心悸了。

---

① 士麦拿（Smyrne），土耳其省名。

　　希腊军队的防线越过小亚细亚，在离士麦拿三十哩的内地。希腊的总司令那天早晨我在他海防前线的司令部里见过，一个庞然大物的老头子，制服紧紧地箍在身上，佩着金肩章和一串勋章，他不但深信他的防线的巩固，并且也深信他的军队会把当前的土耳其人悉数扫灭。

　　"我只要发出命令去，"他说，用他的胖胖的食指点着一张纸头，"希腊军队就会像列队游行似的前进，"他很得意地高声复述那句话，"就像列队游行似的，先生！都是因为国际间的政局，法国和意国的干涉，他们支持着土耳其国民党来反对希腊的正当要求，才使我们不能得到迅速的胜利。"

　　总司令向我作这篇谈话的时候，一班乐队正在窗外奏着《卡门》中的乐曲，沿着士麦拿的海防线，一切似乎很快乐而光明。年轻的希腊干部军官，靴子揩得亮亮的，在客堂里谈着笑着，一艘漆成白色的希腊炮船英勃罗斯号在码头外一只英国战舰和一只美国巡洋舰之间停泊着。士麦拿似乎在希腊人统治之下十分安全。

　　但是在土耳其防线的后方，三十哩之外，却有一群意志坚决的人们，在一个名叫墨斯他法·凯玛尔的领导之下；他是一个伟大的外交家，又是一个伟大的军人。我曾经在莫斯科和彼得格勒看见有个委派到苏维埃俄罗斯的使者接洽着金钱和军火的接济。他的军队在力量、纪律和狂热的信仰上成长起来。每个在君士坦丁的土耳其人都是他的拥护者和同志，计划着推翻他们认为不过是协约国的傀儡和应声虫的苏丹政体。墨斯他法·凯玛尔曾经立誓攻取士麦拿，鼓励全体的回教徒，直到峨眉月的旗帜飞扬在港岸上为止。

　　我对于希腊军队的素质和力量并无信仰，虽然那位佩着金章的胖老头子表示着那样乐观。当他说话的时候，我感觉到有一道森然的阴影，正在士麦拿港口的阳光之外潜伏着，一种未来的威胁，并不因为司令部的窗外有希腊乐队奏着《卡门》中的乐曲而减少其危险。

　　因此当玛柴拉奇斯中尉的漂亮的妻子用异常恐惧的眼光向我发问的时候，我觉得很难于置答。我现在颇引以自慰，因为那时我很老实，并不因为她丈夫的缘故而欺骗她。

"假如我是一个希腊军官，可能的话，我总不把女人孩子留在这里。"

那时她的丈夫拿着他的那瓶酒回来了。我想他已经看见了他妻子的焦忧的眼光，虽然她想要藏过它而又转头去弹起琴来。

"我的妻子有点胆怯，"他说，微笑着把他的手放在她的肩上。"也许她刚才告诉你，她觉得很有点担心士麦拿这地方？我希望你安安她的心。要走只有到雅典去，可是我也许有好几年要和我的妻子儿女分开，可有些割舍不下。"

"雅典是一个可爱的地方，"我回答。"我想在全欧洲要算是顶美丽的小城了。假如我的家眷在那边，我一定很快活，——要是我是你的话。"

一阵微微的阴影闪上他的脸孔———丝恼乱的神情，可是立刻他用快活的笑声藏过了。

"我想我已经使你相信我们守着士麦拿，正像英国人保有着伦敦一样安全。虽然我也欢喜雅典，你必须承认士麦拿并不是没有美丽之处的。即使这一座别墅，在战时作为行军的宿所，也是够好的了。"

他向客厅四周掠观了一下，原主曾经把这间屋子陈设得非常华丽，经过玛柴拉奇斯的手里，更是焕然一新。他曾经从雅典带来了一些他自己家中的珍物——古代的赫米斯①和爱弗洛黛脱②的小雕像，是他在色雷斯③亲自发现的，还有些法国的绘画，一些精美的地毯和挂帷。

我并不和他辩论。我不能坦白地告诉他我对于希腊军队能否守住士麦拿绝对抱着怀疑态度。他们浮夸的爱国心，他的热情的希望古代希腊精神会在一千多年的长眠之后在他的民族中重新觉醒，这使一切辩论都成为多事。

我只是微笑着，当他斟酒举起杯来，为希腊与英国的永久的友谊祝饮的时候。

――――――――――――

①赫米斯（Hermes），希腊神话中的神使，即罗马的麦邱利（Mercury）。

②爱弗罗黛脱（Aphrodite），希腊神话中的爱神，即罗马的维纳斯（Venus）。

③色雷斯（Thrace），古国名，在今希腊及欧洲土耳其境。

于是我告别，出去到园里的时候，回过头来向这一家聚集在门口的希腊人脱帽，一道黄色的阳光从门中照到黑暗里去。玛柴拉奇斯在他的妻子的旁边，她站立着，周围环绕着她的四个孩子——两个小的握着她的裙子，最大的女孩挽着她母亲的腰，小儿子把他睡肿的头靠在她的臂上。我将永远记得他们这个样子；可是一想起了那恐怖的一夜，当土耳其人攻下了士麦拿，用刺刀戳着女人孩子，把他们的尸体丢进焚烧着他们房屋的融融烈炬中去的时候，那记忆是为这种思想而笼罩上阴影了。

我最挂念的是在那最后的几小时内，史密斯姑娘不知怎么样了。在雅典、君士坦丁、密替林尼①及其他近东的地方，我曾经模糊地听人说起过这个妇人，总是被称为"士麦拿的史密斯姑娘"，好像这块地方是她所有，或者至少为她所统治的一样。我不知道她是年轻或年老，丑陋或美貌，但是偶然她的名字被英国海军军官、旅行的商人、陆军将校、报馆通讯员，以及其他有机会到过小亚细亚的人们所提起的时候，总是带着微笑和佩服的样子。

"我不知道我的姑母对于这局势作何见解，"我的一个朋友，年轻的捷劳特·托克，海军上尉，这样说，当我们有一天坐在丕拉②皇宫饭店，注视着窗外阿美尼亚人，俄罗斯人，和土耳其人的游行，而我们在喝着鸡尾酒，讨论着英国政府的亲希腊政策，和法国和意国的袒拥土耳其的行动的时候。

"为什么你的姑母要作何见解？"我问。他带着古怪的笑容，说出一句使我吃惊的回答来。

"嗯，她可就是士麦拿的史密斯姑娘呢！"

"史密斯姑娘除了是你的著名姑母之外，她到底是谁呢？"我问，"这一星期来，我听见人说起那位神秘的女人，好像她简直和苏丹同样重要似的，你已经是第六个人了。"

"也可以说比苏丹更重要，"捷劳特说，"虽然也许我是她的不成材的侄子，不该

---

①密替林尼（Mitylene），希腊城名。
②丕拉（Pera），君士坦丁的外人居住区域。

这样说，苏丹在安哥拉①的好汉子们眼中看起来算不了什么。可是墨斯他法·凯玛尔吻着我那位小小的老姑母的手，有许多土耳其人，把士麦拿的史密斯姑娘和先知默罕默德同样敬重呢。你竟会不知道她，才怪！"

我承认我全然不知道她的为人和她的名声，捷劳特·托克便给我一些启示。用他的夹着俚语的方式，他开始说她是个最讲义气的人物，小亚细亚最英雄的老东西，这样笼统说过之下，再略为详细地作了一些叙述。

史密斯姑娘听他说来是地中海老史密斯的女儿，在早年维多利亚时代，他曾经在近东经营最大的商业——普通商品，香料，地毯，各种好东西，捷劳特·托克说，在梵尼斯和波斯之间买卖着。半世纪之前他在丕拉大街开了一爿大商店——我一定常常经过它的门前——还有一爿在士麦拿的富兰克街；第三爿在雅典。他大约在八十年代死去后，留给史密斯姑娘约摸有六百万资产，他的商业继续进行着。

老头子的老虎一样的眼睛终于闭拢之后，他的经理人开始出起花头来。阿美尼亚人，希腊人，土耳其人，和以色列人，都以为他们的新东家换了一个年轻的女子，——那时她还年轻着——事情是很好弄的。很快地他们发觉了他们的错误。史密斯姑娘一手拿着马鞭子，一手拿着一只小小的衣包，到君士坦丁来。把账目一查之后，她把她的阿美尼亚经理人鞭出了店门——虽然她只是一个小小的女人——而擢用了一个年轻的苏格兰伙计。

在士麦拿用她的钱造学校给基督徒和土耳其人读书，用高厚的薪俸给她的教员们，常常从远在彭那巴脱山中她的家里出来，骑着一匹白骆驼，出人不意地查看孩子们是否真正得到她的好处。有点儿厉害吗？是的，像是个近东的维多利亚女王似的。她的心眼里没有一点褊狭的地方，她有远大的思想和坚强的手腕。而且也是很仁慈的，要是我有一天发生窘迫，在士麦拿总不会有穷途之叹。

在大战中她从大规模的屠杀里救出了大批的阿美尼亚人和希腊人，曾经单骑到

①安哥拉（Angora），土耳其首都。

土耳其最高指挥部劝告他们停止对于少数基督徒的可咒诅的残酷的待遇，赖着她的力量，至少是一部分的原因，屠杀才告终止。他们知道如果他们行动规矩，她是和土耳其人站在一起的。这是她的所以有如此吸引力的缘故。地中海的老史密斯从头到脚是个亲土派，空暇的时间总是和土耳其长官们打猎，在彭那巴脱宴飨他们。史密斯姑娘在幼年时候曾和他们的孩子们一起游戏——墨斯他法·凯玛尔也是其中的一个。在那些从前的日子他们称她为"彭那巴脱的蔷薇"，现在呢，她的父亲的老朋友们的儿子给她一个"伊斯兰的姑娘"的称号。

"当然，"捷劳特·托克说，"你曾经听到过希腊军队在大战中打败了土耳其人之后，在士麦拿上岸那天她所显示出来的勇气？"

"一个字也不曾听说过。"我对他说。

他笑着说："你不会读报纸吗？"

希腊人到了士麦拿口外的时候，长驱直入，并未遭遇抵抗，所有阿美尼亚人家的露台上挤满了男男女女，向第一个划着小船上岸来的希腊兵官挥着手帕，在大皇宫饭店的敞开的窗子里，站着英国的军官、希腊的女太太们、英美新闻记者、红十字会妇女，等等，都是快活而高兴。士麦拿的土耳其人从他们的区域没精打采地走出来，——可怜的家伙们！——但并不恐惧。有几个平常在码头上当挑夫的帮着把希腊人的船拉进来。当希腊人登岸之后，尖锐的欢呼声和拍手声从所有的露台上到处传响。于是，当着兴奋的妇女的眼前，在基督徒小孩的注视之下，希腊兵开始用刺刀刺土耳其人，把他们的尸体抛到海里去。那全然是有意的最丑恶的谋杀。它发生得那样快，使那沿着码头停泊的英美军舰上的司令一时来不及采取适当的行动。第一个挺身而出的是一个小小的老妇人——史密斯姑娘。

她第一个单身走到杀人的希腊人中间去。她穿着一身白的防尘外衣，褐色的骑马靴，坐在她的老白骆驼背上，手里拿着一根小小的鞭子，向一个正要用淋着血的刺刀向一个蜷缩的土耳其人刺上去的希腊兵脸上抽了一下。这个小小的老妇人用希腊话尖声而粗暴地叫喊，那人暂时放下手，惊奇而阴沉地望着她。忽然大喊一声，举起刺刀来，再向他的俘虏冲上去。史密斯姑娘把身子挡住在他和那土耳其人的中间。她再用她的鞭子，狠狠地抽那人的手腕，痛得他尖叫起来——他只是一个孩子——把他的枪和刺刀丢下了。史密斯姑娘把脚踏在他的兵器上，打了他两记响响的耳光，左面一记，右面一记。

一群土耳其女人和孩子奔到她背后求她保护，后面追着眼睛里冒血光的希腊人，像野兽一样喊着笑着。史密斯姑娘的神情使他们安静下来了。土耳其的孩子们攀着她的裙角，她一手高举而直立着，虽然她只是一个衰老的妇人，那时似乎有一种可怕的尊严。她用希腊话向希腊人说话，把他们骂一个痛快淋漓，他们都退缩而羞愧起来了，之后有几个希腊军官围绕着她，威吓着军士们，谁再伤害一个土耳其人，便把他处死。

"你想我这位老姑母厉害不厉害？"捷劳特·托克讲完了之后这样问。

"了不得！我很想见一见她呢！"

"再容易没有，"他说。"不过她是严守着古礼的，要是你跟着她朝晚礼拜不以为讨厌，那么我们的军舰开到士麦拿去的时候，我可以陪你到那老太太的地方去耽搁一个星期。她一定很高兴，而且对我也有些好处，让她看见我有一个至少在外表上很规矩的朋友。她认为我是个坏东西，死后永远不得超生的。"

"从这件事上头也可以看出令姑母的超人的智慧来，"我说了这句话之后，不得不再请他喝一杯酒以免他生气。

我先到士麦拿，隔了一星期，才偶然遇见了托克，在弗兰克街底的土耳其市集上，那地方现在已经化为一堆灰烬了。他看上去仍旧是那么神采焕发而活泼，穿着白色的制服戴着海军的帽子，在拱形屋顶下的狭隘的街路漫步着，路旁有那些年老的土耳其人盘膝坐在他们的木棚里，卖着从窝扎克和安哥拉来的氊毯，葡萄干和蔬菜，颜色的丝带，苏弗拉里的葛布，马努萨的棉布，德国制造的铁器，以及各种从东方西方来的零星杂物，浸渍在香料，潮湿的糖，煤油，和骆驼的气味中。

使我注意到王家海军中的年青的托克的，是在出来买物的一群土耳其妇女里突然发生的一阵激动。她们很漂亮地穿着青色的，黑色的，和灰色的绸袍，短得可以看见她们的小巧的脚踝和高跟鞋——巴黎女人穿的也不过如此——，她们的脸纱拉在一旁，露出她们的鹅蛋脸和大而发光的眼睛来。

她们在一个棚子里买绸，一个白须的老土耳其人，把绸铺在他的膝盖上，我盯住她们看，看见其中的一个脸涨得绯红，急急忙忙地拉上了脸纱。那信号一发出，她的同伴们也赶快遮好了脸孔，不让人看见。

我不知道什么事情惊动了这些鸟儿们，转过头来，却发现了捷劳特·托克，他无疑地在饱餐这些东方的秀色。

"喂，年青人！"我说。"你那双水手的眼睛要是不放规矩些，可要招麻烦呢。"

他高兴地笑起来，向我腋下凿了一下。

"喂，老家伙！这些小伙子们一见了基督徒的敬礼，便躲到了幕后去，这不是太说不过去吗？他们简直来给人一个下手的好机会。"

他的军舰已经开到士麦拿，捷劳特告了一星期假上岸，预备耽搁在他姑母的地方。问我肯不肯陪陪他。虽然他很佩服这位老太太，可是他承认他有些吃不消她。

由于一次在捷劳特·托克看来毫不足奇的巧合，那天下午我同着他到玛柴拉奇斯中尉家里喝茶，可巧遇见了史密斯姑娘。那少年人很喜欢那些孩子们，他们的可爱的举动和准确的英语使他大大感到有趣，他变戏法给他们看，还和他们玩着种种客厅里的游戏，使他们对我全然冷淡了。玛柴拉奇斯太太像一个母亲似的欢喜这个青年，对我说有一艘英国军舰在士麦拿，给她莫大的安心。

"大不列颠，"她说，"是帮助希腊人的。他们决不许土耳其人收回士麦拿。当我最害怕的时候，那种思想使我高兴起来。"

我并不告诉这位太太，对于英国会不会供给武力上的援助，我抱着极大的怀疑，要是希腊人不能防御他们自己地位的话。英国自从在大战中搅得精疲力竭之后，竭力需要和平，决不能供给金钱或人力去干涉近来的任何争执。

那一番谈话之后，捷劳特·托克惊奇地喊了起来：

"好奇怪，那边是我的神圣的姑母！"

从临着街道的窗口远望，我看见一幅不平常的景象，两个欧洲女人骑在骆驼背上，一头白的一头褐色的，前面有一个老土耳其人坐在一只小小的灰色驴子的屁股上。他们在门口大家站定，土耳其人下了驴，把白骆驼背上的女人挽了下来。她是一个身材小小的老妇人，穿着一身白色的防毒外套，撑着一顶拖着长繸的黑绸伞，我立刻认出来这便是士麦拿的史密斯姑娘。

玛柴拉奇斯太太家孩子们的兴奋，以及他们嘴里"史密斯姑娘！"的喊声，说明我的猜测是对的。

玛柴拉奇斯太太立起身来，惶惑地扯挺她的衣裳。

"史密斯姑娘到这里来！"她用敬畏的口音说着，好像一个女王不告而至一样。

史密斯姑娘循着花园的人行道走近来，她的伞撑得高高的。她是一个身体挺得笔直的小小的妇女，有一张瘦削而凛然的面貌，一对锐利的灰色眼睛，和一副富于决断的神情。她的背后从那褐色骆驼上下来了另外一个女人，是一个穿着英国式的白长衫的年青女子，一眼看上去惊人地美艳，第二眼看上去也是这样。当然她并不是英国人，她的眼睛是大而盈盈欲流的，带着暗褐。她有一张白白的鹅蛋脸，东方式的美秀的姿容。

"天哪，"捷劳特·托克深深地透了一口气说，"哈丽特姑娘已经长成了一朵好花哩！上次我看见她的时候她是个瘦小的孩子，头发像老鼠尾巴似的。这种小东西长得多么快！"

"哈丽特姑娘是谁？"我问。

那时他并没有回答我，后来在史密斯姑娘的家里，他才告诉我这个女孩子是史密斯姑娘的养女，她是在希腊人屠杀的时候送了命的一个土耳其妇人的弃儿。史密斯姑娘在一处烧去了一半的乡村的一堆土耳其人尸体之间发现了这孩子还活着，把她带回家里，后来就一直和她住在一起。

这位老太太和这小姑娘跑进了玛柴拉奇斯太太的客室，史密斯姑娘看见她的侄子向她招呼，全不露出惊奇之态。

"喂，姑母仍旧是那么清健！我看见你还是骑着那头老白骆驼，像马戏班里的女人似的。"

她让他吻她的颊，虽然说话的声调很严肃，她的锐利的灰色眼睛里却含着一丝诙谐的神气。

"嗨，捷劳特，自从我们上次分别以后，你的规矩还不曾学得好一些。至于你的道德，还是不说为妙吧。在海军里面，失去了的灵魂是比溺死的更多的。"

这句俏皮话使年青的捷劳特哄笑起来，之后他把我介绍给她，说我是他的十分要好的朋友。

这老妇人伸出她的小小的皱瘪的吉卜赛似的手来给我，我看见在她手指上套着几个好看的金刚钻戒指。

她用锐利的灰色眼睛向我瞧了一会，似乎不能断定我这人是否靠得住。

"你在士麦拿有何贵干？"她很有些声势汹汹地问我。"我希望不是劳特乔治派来煽动希腊人争取一个可以使他们毁灭的帝国的吧？"

我否认这一切责任，说明我是一个无足轻重的新闻记者，此行专为观光而来。

"你可以看到不少出于意外的事，"她凛然回答，于是转身去把一个指头触着捷劳特的肩膀说："你还不曾向哈丽特寒暄过，这孩子像一只羔羊看见一头狼那么胆怯呢。"

捷劳特·托克和那女郎彼此微笑而握手。捷劳特是到处看见美貌的女人都要眉目传情的，可是这次却有些不好意思起来，我想他有些吃惊于这个女郎的异样的美丽，在他的记忆之中，她还只是一个小孩子。

玛柴拉奇斯太太指挥一个小婢女安排茶具，张惶失措得简直有些傻气，似乎她把史密斯姑娘的来此认作莫大的光荣。

我记得那位老太太吃了许多希腊甜面包，食量之大，至足惊人，她的全副注意都在女主人的可爱的孩子们身上，她用他们的言语向他们说话。

那时我觉得我看见了这个古怪的老妇人对于这两种敌对的民族——希腊人和土耳其人——的孩子们抱着怎样莫大的爱和柔情，现在我已经确定哈丽特姑娘是土耳其种，她用同等的仁慈保护着她免受那时在小亚细亚威胁着她们的种种暴行。她脸上严肃的线条变得柔和起来，当她和孩子们讲话而抚摸着最小一个男孩的黑发的时候，她的灰色眼睛里射出了一个老处女灵魂中的母性的爱，当她估量着我的时候，那眼光却是像锥刺一样的。

"他们是可爱的，这些希腊小乖乖们，"她对我说，两个婴孩坐在她的膝上，玩弄她的金钢钻戒指，为它们的光彩所迷惑。于是她深深地叹了一口气，隔了一会儿用她的古怪而出人不意的方式发了一个惊人的问题："你也有些同情心吗，年青人？"

我喃喃地说了一些我没有尼罗（古罗马暴君——注）式的本能的话，但是她不理会我的答复。

"要是你是一个动动笔头的人，除了专门搜寻动人的事实之外，"她说，"你应该设法阻止再一次无辜者的杀戮。"

我问她："什么杀戮？"

她严肃地回答："为了上帝的慈悲起见，阻止那协约国和土耳其订立的条约，那是足以引起以后无数的惨剧的。"

说起"协约国"，这一个名字似乎使她很着恼。

"协约国！法国和英国的出色的联盟——像猫狗一样彼此咆哮着！叙利亚到君士坦丁，到处都在彼此勾心斗角！"

她很快地立起身来，握着玛柴拉奇斯太太的一双手，抚摸了一会儿。

"你是一个好母亲，一个勇敢的女人。可是我对于一切希腊女人和她们的小宝贝们的希望，是让她们远离士麦拿。"

玛柴拉奇斯太太连嘴唇都发白了。

"我的丈夫……"她吃吃地说。

　　"是的，"史密斯姑娘说，"你的丈夫相信希腊会恢复它在小亚细亚的旧日的威权。替我告诉他他是一个傻子，和他的一切同伴们一样。"

　　她俯下身去吻那些孩子们，于是转过身来把手伸给我。

　　"你似乎很老实，"她说，"同我那个不懂规矩的侄子一起到我那里耽搁一个星期吧。你的老房间已经端整好了，捷劳特。"

　　"好极！"捷劳特说。"哈丽特和我可以打几次网球了。"

　　他照常用他的漫不经心的态度说着，可是我能够清清楚楚看得出来，他已经全然在那个睫毛长长而具有东方风度的魅艳的女郎的注视下软化了。

　　后来他自己也向我这样承认。当我们从土耳其人区域回到大皇宫饭店去的时候，那时有一大队褐色的污秽的骆驼满装着一包一包的货物，把它们宽大的脚缓缓地移动前进，我们不得不挤在道旁，等候它们过去。

　　"吓！"他把帽子望脑后一推，喊着说，"那个哈丽特女孩子简直使我觉得像莪玛卡扬（Omar Khayyarn，波斯诗人——注）一样了。"

　　树阴下一卷诗篇，

　　酒一壶面包一片，

　　你在我身边歌唱，

　　旷野啊便是天堂！

　　他用一种半真半假的情感念着这几行熟悉的诗句，全然不顾到在市集的一角一只小小的火钵旁边，有五个年老的土耳其人从他们蓬松的眉毛下对这个眼睛里发着光，声音洪亮而穿着海军制服的年青基督徒狗投出憎恨的眼光来。

　　这样，由于运命在人生中织下的一根小小的偶然的线索，我发现我自己是在山间的彭那巴脱村中，成为士麦拿的史密斯姑娘别墅里的贵客了。

　　我记得我和捷劳特驱车到那位老太太那里去的情形，两匹小亚细亚种的小马拖着我们的车子，——壮健的小畜生，尾巴长得像阿拉伯马一样。那是我第一次从高处下望士麦拿，而现在那地方已经全然变成一片焦黑的灰烬，希腊妇孺的烧焦的骨骼压在崩塌的砖石之下，我只能从记忆中回想到那美丽而平和的景色了。

我们出了杂沓的市集，穿过一条称为加里里约代西的街道，到了跨越污浊的委特曼利斯河的卡拉凡斯桥上。在峻峭的河岸旁有几所关得紧紧的木屋，高高的柏树像黑色的剪刀一样剪断了天空的蔚蓝。树阴下随处有土耳其人的墓地，一块块墓碑顶上刻成毡帽似的形式，向旁边欹斜着，像是厌倦于立着看守死人一样。几个小土耳其人在河中游水，暖风在水面吹着，一队巡逻的希腊兵唱着歌走过桥。土耳其的妇女一见他们就拉上了脸纱，一个老土耳其人蹲在墙角下，当他们走过后吐了一口唾沫。

配极斯山幽暗而阴沉地耸起在我们的头顶，在手创此城的亚力山大大帝的宫殿遗址上建立着一座堡垒。但是在我们的脚下展开着全城的景色，热烈的阳光温暖地照耀在鳞次栉比的褐色瓦的屋顶上和用白垩粉刷的墙壁上，而海湾弯弯曲曲地环绕着，比上面的天色更为深青而同样澄净。希腊炮船英勃罗斯号在那边碇泊着，钢铁的甲片闪闪发光，而捷劳特所属的龙舰在离岸较远之处，炮的影子映在如镜的水中。

"好一个所在！"捷劳特望着这种景色，这样说着。"我似乎记起了我在温彻斯脱读书的时候课本上所说的话。"

"我想起它也许再会在历史上提起罢，"我说，那时虽然有热烈的阳光，我却觉得有一阵古怪的寒气直透到我的骨髓里。那真是我在玛柴拉奇斯太太家里所感到的悲剧的预兆。

"想不出为什么我这位出色的老姑母会这样欢喜这地方，"捷劳特说，厌倦地打着呵欠。"有那么多钱，我一定要拣一处有文化的所在住下，和勤于洗濯的人住一起。"

史密斯姑娘的家似乎正是从捷劳特脑中所认为有文化的地方——小小的古老的英国——搬了过来的。门外有一队长长的骆驼队伍在一个饮水的井旁歇足，这里在白色的多灰尘的路上，松柏和塔尖高耸云霄，便是古老的古老的东方，具备着它的典型的色彩，沉默，香味和神秘。可是一进了门，就可以看见草坪和花床，布置得整整齐齐，再过去是一所方形的房子，正面用灰泥建筑着，正像供那留着颊髯的城市中发财商人居住的任何维多利亚朝中叶的建筑物一样。

屋中的陈设和这地方的整个的精神，我一进去就看出来是属于那个时代的。厅堂中陈列着英国王室的雕像，一个年青的维多利亚女王，抱着婴孩时代的未来的爱德华王，未来的德国皇后则是一个穿着白衫长裤的小姑娘。

我们由一个上了年纪的管家领进了餐室，他瞧上去似乎刚从圣詹姆士广场走出来的一样。餐室中塞满着沉滞的桃花心木的家具，丝绒的窗帷用丝带系着遮住火热的阳光，就像在记不清的许多年前我去访问一个姑婆的时候，使我大不高兴的那些布置一样。

这间屋子是在小亚细亚的中心，可是它属于一八五零年的英国的精神，一直到今不曾有丝毫变化。

捷劳特·托克把这一切认为大大的取笑资料。"你想得到你会在士麦拿看见这种东西吗？"他说。"我的姑母是自从伊利沙伯女王统治以来最疯狂的老东西。"

她听不听见这句话我不知道，但是她正在那时候走进室中，她的狡猾的眼睛向她无礼的侄子扫了一下，后者想要用愉快的招呼来掩饰他自己。

"早安，姑母！你今天有没有骑着墨斯他法出去过？"

墨斯他法是那匹白骆驼的名字，史密斯姑娘每天早上热心地亲自喂它，每天下午骑着它出去，为着它的和她的健康之故。

"我相信当你在我家里作客的时候，你会对于我的生活习惯加以尊重，"她凛然地回答。"我很高兴欢迎你，我的亲爱的，可是请你记住，老年人是有他的怪癖和特权的。"

在彭那巴脱村中的这个小小的英国绿洲里，人生并不缺少它的喜剧。捷劳特·托克有着那样不可抵制的幽默感和少年人的意气，总禁不住要去撩惹他的姑母，同时，在暗地里，他对于她却有一种诚心的爱敬；即使在她当着那管家和两个英国女仆之前十分庄严而慎重地举行晨祷晚祷的时候，他也禁不住要向我眨眼扮鬼脸。

我在这家古怪的人家作一星期的勾留之中，也不无艳事可记，因为捷劳特·托克彻头彻脑心悦诚服地爱上了哈丽特，他的姑母的养女。她的美貌魅惑了他，他用他的多情的追求撩起了她的感情，虽然她是像小鹿那样羞怯，像苏丹的女儿一样骄傲。她所作的每种姿势，她的全身的风采，她的睫毛深长的眼睛里的微笑，以及她的时时变化的情绪，使她像阳光追赶着阴影一样，时而快乐，时而忧伤，在这一切上面都可以明白地看出这女郎的土耳其人的血液和性质。

捷劳特撩她笑，也惹她生气，有时她在他们拍网球的草地，逃开了他。有一次，据他告诉我，他见她在屋后的柏树下哭泣，因为她想他讥笑了她。

但是我对于那次在士麦拿的史密斯姑娘家里作客的记忆，却并不是喜剧又不是罗漫斯，而为实际的悲剧所蒙翳，它带了一个音信到这屋子里来，同时也是给希腊人和欧洲的一个警告。那是从回教徒世界来的一个音信，虽然是友谊的，却含着大屠杀和一切战争的恐怖的恫吓，新月准备反抗十字架，土耳其人的刺刀渴着基督徒的血。

在一个黄昏时分，使者来到了史密斯姑娘的门前。那是一个年青的土耳其人，骑着一匹小小的阿拉伯马，那时我正和捷劳特立在厅堂门口，看见他骑马而来，那个年青人下了马，把手举到帽边上，用很好的英语问史密斯姑娘在不在家。

捷劳特回答他的询问，我注意到他的言辞里含着一些敌意。

"我去看，——要是你能等一下的话。用什么名字通报？"

那个人迟疑了一下，用锐利的眼光把捷劳特估量了一下，然后笑着说："告诉她有一个老朋友的儿子要和她说一句绝对秘密的话。"

"你不愿说出你的名字来吗？"捷劳特冷冷地问。

"最好还是不，请你原谅，"那年青的土耳其人客气地回答。

"那么我就不说是阿曼特·曼琪特巴夏吧，"捷劳特说，他的声音里我想含着一点讥讽的调子。

那个年青的土耳其人略吃一惊，他的手伸到挂着手枪的腰带上。可是立刻他又安静下来说：

"你认识我吗，先生？"

"我曾经在君士坦丁见过你一次，"捷劳特说。"那时你是英国使馆里的囚犯，因为阴谋反抗苏丹。"

"不错，"那土耳其人严肃地回答。"我很运气被释放了。我是史密斯姑娘的朋友，我把她就当作第二个母亲一样，我相信你会把我的名字和历史在士麦拿保守秘密罢？"

"当然，"捷劳特随随便便地说。

"否则也许我要在比英国人更残酷的手里再作囚犯。我带着一个友谊的信息给那位可敬的太太，史密斯姑娘，她是所有的土耳其人一致尊敬的。"

"我的姑母，"捷劳特说。

"你的姑母！那么，我可以放心了！"

捷劳特说明他的亲族关系，似乎使这年青的土耳其人完全去掉恐惧。他再行了一次敬礼，用指尖触着额上的帽边，再指着胸前，这是土耳其人表示忠实的记号。

"往这里来，"捷劳特说，于是他把那年青人带到了史密斯姑娘称为书斋的那间室中。

他还不曾敲门，那位老太太就把门开开，立在那儿，眼睛向外望着厅堂。一看见了她，阿曼特·曼琪特巴夏低低地发出了一声欢呼，大踏步上前，深深地鞠了一躬，抓住史密斯姑娘的手热烈地亲吻。使我吃惊的是这位老太太回答他的敬礼，把这青年的脸左右吻着。

"我的好孩子！"她说，就像一个母亲对她儿子说话似的。"自从上次见面以后，你长得多大了呀！可是天哪，那已经是十年前的事了。"

这个青年土耳其人笑了，跟着史密斯姑娘到她的书斋里，随手把门关上。

隔了两小时门方才开开，那时捷劳特和我坐在邻室里，听见他们的声音——大半是那男人的声音，似乎是在讲述一件什么事情，史密斯姑娘不时插入些问题。

捷劳特约略告诉我一些这个人的历史和来意。

"他是老阿曼特·曼琪特的儿子，老阿曼特·曼琪特是亚勃多尔·哈密特（Abdul Humid，土耳其革命前的苏丹——注）的外交大臣。这家伙的父亲是我姑母的儿时游侣。据说后来成为她的恋人。想起来有点怪，我这位鸡皮鹤发的老姑母会在一个土耳其人的心里激起了热情！这个孩子在君士坦丁跟着他们捣鬼，傻得给英国人抓了去。糟糕之至！当然他一溜溜到了安哥拉，现在他是墨斯他法·凯玛尔巴夏的骑兵将领了。"

"他在士麦拿干么？"我问。

捷劳特的回答是："决不会有什么好事情。可是他居然敢来，倒有些胆量。希腊人要是碰见了他，准把他的头颅都揿断。"

两小时之后，史密斯姑娘书斋的门开了，我们听见他们的声音在厅室里。他们差不多完全讲土耳其话，于是我听见史密斯姑娘用英语说再会。

"再会，亲爱的太太，"这年青的土耳其人回答。

有一会儿没有声息。也许他又在吻这老妇人的手。于是她又开口，声音里带着一些痛苦的情感：

"阿曼特，为了你父亲的缘故，——他是个有义气的人，——如果你们得胜了，千万要仁慈。我的上帝和你们的上帝，我们同一的永生的天父，痛恨那些对于无助的妇女小孩和无告的苦人全无恻隐之心的人们。小亚细亚已经有过太多的流血和惨痛了，被杀戮的孩童的呼声已经达到了你们所信仰的阿拉的耳中。"

她说着这一类的话，虽然未必就是我写下来的这几句。

那男人也用同样的情感回答着：

"墨斯他法·凯玛尔巴夏是一个伟大的领袖，亲爱的太太。他会尽力约束他的部下。可是人类的耐性是有限制的。要是希腊人照着老样抢掠杀戮，我们的刀剑是要渴想着复仇的。我所担心的就是这事。"

几分钟后答答的马蹄声出了园门。阿曼特·曼琪特巴夏在昏暮中来，在黑暗中去了。

那夜晚餐的席上，史密斯姑娘看上去很是苍老而严肃。她绝口不提那个来客，可是到餐终的时候她略为活泼了一些，我想是为了那个女郎哈丽特的缘故；她不时关切地望着她。她讲一些年轻时候的小故事，那时她常常到山中打猎，于是说起她的希腊和土耳其孩子们，为了他们她在士麦拿开起学校来，她爱着他们，绝对没有种族的偏见。

后来哈丽特姑娘到房里去睡了，这位老太太叫捷劳特和我到她的书斋里去。

我现在还能记得她当时的情景，她坐在一张高高的靠背椅上，样子很是瘦小，可是她的锐敏的脸上却有一种精神上的力量。

"孩子，"她说，"你知道今天有一个老朋友的儿子来看我。他对我说，捷劳特，你知道他的姓名和官级，相信凭着你和我的名誉，不会在这间屋子以外提起他。"

捷劳特说，"是的，姑母！"她听了很满意，因为她知道这孩子的天性是诚实的。

"他带了一个信息来，"史密斯姑娘说，有一会儿她的脸孔上显出痛苦的表情。

"什么信息？"捷劳特问，这次他的口气却很庄重。

这老妇人用她的眼睛向他打量，好像要探知道她可以信任他到如何程度，然后似乎很放了心。

"那当然是非常机密的，虽然为了和平的缘故，他允许我可以把这消息发表。回教徒的军队，墨斯他法·凯玛尔巴夏所率领的，已准备向希腊人进攻，而且胜算在握了。"

捷劳特轻轻地吹了一个嗯哨，在椅子上耸起身来。

"他们希望避免必然发生的流血和屠杀，"史密斯姑娘说；她的脸上又起了一阵痉挛。"只有一个法子可以避免这种恐怖。"

她瞧着我，好像我会猜想得到似的，但是我只是问着："怎样？"

"希腊军队迅速从士麦拿和色雷斯撤退。"

这回轮到了我在椅子上耸起身来，透了一口深深的气。"那决不会成功的，"我说，"牵涉到的方面太多了，而且在感情上也决不可能。"

我的这句回答使她大为恼怒。她用两手拍着椅子的圈臂，当她转眼看着我的时候，她的眼睛里冒着火。

"牵涉到的方面太多！是的。那些强国，那些政客们的诡计和愚蠢才太多呢。他们在毁灭这世界，把无辜的人民杀死！希腊的军队根本没有保守士麦拿的力量。为什么英国政府要援助他们呢？英国军队是要在希腊军一败涂地之后，来保护这里的不幸的人民吗？还是在希腊军未败以前？告诉我！"

"我恐怕不至于，"我说。"我国的人民是拥护和平，厌弃战争的。"

"那么为什么要采取引起战争的政策呢？"这位老太太问。"那简直是疯狂！每一个回教徒宁死不愿让小亚细亚给希腊人割据去。我已经在他们中间活了这一世。他们是我的好朋友。虽然我只是个老太婆，比之那些贪得无厌的政客们胡乱写下的条约，我去议和起来还好得多哩。"

"法国人，英国人，意大利人，亲土的，亲希的，全都有份。"

这位老太太又拍起她椅子的圈臂来。

"别对我讲那些蠢话，"她恼怒地说，"法国，意国和英国为了他们的自私自利而彼此论价，全然忘记了几百万个希望在和平中生活的平民的利益。现在他们互相争吵起来了，就像窃贼分赃不均似的。并不是为了爱土耳其人，只是因为报复英国，法国才把军火接济墨斯他法·凯玛尔，并不是为了爱希腊，只是因为自己的利益，或是全然的愚蠢，英国才煽动了希腊人的帝国主义。两方面为了实际的利益，都会反戈相向的。"

"你太言重了，"我说，"我们并不坏到那样地步，虽然我认识我们的政治家的愚蠢。"

她不理会我的话，继续着她的激昂的独白。

"他们叫我亲土派，"她愤然地说，"士麦拿的英国教士们把我称为土耳其老女人，疑心我传递消息到安哥拉去，因为墨斯他法·凯玛尔在这间屋子里学过英文。我既不亲土，也不亲希！因为我爱小亚细亚的希腊人民，——我不曾在我的学校里教他们读书，疼爱他们的小孩吗？——我才希望从再度的屠杀和随着战争而来的那些恐怖的再现中救出他们。现在可太晚了。"

"为什么太迟了？"捷劳特问。

"我没有对你说过吗？"她回答说。"几星期之后，墨斯他法·凯玛尔就要带领他的军队前进了。他是一个伟大的将领，比起那个坐在希腊总司令部里的糊涂颟顸自鸣得意无聊透顶的胖老头子来，武略高明得多哪。"

"希腊人不是不会打的，"捷劳特说，"他们会把土耳其人打得落花流水哩。"

"别说蠢话，孩子！"史密斯姑娘说。

"对不起，姑母！"捷劳特顽皮地说，一面向我霎眼睛。

这位老太太似乎在沉思着。好久她静坐着，她的一双小小的皱皮的手摸弄着衣角上的黑玉珠。

"有一个人也许会听我的话，趁现在还来得及，赶快想法子，"她说，"当然他也是个傻子，但还不至于傻到像别人所说的那地步。"

"谁？"捷劳特问。

"君士坦丁。"（希腊末代国王——注）

"他吗？那个大流氓？"

这位老太太点点头说："他有勇气，而且很倔强，他也许会听我的话，免除这一场就在眼前的灾难。"她从椅子上立了起来，神经质地用着快而小的脚步在室中踱来踱去，捷劳特惊奇地注视着她，抽着一支卷烟。

突然她立定了，向我们说："是的，那是我的责任。我要到雅典去见国王。我要告诉他我所知道的事。我也许是传递上帝的慈悲的使者！"

"我的好姑母！"捷劳特耸起身来说，把他的卷烟丢了。"你也许在船上伤了风死去，到头来白费了一场辛苦。我劝你还是好好坐在这儿。即使土耳其人攻进来，他们也不会加害你。"

"他们会伤害我的孩儿们，"这位老太太说，"土耳其人在和平的时候是好人。一打起仗来，他们对于男人女人孩子一样是毫不容情的。"

什么都不能使这位老太太打消他的主意：到雅典去把未来的危险和失败警告国王。

我不能劝谏她。至于捷劳特的话她只当作孩子话不加注意。

一方面是为了她的缘故，一方面也因为佩服这个老妇人的胆气，我自告奋勇愿意在我回到英国去的途中伴送她到雅典。

我想她对于我的提议以及我给她的小小帮助——把她的手提包搬到船上去——很是快活。

"我不多几天就回来，我的亲爱的，"她对那女孩子哈丽特说，热情地拥抱着她。"你在这间老屋子里有忠心的仆人照顾着，是很安全的。"

女郎和这位老太太分手的时候哭得很苦，但我想她的一部分眼泪是为捷劳特而流，他也要回到他的船上去了。后来他告诉我，他已经吻过她，答应她不久回来。

当我们登上由两匹小亚细亚种的小马驾着的车子预备出发的时候，所有的土耳其和英国仆人都紧集在车子四周，还有那头老白骆驼墨斯他法也翕着鼻子顿着脚，好像愤恨着它的亲爱的女主人，不同它一起旅行似的。

"做个乖孩子啊！"她向这庞大的畜生这样喊着。

车子开出了门口，捷劳特和我转身向哈丽特姑娘挥手，她立在那里哭着，但看见捷劳特热烈地把他的海军帽子挥个不住的样子，却有点儿要笑出来。这是我最后一次注目于史密斯姑娘的粉刷着灰泥的房屋和她的柔软的草地和花床——这一个小亚细亚的英国式的绿洲。没有人能够再看见它，因为现在这座房子已经成为一堆断柱残砖的焦黑的余烬，花床已被土耳其马队踏成泥沼了。

经过士麦拿的路上，我吃惊于这位老太太所受到的女王一样的敬礼。她确然为这里的人民所爱戴的。土耳其女人们走到门口，当她经过的时候都举起手来，小小的土耳其孩子们追随着车子，嘴里喊着"史米脱姑娘！史米脱姑娘！"在阿美尼亚和希腊区域里情形也是一样，孩子们都从学校里出来，有几个学校是她创立而出资维持的，他们一见她都尖声地欢呼迎接，有一个美丽的小姑娘采了一把花丢进她的车子里。史密斯姑娘转身向我，把她的手放在我的手上。

"我愿意拼着我这条老命救出这些孩子们，"她说，"也许上帝会祝福我这次旅行的目的。"

要是我记得不错的话，我们坐在一只由汽艇改成的载客小船里，到雅典去是十六小时的航程。船里挤满了希腊军官和平民，一群意大利兵士，和几个犹太人。我设法给史密斯姑娘找到了一个房舱，自己则在船的中间找一个铺位坐下，上面下面都是希腊军官。一到黄昏潮水涨起来，船左右颠簸，难过得厉害。

一到雅典我们在大英饭店住下，那是一家很华丽的旅馆，离王宫不远。

这位老太太据她告诉我一夜不曾安睡，可是就在那天早晨便挟着不屈不挠的毅力，雇一辆汽车到宫里去；我现在还能仿佛想见她的样子，她坐在车子里，撑着一顶黑伞，炽热的阳光照满车厢，在白色大理石的墙壁上闪耀得那样猛烈，叫人张不开眼睛来。她在我眼中似乎是一个小小的老女王，她用女王一样的尊严向几个走过她身旁向她致敬的希腊军官点首。"我的孩子，"她对我说，"你倘不是个新闻记者，我现在一定要请你为我祈祷，我此去也许会救出千万个可怜的平民和无辜的儿童的生命，至少也有一个奇迹出现的机会。"

我想她不会说更多的话，可是，唉，奇迹在近代是不大出现的。

可是当我走过国王花园的时候——花园一部分是公开的——，我仿佛说了些类似为她祈祷的话，于是坐在一家露天咖啡店的土台上，面对着荷马，曾经躺着听蜜蜂之声的亥每脱斯山和古雅典卫城的遗址，和阳光照着琥珀色的万神殿的廊柱和雅典娜女神的神庙；仰望着无限蔚蓝的清澈的天空，正像攸立披地斯（Euripides，希腊悲剧作家——注）所描写的古代雅典人一样，"穿过一重卓越的光明而行进"。

几个希腊学童一路唱着歌向白色的竞技场走去，三千年之前，和他们同族的孩子们曾在那里摔过铁饼，他们现在也要作着同样的竞技以和别的学校比赛。穿着白色的背心和短裤，他们的颈臂和腿都晒成了赭色，在青春的美丽上，他们比之精妙地刻在大理石上供世人赞叹的少年运动员像来，可以毫无愧色。

默坐在这经历过希腊历史上一切光荣的遗址，每块石头上都曾印过把艺术的优美给予人生，哲学的智慧传留后世的先民的足迹，我想到了似乎将要迅速临到现代希腊人头上的悲剧，不禁感慨无穷，对于他们的幻象，希望，野心，牺牲的终归毁灭，抱着无限的遗憾。他们为古老的希腊帝国的传说所引诱而回到小亚细亚，找出一些古代的石头作为它的历史上的证据和他们民族的遗迹。他们用贪婪的眼光望着君士坦丁堡，在那边，他们曾经建立过拜占丁帝国作为基督教抵御异教徒的堡垒。

有一句古老的预言，说君士坦丁将有一天回来，希腊教的弥撒将重在圣索菲亚举行。那种传说鼓起了希腊人的雄心。可是现在却有个老妇人去见他们的希望所集中的王，也许在告诉他失败无可避免，如果要免他的人民于屠戮，他必须屈服。

历史上的奇异的插话！荒唐的是一个名叫史密斯姑娘的老妇人会去传达这样一种使命！这个为土耳其人和希腊人所同样敬爱的精明的老处女会从凯玛尔的手中接到一通决定命运的消息而相信它的真实，想起来也似乎是悠谬得难以置信。

我见她坐着雇来的汽车从国王的花园里出来。她两手紧握着放在膝上，垂头坐着。

我举手止住了车子，在她的旁边坐下。"什么消息？"我问。

她把手放在我的手上，用她那种常用的小姿势。

"我失败了，"她简单地说，"他们嘲笑我，当我是一个疯老太婆。"

接着她就告诉我她发过脾气。她恐吓那些嘲笑她的人，说他们将要遭到一次使他们泣血悔恨的悲剧。她对王说他的王冠不值半文钱，骂他是谋杀他的民族的凶手。他们当她是个老疯子而赶她出来了。

"现在我回士麦拿去，"她说，"等待着将要在回教的旗帜前升起的血红的火焰。"

我努力劝她暂留雅典，但她说起她所最爱的哈丽特和把她当作保护人的那些孩子。

"因为我曾经止住过一次希腊人的屠杀土耳其人，"她说，"当我为希腊人求情的时候，他们也许会听从我这个老妇人的话。"

那夜休息也不休息，这位老太太便又动身回士麦拿去，我今生从此不再看见她了。

墨斯他法·凯玛尔的进攻在她回去后的第三星期开始，全世界都知道士麦拿的悲剧，那个美好的城市付之一炬，基督徒们被驱进饥饿的火焰中，妇孺在刺刀的尖端哀鸣，痛苦的号呼盖过了烈火的怒吼，一直传到海面上，进入在军舰上守望的海军人员的耳中。

捷劳特·托克也在他的兵舰上，他知道在那活地狱的某处有这个老妇人，他的姑母，和那个以美貌使他醉心的女郎。

从一个美国红十字会工作人员的口中我听到了史密斯姑娘的最后的情形。她已经同着哈丽特到了士麦拿，和她所设立的一所学校里的希腊儿童和教师们住在一起。第一队土耳其骑兵到码头上的时候，她去迎接他们，和他们的队长谈话，他就是阿曼特·曼琪特巴夏。他从马鞍上很温和地俯身向她说话。

开始屠杀的并不是正规的骑兵队，而是随来的非正规军。领队的竭力约束他的部下，但是他们的疯狂一发作，毫无办法可想。

在被火焰卷去的房屋中，其中有一间便是玛柴拉奇斯中尉的房子，我曾经多次在那边和一个恐慌的妇人与一群唱歌给我听的孩子们一起啜着茶的。

无疑地士麦拿的史密斯姑娘也葬身在她的校舍的火窟中，许多她想要救出于难的希腊孩子和她同归于尽，他们的灵魂安息在没有残酷的人能够闯入的伟大平和中。

（连载于《青年周报》第20~25期《冒险小说》栏目，
1938年7月23日~9月3日）

清苦的编辑先生

做一个编辑先生是很苦的，举例说，他没有寒假暑假，这使他常常羡慕教书先生；他必须在七点钟以前起身，怕误了到书局办公的钟点（在某书局里，迟到五分钟也要照扣薪水）；他睡得很晚，因为大多数的编辑先生都是有家小的，正常的薪水不很够开销，必得干一些外快；他的生活是单调而无变化，每天这样，每星期这样，每月这样，每年这样，把一个人磨成了一部机器；他的工作也不见得尽合于他的趣味，在营业前提之下，书呆子式的良心是要放在第二位的。

编辑先生和作家完全是两种不同的人物。一个作家尽管穷途潦倒，受不到"俗眼的赏识"，然而当他完成了一件作品，不论是数百万言的巨著，或者一两行精警的诗句之后，总感到一种精神上的满足；也许他肚子是饿着，但他不是没有酬报的。可是受雇于出版商人的编辑先生，都不会感觉到这一种满足；当他完成了一件受指派的工作时，不过觉得如释重负而已；如果他是个有良心的，多分他会害羞把他的名字放在他所"编"的书上。

当然名利双收的编辑先生也许并非没有，但这只是极少数的例外。让我们想象想象看所谓编辑先生者是怎样一个人：

三四十岁年纪，穿中国衣服，戴近视眼镜，人是瘦个儿的，也许不大会讲话，也许善于高谈阔论，但总之不是一个实际家。妻是个中学程度的女性，常常埋怨他不会发展，但很能体贴他。假定他有两个孩子，大的约十岁左右，不算笨也不怎样特别聪明，可有点太文弱。他们租了一幢房子，楼上分租给人家，生活是马马虎虎过去，从来不曾十分宽裕过，有时譬如遇到局方欠薪的时候很有些捉襟见肘，但侥幸总算没有负债。他们很做人家，有空不过公园里荡荡，或看一本一两角钱的影戏，为了顺他太太的胃口，看的影戏总是秀兰邓波儿一类。

这位王先生（我们假定他姓王）每到星期日停工的日子，上午总要睡到十点半起来，这是他一星期中唯一享受清福的时间，每年春天他常常和太太计划游一次杭州或无锡，但多分是去不成功。都市生活虽使他厌烦，但他却仿佛有些麻木得不以为意了。他常对共产党表示同情，但实际是一个中庸主义者。

有时他要向人发感慨，说自从有了家庭以后，全然做了生活的奴隶，少年的豪情逸致，不知到哪里去了。他很羡慕租借亭子间的那位年青朋友，老是吹口琴写情书，口袋里常常有巧格力糖，跳出跳进一点心事都没有。然而他太太的意见却相反，以为这孩子很可怜，应该有个老婆照顾他。有时王先生自己想了一下，也觉得他娶了这位不怎么漂亮而绝对不摩登的太太，是他一生中唯一的成功。

总之，现状是不必抱怨的。他眼看他有几位旧日的知交，在政海中浮沉起伏，一朝得意，一朝失意；有几位做商人的，现在都面团团作富家翁了，但他们是他所无从企及的；还有几位和他差不多"没出息"的，在这个学校里教两年，在那个学校里混几个月；而他这几年来一直没有变化，进去的时候是七十元一月薪水，一度曾加到九十元，现在因紧缩关系又减成了七十，至少生活是稳定的，只要公司不关门的话。

而且，我还要代他补充一句，编辑工作是最不必费什么心思的事，左右不过是把些现成的材料拼拼凑凑；你所要对付的不过是纸上的几个黑字，一日工作完毕，把稿子向抽屉里一塞，回到家去，根本用不到再去想它。

（刊于《青年周报》第 31 期，1938 年 10 月 15 日）

自力教育

有钱人家把子弟送入大学读书，好像是一件例行的公事；而子弟因倚赖着足衣足食，也少有自己知道发愤努力的。结果教育成了一件奢侈品，浪费了巨额金钱，换到的只是一纸有名无实的文凭，对于社会国家，对于自己，都是一无益处。这现象不只中国有，别国也有。美国某女作家最近曾向一般家长们作过贤明的警告："不要送你们的儿子到大学里去。"（原文见十月份的 *Reader's Digest* ）。

她说她从前的家境非常贫困，在中学里只读了一年，进大学简直毫无希望。早晨上学，她要在雪地里走两哩路。艰难的环境炼成了她的铁的意志。辍学以后，正当一九〇七年经济大恐慌的时代。她非得找到一个职业不可，否则就要饿死。拼命找到了一个位置，在救生局拿到两块半一星期的周薪，每星期十足办公七天，每天十足工作十二小时，还要偷空学习电报术。

现在她的长子已经中学毕业了，她可以把他送进大学里去，但是她不那么做。因为她要他得到每一个磨练他自己的机会。他在学校里对于功课是满不在乎的，虽然很聪明，可是不肯用功，分数但求及格便算数，全不想出人头地。在家里也是随随便便，不负责任的样子。

她说："今日的青年比起从前的我们来是幸福得多了，他们的环境更为优美，知识也更为丰富，可是他们缺少我们所有的一种坚毅的精神。我的孩子们也都没有进取心。给他们职业，他们接受了，可是他们不知道有什么需要做的工作，而为他们自己创造一种事业出来。他们不知道利用自己的能力。"

"我看着我的大儿子，高高的，身体很结实，穿着温暖的衣服，吃着肉，牛油，冰淇淋，好像这些都是当然之事；看着电影，上上球场，驾了一辆旧汽车（有点不甚乐意）到附近各处玩玩；一年九个月在学校，倘不再给他上四年大学，就会觉得很委屈。倘使在世界上其他的各处，照他那样身份地位的孩子早就有了工作了，衣服应该是很破旧的，靠着面包和干酪过日子，也许在节日可以吃一次肉，汽车和大学是梦想不到的事。

"什么使我的儿子有钱而享福呢？一百年之前，美国人并不比欧洲人更富。我的儿子所享到的一切，都是前代人于饥寒挣扎努力得来的结果。我的儿子有没有继续作这种努力的准备呢？我知道我一生中得力之处便是我的艰难的处境。从穷困中挣扎出来，可以养成无价的毅力。克服了一切之后，我们有了自信，知道我们的力量胜于逆境。即使再遭挫折，也不会灰心。

"可是我的儿子却得不到这种机会。进学校已经不是一种切望的权利，而是一件强迫的例规。他不得不进学校，既然是相当聪明，一张中学文凭上所规定必修的十六个学分，自然用不到费十分气力。多读几个学分有什么用，得到好分数又有什么用呢？"

她的儿子预备进大学拿到一个工程师学位。他说："要是你不能送我进大学，那么我便不能进去；要是我不能进大学，我便不能当工程师。现在这种时候，职业不是可以随随便便得到的。"她对他说："要是你要进大学，就得用你自己的力量进去。"他毕业了，她说："好，现在你去进大学吧，如果你有本事的话。"

这是一件残酷的事，可是比这更为残酷的是剥夺去子弟们经历艰难的机会。让他们在学校里糊涂过去，一进社会，就茫然无所措其手足。"我不愿再给我的儿子四年姑息的爱护。"她说："倘要他将来做个有用的人，他必须是一个战斗者，能够克服自己，克服环境。他必须强迫世间给他他所要的事物。不甘示弱的人，才能创造一切有价值的东西。"

她的儿子离开了家庭，出去找事了。三个多月没有消息。一个没有经验，也没有特殊技能的青年，带出去的钱也该用完了，他的母亲发起急来。

一个电报从很远的某处来了："已在此间最大汽车行任无线电技师。一切顺适。拟明年入大学。"

他怎样会找到这位置她不知道，他对于无线电向无研究，但她相信他现在已经是个能手了；她从前因为当了电报员而不得不学习起打字来，情形也是一样。她更相信他一定会得到大学中的学位。他现在所得的机会不是可以用金钱买到的。没有人供给他的需要，他须自己供给自己。他是在凭借自己的能力了。

　　送一个孩子进大学，和帮助一个愿意用自力进大学的孩子，其间是有很大的区别的。让他发展并利用自己的能力。这至少可以使他们养成独立自尊的人格。

（刊于《青年周报》第 35 期《励志讲坛》栏目，1938 年 11 月 12 日）

他有过一个朋友

他从前穷苦的时候，曾经有一个朋友，那是一只小老鼠，并不是一只特别的老鼠，不过是一只长着几根长须，一条光滑而惹厌的尾巴，灰色的小老鼠；要是你住在一间只容得下一张床一张桌子两把椅子的小房间里，这种老鼠是常会发现的。

他第一次看见他的小朋友，是在一个夜里。他正在写字，一面啃着一块面包，面包是已经发霉的了。一块面包皮飞落在地板上。墙角下有一个小洞，洞里出现了一双闪烁的细眼睛，和几根发光的胡须。他知道是一只老鼠。

他掉头不去看它。也许这屋子里有几百只老鼠，这一只小老鼠又有甚么？他想要工作，可是见了这老鼠，他的思想纷乱了，再也不能集中起来。他对这老鼠发怒了。干硬的面包哽在他喉咙里，他立起身来想倒杯水喝。老鼠见他走过来，溜回洞里去了。杯子里倒满了水，他回到桌子旁边等着。

一会儿老鼠的头又伸出来了。他一下子把杯子连水摔了过去，豁剌一声，杯子打破，全屋震动。墙上溅满了水。老鼠未损分毫，依然缩了回去。他恨恨地骂了。不多几秒钟功夫，他听见房东太太在扶梯上走上来的声音。她碰门。

"喂！喂！里面！什么事啊？"

"没有什么，"推开门来。"没有什么，是一只老鼠。"

房东太太立在门口，瞧那溅湿的墙壁和粉碎的杯子。

"我关照你，"她说："人家是要睡觉的，半夜里掼家生我可不答应。"

他不好意思起来。

"我知道，可是这只老鼠真讨厌。"

房东太太摇头。

"加我两块钱房钱，我就给你把房间打扫干净，老鼠全给你赶掉。"

"我付不起，可是老鼠总得想个办法。"

"好吧，我给你想法——可是不许再掼杯子了。"

房东太太的脚步声远了，他重新坐下。这次事件使得他十分疲乏无力，眼睛也觉得酸痛了。两臂扑在桌子上，把头伏在上面。这样下去会弄到怎么地步呢？见了一只老鼠会摔起杯子来，莫不是他有了神经病了？他知道房东太太一定以为他神经病发作。

可是他想起：好多次当他在桌上搜索枯肠的时候，这位房东太太却在三层楼上拉开了喉咙向下面的邮差哩，送牛奶的哩，或是别的人哗喇哗喇叫喊。有时这种一来一去的高声谈话，要延续半小时之久。这时候他便要两手揿住耳朵，把头摇来摇去，直至他觉得他的胸膛里有什么东西快要爆破了，那时他就会狂喊一声，扼住这位房东太太的喉咙的。

到底，一个人的忍耐是有限度的。一超过这个限度，某种暴力的行为就无可避免。假定用同样的情形作为题材，格外渲染得浓烈一点，一定可以写成一篇出色的小说。好极了！这是一幕人情的戏剧，每一个人都有同感的。

他觉得很得意。老鼠，摔破的杯子，房东太太，全忘记了，他把已经写好了的一起撕去，重新铺开纸来，振笔直书。

几点钟之后，他的眼睛烧痛得厉害，手指也僵硬了，于是辍笔睡觉。他觉得心安意适，好像把他的思想传达到纸上，一切的困苦便立即消失于无形，只剩下一个麻木而无知觉的生命。刚要把电灯关熄，忽然想起了一件事。起来一看，面包皮已经给老鼠吃去。微笑着，他把更大的一块放在地板上。

明天一早起身，上街买面包作早餐。回来一推开门，那老鼠端坐在洞外，向着他望，好像在盼他再给些面包皮似的。

"喂，老鼠！"他说。

调好了一杯咖啡，他坐下吃面包。他用手指挖出一块面包心，丢给老鼠。老鼠立刻把它吃下了。它的确是一只可爱的小东西，昨天向它摔杯子，他觉得很抱歉。可是倘没有那回事，也许他们永不会结识起来，一切都是为着最好。

可是别发傻了！有工作要做呢。他把写下的读了一遍，很不坏。读第二遍的时候，更觉得中意。"一个人只要一用心思，何事不可成！"眼睛瞧着老鼠，他这样说。当他想要谈话的时候，能够有什么活的东西可以作他谈话的对象，的确是很愉快的。

几天之后，老鼠和他很要好了。当他立起身来走动的时候，它不再跳回到洞里去，而像一只松鼠似的用后脚坐起在楼板中央，它的柔软光滑的肚皮裸在外面，满不在乎地摩擦着它的前脚。现在他可以伸出手去把东西喂给它吃，它小小心心地不咬到他的手指上，当他工作的时候，他可以听见它在房间里跑来跑去，那小小的脚在油漆布上擦过的声音，听着怪窝心的。可是他又觉得有些惭愧，竟和一只老鼠交起朋友来。然而每回走进室中，总是情不自禁地说："喂，老鼠！"要是它不立刻出来，心里仿佛很不安似的。

一个多星期以后，全篇完成了，端端整整地抄在稿纸上，署上了自己的名字，送到了邮筒里去；"一路顺风！"他默祷着。小说是择最好的一家杂志送去登载的，要是能够受到主笔先生的青眼，那再好没有；不然的话，这也不是第一次吃退回来。

此后的两天他整天在图书馆里看书。一到中午，便到公共食堂里吃些三明治和咖啡，总不忘记留一些干酪包起来放在口袋里回去给老鼠吃。午后仍旧回到图书馆里。天黑回家，和老鼠谈话了几句，胡乱吃了些东西便倒头睡下。他全然不想工作，什么都鼓励他不起来，好像在一种梦游的状态中生活着。

从第一天到图书馆去后，他发现了一件惊人的事实，那就是从早起到睡觉，除了那老鼠以外他不曾和别人开过一句口。这里面很有些超然的感觉，使他有些得意。

渐渐地，这种不和人家开口成为一种病态的习惯。到甚么店铺里买东西的时候，他总是默不一声地用手指指出他所要的东西。只有当他在楼梯上碰见了房东太太的时候，她阴阳怪气地向他招呼了一下，他才不得不回答她一声，因为他的房租已经拖欠了几天没有付，不能不敷衍她。可是这使他大为着恼。

另外他又养成了一桩怪癖。每次有一个漂亮的姑娘走过身旁，好奇地向他瞅了一眼的时候，他总是把舌头探出，向她皱了眉头扮鬼脸，把那姑娘吓得逃跑了。他觉得这样很有趣，可是有一回一个姑娘喊了起来，"疯子来了！"不多一会儿便有一大群人围住了他。他永远忘不了那时候攫住他全身的那种恐怖。

一封信套在一个陌生的信封里，一个早上寄来了。蓦地叫了起来，他简直兴奋得连信封都撕不开来。好容易取出信纸，两眼朦胧地读完了稿子录取的通知，还有一张五十元的支票。好半天他的嘴巴张开着，粗声而模糊地不知在咕噜些什么。

房东太太跑来了。

"什么事？"她抓住他的臂。

"瞧！"他把支票在她的面前摇晃着。

她说，"那好极。我以为不知出了什么事情。"

他茫然地望着她，然后纵声大笑。

"没有什么，没有什么。"拍着她的肩膀。和房东太太是解释不明白的。

走到街上，他觉得从来不曾这样快乐过。看见每个人他都向他们笑，甚至于想要拉住了什么人告诉他他的幸运。不，这是个秘密，不能让人知道。

第一个要对付的是房东太太。当他把十块钱塞进她的手里去的时候，她浑身都笑起来了：四块钱是还欠租，四块是预付，两块是请她收拾房间。整整的十块钱！他满不在乎地送了过去。

又到街上去，阳光轻抚着他的脸孔，那暖气是和他心里的快乐交融着，洋溢在空气之中。现在他可以自傲了，袋里有四十块大洋钱！倘使有个什么人在身边就好了。突然一阵锐利的痛苦刺彻他的全身，他发觉世上没有一个可以分享他的快乐的人；他是全然的孤独者。

无目的地，他在市上来往徘徊。到一家大菜馆里吃了一顿好久不曾吃过的丰美的午餐。菜蔬是很不错，可是都没有当他在嚼着干硬的面包时所想象的那种风味。

侍者送上了一碟苹果派，上面有一小方干酪。下意识地他把干酪取下放在口袋里。于是他记起了，那老鼠！他全然忘记了他的小朋友了。而且他还把两块钱给房东太太叫她打扫屋子！来不及吃点心，他就付了账立起身来。

几分钟之后，他气喘吁吁地奔上了楼梯。在门口踟蹰了片刻，于是推门进去。

正如他所担心的，房东太太已经用破布头把墙洞填塞好了。他伏在楼板上，床底下四周各处，一一找寻。没有老鼠的踪迹。把墙洞里的破布头扯出了，等着，毫无结果。他开始咒骂起来，于是发觉自己的痴愚而沉默了。无论如何，他决定要调查出那老鼠的下落。

楼下房东太太正在等候他。见了他，她说：

"我想那样奔着的一准是你。瞧，我有好东西给你看——"她举起了一只鼠笼，里面一只老鼠——死了。弹簧刚巧压住了老鼠的正中，把身体扭成了一个半圆形，头高高抬起着，十分痛苦的样子。

"迟早我会捉住他们的，"房东太太神气活现地说，"这老鼠以后不会再来烦扰你了。"

"我想不会再来了，"他说。

当他一个人的时候，他坐在床边，大笑起来。他记起了从小时候他所看见过的一切老鼠，他怎样把它们弄杀了拎着尾巴顽儿，那记忆又使他笑了。可是他的笑声在房间里回响着，带着一种奇怪的模仿的声调，他知道他不能确实说那是他自己心里发出来的笑声……

后来他站起身来，伸了个懒腰。摸索着袋里簇新的纸币，满意地发出格格的笑声。穷苦与孤寂会使一个人变得生的门忒儿，简直到了叫人吃惊的程度：甚至于会和老鼠要好起来。他决意跑出去，痛快地庆祝一下他自己的从穷困中的再生。

（刊于《青年周报》第40~41期《短篇小说》栏目，1938年12月17日、24日）

"小言"选

编者按：朱生豪于 1939 年 10 月到 1941 年 12 月 8 日期间为《中美日报》"小言"专栏写了 1000 多篇，近 40 万字的时政短论，这些短小精悍的新闻随笔，都是他阅读当天新闻后写下的即兴抒怀，主要内容是痛斥日本和各国法西斯及其走狗们的行径，鼓励全国全世界人民奋起抗战。作品思维敏锐，形式多样，笔锋犀利，讽刺与揶揄兼备，是朱生豪炽热的爱国热情和卓越的文学素养高度结合的产物，成为独树一帜的时政散文作品。本部分从中选取了 16 篇，供读者欣赏。

弄巧成拙

(1939 年 10 月 12 日)

在恶势力笼罩下的"此时此地"，要说几句良心话确乎不是一件容易的事。本报因秉持正义的立场，致为某方所嫉视，多方破坏之不足，在我们新复刊这几天，又发生了有计划的窃购和抢劫，人之无赖，一至于此，可怜亦复可笑。

于此我们可以向读者告慰的，卑鄙的阴谋和暴力决不能挫折我们向恶势力作战的勇气，反而促使我们与读者间的精神上发生更密切的联系，观于这两天来读者不惜以较大的代价争先购买本报，便可以证明某方的弄巧成拙，徒然为我们做了一次义务宣传而已。

昨天是本报复刊后第三天，某方仍有拦截布置，但因租界警务当局，保护周密，损失极微，我们为恐防读者向隅起见，继续添印至十时左右，务使暴徒奸计，无由得逞。这两天本报虽遭意外，销数始终在十万左右，读者的爱护，使我们感奋莫名，愈加相信正义的力量可以胜过一切。魑魅的伎俩，何足道哉！

汪精卫不堪回首

（1940 年 1 月 12 日）

人可以为圣贤，亦可以为禽兽，相去之间，往往不过一念之差，而流芳遗臭，遂成定评。看到这两天日本阿部内阁无法维持的窘状，再想到汪精卫今后何以自处的问题，实在觉得有点代他难过。汪氏在少年时灵明未昧，高歌"引刀成一快，不负少年头"时，未尝不是一个热血磅礴的有为志士；自孙中山先生死后，历身显要，利禄之私，渐蔽良知，然国人震其位高望重，始终尊之为革命先进，行动虽有错误，也不忍过事诋诃，爱护不可谓不至。抗战初起，汪氏激昂奋发，曾不后人，而贰心之萌，已在曩时。自近卫声明一出，而狐狸尾巴，毕露无余。以堂堂中国国民党副总裁之尊，不惜降身以供日人利用。失足之后，江河日下，凡其所言所行，无不令人齿冷，这且不要去说他。如其果然日本人看他得起，想借重他的"大力"来结束目前战事，那倒也罢了。无奈他的主子根本不曾对他另眼相看，尽管他怎样自吹自捧，而有日本军人在那里撑腰的南北两伪政权，始终对他抱敌视的态度，不但做不成头号傀儡，简直无法在傀儡群中插下一足去。此次阿部因鉴于各方对他的不满，无计可施，想竭力把汪氏捧起来，借图蒙蔽国人的耳目。汪氏受捧之下，得意忘形，居然签订卖身投靠契约，准备登场。谁知霹雳一声，日本军部却不以阿部这种敷衍办法为然，于是阿部不能不挂冠求去，而汪氏的上台，又成问题了。我们综观汪氏自抗战以来，由政府大员而成为国家叛徒，所依赖的不过是一个毫无实力的日本内阁，尚不能与梁王辈之有军人作靠山者可比，其自贬身价，一至于此，清夜自思，当亦有不堪回首之感乎？

纪念今日

(1940 年 3 月 21 日)

三月二十一日是上海中国人民的一个光荣的纪念日。十三年前，正是北洋军阀势力日薄崦嵫的时候，日本帝国主义者因见国民革命军深得民众拥护，义师北指，所向披靡，深恐他们的爪牙旧军阀一旦失势之后，他们自己的地位也将不保。因此竭力设法阻挠，并唆使盘踞淞沪的反动军人屠杀异己，箝压民众。昧于大势的他们，不知中国民众早已觉醒过来了，压力愈强，反抗力亦必然更加高涨。手无寸铁的人民，终于和革命的武力响合，驱走了倒行逆施的军阀余孽，替上海历史上揭开了灿烂的新页。

事过境迁，盘踞在今日的上海的，却又是另一种恶势力，同样受日本帝国主义者的操纵，而其罪恶更远浮于当日的反动军阀。上海的中国人民处身于更艰危的境地中，想到十三年前向恶势力艰苦抗争的精神，应该得到一个怎样有力的启示！点缀在孤岛表面上的，虽然是一片酣歌恒舞，可是别再做梦吧，大家从今天起，要拿出加倍的决心与毅力，检点自己生活，努力有意义的工作，克守国民气节，积极从事经济的斗争。至少要能做到这几点，才算不愧为一个中国人民，而今天的纪念，也就不是没有意义的了。

无法辩护的错误

(1940 年 7 月 19 日)

英国不顾自己的国家信誉与全世界正义人士的一致反对，不惜违背在国联大会中郑重通过的"决不采取任何足以削弱中国抗战之行动"的庄严诺言，贸然与日本成立协定，封锁滇缅路的运输，这是英国近年来屈辱外交中值得大书特书的一章，而使世人明了英国之所谓反侵略者，原来如此！

为英国此次屈辱行为作辩护的，我们拜读了《远东事务》编者伍德海氏的高论。伍氏自知此举为对国联决议的"严重的违背"，而为"任何有自尊心的英国人所不能认为荣誉与满意的"，然而他却竭力责怪美国，以为英国即使坚决拒绝日本的要求，也决不能盼望美国有何行动，因此它不能单独冒险开罪日本。据伍氏的批评，似乎美国对于英国所发之义愤，是不应该有的。

英美在远东步骤之未能一致，屡为侵略者造就机会。然而这一种错误，在过去大部分应由英国负责。远如九·一八事变后，史汀生的建议为英国所拒绝，为今日世界的纷乱种下祸根，这且不必再说；即就去年美国宣布废止美日商约后，英国如能继起踵行，一定可以给日本一个重大的打击，然而英国始终对日优容忍耐，赔着笑脸，造成让日本步步进逼的机会。今日之事，又何尝不是承袭过去的妥协政策而来？

美国在中立法的束缚下，不惜用尽方法，甚至部分地修改中立法，予英国以种种的援助，这该是无可抹杀的事实。然而现在英国对于美国在远东所严守的政策，非但不予合作，反与之背道而驰；当美国政府当局发表反对封锁滇缅路后，英国竟而悍然不顾，徇日方的诛求。其为背弃信义，助长侵略，决非任何推卸责任之辞所能洗脱，我们倒要看看英国将何以自赎；我们更要看看英国这样"缓和"日本以后，它在远东的地位是否就此稳固了。

日机滥炸平民区域

（1940 年 8 月 22 日）

本来空军的作用，其一在掩护陆上部队的进攻，其二在破坏敌方的军事设备，此外据说还可以造成敌方民众的恐怖心理，摧毁其继续抵抗的勇气。日军进攻重庆，事实上既无此可能；历次的大举轰炸，华方军事设备不仅无甚损失，且其轰炸的主要目标亦显不在此；则其意在屠杀平民，妄冀华人因畏战而接受奴隶式的和平，已无疑问。

是的，无数无辜的平民妇孺，是在日机的炸弹下丧生了，原来生息繁茂的住宅区，熙来攘往的商业区，都化成一片瓦砾场，然而日方"武装亲善"的使命果能达到了吗？灾区的人民，目击其庐舍为墟，亲人惨死，孰无人心，不益坚其同仇敌忾之心，对侵略者的残忍加深其愤怒，而愈觉非抗战到底无以雪此奇恨？在中国政府有计划的事先撤退事后救济下，富于毅力的灾区民众，定将愈经磨练而愈为坚强，以其全力支持抗战，协助建国大业的完成，而今日的瓦砾上，必将出现更有活力的新生的都市。

希腊大捷
(1940 年 11 月 7 日)

意大利军士一万二千名在希阿交境处被希腊军队包围俘获，阿境意重要据点柯里柴陷入希军重围中！

我们对于意军作战的素质本来知之有素，可是竟会阘茸到如此地步，却令我们不敢相信自己的眼睛。如果"天气不好"可以成为讳败的理由，则以后应该多请几位天文学家做随军的顾问，免得再作无谓的牺牲。

对于"不怕天气恶劣"的希腊民族此次所表现的出人意外的英勇，我们是无庸更赞一辞了。当然英国之予以充分的援助，也是值得称道的。诗人拜伦的英灵，该在地下眉飞色舞着吧。

或以德国袖手旁观为疑。原因很简单，因为它要避免与苏联直接摩擦。意军倘果能完成对希腊的占领，则此一既成事实可令苏联无可如何；否则它可以出任调解，留一转圜余地。倘谓意国在发动时未征得德方同意，那是不可想象的。

而苏联动向之为一个不可忽视的决定因素，也是极为明白的了。

失败三部曲

（1940 年 12 月 7 日）

第一部：外交攻势

附骥尾结欢德意挊虎须触怒英美

建川联苏难圆好梦野村使美莫展良筹

第二部：政治攻势

诱和平难摇汉志议调整承认家奴

华盛顿重贷新借款莫斯科不变旧方针

第三部：军事攻势

盘踞经年师退镇南隘死伤累万血溅大洪山

疾风吹落叶不知明日枯鳖守敝瓮且看来年

粤南日军〝悠悠撤退〞

（1941 年 3 月 11 日）

桂林十日电：华军进攻北海登陆日军，节节胜利，沿海岸日军已完全肃清。

日方怎样解释呢？同盟社照例印就了一套刻板的公式电讯："日军已完全达到预期之目的，各部队乘船悠悠而撤退。"所谓目的者，据华南日派遣军报道部发表，系"覆灭华军输送路线"，我们姑不论华方是否非依赖这几条"输送路线"不可，而日军在费了偌大气力后把它们"覆灭"了，居然"悠悠"而去，不留一卒驻守，好让华军再来把被"覆灭"了的恢复起来，则为日军设想，似乎也太不值得。

强弩之末的日军，到处骚扰，一事无成，其来也如虎头，其去也如蛇尾，在华军威力下狼狈溃退，而自谓"悠悠撤退"，不意阿Q精神乃见于此处。

雅典颂

（1941 年 4 月 27 日）

（英军昨晚十时退出雅典，人民夹道欢呼，谓"不久可与君等再会"。——雅典廿六日电）

黑云堆压在雅典城上，
侵略者的炮火震撼大地，
悲愤的紧张充满着雅典人的心，
但他们有的是永不消失的勇气。
爱自由的希腊永不会沉沦，
他们抵抗，他们失败，但决不臣服；
有一天，不远的一天，他们将用热血
洗净被践踏的祖国的耻辱。

——"再会吧，英国的友人！
到处都是保卫民主的广大战场；
我们不用哀泣，我们用欢笑
送你们在星月里赶上前方。"

也许在明天，也许在下一点钟，

这美好的古城将套上锁链；

但这是一个永不失去勇气的民族，

他们说，"同志，我们不久将再相见！"

日军的"昙花战略"

（1941 年 5 月 26 日）

日本大本营报道部长马渊逸雄发表谈话，夸道在华日军战绩，谓"中原作战之对第一战区，江北作战之对第五战区，诸暨附近作战之对第三战区，均予渝军以重创，总反攻之举仅昙花一现"。中条山方面中日两军现方展开剧烈的争夺战，而鄂北的日军攻势，自从华军克复枣阳，进迫随县后，已成强弩之末，浙东日军退出诸暨后，其"赫赫战绩"也已不堪回首，所谓"昙花一现"云者，其实还是说着了自己。

日军主要的战略重心，当然是在晋豫方面。他们在本月初旬以"疾如雷电的战略"（同盟社语），倾十二万人的精锐军力，企图作武力解决事变的最后试探，然而荏苒半月，伤亡四万，迄未能动摇华军阵地。扼守该区的华军，自始即处于日方优势军力的严重威胁下，但因他们的艰苦支持，更配合着最近晋西晋东华军的同时策应反攻，形势已大为好转，根据日军的一贯作风，大概他们因"任务完成"而"撤退"之期，必不在远了。

华军惯用的战略，是暂避锋锐，诱日深入，然后在巧妙的布置完成后予以聚歼，过去的成绩已经证明此种策略运用的成功，我们在明白此点后，自不致为日方任何夸大失实的宣传所惑。

化整个欧洲为游击区

（1941 年 7 月 15 日）

希特勒方在循着拿破仑自取灭亡的故道横冲直撞，而他以暴力造成的"欧洲新秩序"，已经在他背后暴露了裂痕。不久之前，我们曾听到罗马尼亚军队反抗德人的消息，事虽不成，但德军对苏的攻势，却始终以南路罗马尼亚境内一线为最无成绩。现在保加利亚人民的亲苏情绪，又已迫令受纳粹使唤的保国附庸组织，不得不动员全国军队以镇压可能发生的内乱了。

截止目前为止，德军尚未遭遇重大挫折，但直接在其威力临压之下的巴尔干国家，已经酝酿着揭竿反抗的不安空气；倘使时间愈拖愈长，德军实力愈耗愈竭，则所有被征服的国家，必将一一起谋挣脱自己的锁链，那时整个德军后方，即有化为一片广大游击区的可能。尤其如挪威荷兰比利时希腊等国，或素以民族性强悍著称，或曾在以往及今日表现过轰轰烈烈的忠勇卫国的事迹，他们之必不能久为人下，是显而易见的事情，建筑于贫弱基础上的希特勒欧洲帝国的雄图，随着他的军事光荣而同趋幻灭，殆为必然的结果。

梦与诳话

（1941 年 8 月 9 日）

以下是美国名记者华脱温哲尔所述德国反纳粹分子如何逃避严密的检查者耳目的方法：

当他们偷听到英美电台上所广播的一些消息，而要向群众告知时，他们所用的方式是，"你们知道我做了一个什么梦？……"于是就把偷听到的消息一五一十说了出来。

另外一个更巧妙的方法，是先转述纳粹电台的一段演词，把它极口称赞，然后说，"我正在倾听的时候，忽然有一家外国电台插入，说了一大套诳话……"他把那些"诳话"告诉听众，于是听众大家心照不宣。

在"保护"的意义为"侵略"，"共荣"的意义为"我为刀俎人为鱼肉"的现在，真理与事实不能不假托为"梦"与"诳话"，也许是无可奈何的事。我们除把捣乱世界归功于侵略者外，更不能不钦佩他们给语言文字的新的意义与变化。

纳粹在泥淖中
（1941 年 9 月 3 日）

泥滑滑，行不得，进攻列宁格勒的德军，已经名符其实地陷足于泥淖之中了。纳粹自己也不能不叫苦："继续不断之豪雨，已使作战大受阻碍，道路多已无法使用。"

最近一周来，中路斯摩伦斯克及戈美尔区域，苏军始终处于主动地位；乌克兰方面，德军对特尼泊河无法越雷池一步，敖得萨也屹然未动。沉闷得出奇的战局，显示出侵略者的前途茫茫。苏联公报说："吾军已在每一基点上反攻及击退敌人。"北自伊尔门湖区域，南至特尼泊河下游，德军到处遇到苏联生力军的反攻。

《汉堡日报》的话说得有趣，"苟拿破仑在斯摩伦斯克按兵不动，组织交通线，而决战于来年春天，则当年战局必有一番不同"，这明明是自我解嘲。可是现在的苏联，是不会听令拿破仑的模仿者"按兵不动"从容布置的。

秋天——战士效命的季节

（1941 年 9 月 22 日）

日本陆军省发言人曾于三四天前表示日本为了将中国"自白种人束缚下解放"起见，决心不顾反对，继续进行对华战争，这已经是够奇妙的话了。更妙的是东京《国民新闻》前天所说的"对华战事现方开始"。四年又二个半月的血迹，中国人是不会轻描淡写地把它当作"事件"看了过去的，可是日本在经过长期消耗以后，如果仍有余勇可卖，把过去报不出账的"战绩"一笔抹杀不算，愿意从头来起，那么中国当然也很愿意乘这秋高气爽的季节，在任何战场上和它周旋一下的。湘北大歼灭战的形势虽然尚在开展之中，但这块地方正是日军屡攻屡挫，华军一再造成赫赫胜利的所在，这次据说日方准备以十万军力进犯长沙衡阳，我们预期有备无恐的华军，必能再度发挥威力，造成足以媲美或超越前秋及去秋的大捷。

风雨泥泞中的德军

（1941 年 11 月 17 日）

除开克里米亚以外，苏联军队在各线的形势，都在积极好转中。

德国无线电台以德军"进展的迟缓"，归咎于"异常恶劣的天气"，暴雨、泥泞，还有"通常在一月中旬以往所不经见的狂风"，老天是在和希特勒捣蛋。

然而德军如能实践诺言，早早于六星期内打下莫斯科，则风雨泥泞，其如予何？毕竟还得自悔把苏军的抵抗力量估计错了。

德国的军事批评家说，"最后胜利将完全依赖于德国军士的士气上"。坚兵利甲已经失去效用，现在却要在"衣服二月未换，遭虱咬及患皮肤病"的军士身上找寻"士气"之为物，那么胜利的希望真太渺茫了。

武士们的悲剧

（1941 年 12 月 8 日）

德军向莫斯科再度进攻，为时已历三星期，当发动之初，前锋距莫斯科约六十哩，至最近为止，离莫斯科最近的地方仍有四五十哩。据他们自己解释进展迟缓的原因，是天气的严寒，这倒的确是事实，因为不惯于零下十七度那样气候的纳粹士兵，即使不死于炮火之下，也难免不冻僵而死，苏联的有力友军——俄罗斯大平原上的寒风冰雪，正在发挥不可抗的威力，予侵略者以打击。

可是在南路战线上，德军的速率却异常可惊，不过这速率却不是前进的速率而是后退的速率，在不满十天的时间内，从罗斯托夫一直退到玛里奥波尔，计程也有百哩之遥。他们关于此事的解释甚为奇妙，据说第一是由于苏联人民的"蛮不讲理"，不肯做征服者的顺民，用他们的术语说，是"违反国际公法"；第二是苏军的"愚不可阶"，明明自己失败了还不肯认输，仍旧不顾牺牲地傻打下去。对于这样"无可救药"的民族，优秀的日耳曼武士自然只好避之惟恐不及了。

最失望的也许是大和武士吧，他满想他的伙伴能够完成一次重大的胜利，好让他也在这一边凑一下热闹，可是事实却不尽如人愿。固然为了迫不及待的缘故，他也许会在此时挺身而出，给他的伙伴打打气，可是多分在希特勒预先允许给他的二月中的援助还来不及践约之前，他早已给民治国打得遍体鳞伤，动弹不得了。

伍

1947年世界书局版《莎士比亚戏剧全集》有关附件

司公限有份股局書界世海上

THE WORLD BOOK COMPANY, LTD.

390 FOOCHOW ROAD, SHANGHAI, CHINA

TELEPHONE 92290-9

生豪先生台鑒頃接六月十一日

來函藉悉一是近來物價高漲對於稿費原應酌量增加俾維生活

茲准自七月份起改為每千字拾元計算請

台洽至上年十月至今年六月份期內所支款項及所寄譯稿字數核與

來函所送數字相符

台端翻譯莎劇全集已歷多年業經完成五分之三距全部竣事之碩已不

在遠為文化而勞苦至堪佩慰稿酬方面日後生活工夫仍感覺困難情

再商苦情形屆時當再考慮調整以副

雅望也此復並叩

撰安

廿二年 六月十四日
稿字第 八一X 函

世界书局 1943 年 6 月 14 日致朱生豪函，告稿费改为每千字 10 元

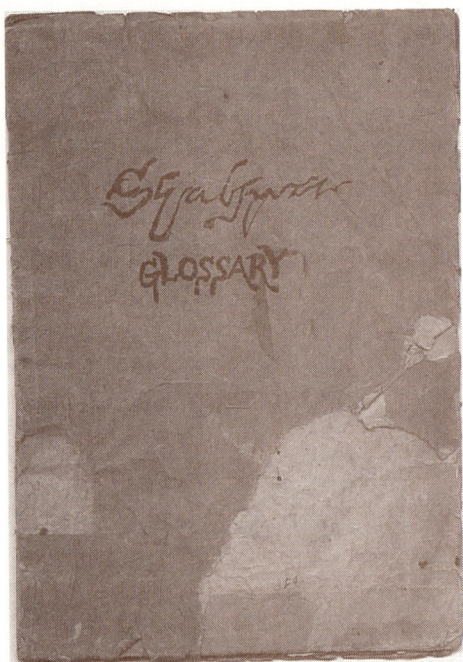
朱生豪自己装订的《莎士比亚词语汇编》小册子

朱生豪在嘉兴翻译时使用过的书桌

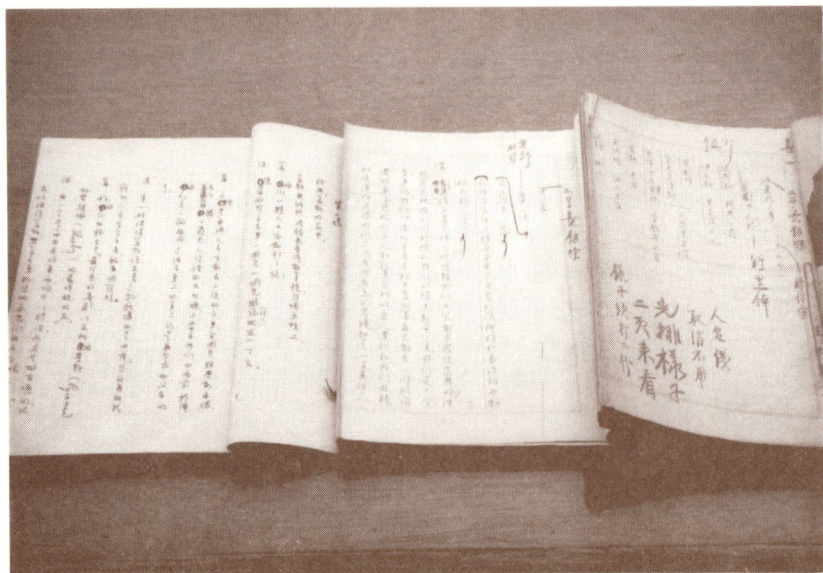
朱生豪翻译手稿

世界書局編輯所工作報告單

書名	冊數	工作區別	工作時間	何處起、止	約占全書幾分之幾

書名　冊數

工作區別　工作時間　何處起、止　約占全書幾分之幾

中華民國　廿四　年　一　月　四　日

凡兩種書以上之工作務請分寫工作時間以便核計成本

簽

22-1-30 工 248

朱生豪在世界书局的工作报告单

179

三幕三場

K. Alice, you have been in England, and you speak the language well.

A. A little, madame.

K. I pray you, teach me; I ought to know to speak. How do you call the hand in Eng.?

A. the hand? It is called "de hand".

K. "De Hand". And the fingers?

A. the ff? my faith, I forget the ff; but I'll remember. The ff? I think they are called "De fingres". yes, de fingres

K. (La.....fingres.) I think I am a good student, I have got two English words quickly. How do you call the nails?

A. the nn.? Let's call them "De nn."

K. "D. N.". Listen; tell me if I say well ......

A. That's well said, m. It's very good Eng.

K. Tell me the Eng. for the arm.

A. ----

K. And ...

A. ....

K. D. E. I repeat all the words that you have taught me up to now.

180

A. It's too difficult, M., as I think.

K. Excuse me, A..; listen : .-- .-.--

A. ...- .

K. O lord God, I forget it. ... ...

A. ..-.- .

K. .-- -.--

A. ...

K. De sin (Chin 一 掌 说) .-.-- —

A. Yes. Save your honor, in truth, you pronounce
the words as rightly as the natives of England.

K. I scarcely hesitate to learn, by the grace
of God, & in little time.

A. Haven't you already forgot what I have
taught you?

K. No, I'll recite to you promptly. .-- -..

A. ..-- —

K. .-..- .

A. Save your honor, .-—

K. So I say. .-.-- .---

A. .-.-- . ; and "de coun" (coun 一 掌 说).

K. .-.-- .! O lord God, they are words of their
evils, corruptible, gross, and impure, and
not for ladies of honor to use : I won't
pronounce these words before the lords of
F. for all the world. It should be d.f.
and d.c. nevertheless. I'll recite once
more my lesson altogether. .-.- -
that's enough for once : Let's to dinner.

181

二幕の場

D. O God living!

B. Death of my life!

C. God of battles!

三場

D. Qu... this, Ha! ... the flying horse ... that has the nosetrills of fire! ... —

D. the dog is put back to its own vomition, + the pig is bathed in the mind. ....

四幕 一場

P. Who goes there?

K.H. Harry the King.

F. fico 然係意大利話，未查出

武即fig之相等字，a fig for you之fig多屬物解，此處舟樣或與近似拉丁印為 ficus

二場

D. Mount the horse! ... Varlet, boy!

D. ～～～～ the waters + the land.

O. nothing more? the air + the fire

D. Heaven! ...

四場

F.S. I think you are a gentleman of good quality.

F.S. O Lord God!

F.S. O Have mercy! Have pity on me!

F.S. Is it impossible to escape from the force of your arm?

F.S. O Pardon me!

B. Listen: What is your name?

F.S. ...

F.S. What says he, sir?

B. He tells me to tell you that you get ready, for this here soldier is disposed (or determined) right now to cut your throat.

P. Yes, cut the throat; by my faith, heavy

F.S. O, I supplicate you, for the love of God, pardon me. ... (见下文 Boy)

F.S. Little sir, what says he?

B. Though he is against your blasphemy of pardon of a prisoner, nevertheless, for the crowns you have promised him, he is content to give you liberty, freedom.

F.S. Upon my knees I give you a thousand thanks. & I deem myself fortunate that I am fallen into the hands of a (knight), I think, of the most brave, valiant, and I think, very distinguished lord of England.

B. Follow the grand captain.
   下场

?. O devil!

?. O Lord! the day is lost, all is lost!

D. ... — O mischievous fortune.

183

五幕二场

K. ...

K. What says he? I am like the angels?

A. Yes, truly, save your honor, so says he.

K. O Good God! Men's languages are full of deceits.

A. Yes. ...

K. ...

K.H. ... When I have the possession of F., & when you have the possession of me —— then F. is yours & you are mine.

K. ... the French you speak is better than the Eng. I speak.

K.H. ... Its most beautiful K. of the world, my very dear & divine goddess?

K. ...majesty...have false ...wise maiden... in F.

K. ... King my father.

K. Let me go, my lord ..... my faith, I hardly wish to abase your grandeur by kissing the hand of one of your slaves (low); excuse me, I beg you, my very powerful lord.

K. ... (见之之 Alice)

A. ... listen better than I do.

A. Yes, really,

Exe. Our very dear son H., King of Eng., heir to F.

朱生豪为翻译《亨利五世》摘抄的剧木台词，这很可能是现存最后的朱生豪手迹（三）

施瑛 1947 年 3 月在《申报》上发表《莎士比亚的译者》，介绍朱生豪准备翻译的情况

金缕曲

彭重熙《金缕曲》手稿，1952年悼朱朱作，30年后录呈宋清如

一场兵劫廿世纪
隔断河山梦也难
乱世风云何凛冽
青枝嫩蕊竟摧残
当年仙会云服游
怎比身临天地翻
今日译稿相聚会
应当重旺出新蕾

言兄于战争时期
隔别地，青年才俊
竟夭折于乱世

天折毕竟不是成材，
深见天地大变革毕竟
好事

全稿再版……不……，为手译朱
笔之故全诸大能再同出于世，
重温旧日…光也作出为新今
世作出的贡献

"全集"再版追怀生豪兄兄
1979年

朱文振 1979 年为《莎士比亚全集》再版所作的追念兄长朱生豪的诗

宋清如誊抄的《莎士比亚戏剧全集》第一～三辑目次排印手稿

译者自序

编者按：此《译者自序》以及 201 页前的各辑《提要》排印稿原迹均为宋清如的誊抄件。

于世界文学史中，足以笼罩一世，凌越千古，卓然为词坛之宗匠，诗人之冠冕者，其唯希腊之荷马，意大利之但丁，英之莎士比亚，德之歌德乎。此四子者，各于其不同之时代及环境中，发为不朽之歌声。然荷马史诗中之英雄，既与吾人之现实生活相去过远；但丁之天堂地狱，复与近代思想诸多抵牾，歌德去吾人较近，彼

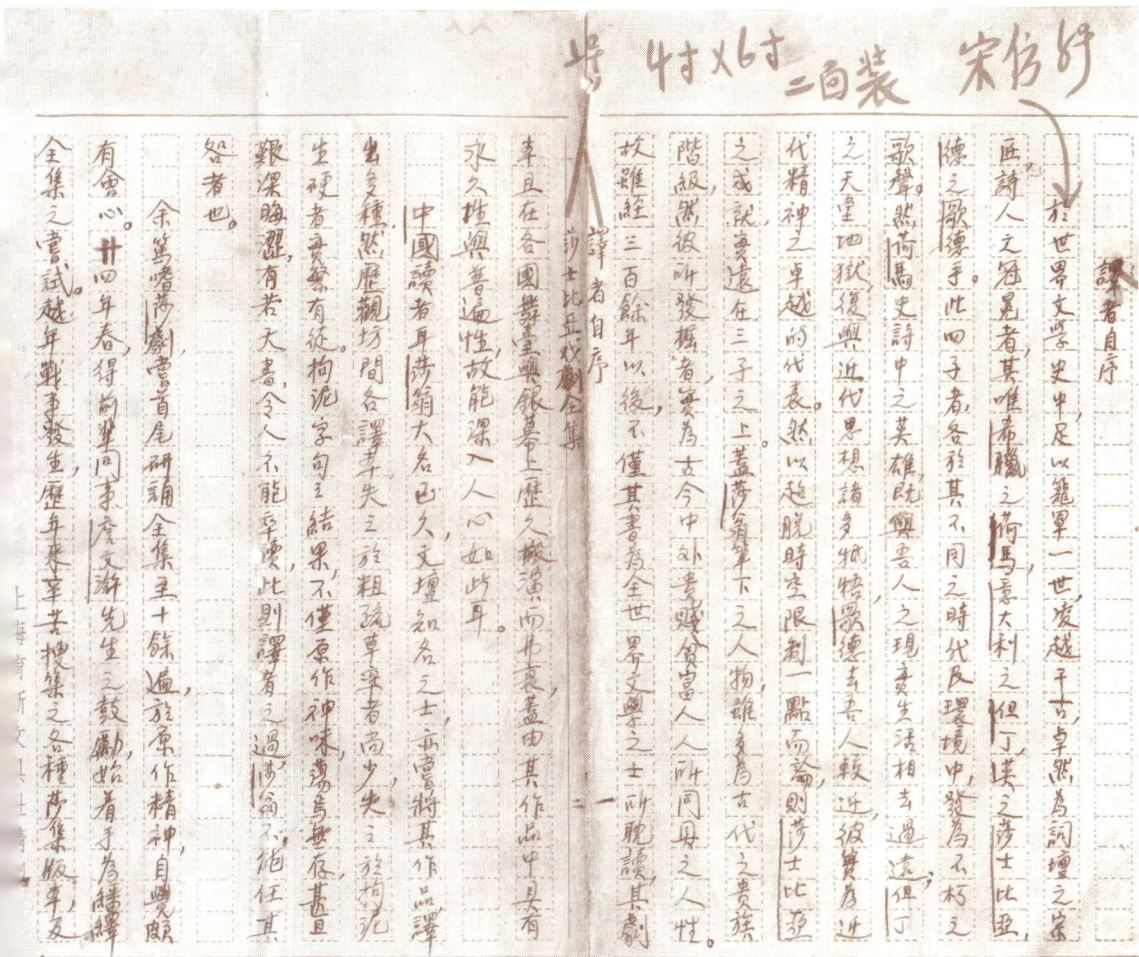

（手稿）费　4寸×6寸　二百装　宋伯纤

译者自序

于世界文学史中，足以笼罩一世，凌越千古，卓然为词坛之宗匠，诗人之冠冕者，其唯希腊之荷马，意大利之但丁，英之莎士比亚，德之歌德欤。此四子者，各于其不同之时代及环境中，发为不朽之歌声。然荷马史诗中之英雄，既与吾人之现实生活相去过远；但丁之天堂地狱，复与近代思想诸多抵牾，歌德去吾人较近，彼……

莎士比亚戏剧全集

实为近代精神之卓越的代表。然以超脱时空限制一点而论，则莎士比亚之成就，实远在三子之上。盖莎翁笔下之人物，虽多为古代之贵族阶级，然彼所发掘者，实为古今中外贵贱贫富人人所同具之人性。故虽经三百余年以后，不仅其书为全世界文

之意趣，而在逐字逐句对照式之硬译，则未敢赞同。凡遇原文与中国语法不合之处，往往再四咀嚼，不惜全部更易原文之结构，使作者之命意豁然呈露，不为晦涩之字句所掩蔽。每译一段竟，必先自拟为读者，察阅译文中有无暧昧不明之处。又必自拟为舞台上之读员，审辨语调之是否顺口，音节之是否调和。一字一句之未惬，往往苦思累日。然才力所限，未能尽符理想。锺卿居僻陋，既无参考之书籍，又鲜质疑之师友。谬误之处，自知不免。所望海内学人，惠予纠正，幸甚幸甚！

原文全集在编次方面，不甚惬当，兹特依照各剧性质，分为喜剧、悲剧、杂剧、史剧四辑，辑以自成。（原拟读者循是以求，不难获

上海育新文具社精制

见莎翁作品之全貌。昔卡莱尔尝云，吾人宁失百印度，不愿失一莎士比亚。夫莎士比亚为世界的诗人，固非一国所可独佔。倘因此集之出版，使此大诗人之作品，得以普及中国读者之间，则译者之劳力，庶几不为虚掷矣。知我罪我，惟在读者。生匆匆书于三十三年四月，

学之士所耽读，其剧本且在各国舞台与银幕历久搬演而弗衰，盖由其作品中具有永久性与普遍性，故能深入人心如此耳。

中国读者耳莎翁大名已久，文坛知名之士，亦尝将其作品，译出多种。然历观坊间各译本，失之于粗疏草率者尚少，失之于拘泥生硬者实繁有徒。拘泥字句之结果，不仅原作神味，荡焉无存，甚且艰深晦涩，有若天书，令人不能卒读，此则译者之过，莎翁不能任其咎者也。

余笃嗜莎剧，尝首尾研诵全集至十余遍，于原作精神，自觉颇有会心。廿四年春，得前辈同事詹文浒先生之鼓励，始着手为翻译全集之尝试。越年战事发生，历年来辛苦搜集之各种莎集版本，及诸家注释考证批评之书，不下一二百册，悉数毁于炮火，仓卒中惟携出牛津版全集一册，及译稿数本而已。厥后转辗流徙，为生活而奔波，更无暇晷，以

自序（二）

诸家註釋考證批評之書，不下一二百册，悉數毀於炮火，倉卒中惟携出牛津版全集一册，及譯稿數本而已。厥後轉輾流徙，為生活而奔波，更無暇晷以續未竟之志。及洎十一年春，目覩世變日亟，閉戶家居，摒絕外務，始得專心壹志，致力譯事。雖貧病交相煎迫，而埋頭伏案，握管不輟。凡前後歷十年而全稿始成（其中筆者撰此文時，原擬在半年後可以譯竟，詎意體力不支，厥功未就，而因病重輟筆）夫以譯莎工作之艱巨，十年之功，不可云久，然畢生精力，殆已盡註於茲矣。

余譯此書之宗旨，第一在求於最大可能之範圍內，保持原作之神韻，必不得已而求其次，亦必以明白曉暢之字句……

续未竟之志。及三十一年春，目睹世变日亟，闭户家居，摈绝外务，始得专心壹志，致力译事。虽贫穷疾病，交相煎迫，而埋头伏案，握管不辍。凡前后历十年而全稿完成（案译者撰此文时，原拟在半年后可以译竟。讵意体力不支，厥功未就，而因病重辍笔），夫以译莎工作之艰巨，十年之功，不可云久，然毕身精力，殆已尽注于兹矣。

余译此书之宗旨，第一在求于最大可能之范围内，保持原作之神韵；必不得已而求其次，亦必以明白晓畅之字句，忠实传达原文之意趣；而于逐字逐句对照式之硬译，则未敢赞同。凡遇原文中与中国语法不合之处，往往再四咀嚼，不惜全部更易原文之结构，务使作者之命意豁然呈露，不为晦涩之字句所掩蔽。每译一段竟，必先自拟为读者，察阅译文中有无暧昧不明之处。又必自拟为舞台上之演员，审辨语调之是否顺口，音节之是否调和。一字一句之未惬，往往苦思累日。然才力所限，未能尽符理想；乡居僻陋，既无参考之书籍，又鲜质疑之师友。谬误之处，自知不免。所望海内学人，惠予纠正，幸甚幸甚！

原文全集在编次方面，不甚惬当，兹特依据各剧性质，分为"喜剧"、"悲剧"、"杂剧"、"史剧"四辑，每辑各自成一系统。读者循是以求，不难获见莎翁作品之全貌。昔卡莱尔尝云，"吾人宁失百印度，不愿失一莎士比亚"。夫莎士比亚为世界的诗人，固非一国所可独占；倘因此集之出版，使此大诗人之作品，得以普及中国读者之间，则译者之劳力，庶几不为虚掷矣。知我罪我，惟在读者。

生豪书于三十三年四月。

第一～三辑提要

第一辑提要

本辑选集莎氏喜剧九种，代表作者各时期不同的作风。

在早期杰作《仲夏夜之梦》里，莎氏运用他丰富的诗人的灵感，展开了一个抒情的梦想的境界，在这世界中游戏追逐的神仙和人类，除了为恋爱而苦闷之外，都是不识人世辛酸为何物的；那顽皮刁钻的仙童迫克，也就是永久的青春的象征。

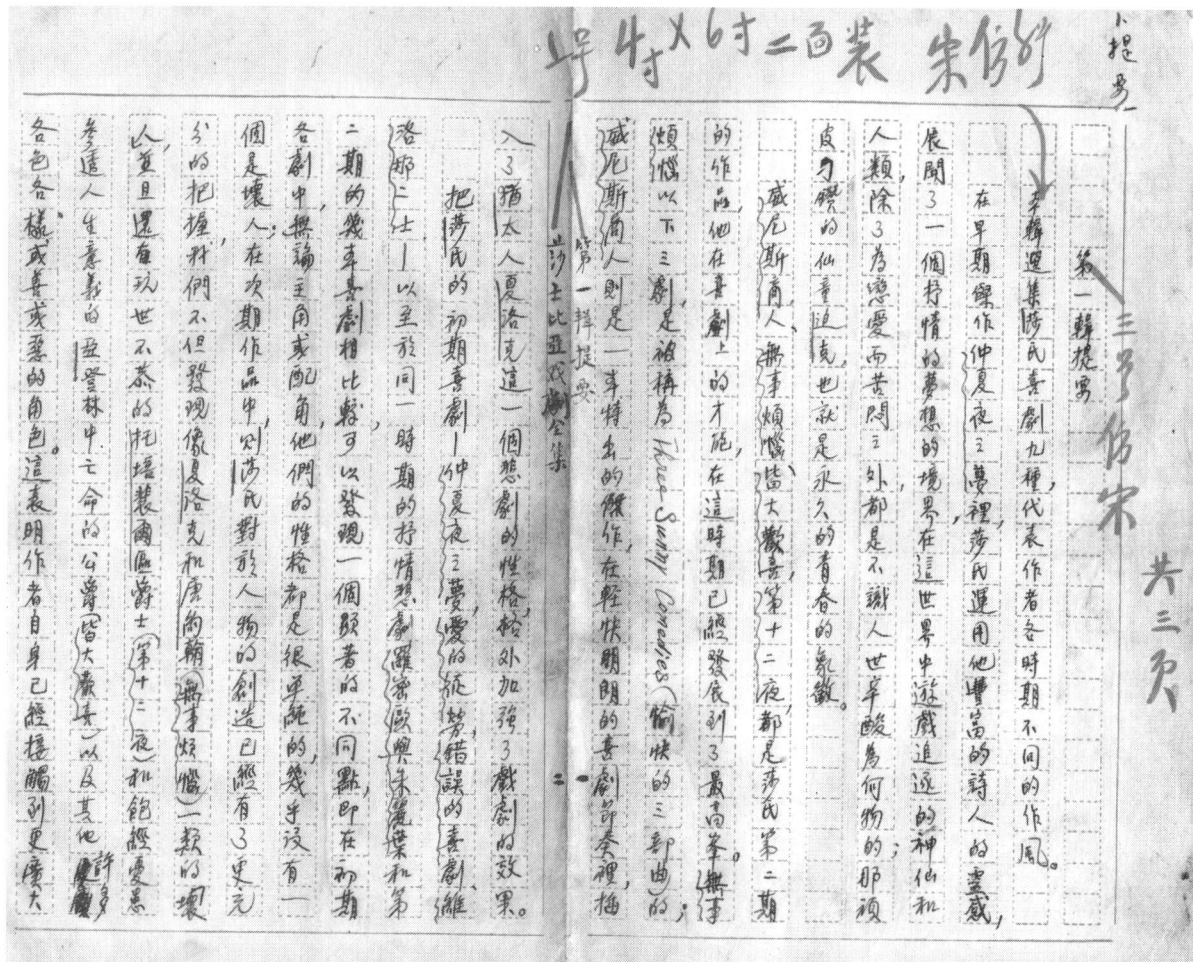

第一辑提要

三寸 仿宋 共三页

导 4寸×6寸 二面装 朱仿宋

本辑选集莎氏喜剧九种，代表作者各时期不同的作风。

在早期杰作《仲夏夜之梦》里，莎氏运用他丰富的诗人的灵感，展开了一个抒情的梦想的境界，在这世界中游戏追逐的神仙和人类，除了为恋爱而苦闷之外，都是不识人世辛酸为何物的；那顽皮刁钻的仙童迫克，也就是永久的青春的象征。

《威尼斯商人》、《无事烦恼》、《皆大欢喜》、《第十二夜》，都是莎氏第二期的作品，他在喜剧上的才能，在这时期已经发展到了最高峰。《无事烦恼》以下三剧，是被称为 Three Sunny Comedies（愉快的三部曲）的；《威尼斯商人》则是一本特出的杰作，在轻快明朗的喜剧节奏里，插入了犹太人夏洛克这一个悲剧的性格，格外加强了戏剧的效果。

把莎氏的初期喜剧——《仲夏夜之梦》、《爱的徒劳》、《错误的喜剧》、《维洛那

自此以後莎氏似乎在精神上受到一度重大的打擊使他對人生的痛苦虛幻的世相和複雜的人性有了更深的理解在他創作生活的第三期中他幾乎竭其全力發揮偉大的悲劇它們都充滿着辛辣的諷刺和前期作品中輕快的情調顯然異趣了。

莎氏在完成他的最後一幸悲劇傑作《漢雄報國記》（Coriolanus）後差不多已經理盡他的畢生的精力，他的晚期祇寫了一事幻想劇暴風雨，兩事傳奇劇終天的故事和還歷記（Cymbeline）它們共通的特色就是有一段想離合的情節而最後以復和完然和團圓作為結束正像一個老翁在閱歷人世滄桑之後時間的魔煉已經使他失去原來憤世嫉俗的不平之氣而對一切抱着寬容的態度這裡我們選取暴風雨和終天的故事二劇代表作者晚期的作風。

從熱情的仲夏夜的幽夢到威傷懷舊的負曝閒談這不但顯示了莎氏整個劇作生活過程也恰恰反映了人生的全面詩人雖然擱筆了可是愛蘭達與菲迪南珀狄妲如與卻洛利禪的身上我們都可以看生他把新生的希望完全寄託與這下一代的青年男女我們的詩人老了然而他永遠是年青的朱豪款於三十三年四月。

二士》——以至于同一时期的抒情悲剧《罗密欧与朱丽叶》和第二期的几本喜剧相比较，可以发现一个显著的不同点，即在初期各剧中，无论主角与配角，他们的性格都是很单纯的，几乎没有一个是坏人；在次期作品中，则莎氏对于人物的创造已经有了更充分的把握，我们不但发现像夏洛克和唐·约翰（《无事烦恼》）一类的"坏人"，并且还有玩世不恭的托培裴尔区爵士（《第十二夜》）和饱经忧患参透人生意义的亚登林中亡命的公爵（《皆大欢喜》）以及其他许多各色各样或善或恶的角色。这表明作者自身已经接触到更广大的世界，获得更丰富的人生经验，所以才能在他的作品中添上一重更亲切的人情味；然而支配这些喜剧的中心人物，却是浦细霞、罗瑟琳、琵菊丽丝、薇珖拉，这一群聪明机智活泼伶俐的女性，她们就像一朵朵初夏的蔷薇，在灿烂的阳光中争妍斗媚，同时也反映了作者全生涯中最光明的黄金时代。

自此以后，莎氏似乎在精神上受到一度重大的打击，使他对于人生的痛苦，虚假的世相，和复杂的人性，有了更深的理解。在他创作生活的第三期中，他几乎倾其全力于伟大的悲剧，但它们都充满着辛辣的讥刺，和前期作品中欢快的情调显然异趣了。

莎氏在完成他的最后一本悲剧杰作《英雄叛国记》（Coriolanus）后，差不多已经殚尽他的毕生的精力，他的晚期只写了一本幻想剧《暴风雨》，两本传奇剧《冬天的故事》和《还璧记》（Cymbeline），它们共通的特色，就是有一段悲欢离合的情节，而最后以复和宽恕，和团圆作为结束，正像一个老翁在阅历人世沧桑之后，时间的磨练已经使他失去原来愤世嫉俗的不平之气，而对一切抱着宽容的态度。这里我们选取《暴风雨》和《冬天的故事》二剧，代表作者晚期的作风。

从热情的仲夏夜的幽梦，到感伤怀旧的负曝闲谈，这不但显示了莎氏整个创作生活过程，也恰恰反映了人生的全面。我们的诗人虽然辍笔了，可是密兰达与弗迪南、珀娣妲与弗洛利泽的身上，我们却可以看出他把新生的希望完全寄托于这些下一代的青年男女。我们的诗人老了，然而他永远是年青的。

生豪志于三十三年四月。

第二辑提要

本辑包含莎氏悲剧八种，作者毕生悲剧杰构，尽萃于此。

《罗密欧与朱丽叶》是莎氏早期的抒情悲剧，也是继《所罗门雅歌》以后一首最美丽悱恻的恋歌。这里并没有对于人性的深刻的解剖，只是真挚地道出了全世界青年男女的心声。命运的偶然造成这一对恋人的悲剧的结局，然而剧终的启示，爱情不但战胜死亡，并且使两族的世仇消弭于无形；从这一个意义上看来，它无宁是一本讴歌爱情至上的喜剧。

《汉姆莱脱》、《奥瑟罗》、《李尔王》、《麦克佩斯》，这四本是公认为莎氏的"四大悲剧"的。这些作品中间，作者直抉人性的幽微，探照出人生多面的形像，开拓了一个自希腊悲剧以来所未有的境界。关于这些悲剧中主人公的性格，无数的批评家已经写过洋洋洒洒的大文，对它们作详细的分析和讨论了；这里译者除了把剧本的本身直接介绍给读者以外，不想用三言两语的粗略的叙述，向读者作空泛的提示。关于这四剧的艺术的价值，几乎是难分高下的：《汉姆莱脱》

因为内心观照的深微而取得首屈一指的地位；从结构的完整优美讲起来，《奥瑟罗》可以超过莎氏其他所有的作品；《李尔王》的悲壮雄浑的魄力，《麦克佩斯》的神秘恐怖的气氛，也都是戛戛独造，开前人所未有之境。

《英雄叛国记》、《该撒遇弑记》、《女王殉爱记》，这三本悲剧自成一类，同样取材于罗马的史实，而这些史实的来源，则系莎氏由普卢塔克（Plutarch）《希腊罗马伟人传》的英译本中所取得。我们不能不感佩作者的天才，因为从来不曾有一个当代或后世的罗马史家或传记家曾经像作者在这三本悲剧中那样把古代罗马人的精神面目活生生地表现出来。这三剧的庄严雄伟的风格，较之作者的"四大悲剧"也可以毫无逊色。

生豪志于三十三年四月。

伉俪 朱生豪宋清如诗文选

第三辑提要

本辑收罗前两辑中所未收的喜剧悲剧传奇剧等共十种，它们在莎氏集中都是属于次要的作品，然而瑕不掩瑜，即使在这些次要的作品之中，我们也可以随处发现灿烂的珠玉，同时为了认识莎氏整个的面目起见，这些作品更不容我们忽视。各剧的性质略述如下：

《爱的徒劳》是莎氏第一本写成的喜剧，它的主旨在讽刺当时上流社会轻浮虚夸，掉唇弄舌的习气，故事极简单平淡之至，但全剧充满了活泼的诙谐与机智的锋芒。

《维洛那二士》是莎氏早期试作的恋爱喜剧，从全体说是失败了的，但第一幕第二场描写裘丽霞接到情人的来信时的心理，却是一段绝妙的文字。

《错误的喜剧》《驯悍记》《温莎的风流娘儿们》，都不是纯正的喜剧，只能认为"笑剧"（farce），最后一本是莎氏奉伊莉莎白女王之命而写下的，因为他在史剧《亨利四世》中创造了约翰·福斯泰夫爵士这一个丑角，获得绝大的成功，所以伊莉莎白叫他就用福斯泰夫作为主角，另写一个剧本，结果就产生了这一本在薄伽邱（Boccacio）式的幽默之上加一些英国乡土色彩的趣味洋溢的笑剧。

《血海歼仇记》是莎氏早期试作的悲剧。也许因为一方面受到当时舞台上流行的所谓"悲剧"的影响，一方面作者尚未能把握及运用悲剧的技巧，使本剧成为全集中最失败的作品。除了野蛮的残杀和报复之外，粗疏陋拙，不近人情，简直一无可观。然而我们所以对本剧发生兴趣者，乃因为莎氏在经过这一次失败以后，即绝笔不再写此种文字，而在较后数年之中，接连产生了《该撒遇弑记》《汉姆莱脱》这一连串伟大的悲剧，这中间的惊人的进展，不能不令人咋舌。

《特洛埃围城记》在形式上不属于喜剧，也不属于悲剧，我们无宁称之为"骂剧"，倒比较更为适当一些。它的题材系取乔叟（Chaucer）的 *Troilus and Cressida* 为蓝本，对《荷马史诗》中半神性的希腊英雄作一次翻案的文章；在莎氏的笔下，这

198

些天神式的英雄完全变成了一群糊涂、庸妄、自私傲慢、奸诈懦怯的家伙，然而不公的天道，却偏偏使忠勇正直的赫克脱失败在他们的手里。在作者全部作品中，这是最辛辣的一本。

坤　4寸×6寸　裝面二　宋仿字五　人提字三

三行仿宋　共三页

第三輯提要

本輯收羅前二輯中所未收的喜劇悲劇傳奇劇等共十種也，們在莎氏集中都是屢見屢受的作品，然而取不攘瑜，即使在這些次要的作品之中我們也可以隨處發現燦爛的珠玉，同時為了認識莎氏整個的面目起見，此作品更不容我們忽視，劇的性質略述如下：

漫的缔勢是莎氏第一本寫成的喜劇也，劇的主旨在調刺當時上流社會輕浮虛誇撞弄辱弄言辭的習氣，故事極簡單平凡之王，但全劇充滿了活潑的諧謔頭機智的鋒鋩。

維洛那二士是莎氏早期武作的戀愛喜劇，提全體說是失敗的，但第一幕第二場描寫裘麗霞接到情人的來信時底心眼却是一段絕妙的文字。

錯誤的喜劇、劇記溫莎的風流娘說們都不是純正的喜劇，祇能說為笑劇（farce）最後一幕是莎氏奉伊莉莎白女王之命而寫下的，因為他在史劇亨利四世中創送了的鞘福斯泰夫，一個丑角獲得絕大的成功，所以伊莉莎白叫他就用福斯泰夫為主角另一齣……

北莎士比亞戲劇全集

二

假如援照《特洛埃围城记》的例子，那么《黄金梦》也可以同样称为"骂剧"，虽然它是用悲剧的形式写成的。从本剧的文字上观察，似乎并不是纯粹出于莎翁的手笔。

《还璧记》是与第一辑中《冬天的故事》同类的传奇剧，剧中女主角伊慕琴是莎氏最出力描写的女性中的一个；全剧的结构与文字均极优美，较《冬天的故事》有

运用悲剧的技巧使本剧成为全集中最失败的作品，除了野心家

剧本剧登出之外粗疏陋拙，逾人情简直一无可观，然而我们所以

再写此种文字，而在较后散失之中，接连产生了数幕以后，印他笔墨

通脱这一连串伟大的悲剧这中间的惊人的进展不能不令人

作吾

特洛埃围城记在形式上不属於喜剧也不，属於悲剧材料係

乔搠之为"骂剧"则比较更為適当一些，它的题材係取斋史（Chaucer）

英雄作一次翻案的文章在莎氏的笔下这些天神式的英雄完全

的 Troiles and Cressida 为蓝本对荷马史诗中半神性的诸

变成了一种糊涂东西各自私傲慢奸诈懦怯的傢伙然而不幸的天

道却偏偏使忠勇正直的麦克失败在他们的手里。在作者全部

作品中远是最辛辣的一本。

假如援照特洛埃围城记的例子那麽黄金梦也可以同样称

《还璧记》是与第一辑中冬天的故事同类的传奇剧中之女主

角伊慕琴是莎氏最出力描写的女性中的一个全剧的结构与文

手黄不是纯粹出於莎翁的手笔。从本剧的文字上观察似

字均福优美，较冬天的故事有过之，无不及，但普洛狄斯在狱中

见鬼见神这一段，入但是悦足简直是狗尾大大地败坏了本剧的

过之而无不及；但普修默斯在狱中见鬼见神这一段，不但是蛇足，简直是狗尾，大大地贬损了本剧的价值。

《沉珠记》也是一本传奇剧，但在莎氏戏剧第一次汇订本的所谓"第一对开本"中，并未将其列入，而该剧的体裁亦与莎氏其他作品迥异，据人考定，其中只有少数几行出于莎氏之手。所谓体裁与各剧不同之处，即伶人表演所不能尽情处，由 Chorus 一人（译者援中国杂剧传奇楔子中例译为副末）说明补充。这是莎士比亚以前，伊莉莎白时代戏剧中常见的格式，但在莎氏剧本中，这一种幼稚拙劣的方法，差不多已经被完全取消了。

生豪志于三十三年四月。

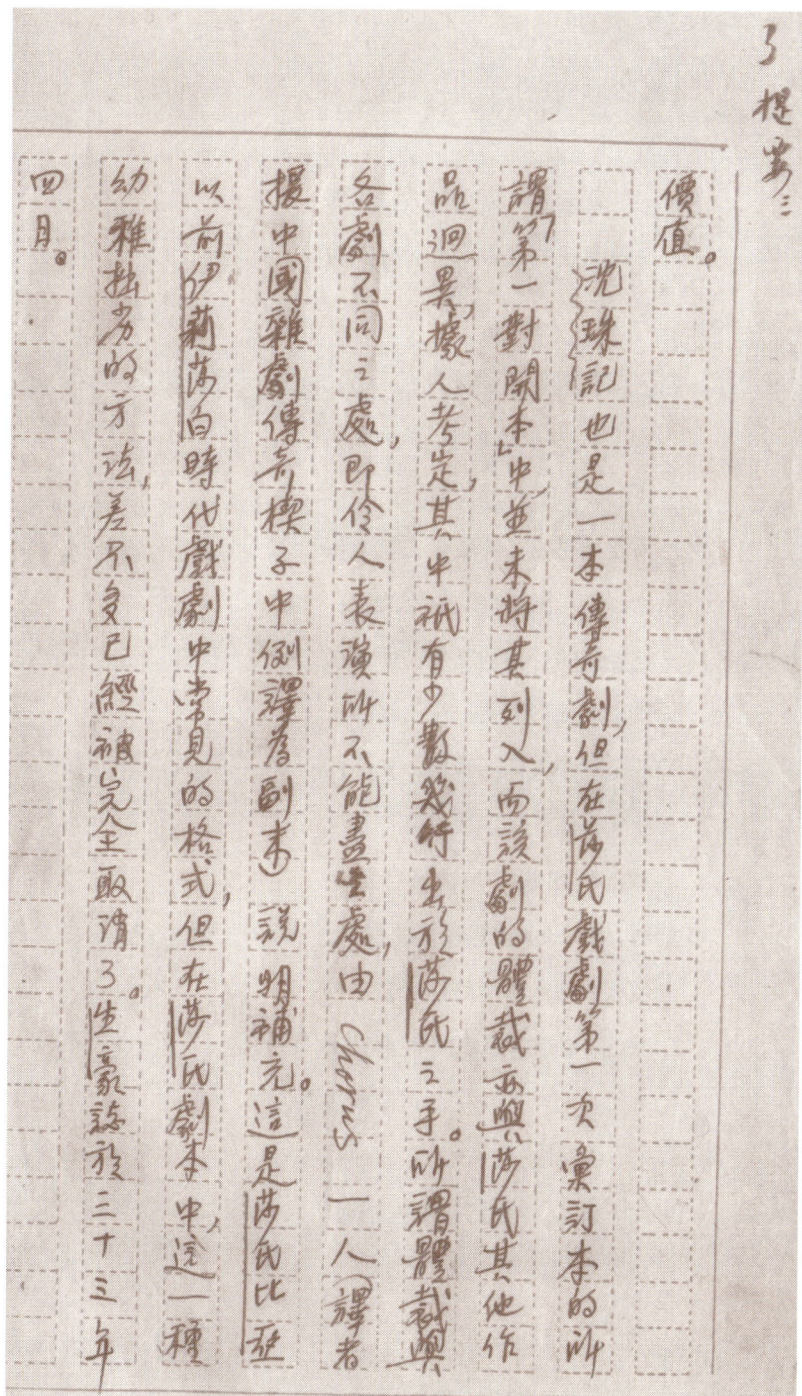

沈珠記也是一本傳奇劇，但在莎氏戲劇第一次彙訂本的所謂第一對開本中並未將其列入，而該劇的體裁亦與莎氏其他作品迥異，據人考定其中祇有少數幾行出於莎氏之手。所謂體裁與各劇不同之處，即伶人表演所不能盡情處，由 Chorus 一人譯者援中國雜劇傳奇楔子中例譯為副末，說明補充這是莎氏比亞以前伊莉莎白時代戲劇中常見的格式，但在莎氏劇本中這一種幼稚拙劣的方法，差不多已經被完全取消了。生豪誌於三十三年四月。

《暴风雨》译者题记

编者按：本题记见于朱生豪翻译的《暴风雨》剧本初稿。

本剧是莎翁晚期的作品，普遍认为是他的最后一本剧作。以取材的神怪而论，很可和他早期的《仲夏夜之梦》相比。但《仲夏夜之梦》的特色是轻倩的抒情的狂想，而《暴风雨》则更深入一层。其中有的是对于人间的观照，象征的意味也格外浓厚而丰富；在艺术上更摆脱了句法音律的束缚，有一种老笔浑成的气调。或云普洛士丕罗是作者自身的象征，莎翁以普氏的脱离荒岛表示自己从写作生活退隐的决心。如果这不仅仅是一种猜测，那么读者在披读本剧时，也许更能体味一番作者当时的心境吧。

一九三六年八月八日

莎士比亚戏剧解题两则

编者按：此两则解题见于朱生豪翻译手稿。

《第十二夜》解题

一月六日，即耶稣圣诞后之第十二日，为旧俗宴乐之佳节，曩时宫廷中例于是晚搬演杂剧为乐。本剧系供当时上演之用，故即以《第十二夜》命名，或名 What You Will，其义盖与 As You Like It 仿佛；盖莎翁于戏剧题名颇不经意，其意大抵以为没有人以《第十二夜》之题名为不妥者，则随意更取可耳。

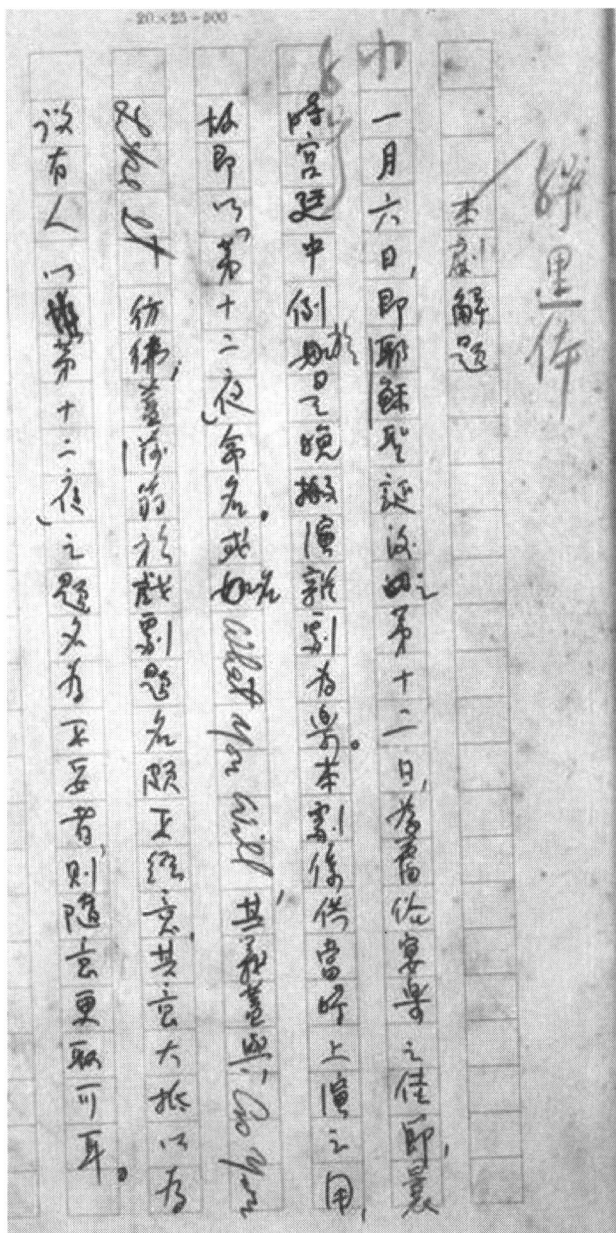

《皆大欢喜》解题

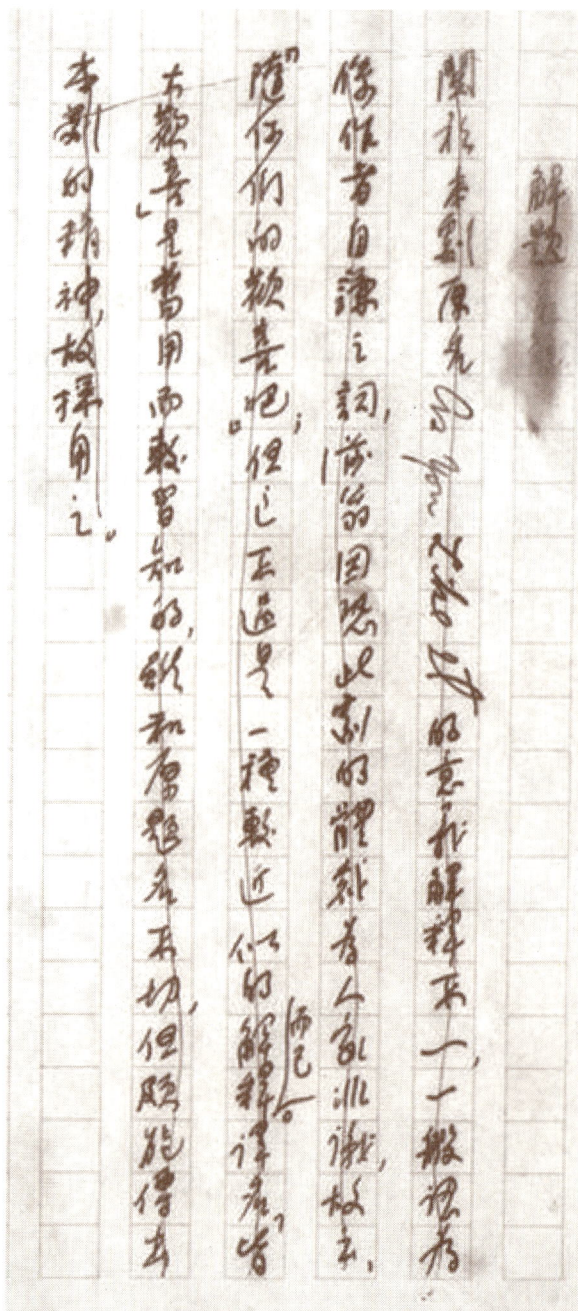

关于本剧原名As You Like It的意义解释不一，一般认为系作者自谦之词。莎翁因恐此剧的体裁为人家非议，故云"随你们的欢喜吧"；但这不过是一种较近似的解释而已。译名"皆大欢喜"是旧用而较习知的，虽和原题名不切，但颇能传出本剧的精神，故采用之。

莎翁年谱

一五六四年　四月二十三日，威廉·莎士比亚出生于英国瓦列克郡（Warwickshire）阿房河上之斯特拉脱镇（Stratford-on-Avon）。关于莎氏出生日期，未能十分确定，惟受洗于是年四月二十六日，则有教堂簿籍可稽，依照当时习俗，小儿于出生后三日内受洗，故诞辰可能为四月二十三日。

莎氏先世务农，父约翰，为一识字不多之手套商人，兼营畜牧农产，有住宅二所。母玛利·亚登（Mary Arden），为乡间富农之嗣女。

是年为伊莉莎伯女王（Queen Elizabeth）即位后之第七年，适当"文艺复兴"以后，英国在宗教上已脱离旧教之羁绊，商业繁茂，与欧洲大陆各国来往频繁。学术

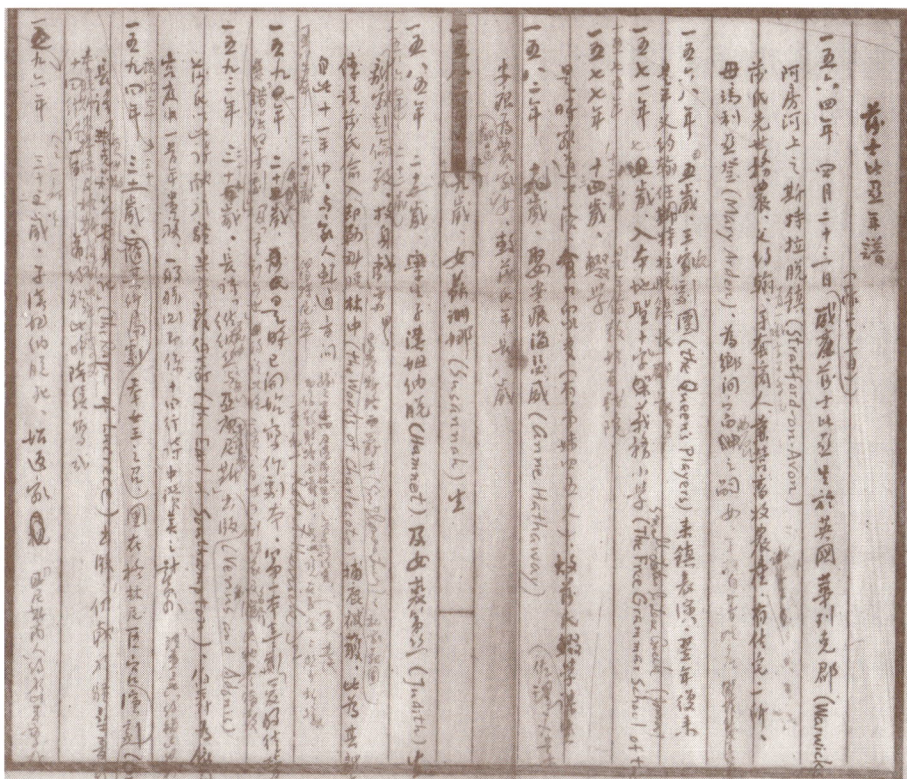

这是当时的草稿手迹，与后来排印的正文差别较大（后面两张也是）。

文艺方面，因感染外国影响，渐露新面目，不复为上层阶级之专有品。在戏剧方面，旧日之神迹剧（Miracle plays）及教训剧（Morality），日趋没落；纯粹娱乐之民间戏剧逐渐发达，古典型之悲剧喜剧，亦开始为文人所仿作。

是年戏剧家克里斯多弗·马洛（Christopher Marlowe）生，至一五九三年即卒。

一五六八年　四岁。王后剧团（The Queen's Players）来镇表演，翌年复来。

是年父约翰任斯特拉脱镇长。

一五七一年　七岁。入本地圣十字义务小学（The Free Grammar School of the Holy Cross）就读。

一五七三年　九岁。大文豪（诗人、散文家、戏剧家）彭·琼生（Ben Jonson）生。

一五七五年　十一岁。是年伦敦始有戏院。当时职业伶人虽有贵族及宫廷为其护符，且深得民众之欢迎，惟颇受地方官厅之压迫。戏院皆建立于城外，均以木料筑成，构造至为简陋；中央为露天之池座，不设坐位，舞台即突出其间；楼座成圆环形围绕四周。无布景，亦无幕布；后台用幕遮隔，代表密室山洞等隐藏之处；其上层为阳台，代表楼房城墙等较高之处；两旁各设一门出入。演员均为男子，女

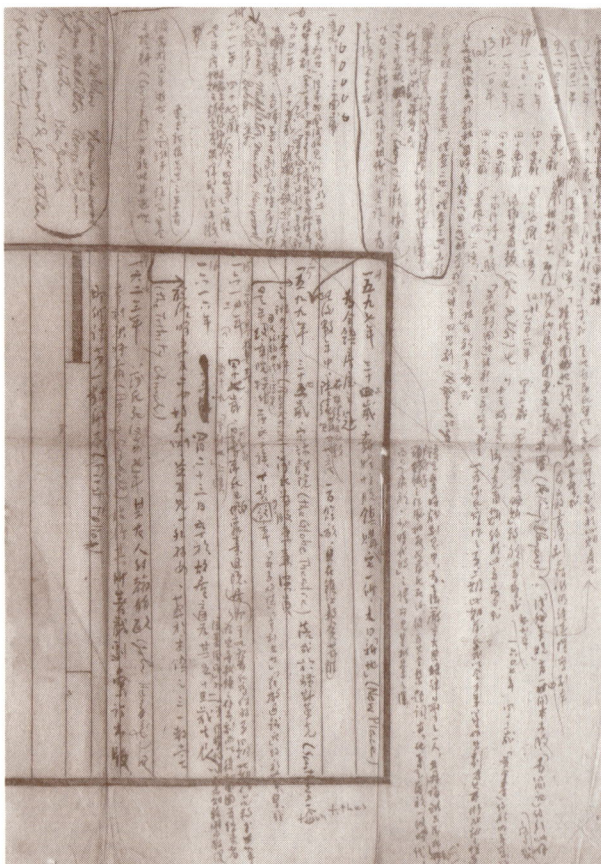

角皆以儿童扮演。另有以纯粹儿童为号召之私家戏院，则设于寺院之内，设备较佳，取费较贵，该项儿童均系由大教堂唱诗班中遴选而来。

一五七七年　十三岁。辍学。是时家道中落，食口众多（有弟妹四五人），故被迫辍学佐理父业。

一五七八年　十四岁。是年约翰·黎利（John Lyly 1554？~1606）所著小说《攸阜斯》（*Euphues*）出版，其过度运用辞藻之文体，蔚为当时宫廷阶级流行之风尚。莎氏初期喜剧《爱的徒劳》即以该项文体为讽刺对象。

一五七九年　十五岁。是年汤麦斯·诺斯（Thomas North）所译帕鲁塔克著之《希腊罗马伟人传》（*Plutarch's Lives*）出版，为莎氏罗马史剧所取资。

约翰·弗莱契尔（John Fletcher）生，后亦为戏剧家，一六二五年卒。

一五八二年　十八岁。娶安恩·海瑟威（Anne Hathaway），安恩为邻邑农家女，长莎氏八岁。

一五八三年　十九岁。长女苏珊娜（Susannah）生。

一五八四年　二十岁。是年剧作家弗兰西斯·波蒙（Francis Beaumont）生，后与莎氏同年卒。

一五八五年　二十一岁。孪生子汉姆纳特（Hamnet）及女裘第

斯（Judith）生。

一五八六年　二十二岁。离家赴伦敦，投身戏剧界。

传说莎氏偷入汤麦斯·路西爵士（Sir Thomas Lucy）之私家苑囿却勒科特林（The Woods of Charlecote）中捕鹿事发，此为其离家之动机。自此十一年中，与家人鲜通音问，并有谓《亨利四世》及《温莎的风流娘儿们》中之夏禄法官即系映射路西爵士。然此说于事实上颇少根据。

贵族文人菲利普·锡德尼（Sir Philip Sidney）（生于一五五四年）卒。

一五八七年　二十三岁。是年马洛所著悲剧《丹勃林》（*Tamburlaine*）上演。吉德（Thomas Kyd，1558~1594）、葛林（Robert Greene，1560?~1592）、披尔（George Peele）、黎利等，当时均为各戏院撰作剧本。

一五九〇年　二十六岁。是年史宾塞（Edmund Spenser，1552~1599）寓言诗《仙后》（*The fairie Queen*）前三卷出版。

一五九一年　二十七岁。是年已开始写作剧本。

按莎氏最初仅在伦敦戏院充打杂役务，其后饰无关重要之角色，演技上即崭露头角，乃渐以自编剧本问世。

《爱的徒劳》写成。《错误的喜剧》及《亨利六世》约于此时上演。自此以剧作家及名伶驰誉伦敦。

一五九二年　二十八岁。是年葛林卒（葛生于一五六〇年，为讽刺剧作家及诗人）。《维洛那二士》约于此时写成。

一五九三年　二十九岁。长诗《爱神之恋》（*Venus and Adonis*）出版。莎氏以此诗献于骚桑普敦伯爵（The Earl of Southompton），伯爵为伊莉莎伯女王宫廷中一青年贵族，一般推测即系其《十四行诗》（Sonnets）中赞美之对象。

《理查三世》、《约翰王》约于此年写成。

马洛卒。按马洛虽与莎氏同年，其写作剧本实远在莎氏之先。莎氏初期所作史剧如《理查三世》等，作风颇受马洛影响。其悲剧打破"三一律"之限制，首先运用"无韵诗"（Blank verse），其主人公多为一受某种情欲支配卒陷于无可避免之失败之人物，已为莎氏后期诸悲剧之前驱。

一五九四年　三十岁。内大臣剧团（Lord Chamberlain's Players）组成，莎氏为该团之一员。因有当时首席名伶 Richard Burbage 为其台柱，且得莎氏为之经常编剧，该团声誉鹊起。

是年奉女王之召，在格林尼区宫（Greenwich Palace）演剧。

长诗《贞女劫》(The Rape of Lucrece)出版，乃献于骚桑普敦伯爵。《十四行诗》之一部分约于此时写成。

《血海歼仇记》出版。

自一五九〇年至此，论者均认为莎氏写作之初期，亦可称为习作时期。此期作品大多改编旧剧，其创作者亦未脱摹拟他人之痕迹。喜剧方面受黎利、葛林之影响，悲剧史剧则受马洛之影响。

一五九五年　三十一岁。《仲夏夜之梦》、《罗密欧与朱丽叶》、《理查二世》约于此年写成。

一五九六年　三十二岁。子汉姆纳特死，始返家。

一五九七年　三十三岁。在斯特拉脱镇购巨宅一所，名曰"新地"（New Place），为全镇房屋之冠。此后数年中，在本镇及伦敦陆续购置地产一百余亩。

《罗密欧与朱丽叶》、《理查二世》、《理查三世》均出版。《驯悍记》于是年写成。

是年文哲巨子弗朗西斯·裴根（Francis Bacon 1561~1626）之《论文集》（Essays）出版。按有人以为莎氏戏剧实系裴根所作，其说至为牵强，不足成立。

一五九八年　三十四岁。《亨利四世》、《温莎的风流娘儿们》约于此年写成。

琼生之喜剧《诙谐大成》(Everyman in His Humour)上演，莎氏参加演出。琼生在当时戏剧界中，为主张严守古典格律最力者之一，其持论与莎氏自由创造之作风相反。然莎氏死后，琼生为其全集题词，中有"君非属于某一时代，乃属于一切时代者"之语，可见其推崇之深。

一五九九年　三十五岁。环球剧院（The Globe Theatre）落成于骚斯瓦克（Southwark）之班克赛德（Bankside），莎氏为股东兼演员。是年因父约翰申请之结果，"纹章院"特许莎氏家族世袭"纹章"（Coat of arms）。

《无事烦恼》、《亨利五世》、《该撒遇弑记》约于此年写成。

是年斯宾塞卒。

一六〇〇年　三十六岁。《皆大欢喜》约于是年写成。

一六〇一年　三十七岁。《第十二夜》约于是年写成。

至此为莎氏写作之第二期，最佳喜剧均于此期产生。

当时戏剧盛行。著名剧作家除莎氏及琼生、波蒙、弗莱契尔外，为 Thomas Dekker(1570?~1632)，Thomas Middleton（1580~1627），John Webster（1575?~1625），George Chapman（1559?~1634），John Marston（1575?~1634）等。

一六〇二年　三十八岁。《汉姆莱脱》上演。按约在马洛发表《丹勃林》同时，吉德已用同类题材写成一剧，名曰《西班牙之悲剧》（*The Spanish Tragedy*）。

《特洛埃围城记》、《终成眷属》约于此年写成。

一六〇三年　三十九岁。新王詹姆斯一世（James I）即位。莎氏所属剧团更名"国王剧团"（The King's Players）。

莎氏放弃演剧工作，惟仍继续撰写剧本。《汉姆莱脱》第一四开本出版。《量罪记》约于此年写成。

一六〇四年　四十岁。《奥瑟罗》上演。

一六〇六年　四十二岁。《李尔王》、《麦克佩斯》约于此年写成。

是年黎利卒。

一六〇七年　四十三岁。《黄金梦》约于此年写成。

一六〇八年　四十四岁。《女王殉爱记》、《沉珠记》约于此年写成。

大诗人约翰·密尔敦（John Milton）生（卒于一六七四年）。

一六〇九年　四十五岁。《英雄叛国记》约于此年写成。至此为莎氏写作之第三期，此期莎氏几以全力专心写作悲剧，为其艺术成就之极峰。

是年其《十四行诗》出版。按十四行诗体，最初借怀特（Thomas Wyatt 1503?~1542）及色累伯爵（Henry Howard, Earl of Surrey 1517~1546）二人之介绍，自意大利传入英国。伊莉莎伯朝诸人纷起摹仿，大率千篇一律，不脱恋爱范围，其中以锡德尼及史宾塞两人所作为最称杰构。及莎氏《十四行诗》出，乃以情感之丰富热烈，意境之婉转深刻，辞彩之瑰丽优美，尽掩前人。全部共一百五十四首，其前半所赞美爱慕之对象，为一年轻貌美之男性友人；其一往情深之处，令人低徊欲绝。后半则系为一"肤色黝黑之女郎"（此称为"the dark lady"）而作。词多怨愤，似莎氏曾为此女郎所玩弄而终遭遗弃者然。惟此中情事究系确实或仅属诗人骋其想象所构造，则非后人所能断言矣。

一六一〇年　四十六岁。《暴风雨》上演，《还璧记》约于此年写成。加入黑教士戏院（The Blackfriar's Theater）为股东。

一六一一年　四十七岁。自舞台退隐乡居。《冬天的故事》上演。

是年，詹姆斯王钦定本英译《圣经》（*The Bible*）出版。

一六一三年　四十九岁。《亨利八世》上演。至此为莎氏写作之第四期，此期作品较少，大率为悲喜杂揉之传奇剧，而以复和团圆为结束者。除《暴风雨》外，文笔远较前期为松懈而散漫。

一六一六年　四月二十三日卒于故居，适近其五十二岁生辰。临终时妻及二女均在侧，并及见一外孙女。葬于三一教堂（The Trinity Church）。

波蒙于同年逝世。又《吉诃德先生》（*Don Quixote*）之著者西班牙小说家塞文提斯（Miguel de Cerventes Saavedra，生于一五四七年）亦于此年逝世。

一六二三年　莎氏死后第七年，其友人约翰·赫敏（John Heming）及亨利·康德尔（Henry Condell）始将其所著戏剧汇订出版，即所谓"第一对开本"（The First Folio）是也。

陆

莎剧译文中部分诗体内容

阿朱：领了一支新毛笔，写起来个个漂亮字给你，我说，

说什么呢、不是没有话，可是什么都又高兴说。我很气。

我要给你。我要打你手心。因为你要把"塘湾地塘湾地"加盐如

今一行政作三，我加点盐，（此行不能改的理由第一是因为"今"

那最（挂的），第二如行摆成"Mengdy merrily I will row"，其

音節为 ⌐⌐⌐⌐｜⌐⌐⌐⌐｜⌐⌐⌐⌐ 得更文，但普是

据抑扬格四音步，若通压末尾加上了一個抑音，如果把我如

读在一起，"今要"读在一起，词调就破坏了。大理石大理石

关于音韵和谐的信

213

我要去花底安身

编者按：本诗选自《暴风雨》第五幕第一场，是小精灵爱丽儿帮助普洛士丕罗装束时的唱词。宋清如在为朱生豪抄写译稿时曾将诗中"我要如今"误抄成"我如今要"，朱生豪向她解释说这样译不但是为了押韵的需要，而且也为了保持原文扬抑格四音步的结构，这里也可以看出朱生豪在译诗时刻意炼字的苦心。

蜂儿吮啜的地方，我也在那儿吮啜；
在一朵莲香花的冠中我躺着休息；
我安然睡去，当夜枭开始它的呜咽。
骑在蝙蝠背上我快活地飞舞翩翩，
快活地快活地追随着逝去的夏天；
快活地快活地我要如今
向垂在枝头的花底安身。

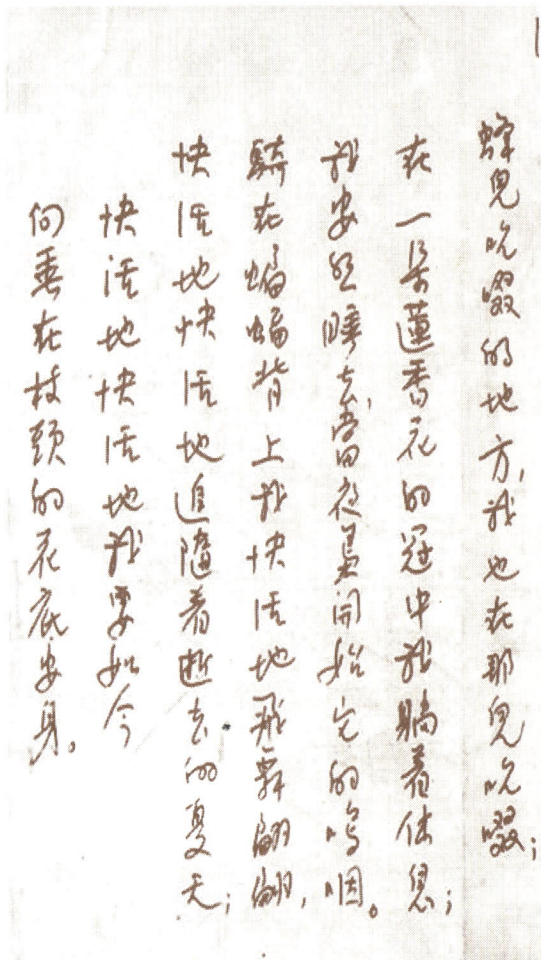

茴香盛开的水滩

编者按：这是《仲夏夜之梦》第二幕第一场中仙王奥白朗向下属迫克布置任务时的唱词。

我知道一处茴香盛开的水滩，
长满着樱草和盈盈的紫罗兰，
馥郁的金银花，芬泽的野蔷薇，
漫天张起了一幅芬芳的锦帷。
有时蒂泰妮娅在群花中酣醉，
柔舞清歌低低地抚着她安睡；
小花蛇①在那里丢下发亮的皮，
小仙人拿来当作合身的外衣。
我要洒一点花汁在她的眼上，

让她充满了各种可憎的幻象。
其余的你带了去在林中访寻，
一个娇好的少女见弃于情人；
倘见那薄幸的青年在她近前，
就把它轻轻地点上他的眼边。
他的身上穿着雅典人的装束，
你须仔细辨认清楚，不许弄错；
小心地执行着我谆谆的吩咐，
让他无限的柔情都向她倾吐。

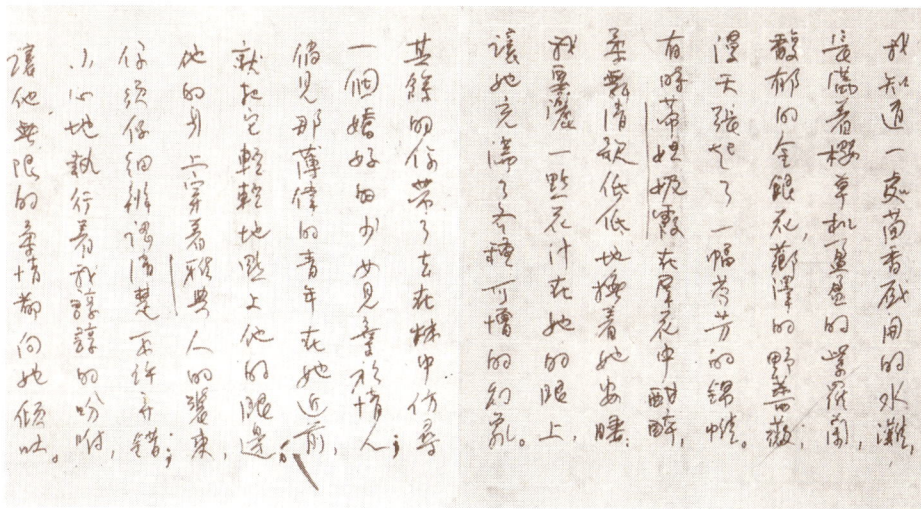

---

① "小花蛇……"两句为方平先生在校订时所加。

晚安，睡睡吧

编者按：这是《仲夏夜之梦》第二幕第二场中众小仙给仙后蒂妲妮霞催眠时所唱的歌。

一

两舌的花蛇，多刺的猬，
不要打扰着她的安睡；
蝾螈和蜥蜴，不要行近，
仔细毒害了她的宁静。
夜莺，鼓起你的清弦，
为我们唱一曲催眠：
睡啦，睡啦，睡睡吧！睡啦，
睡啦，睡睡吧！
一切害物远走高飏，
不要行近她的身旁；
晚安，睡睡吧！

二

织网的蜘蛛，不要过来；
长脚的蛛儿快快走开！
黑背的蜣螂，不许走近；
不许莽撞，蜗牛和蚯蚓。
夜莺，鼓起你的清弦，
为我们唱一曲催眠：
睡啦，睡啦，睡睡吧！睡啦，
睡啦，睡睡吧！
一切害物远走高飏，
不要行近她的身旁；
晚安，睡睡吧！

挽诗

编者按：这是《无事生非》第五幕第三场中克劳狄奥为希罗唱诵的一段挽诗。克劳狄奥深爱希罗，可是就在他们准备成婚的时候因受人陷害而产生误会。相信希罗清白的亲友们将希罗暂时隐藏并假称其已经死去，当克劳狄奥得知真相时，悔恨交加，以极其悲痛的心情来到希罗的"坟堂"吊唁，并唱诵了这一段"挽诗"。

青蝇玷玉，谗口铄金，嗟吾希罗，月落星沉！生蒙不虞之毁，死播百世之馨；惟令德之昭昭，斯虽死而犹生。

天长地久有时尽，此恨绵绵无绝期！

歌

惟兰蕙之幽姿兮，

遽一朝而摧焚；

风云怫郁其变色兮，

月姊掩脸而似嗔：

语月姊兮毋嗔，

听长歌兮当哭；

绕墓门而逡巡兮，

岂百身之可赎！

风瑟瑟兮云漫漫，

纷助予之悲叹；

安得起重泉之白骨兮，

及长夜之未旦！

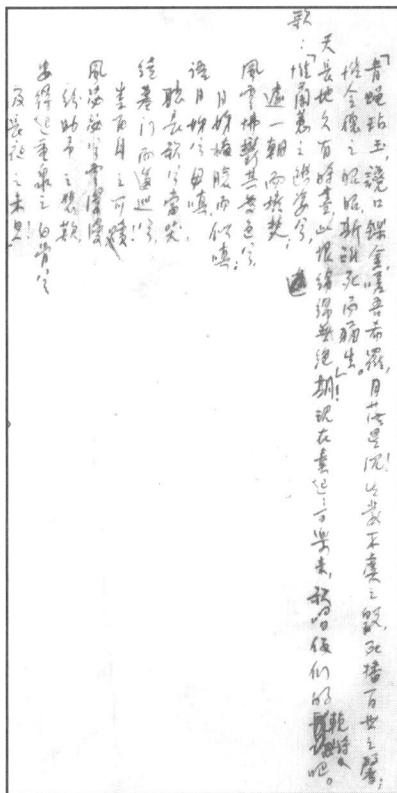

相思夜夜飞

编者按：这是《维洛那二士》第三幕第一场中密兰公爵拆念的伐伦泰因写给他女儿雪尔薇亚的一首相约出逃的情诗，表述了青年男女之间那种既缠绵沉痛，又极其真诚的恋情。

相思夜夜飞，
飞绕情人侧；
身无彩凤翼，
无由见颜色。
灵犀虽可通，
室迩人常退，
空有梦魂驰，
漫漫怨长夜！

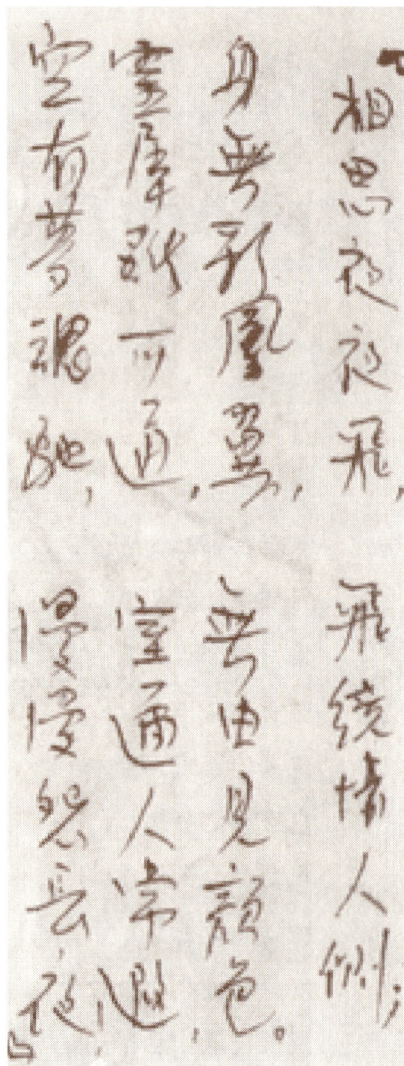

罗瑟琳颂

编者按：这是《皆大欢喜》第三幕第二场中的内容，在亚登森林中逃遁的鄂兰陀遏制不住对情人罗瑟琳的思念，把罗瑟琳的名字刻在树上，还写了许多赞美和表示思念罗瑟琳的情诗挂在树上，又正巧被从宫廷中逃离后也来到亚登森林的罗瑟琳看到……

从东印度到西印度找遍奇珍，
没有一颗珠玉比得上罗瑟琳。
她的名声随着好风播满诸城，
整个世界都在仰慕着罗瑟琳。
画工描摹下一幅幅倩影真真，

都要黯然无色一见了罗瑟琳。
任何的脸貌都不用铭记在心，
单单牢记住了美丽的罗瑟琳。
……
为什么这里是一片荒碛？

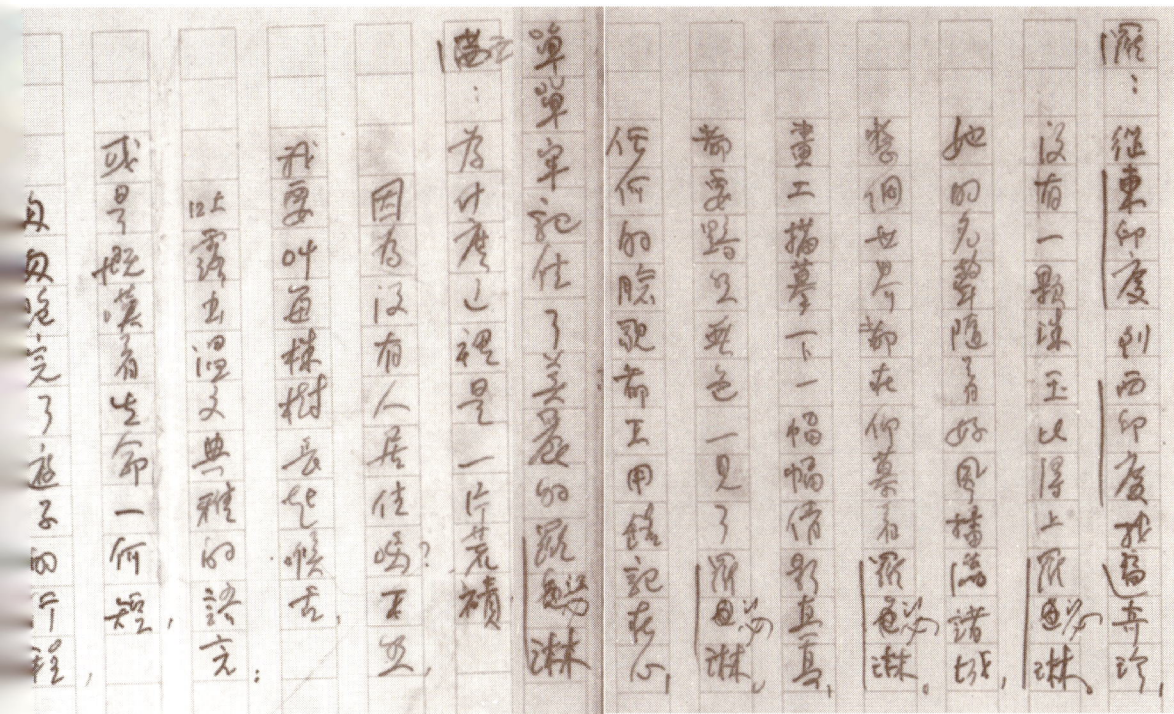

因为没有人居住吗？不然，
我要叫每株树长起喉舌，
吐露出温文典雅的语言：
或是慨叹着生命一何短，
匆匆跑完了游子的行程，
只须把手掌轻轻翻个转，
便早已终结人们的一生；
或是感怀着旧盟今已冷，
同心的契友忘却了故交；

但我要把最好树枝选定，
缀附在每行诗句的终梢，
罗瑟琳三个字小名美妙，
向普世的读者遍告咸知。
莫看她苗条的一身娇小，
宇宙间的精华尽萃于兹；
造物当时曾向自然昭示，
吩咐把所有的绝世姿才，
向纤纤一躯中合炉熔制，

罗瑟琳工貌美无匹的女郎：
贞心如迪俺偷人如脸蛋，
克丽佩翻拉的威仪丰姿，
疏龙新但霞的耶揄贞松；
宛脱兰塔的柳腰宽款摆，
劳新儿玉殿上诸天仙气，
造成了十全十美琉璃瓶；
辈萃了各式的妩媚菁植。
选出一副俊脸目发精神。
上天使她还敢望赐饶恕，
我命誓妁身献她的圈赏。

累天工费去不少的安排；
负心的海伦①醉人的脸蛋，
克廖佩屈拉的至尊丰容，
哀脱兰塔的柳腰儿款摆，
琉克莉细霞的节操贞松：
劳动起玉殿上诸天仙众，

造成这十全十美罗瑟琳：
荟萃了各式的艳媚万种，
选出一副俊脸目秀精神。
上天给她这般恩赐优渥，
我命该终身做她的臣仆。

马伕把手掌轻轻翻回转，
便各自缔结人们的盟誓；
我是感激不尽誓愿今已全，
同心的契友盟都了成立；
但我要把最好树枝选定，
镌刻在每行诗句的边柱，
"罗瑟琳"三个字小有美妙，
向普世的读者递表成知。
莫看她苗条的一身娇小，
宇宙间的精华毕萃於兹；
造物当时审向自然赊取，
吩咐把所有的绝世姿才

---

① 诗中提到的一些人名，都是莎士比亚作品或传说中的美女，这里使用的是朱生豪原来的译名，和现在较常用的译法有所不同。

苦恋十年，
有温馨，有感动，有牵挂，有思念，
他和她终于走到了一起。

伉俪

朱生豪 宋清如 诗文选

朱生豪　宋清如　著

朱尚刚　整理

中国青年出版社

宋清如诗文

下篇

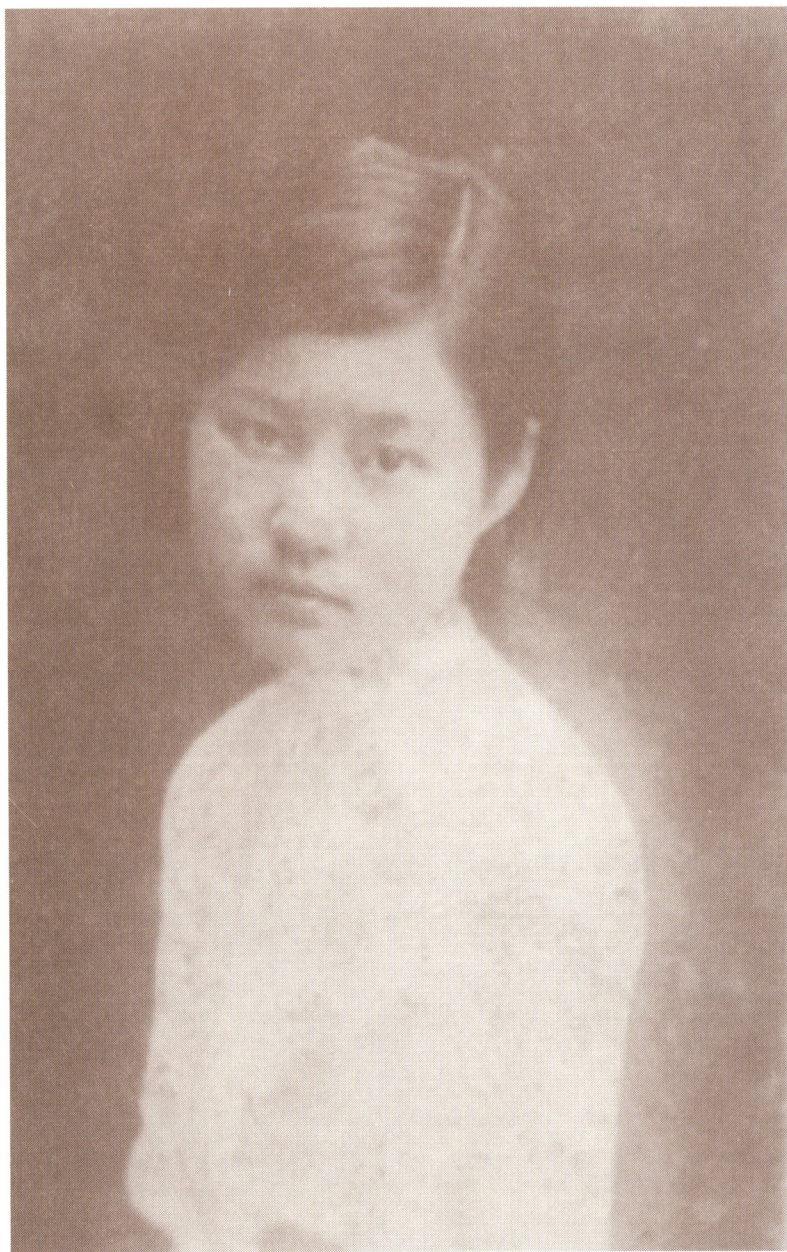

民国才女宋清如

少年宋清如

在苏州女中住校时的宋清如（19岁）

宋清如之江大学毕业照

VII

畢業證書

學生宋清如係江蘇省常熟縣人現年貳拾肆歲在本學院文科國文學系修業期滿成績及格准予畢業依照學位授予法第三條之規定授予文學士學位此證

浙江杭州私立之江文理學院院長李培恩

中華民國　年陸月拾伍日

大學第　　號

宋清如大学毕业证书

宋清如（左）大学时和同学合影

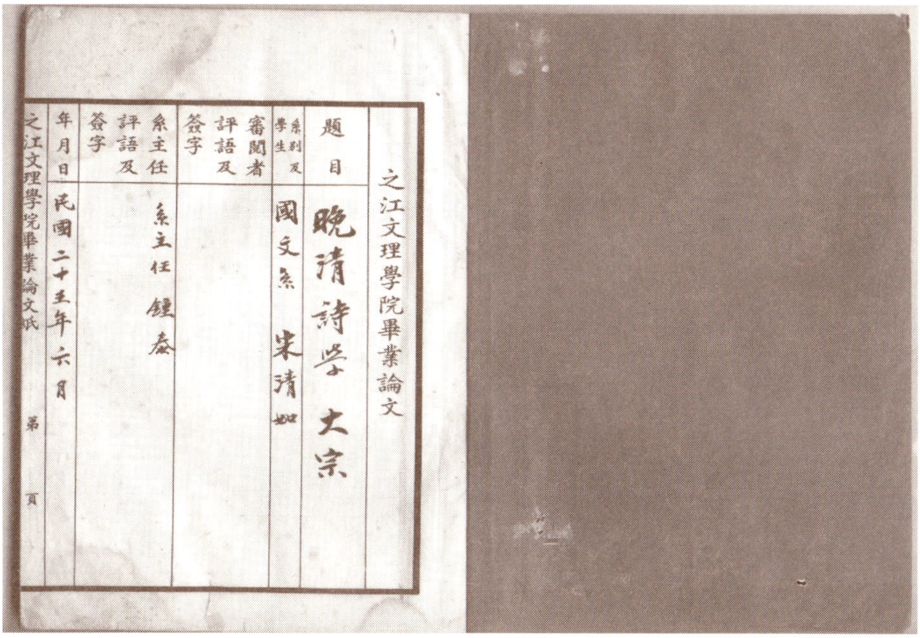

之江文理學院畢業論文

題目	晚清詩學大宗
系別及學生	國文系 宋清如
審閱者評語及簽字	
系主任評語及簽字	系主任 鍾泰
年月日	民國二十五年六月

之江文理學院畢業論文紙 第 頁

錢牧齋吳梅村均以明末遺老支持詩壇然所造不高姑不具論康雍乾嘉詩人相望要以王士禎沈德潛袁枚等爲[illegible]士禎詩格以調神韻爲尚德潛論詩最崇格律其所自爲古體宗漢魏近體宗盛唐於少陵尤爲推服袁枚獨反其風氣爲詩側重性情學白居易詩多晚唱士大夫之流頗多非議凡此諸家雖旨趣不同所造各異然皆不出唐人堂廡常州黃仲則乾嘉詩人也間學宋詩漸開一代風氣之先聲道咸而後詩風丕變閩山之功首推程春海侍郎程以巍科官輦下崇尚樸學風采隱然爲一時重持宗昌黎雙井所論方駕籜石齋海內推儒林祭酒典黔試時得人最盛鄭子尹等皆出其門下其後湘鄉曾文正公詩文皆私淑江

西以貴官主文教都下皆變其宗尚宋詩風氣于是極盛有同光體之稱蓋指同光以來詩人不專宗盛唐者也然王闓運鄧輔綸輩仍復標榜復古取法古人上追魏晉盛唐以下在所不爲而樊增祥易順鼎金和江湜等所作都明白曉暢不務艱奧於長慶體爲近至於梁啓超黃公度譚嗣同之徒均屬青年志士沾濡新文化慨然有改革詩體之志喜摭拾歐西事物典故新名詞入詩倡爲新體詩拔幟成隊不得以不合舊格非之也爲宋詩體者都以江西派爲依歸雖或上探唐賢要皆取法北宋宛陵山谷荊公后山其所樂稱陳三立鄭孝胥輩皆此中健將一時觀聽所屬者也要綱羅各家斷自道光以迄今日別爲是篇區其流別略具梗概

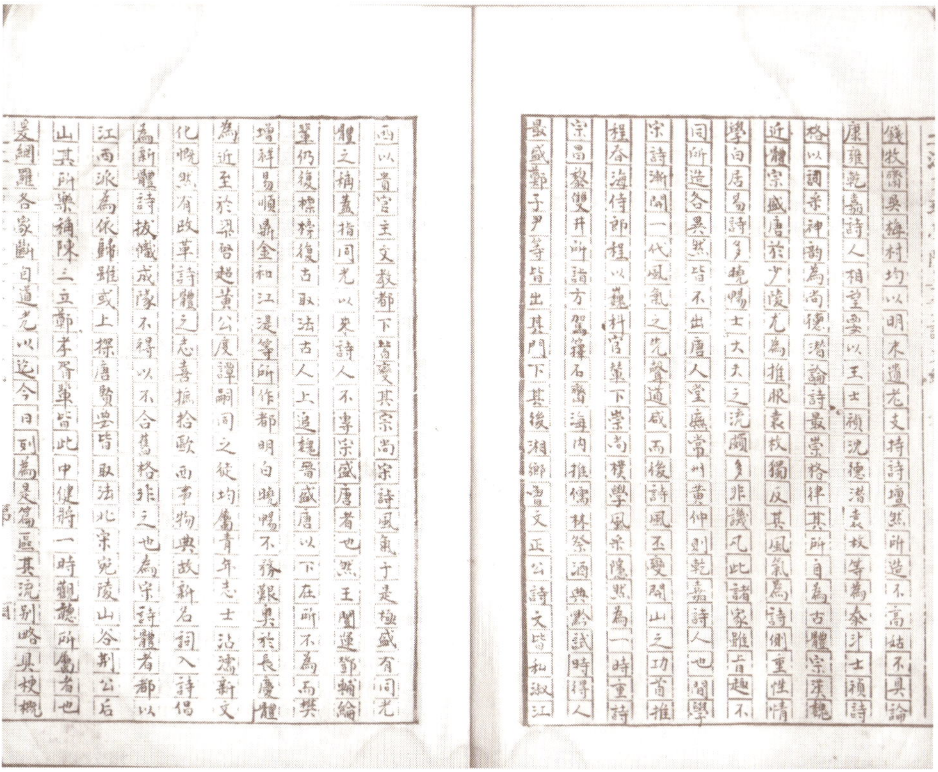

宋清如大学毕业论文

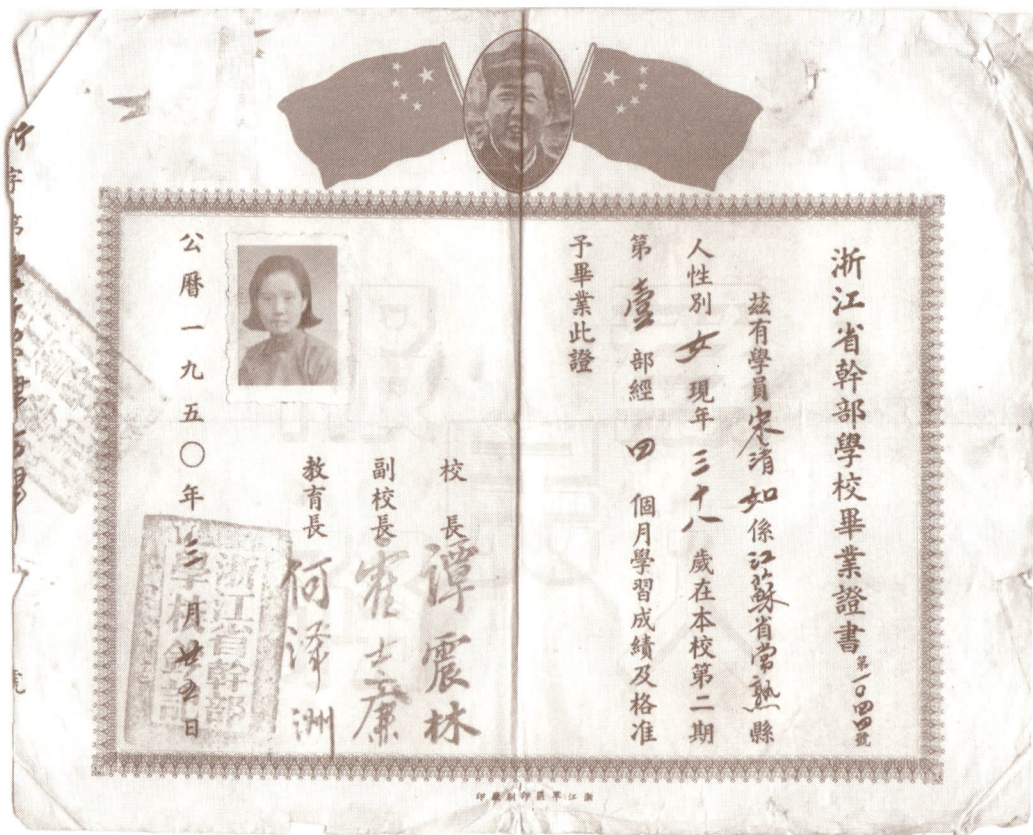

浙江省干部学校毕业证书

浙江省幹部學校畢業證書 第一〇四號

茲有學員宋清如係江蘇省常熟縣

人性別女現年三十八歲在本校第二期

第壹部經四個月學習成績及格准

予畢業此證

公曆一九五〇年

校　長　譚震林

副校長　霍士廉

教育長　何澤洲

宋清如在浙江省干部学校的毕业证书

1989 年宋清如携儿、孙重访之江大学图书馆旧址

80 年代落叶归根全家福

晚年的宋清如

1989 年 12 月上海翻译家协会代表来访朱生豪故居并看望宋清如（左起宋清如、方平、草婴）

拍摄电视剧《朱生豪》时在河边讨论剧情（左起宋清如、孔琳、许同均、张小童）

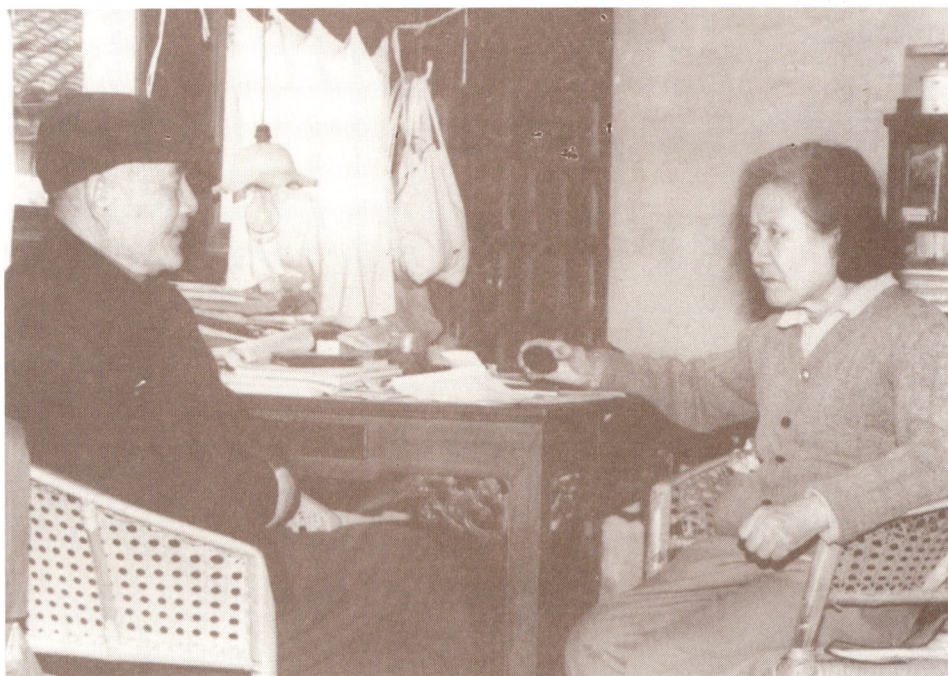
宋清如和之江大学同学彭重熙

宋清如在故居和朱达的合影

1987 年宋清如把手稿捐赠给嘉兴市人民政府后的合影

宋清如参加秀州中学 85 周年校庆活动

宋清如晚年在朱生豪故居与学生的合影

1990 年底，朱生豪胞弟朱文振回乡和宋清如家人合影

下篇

宋清如诗文

施蛰存致函宋清如,赞扬她

"有不下于冰心女士之才能"

清如女士（？）

　　昨日披阅来稿，得你一文一诗，真如琼枝照眼，我自辑《现代》杂志以来，颇不自揣，很想借机会帮助一些有希望的作者。但是在女流投稿人中却不常见有佳作，更绝对不曾收到过文字如你这样老练的女作者。从这一诗一文看来，我真不敢相信你是一个——正如你来信所说的——才从中学毕业的大学初年级生。之江大学与文学很有因缘，郁达夫在之江读过，我也在之江读过，现在之江还有王锡鹏君在教书，再加上你，我真觉得母校之热闹了。六和塔的铃铎，秦望山的斜阳，我已有八九年没有领略了。

　　话又说开去了，恕我，你的诗，我已为斗胆窜易一二字，拟编入下期《现代》，发表后当奉寄一册。但名字不知可否改署真名？否则也请换一个带姓的笔名，因为杂志中发现莫名其妙的假名时，常常容易给人疑心为编者自己的，或至少是社内人的作品，因而批评到杂志之不充实，故一个编辑者，除非遇到特殊情况，总是愿意投稿者以真姓名发表的。

　　至于尊作小说在文句方面，我真心地认为已经很好了。我以为你有不下于冰心女士之才能。但是因为这篇小说，论故事，则简单，论描写，则亦不

現代□□編輯部用箋

上海四馬路
現代書局

鏡如女士（？）

　　昨日披閱來稿，得你一文一詩，真為
噯枝心眼，她自辦現代雜誌以來，
甚不自揣，很想借機會幫助一些有希
望的作者。你是在此流投稿人中却不
幸見有佳作，更絕對不會收到像求先為
你這樣老練的女作者。從這一詩一文
看來，我真不敢拘代你老一介——因為你
來代所說的——才從中學畢業的大學初
年級生。之江大學與文學很有因緣，却
遠去上之江讀過，我也在之江讀過，現
在之江還有王錫鵬君在教書，再加上你，
我真覺得母校之趣庸了。六和塔的鈴聲

XXIII

現代書局編輯部用箋
上海四馬路
現代書局

奉望山的斜陽，我已有八九年沒有領
畧了。

張之沈兩先生了，然我！你的法，我之為
斗肥亷易一定，擬編の下如"現代"叢
書後去寫奉一冊。但我尚不知了密史收
畧真名？否則也清換一个节姓的筆名，因
為一个雜誌中發現某經女好的假名時，
素不寄易给人疑心码編者自己的，或是
少之社内人的作品，因而枇評到雜誌之
不充實，故一个编輯者，對除外過到特
殊情形，總是歡以投稿者以真姓名
發表的。

免是一种女性的单纯的自剖，似乎尚不够伟大，虽然说女性的作品是以纤细见胜的。所以，因了这一点点缘故，我尚有点踌躇。现在我要请问你，倘若我不给你编入《现代》，则可以让我编入别的杂志否？——因为我们正在筹划一个小杂志，凡是近于抒情小品的东西，简言之，就是非"大品"的东西，都归入这个小杂志里去，你愿意由我处置吗？

投稿有种种方法，冒名女性也是一个老法子。所以，请恕我，我在信端"女士"底下加了一个"？"号。但是现在我对于你的文章的确已经中意了。无论你是否一位"女士"都请在下次的信中申明一下，反正我是不会拒绝你的诗了。

说到诗，还有一点意见。我觉得你这首诗学"诗刊派"实在太像了。徐志摩若在，我一定给你介绍，他也准会得相信我的发现的。若以我个人的趣味而言，我是不很喜欢这种难免有些做作的诗的。我不晓得你做过多少诗？是不是专学的这一路？希望能随时寄些给我看。——但是，可不要又误会了，倘若你喜欢志摩这一派的诗，你尽管走这一条路，别因为我的话而硬改了自己的作风。我相信我自己还能够以正直的看文艺作品的眼光来欣赏一切文艺的。话说多了，恕其烦渎。

即请

学安

施蛰存

一月七日

現代文學 編輯部用箋
上海四馬路
現代書局

…於尊作的诗，在这句方面，我衷心地
很为它惋惜极了。我以为你若不下於冰
心女士之才辣，但是因为这篇小诗，编
故事，则失之简单，论描写，则未免是
一種女性的單純的自剖，似乎尚不夠
伟大，雖然這女性的体验是纖細
兒膀的。所以，因了这一点点瑕疵，我为
它些惆惜，现在我要煩问你，倘若我
不给你编入"現代"，则可以慷我编入
别的雜誌么？—— 因为我们正在籌劃
一个小雜誌，凡是近於抒情小品的东
西，易言之，就是稱"大品"的东西，都是

①这个小杂志本身，你既愿意由我处置得：

投稿本来种种方法，署名女性也气一个老法子。所以，续蜜我，我去信端"女士"底下加了一个"？"符。但气现在我对於你的文章的确已适中意了。无论你是否一位"女士"都请在下次的信中申明一下，反正我是不会拒绝你的诗了。

你刚说，还有一些意思。我觉得你啊适合诗学"诗刊"派实在太像了。徐志摩若在，我一定给你介绍，他也准会得日相代我的发现的。但若以我个人的趣味而言，我是不很喜欢这种难免有些做作的

现代書局
上海四馬路
編輯部用箋

待修，我不懂得你做過多少法？豈不
是當明事學的這一路？藉些能隨付些
些給我吧。一悟是，了不受又摸着了，
但若你喜歡志摩這一派的詩，你便
儘管走這一套路，別因為我的話而硬
改了自己的作風。我相信我自己還能
夠以正直的看文藝作品的眼光來欣
賞一切文藝的，話說多了，恕其煩瀆。
即頌
學安。

施蟄存
一月七日

壹

大学时期的诗作

宋清如（右第2人）大学时和同学在火车站

大学时的宋清如（左）和好友黄源汉

宋清如（中）和之江大学同学合影

《现代》杂志诗八首

再不要

再不要发狂，

你瞧，这漫天的风里，

谁信能不动摇，

因为太微细的

一粒尘，本身

能有多少力，想飞

上天，谁说不该？

奈这风是猖狂，

不经心会跌落地，

教人踩，变泥。

再不要发狂，

你瞧，这多厚重的繁霜，

没有热，没有光，

这黑夜是何等的深沉，

饥饿，也得能耐，

因为太弱的

一羽小鸟，有多少心血

想串成歌，哀唱

直到天明，谁惜？

当这夜正是深。

再不要发狂，

听警钟象雷样摧，

虽说春天是真

值得迷醉，

因为有更真的

金刚石样坚硬的

信心，不灭的

刚强的结晶

在灵魂里转，

不经心会被火焚

成灰烬，你可甘心？

1932 年 12 月稿

（刊于第二卷第五期，1933 年 3 月）

有忆

我记起——
一个清晨的竹林下
一缕青烟的缭绕。

我记起——
一个浅灰色的梦里。
一声孤雁的长唳。

我记起——
一丛灿烂的玫瑰间，
一匹青虫的游戏。

我记起——
一阵萧瑟的晚风中，
一片槐叶的飘堕。

（刊于第三卷第一期，1933 年 5 月）

冬

一缕烟凝住在寒空里，
灰色的江上有灰色的天；
风在樯索上吹起日暮的牧笛，
但没有牛羊应声而来。

歌声埋葬在黄叶之堆里，
野烧的残烟消了了[①]热；
江潮暴怒，疾驰到崖岸边，
透露了丧钟的消息。

作于 1932 年
（刊于第三卷第一期，1933 年 5 月）

---

① 《现代》杂志此处似有排印错误。

祭

我拉一朵白云，设筵在落红的
坟台，
致祭那埋葬了的死去的悲哀；
一阵风，一滴露，莫扰乱伊！
那沉静地安眠的自在。

让小溪泻去时给一个回盼；
让落日经过时留一个青睐，
等春尽，等秋末，常长着
那凄凉的芳冽的莓苔。

象死水一样地平淡，
象白云一样地闲散，
我埋好了一身累坠的负担，
致祭这褪色的绯红的悲哀。

（刊于第三卷第一期，1933 年 5 月）

夜半钟声

葬！葬！葬！
打破青色的希望，
一串歌向白云的深处躲藏。
夜是无限地茫茫，
有魔鬼在放出黝黑的光芒，
小草心里有恶梦的惊惶，
葬！葬！葬！

葬！葬！葬！
小草心里有恶梦的惊惶，
有魔鬼在放出黝黑的光芒。
夜是无限的茫茫，
一串歌向白云的深处躲藏，
严霜里沉淀了青色的希望。
葬！葬！葬！

（刊于第三卷第一期，1933 年 5 月）

伉俪 朱生豪宋清如诗文选

寂寞的地上

几千次西风的暴力，
凝住你深深的叹息，
是小溪沉睡的时候，
云光已冉冉地飞远了。

寂寞终久留在寂寞的地上，
风雨里祇有落花的声浪，
白杨上风吹过的时候，
你我正在寂寞的路上相望。

而风浪是永远不停地吹盪，
浮萍不清楚自己的飘荡，
忘记了吧！春天已轻轻地流过，
深夏里埋了流莺的讴唱。

（刊于第三卷第六期，1933 年 10 月）

老头儿

老头儿松去一身的负担，
流着满头的汗，他全不管；
阳光照着他枯皱的颊，
灿烂地呈着欢笑。

"我全懂得你们的玩意，
一眨眼我就明白你们的心理，
你别笑我这丑陋的皱纹，
这重担它有勇气驮到底。"

昨天绚艳的花还耀着他的眼，
他不信明天会失了欢笑，
流着满头的汗他全不管，
脸上闪闪地发着光笑了。

（刊于第四卷第六期，1934 年 4 月）

8

灯

谁摘下娇小的星星，
装点这满屋的光明，
她心里也许有怨愤，
在逗出她叹息轻轻。

分明是狂暴的西风，
惊扰她温柔的美梦；
她苦念天上的仙乐，
黎明时飞回了天空。

(刊于第四卷第六期，1934 年 4 月)

大学时期的宋清如

《文艺月刊》诗三首

暴风的梦

我曾仔细问过我自己，
这回可不又是在做梦？
苍天藏尽他深深的蓝，
刮下一场震人的风暴，
我全不懂上帝的意思，
究竟这是怒还是欢喜？
我耐着心等，拼得受你
打下的冰块，成担的压，
看你十一月天灰色的
冷脸；这一下就再不许
我自己的心轻微的颤。
象醒后消失的醉，飞过
漆黑的天空，这梦，又像
一天的星斗，埋葬着在
厚厚的乌云，压得多重！
抖下几丝苦雨，几阵风。

不是我的力量？这苍茫
管什么天亮，什么昏黄，
安排的网围就总得钻，
沥着一滴滴的血，活该
这是结果，一个个心愿。
再没有希望，那一天会
让上帝收起铁青的脸，
喊一声惨，放一点慈悲。
这季候可真冷得出奇，
死灰里点不起一把火；
就任天风刮去这段恨
还给我终夜静静的睡，
我再不恋这黄昏的媚。

（刊于第二卷第五期，1932 年 11 月）

流星

一道银箭似的闪耀，
不是虹彩，象仙航
飞过长空，打破一片静，
作轻轻的残忍。
划一道界线，天河里
筑起玉带似的堤岸，
微风吹不起波纹。

一道银箭似的闪烁，
不象流弹，是希冀
发出一丝光芒，
无限地飘渺，
无限地匆促，
化一道电飞去了，
这一回又是一个诳。

（刊于第四卷第四期，1933 年 10 月）

夜

夕阳才露出
羞弱之霞彩，
黄昏已舒展
严密的黑幕了。

天空是静静的，
渐凝着一片苍白，
风儿摇着枯枝，
作欲噬人的威势。

虽有林鸟的歌唱，
音调更显得凄凉，
生命的舞台上，
音乐失去了美丽。

十月底的残风，
枫叶吐尽了血红，
潜息着以安眠罢，
待长林之风静。

（刊于第七卷第四期，1935 年 4 月）

莉莉是一个从前的女王

莉莉是一个从前的女王，
她有一所顶华丽的宫房，
千百种娱乐陈列在她的家，
三月的风终年吹着她身旁。

但她有大理石样冷的面庞，
多久刻不上一丝笑痕，
她一对锐利而沉郁的眼睛，
像一个埋着智慧的荒坟。

她厌倦於她所有的一切，
厌倦於一切的福幸，
她渴想听那落在山谷里的风响，
或是那漂流在海面的呻吟。

伟大的太阳知道她的心事，
他尝试供给她缺少的礼物，
他送给她所有的热力，
驱拂她梦幻的疑惑。

莉莉不耐他粗率的抚慰，
闭住她发光的眼睛；

摇乱一头金丝的长发，
关紧她坚冷的小心。

"谢谢你！"她凄惶地说，
"我受不住你的热力，
但我的心是结晶的冰块，
你决不能使他消裂。"

太阳无言地回过头，
莉莉微感到一点凉意，
但她轻轻透过一口气，
她满足她初次的胜利。

月亮带着温柔的媚态，
从天上偷偷地发着问，
"我知道你爱我，女王！"他说，
"我请求你送我一个吻！"

"不！"莉莉决绝地回答，
"我不要什么，但我也缺少什么，
你不能满足我，柔弱的人，
别再麻烦我，让我安静！"

月亮羞得不再噜苏，
莉莉依然皱着她的长眉，
星子听见她叹气，
殷勤地给她安慰。

但莉莉气得更厉害，
她不向星子们一睐，
"啊！"莉莉发恨地叽咕，
"你们全是渺小的蠢才。"

莉莉不敢再抬她的头，
止水似的眼睛难得张开，
但她依旧听得见流泉的唱，
寂寞的心里充满寂寞的悲哀。

"美丽的主啊！"流泉有一天唱着，
"恢复你从前的笑容，
我想你只须跟我到海边，
你一定找得着东风。"

莉莉仍然给她一个拒绝，
颊上挂着两颗大大的泪珠。

一切的人们也都对莉莉失望，
她们再听不到莉莉快乐的歌音，
乌云冻住她金色的长发，
霉苔裹住她灿烂的眼睛。

有一天黑夜向莉莉飞来，
莉莉的双手迅速地展开，
"啊！伟大的神，你毕竟来了！"
莉莉倦怠地呼喊。

从此莉莉留下最后的微笑，
像象牙上刻着的古旧的浮雕。

一九三四，十二月，之江稿
（刊于《当代诗刊》第一卷第二期，
1935 年 2 月 1 日）

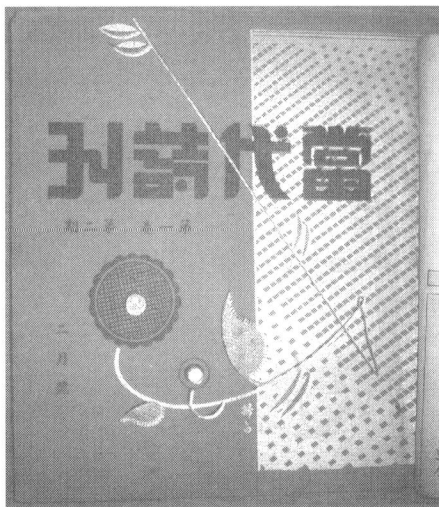

宋清如发表诗作的《当代诗刊》

高阳台 （步玉田原韵）

编者按：这是宋清如在之江大学初学古体诗词时写的一首词，写在她保存终身的半张稿纸上，稿纸的背面用毛笔工整地写着："录呈余师请正　清如始学稿"，朱生豪认真地在原稿上作了十多处修改。修改前的原稿是：

云气初收　湖光半暝　再寻不见归船　远逝飞鸥　难凭后约来年　东风不向花间住　任南国零落堪怜　倍凄然　红舞荒林　紫乱清烟

别来初识离愁苦　怅晨风飘露　梦断斜川　浅笑低歌　何时重上筵边　伤心不共芳莺语　怕娇声更恼愁眠　自障帘　独自沉吟　独自听鹃

看得出，修改后比原词增色不少。这是朱、宋诗侣生涯的一份宝贵记录。

云气初收　湖光半暝　重寻不见归船　远逝飞鸥　难凭后约来年　东风不向花间住　任南国零落谁怜　各凄然　红舞长林　紫乱荒烟

别来初识离愁苦　怅晨风飘去　断梦随川　浅笑低歌　何时相见芳筵　伤心不共流莺语　怕声声更恼愁眠　自开帘　独数残花　独听残鹃

高陽臺　步玉田原韻

雲氣初收湖光半暝，重簾不見歸船遠近的

難憑後約的來年東園不向花間往任南園棗茂

況惜殘長風飄舞夢斷隨川漠漠別來初識

離愁芳延邊傷心不艾爭寒夜獨酌……

自開簾獨眺花今獨回……

相見芳延邊……怕鶯聲低惱愁眠

宋濤如君

现代C 20×20

15

《芳草词撷》词四首

编者按：《芳草词撷》中收入宋清如的词有四首，朱生豪对她所作的评语为"才本敏婉习作四章颇见思致"。

双红豆

灯半残　月半残　人倦黄昏欲语难
家书隔万山

倚栏杆①　怨栏杆　倚到何时方始欢
梦中相对看

摊破浣溪沙　红树

一夜西风浑未眠　晓看春色染枫颜
醉态蹁跹效蝶舞　不胜妍

应有愁人题恨句　懒呼蜂蝶问因缘
此日千林君独艳　笑相看

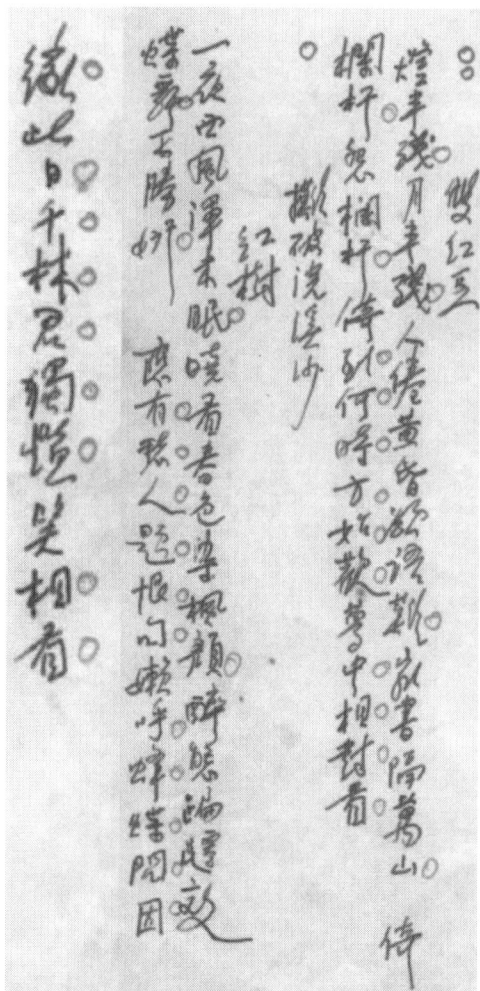

①宋清如老家在江苏省常熟市（现属张家港市）栏杆桥，故这里的"栏杆"一语为双关。下面《绮罗春》词中"倚遍栏杆"一语也有同样的意思。

青玉案

　　东风一抹斜阳路　　问可带愁归去　　黯黯年华无计度　　高楼临水　　薄寒垂幌　　谁识春栖处

　　残云撩乱遥山暮　　无意重描幽恨句　　脉脉芳情知几许　　满窗绿暗一天絮乱　　心事桃花雨

绮罗香　　次天然韵

　　月怯风寒　　草愁露重①　　漠漠荒烟无语　　绿褪空山　　郁郁惨红千树　　问残秋何事匆匆又弃了芦汀鸥渡　　恨年年到此凄凉　　梦回不带愁怀去

　　流光无计暗渡　　重听寒钟声急　　愁添②几许　　倚遍栏杆犹忆叮咛千句　　莽西风横扫平林　　恋残霞欲消还住　　似骤雨落叶纷飘③　　乱投阶砌舞

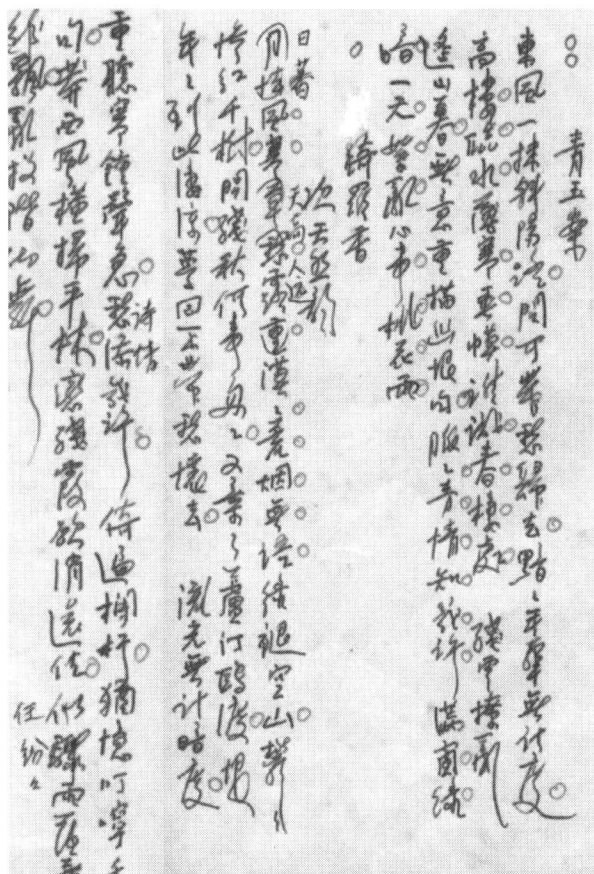

---

①此句"草愁露重"后有钢笔改为"天高人远"。
②此句"愁添"后有钢笔改为"诗情"。
③此句"似骤雨落叶纷飘"后有钢笔改为"任纷纷落叶辞根"。

祈愿

我焚着一片心香，
掏出一串热忱，
默默地长跪着向神
祈祷。我撕破了虚伪的
面幕，我拉碎了
美丽的外罩，我是真诚，
我是干净。一个信心，
只一个简单的
信心，我对你说，
就只对你说，我不希冀，
别人得知。我要
在我黝黑寒伧的躯壳里
长出一朵鲜花。我不要
有鲜艳得血一样红的
颜色，我不希冀放出
那迷人的玫瑰样浓洌的
芳香，我要的是
那冰一样清滢的晶，
流着古老的芬芳的
幽香；象黑夜里
爆一朵火花的光芒，

象古渊里迸一道飞瀑的
奔荡。我把我的泪灌溉
我自己的花，不会怨，
就枯了我的泪泉
也活该，你看，今天
哪一个脸上不挂着骄傲的
微笑，想教谁都陷入
他们给安排好的圈套，胜利了的
他们，围着髑髅的项圈，
带着血腥的恶臭，向着世界
装一付刻毒的狞笑。但，我可
不能耐，我宁愿困守我自己的
冰冷的心里的惨淡的花。
就只这一个信心，我祈祷
向着我的神。我不希望你
发半点分外的慈悲怜悯，
我知道，我自己是
再受不起人怜悯的人。

（刊于 1933 年《之江年刊》）

词二首

编者按：朱生豪毕业以后，宋清如发表在《之江年刊》上的下面这两首词，表达了对当年在一起学习生活的日子的追忆，以及对朱生豪的思念之情。

蝶恋花

愁到旧时分手处　一桁秋风　簾幙无重数　梦散香消谁共语
心期便恐常相负

落尽千红啼杜宇　楼外鹦哥　犹作当年语　一自姮娥天上去
人间到处潇潇雨

满庭芳

南浦烟低　西山雾乱　群峰无雨冥冥　单衣团扇　江上暮凉轻
为问春归何处　萋萋草绿满沙汀　茅亭畔　离樽共引暗　惜别时情

年时携手地　塔铃风磬　几度同听　旧江山如画　新恨共潮生
此后六和月满　鸥飞远孤艇谁迎　沉吟再　长亭莺语　为我说叮咛

（刊于 1935 年《之江年刊》）

霞落遥山黯淡烟（二首）

编者按：宋清如在给朱生豪的信中写过许多新旧体的诗词，朱生豪也曾仔细地进行过整理和抄录，可惜均毁于战火，未能留存下来。只有在朱生豪给宋清如的一封信中，对她的两首诗作了一些修改，所以这两首诗得以保存下来。

（一）

霞落遥山黯淡烟，

残香空扑采莲船，

晚凉新月人归去，

天上人间未许圆。

（二）

无端明月又重圆，

波面流晶漾细涟，

如此溪山浑若梦，

年年心事逐轻烟。

迪娜的忆念

编者按：1935年，詹文浒先生建议朱生豪翻译莎士比亚戏剧，朱生豪在接受了这一建议以后，写信告诉宋清如，并且说准备把译著作为献给她的礼物。宋清如感到很激动，写了诗《迪娜的忆念》寄给朱生豪，后来朱生豪还为这首诗谱了曲。

落在梧桐树上的，
是轻轻的秋梦吧？
落在迪娜心上的，
是迢遥的怀念吧？
四月是初恋的天，
九月是相思的天，
继着蔷薇凋零的，
已是凄艳的海棠了！
东方刚出的朝阳，
射出万丈的光芒，
迪娜的忆念，
在朝阳的前面呢，
在朝阳的后面呢？

迪娜的怀念

贰

抗战时期的诗作

题有林诗集

《春天是又来了》等四首

杏梅

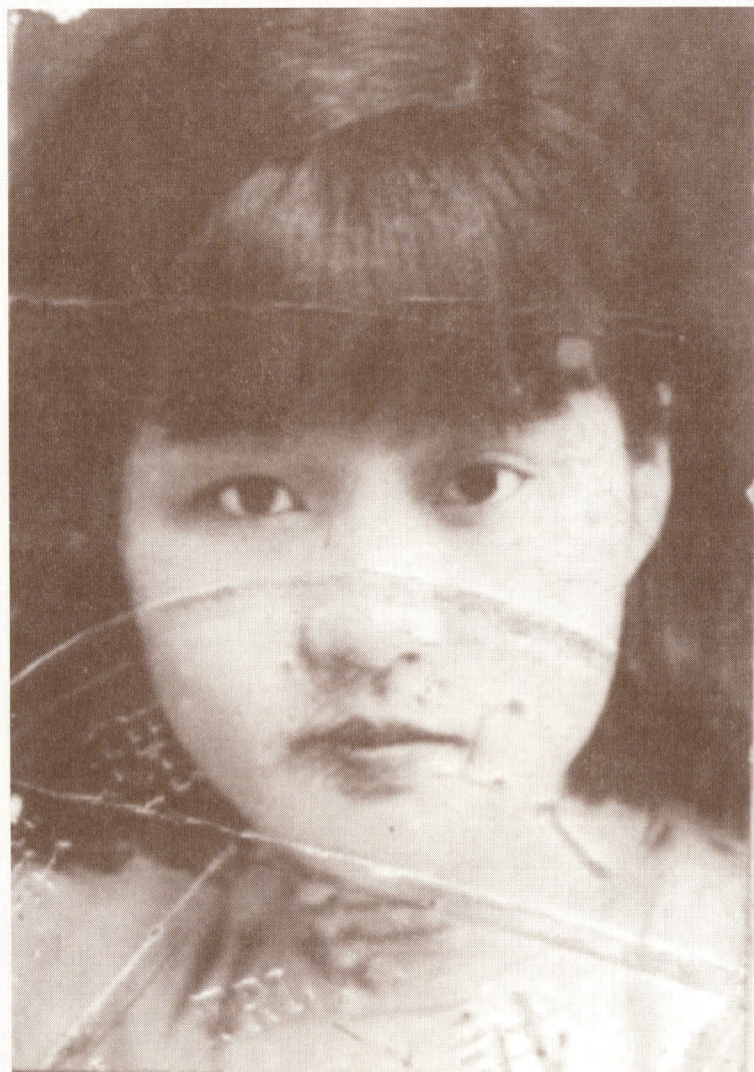

大学时期的宋清如

结婚前的宋清如（40 年代初）

宋清如　摄于 1947 年（时朱生豪已去世）

题有林诗集

编者按：这是宋清如为 1940 年去世的诗人蒋有林的诗集题写的诗，从时间上判断，应是在四川时所写，但当时具体情况已无法考查。诗中"撼山的风，震雷的天"和"云烟里湮灭了五月的苍翠"等显然也是对当时时局的写照。

谁说一星星的火花不够亮？
尽管是撼山的风，震雷的天，
云烟里湮灭了五月的苍翠，
怯弱的草依旧抖颤在风前。

是一段梦？昨天玫瑰的娇艳，
要供的话梦里的人全知道，
寂寞的长夜展着流萤的光，
掘不断的荒芜里
爆一丝天真的笑。

（刊于《上海诗歌丛刊 3·我们的诗》，1941 年 2 月）

《春天是又来了》等四首

编者按：这四首诗见于宋清如写于 *1942* 年 *2* 月 *23* 日到 *24* 日的诗稿。

宋清如在经过了近四年的流亡生活后，终于回到上海孤岛，和朱生豪重聚。谁知才过了一个多月，太平洋战争的风暴又重新把他们从孤岛抛到了在狂涛中飘忽的生活小舟上。面对残酷的现实，宋清如用诗的语言，写下了她"幻灭的悲哀"、"碎了的心"，感叹"淡淡的温情""无端的来又无端的消失"，谴责"斩了我的梦，斩了我的青春和希望"的"残酷的刽子手"，以及"唱出我的寂寞"、"唱出我的痛苦和死亡"的"恶毒的巫师"。诗的风格和她过去的诗篇仍很接近，但内容比过去更丰富、更现实、也更深沉了。

春天是又来了

春天是又来了，
它以迷人的媚力
奏起柔和的弦管。
但华烛的光焰不久归于消灭，
繁荣的盛筵不也是徒然？

珍重偶然的美梦，
珍重瞬息的灿烂，
当东风悄悄地飞去的时光，
幻灭的悲哀便开始了。

二月廿三日

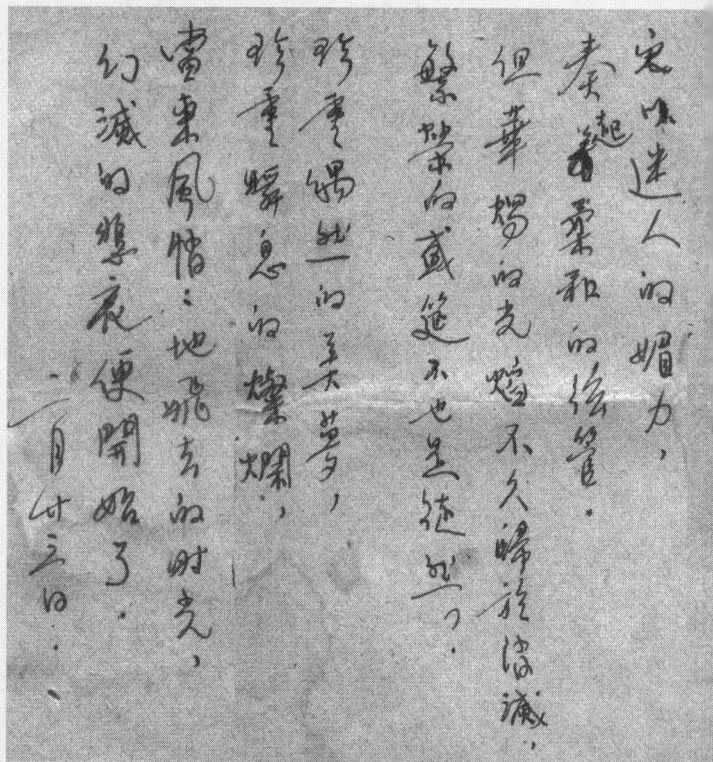

也许只是偶然　有所思

也许只是偶然，

如春夜的梦，

不常的光芒，

淡淡的温情，

无端的来又是无端的消失。

如疏宕的钟声，

敲破静穆的荒夜；

淡淡的记忆，

草率地涂上又草率地凋残。

三十一年二月廿四日

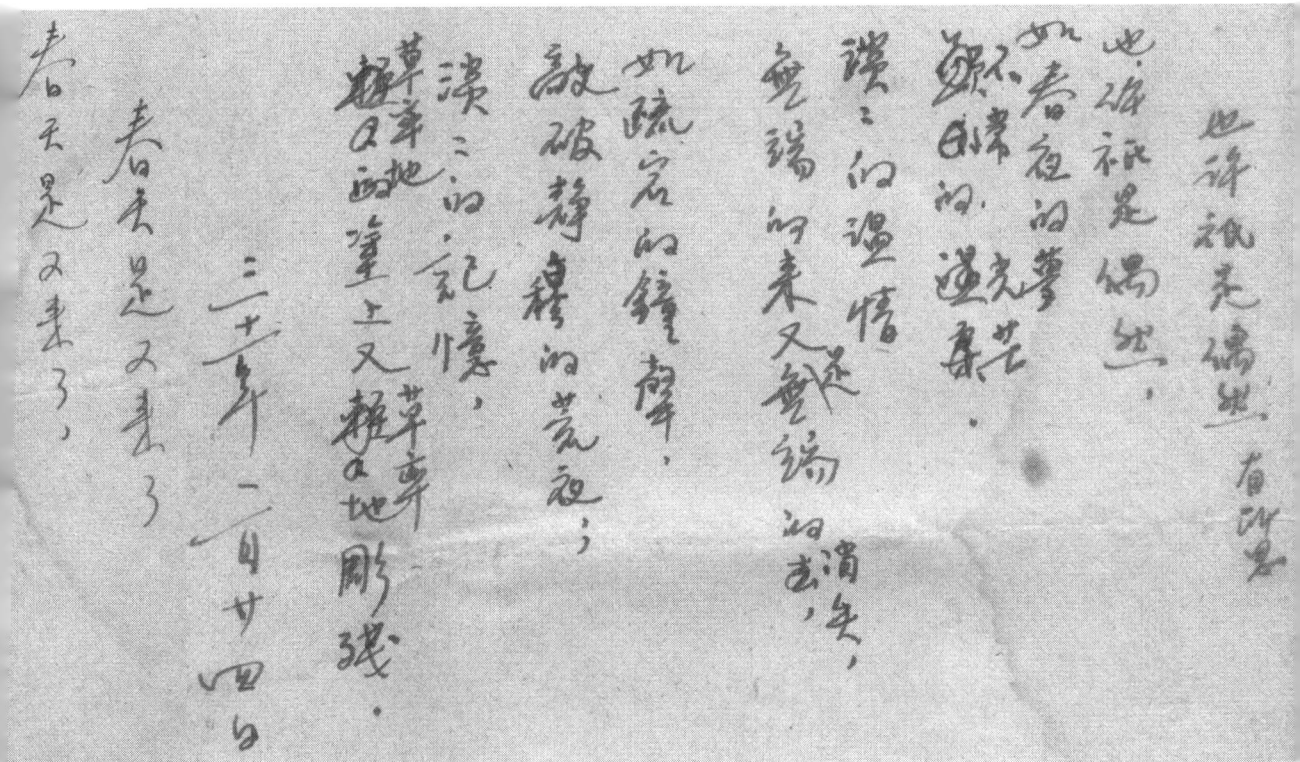

我不愿见我的时钟

我不愿见我的时钟，

它是个残酷的刽子手，

它斩了我的梦，

斩了我的青春，

更将斩我的希望。

我不愿听我的时钟，

它是个恶毒的巫师，

它唱出我的寂寞，

唱出我的痛苦，

更将唱出我的死亡。

二月廿四日

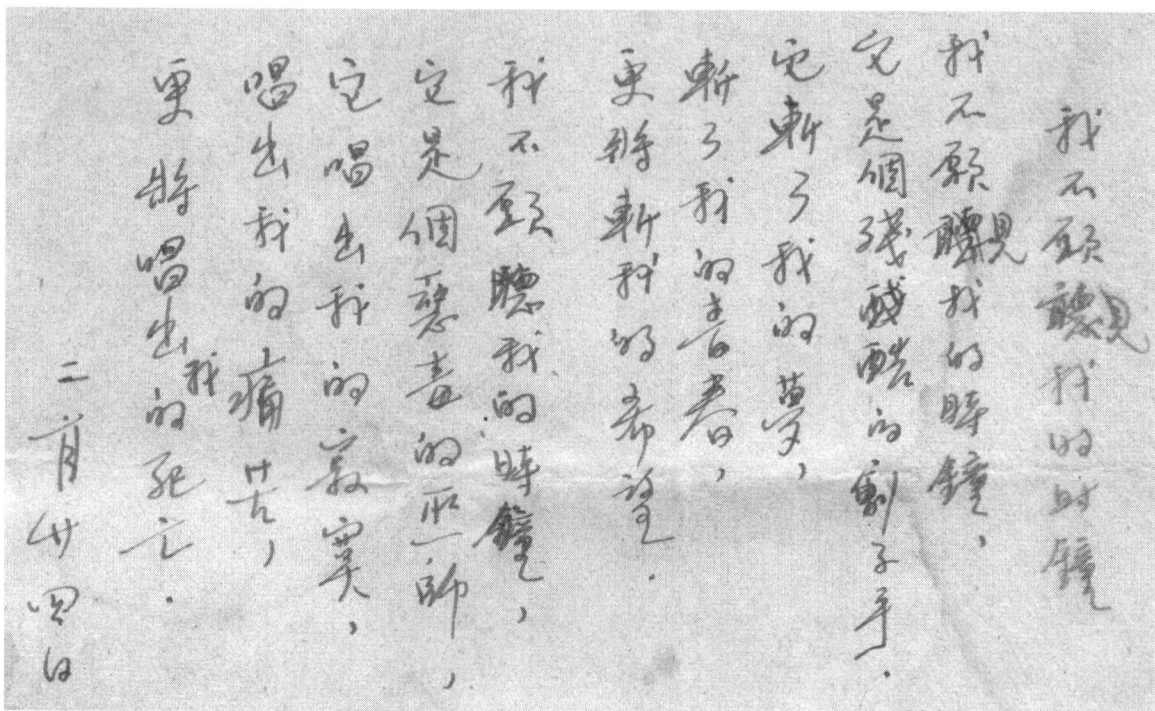

流星

从这一方天到那一方天，
寂寞的悲哀还象从前，
飘散了的白云醒了的梦，
失去了的光芒碎了的心。

纵然有百合的芳馨，
纵然有和乐的清音，
但凋谢的季节呢？
悠悠的长夜呢？

二月廿四日

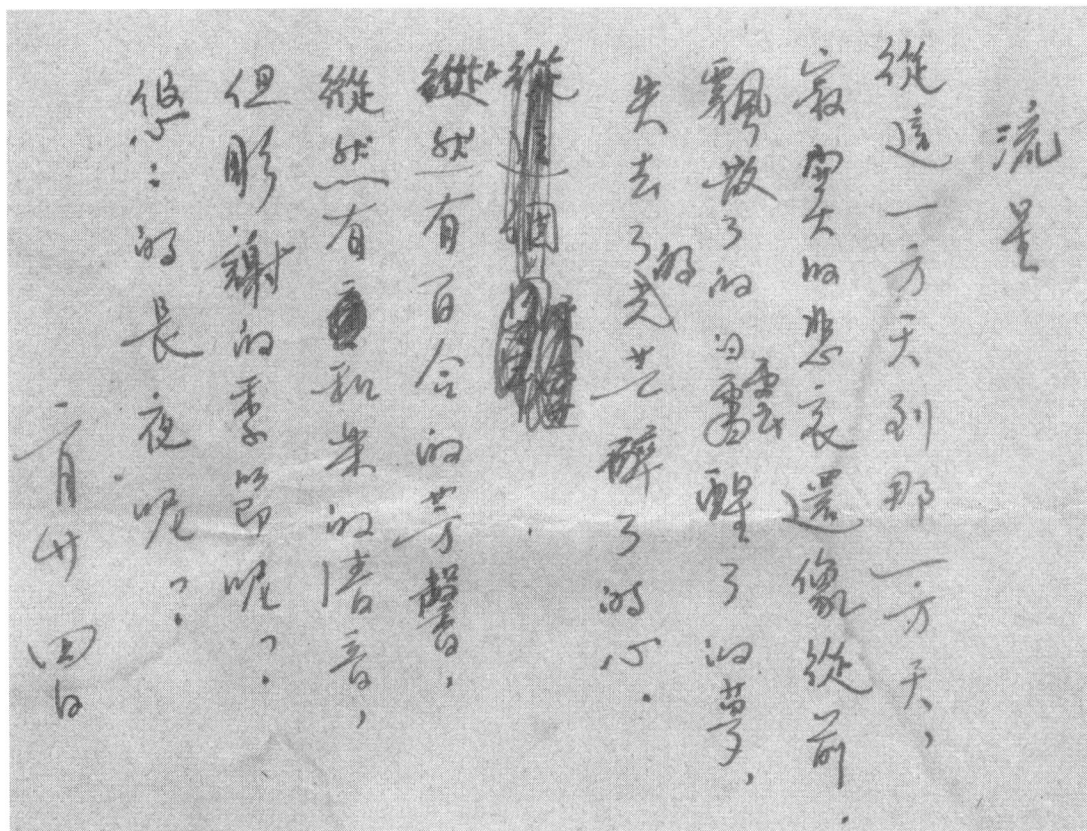

杏梅

编者按：这是宋清如的一张诗稿（可能没有写完），写于她和朱生豪结婚以后的1943 年春天。当时他们生活在日寇的铁蹄之下，日子过得非常艰难。诗中通过对杏梅树的吟咏，表达了宋清如心中"残余的悲哀"和对"新来的正待排演的命运"所感到的茫然。

是春神又一次殷勤的召唤
你从凄冷的寂寞的梦里惊醒
拂不去的是零落残余的悲哀
用迟疑的神情打量
这新来的正待排演的命运

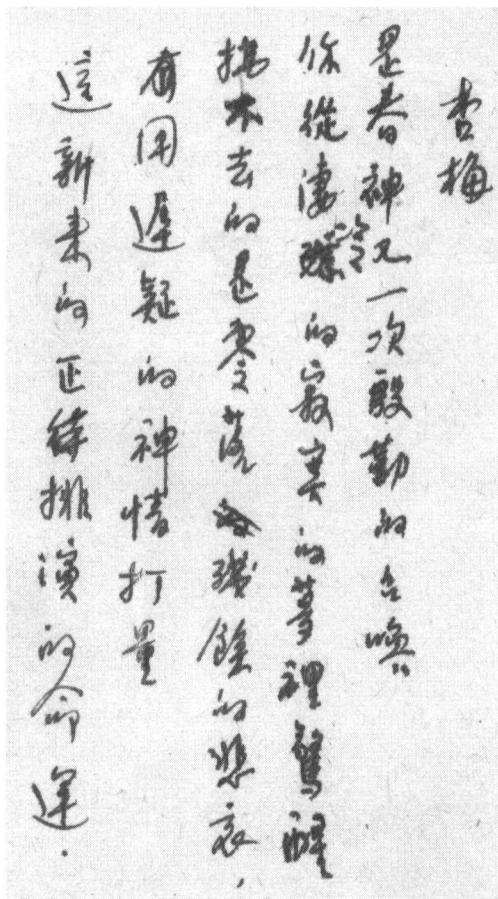

叁

生豪周年祭

似梦非梦地，这一幕太凄凉，太悲惨的事实，竟已过去有一年了。

谁说时间的老人，会医治沉重的创伤，我不信这悲痛的印象，会有一天在我记忆里淡忘。

一年，整整的一年，我在雪花的纷飞时，在红杏的灼灼中，在滔滔的淫雨中不断地悲悼着，感伤着，现在又是秋尽入冬了。季节过去得太慢也太快，但谁又能把失去的生命重新捡回来呢？

在胜利声中，在《中美日报》复刊声中，在《莎氏全集》出版声中，只有我使用眼泪追悼着你，一名为文化事业奋斗过而不幸中途牺牲的无名英雄。你的心血不曾为你自己开出鲜美的花，更不曾亲自尝到果实的滋味。我不能想象你现在究竟有没有灵觉，假如有，该是作何种感想。

我不会淡忘了你在用心时的态度，为了力求文意字句的尽善尽美，不惜时间地反复思考着，诵读着，体味着，一个个一个个字津津有味地咀嚼着。你告诉我从辛苦的思维中蕴蓄着无限的乐趣，可是害你生命的病魔，却也从此生了根。你自己明知道翻译莎氏剧本是顶着石头做戏，吃力不讨好的工作，可是你却始终不懈地惮心竭力，毫不顾惜自己的精力有限。我真奇怪你干着这工作究竟是为名还是为利。说是为名吧，人家避重就轻，沽名钓誉的事情多着呢，像你这样的天才，就怕没有工作做吗？如其说为利，那才是笑话！这几年文人末路，是谁也不会否认的事实。世界书局所给你的稿费，连自己的生活都不够维持，生生地看着缺少营养的身体，一天天挣扎到呕完最后一口心血为止。甚至在病重时，无可奈何时告借一点生活费，人家会给你个不睬。死了之后，也许正有人在说着活该。

你以为忠实地为中国文化努力，不顾一切地在困苦中努力，是你的本份，可是你却不曾明白现在的时代，决不是如你那般忠厚、纯洁、清白的人所能应付的。你可以站在本位上努力，可是谁会对你抛掷一丝同情？人家称你是圣人，这还不是笑你的迂？牛角尖的空隙里，自然你会临到末日了。

认识你的人，谁都知道你不善说话，也许这就是不易得人了解的一个原因。可是善于用口的人不善于用手，是一般的现象。我记得你的每一句话，就因为你的话不太多的缘故。但我也保留着你的信件，它们记载了你的几年中的生活。

你告诉我工作得最有兴趣的是在《中美日报》中当编辑的时期。你说你作着忙碌的工作，夜以继日地在被压制的环境下作正义的奋斗。以极短的睡眠恢复疲劳的精神。后来，在太平洋炮声响起以后，你从牢狱似的报社逃出以后，便如有所失的起了茫茫之感。现在《中美日报》已经复刊了，而你过去的成绩，却跟着你的死亡给人遗忘了。

如其你现在还活着，我不知道你将再找寻哪一种为人类呕心沥血的工作；如其你现在还活着，对于自己的成绩，会有何种满意的微笑。如其你还活着，会再给文化界多少贡献。

总之，你活着是为了文化不惜牺牲，死了却苦了我和孩子。孩子固然太小，太不懂事，但我却为了他这摆脱不了的累赘，在现在的社会经济制度下简直无法谋生。以后的问题，死的无力安葬，活着的无法自存，解决的办法，只有天才知道。

实在是，像你这样的人，太天真，太纯洁，就是你真的活着，教你发财升官走红，你也不会。我总觉得你的本身就是一首诗，一件艺术品，不懂得人间的把戏。要你自己负担自己的生活，已是多事的，残酷的，何况要把家人的生活，压在你自己身上。我知道你最后仍不能放下我和孩子，而我却为了竭力减少你的痛苦起见，勉强说着"我们总不致走上绝路"，要你放心。其实痛苦啮着我的心，比苦口的药物正不知难受到几倍。你的死亡，带走了我的快乐，我的希望，我的敏感。一年来，我失去了你，也失去了自己。要不是为着这才满周岁的孩子，我不知道哪来活着的勇气。

我不敢多想，但我怎能不想？什么都有刺激我悲哀或怨恨的力量。

但是，生豪，人们的命运同你我相仿佛，也许多的是。多少成功的英雄们，是踏着牺牲者的血迹前进的。

我祝福你灵魂的安谧，我祝福同你我同样命运的人们有较好的遭遇。

（刊于《中美日报》1945 年 12 月日《集纳》副刊）

刊于《文艺春秋》上的《两周年祭生豪》

招魂

编者按：这首诗是宋清如在 1945 年朱生豪去世一周年时写在练习本上的。宋清如去世后，在她的抽屉里又发现了她于五十多年后再一次修改的诗稿。

也许是你驾着月光的车轮

经过我窗前探望

否则今夜的月色

何以有如此灿烂的光辉

回来回来吧！

这里正是你不能忘情的故乡

也许是你驾着云气的骏马

经过我楼顶彷徨

是那么轻轻地悄悄地

不给留一点印痕

回来回来吧！

这里正有着你惓惓的亲人

哦，寂寞的诗人

我仿佛听见你寂寞的低吟

也许是沧桑变化

留给你生不逢时的遗憾

回来回来吧！

这里可以安息你疲乏的心灵

朱生豪和莎士比亚

世界书局将要出版朱生豪译的《莎士比亚戏剧全集》，这消息，恐怕还远在去年的秋天。要不是译者的中途逝世，把最后几本给遗留下来的话，也许这全集早就可以和大量的读者见面了。不管这一部译作的成绩如何，但是能有这么大胆，这么勇敢作全部译出的计划，总不是一件容易的工作。不幸的是功亏一篑，延误了出版的时期，而译者的惮心竭力，鞠躬尽瘁，死而后已的精神，不容不先为读者介绍。

本来是生豪自己的意思，屡次要我执笔为他写一点序文之类的东西，等着出版时赘在卷首。我老是推辞着不肯。第一因为我在这几年中忙着孩子家事，哪来闲暇的时间掉弄笔墨，再有，序文之类的东西，无非捧捧场，拉自己人说话，怕不丢死人。所以我总说那完全是多事，我既非名人，又非学者，人家不会稀罕我的文字。但他总以为这一部译作的完成，大部分有我在旁边，不时参加一些无关紧要的意见。中间的甘苦，只有我知道得顶清楚。现在，不幸生豪全部工作没有完成而永辞人世，已有一年了。每当我想起他为莎士比亚而憔悴，而病倒，而死亡的情况，总不免心痛几裂，欲哭无泪。

认识生豪的人，不会太多。瘦长的个儿，苍白的脸色，第一容易给人的印象，就是不会说话。态度总是那么镇静，自得其乐地。有人说他是骄傲，有人说他是迂，不懂得世故人情。但是大多数的人们，都当他小弟弟看待，因为他真是天真未泯，和善可亲，从来不懂得虚伪欺骗的把戏。

我和他初次见面，是在十四年前的秋天。我们同在钱塘江畔，秦望山头。他还完全是个孩子。但他在诗歌方面卓越的天才，师长们都目为有数的人才。之江诗社内他是一个健将。作品中间，诗歌占大多数，时有短篇译作以及散文，大概散见于校中刊物上。因为他太不爱活动，不求在人前夸耀，所以他从来不肯在外面发表。他自己集订的几册诗集，都已在烽火战乱中给遗失了。留存在我处，只有一部分抒情诗了。

之江，那是多么富有诗意的环境。山上的红叶歌鸟，流泉风涛；江边的晨曦晚照，渔火萤歌，哪一件不使诗人们悠然神往。他在那儿孕育着，熏陶着，于是，固定了他的悠闲的温和自爱，与世无争的情性，嘴里时而挂着小歌，满显着无邪的天真。但是，正为了这个太柔和的环境，才使他成为一个不慕虚荣，不求闻达的超然的人物。要是在学术空气较为浓厚的环境里，他的造就，竟许不止于此。

一九三三年暑天，他脱离了大学生活，到世界书局去当英文编辑。那时他实际年龄还只二十岁，正似一只自由的歌鸟，投进了笼子。寂寞的诗人，总是寂寞的，工作的余暇，惟有读书，可以充满他的空虚。但亭子间的天地毕竟太狭窄，他睁开眼只见豆腐干大小的屋顶，窗外是对弄的高墙，斜阳的余晖，难得从灰色的斑驳的墙上，反映出一丝两丝进来。他每回写信都向我说："我寂寞，我想哭，我再没有诗了。"歌声也渐渐从他嘴边消失。于是，逐渐地，他成了大人了。

> 从此我埋葬了青春的游戏
> 肩上人生的担负，做一个
> 坚毅的英雄。……
> ——《别之江》

的确，那是他的转变的时期。

那时詹文浒先生，也在世界书局，他发现这一个年青的伙伴那样酷嗜诗歌，而且具有那样卓越的诗歌天才，便劝他从事莎士比亚戏剧全集的移植。从此他便发下愿心，要介绍这一位伟大的英国诗人的丰富的作品，全部出现在中国的文坛。

以后，他就开始诵读以及搜集各种莎士比亚戏剧全集或单行本，比较和研究。星期日跑旧书摊。星期一进剧院或电影院，实地研究戏剧的艺术。一跑进亭子间，便是读书。每天正式的睡眠，总是在十二时以后。当然他所读的，不只是莎士比亚一种。那时他大概隔不上三天总有信给我，那些信，毋宁说是他真实生活的记载。

电影戏剧的评论，读书的见解，一概都有。正因为他不爱说话，不会找朋友谈天，所以除了读书之外，便只有写信了。

一九三六年的秋天，他告诉我在开始写译的工作了，而且已经同世界书局订了约，用每千字两元的代价作为报酬。他估计着全书约在一百八十万字左右，预备在两年中把全集一起译出。最先译出的几本，是《暴风雨》、《威尼斯商人》、《仲夏夜之梦》等一部分喜剧。到一九三七年秋天为止，一年中究竟译出了几本，我可不清楚了。

八一三的炮火，日敌在半夜里进攻，把他从汇山路赶了出来。匆促中他只携着一只小小的手提箱，中间塞满了莎氏剧集，稿纸，一身单短衫出走。在上海躲了几天，回到嘉兴去时，他的姑妈见他那付寒酸相，把衣服被褥，个人的全部财物都给丢了，气得直骂，他却满不在乎地，只是抱着莎士比亚，过他的日子。为着日人的进攻，他被动地转辗迁徙着，流浪了一些日子。一年之后，他从沦陷区回到了孤岛，呼吸着较自由的空气，又似得到了重生的欢欣。

他在世界书局，大约又坐了一年，便改入《中美日报》社编辑国内新闻版。并协助詹文浒先生写小言，詹先生所写的每一篇社论，在文字技术上，都经他的改过。这一段时期，我远在四川，对于他的生活情形、工作状况，比较隔膜。关于莎氏剧集的进行与否，他很少提及。据我的推测，他在《中美日报》馆的两年中，译事是差不多停顿的，因为工作比较忙，虽则对于他也颇感兴味，但总不比在书局里时，有夜晚的时间，可以从容利用。

一九四一年的十二月八日，日敌对英美开战，太平洋上的炮声，又把他从报馆中轰走。这回走得更匆忙，不说是仅有的衣被个人用品都不曾带，甚至把自己的新旧诗集，以及我寄存他那儿的两册诗集，都给遗弃在办公室抽屉里。正巧我那时在上海，预备继续回川，我见他依然若无所事地。《中美日报》馆本来是沪方唯一的政府报，一向受着敌伪的压迫，这下当然是全部解散了。同人们大伙儿往重庆撤退，论理自然邀他同走，可是他始终彷徨着。我也是劝他同去，他口头虽则答应，心里却实在不想走。第一他短着路费，要去挪借，在他是极为难的。第二，不曾走过远路，不善活动的他，担心到了自由中国以后，工作不易获得。再有他肩头压着姑母和表姐生活的负担，走了又怕落空。而更大的原因，却是为了莎氏剧集。他在几年中努力的结果，莎士比亚已成为他生命的一部分，正似成熟的婴孩的急待着诞生。所以他一离了报馆，立刻在窄小的亭子间里工作起来。那时的效率真高，仅仅晚上三个钟点的工作，可以有三千字以上的成绩。最后，他终于表示不走。要利用这一段动乱的时期，闭门译述，完成这一部伟著，了却几年的心事。反正带一本莎剧全集，一本字典，到哪儿都成。干着实际工作，至少强似赶热闹，他说，我没有理由驳他。同时西部交通，暂时中断，于是急于西上的我，也只得停留下来。就在那时候，我们举行了简无可简的婚礼。

为了便利他的工作，减轻负担起见，我们决定离开了嚣杂的上海，他曾目击过它繁荣，跟着它搏动，而现在正日趋于畸形发展的上海。他不曾做繁华的主人，可他是一个清楚的旁观者，使他感慨不止而却毫无可恋地离开了。那时他和世界书局接洽，重订了稿费，改用伪币计算，每千字伍元。他翻译的速度，大概每月是六万字左右，一年半认真的工作，译出的在二十本以上，包括喜剧一部分和悲剧大部分，莎翁最出色的作品，有些早在中国文坛上给介绍过的，都在这时期中次第完成。

前年（一九四三年）的秋天，他日渐虚弱的身体，因为过于辛苦而患着齿病，好几个牙齿都发炎化脓，热度也好高。可是为了穷，他抵死不肯医治，我就无法强迫他。结果齿病是逐渐轻可了，而身体元气，却从此大伤。恶毒的肺结核症，偷偷地在他身上发展起来。初时，就在那年冬天，每隔半个月便发着热，连续地，有时竟有一星期之久，但又慢慢好起来。他不但不肯医治，稍为有一些精神，便继续着他那唯一的工作。可恨的是我在那时候，只顾着孩子，全不曾意识到他病势的严重性。最后的几本大悲剧，以及史剧的一部分——至《亨利五世》的第二幕为止，都在他半病期中，陆续向世界书局缴了卷。一九四四年六月一日，他忽然患着肋骨疼痛，体温很高，而且发着痉挛，这下我才着了慌，也是第一次得他的允许延医诊治。

诊断的结果，说是结核性肋膜炎，再加上肺结核肠结核等合并症，嘱我小心调护。我依从医生的指导，给他服药注射，停止他的工作，劝他安心休养。但病是时时变化着，潮热日常不肯停止，有时会突然高到摄氏三十九度以上，但有些日子，却又会降到三十七度半左右，我始终抱着希望，以为总不至从此不治，不敢面对可怕的噩运。不幸的是日子像无情的蛀虫，一天天把我的希望磨损。生豪终于在十一月底病势益加沉重，而于十二月廿六日下午未正，长辞人世。他决不忍舍弃的妻子，以及莎士比亚戏剧全集，毕竟是完全放弃了。莎氏剧集残留的五本半，他遗命胞弟文振代为续成。但这工作也许再得耽延两年，才能成功呢。

分析生豪死亡的原因，至少有两点：第一为了穷。虽说"君子固穷"，他有那股自命清高，不怕穷，但求清白的劲儿，一切都能耐。但枵腹岂能从公，思想也得依赖食物作营养。他前后所得的报酬，每月不足一石米的代价，生生地为了缺乏营养，工作辛苦，身体日渐消瘦，精神日渐困顿，久后便药石无灵了。第二个原因，那不能不说是为了莎氏剧集。他对于工作，总是聚精会神地全心贯注着。译述的困难，不是亲自尝味的同志们，未易想象其中的甘苦。为要求文字的达、畅、忠，他每不惮麻烦地思索着，诵读着，务使适合于上演表白。他总说要尽量保存原文的优点，但最好要减轻外国的情调，使这一部伟大的戏剧全集，能在中国人的眼光中感到亲切而不显得生疏。当然唯一的理由，是因为莎翁所创造的人格故事，都是人性的世界性的，所以他的价值，不是时间或空间可能限制的。有时为了一两字或一两句的问题，可以使他沉思上好半天，甚至吃饭也是它，走路也是它，睡眠也是它，他那专心的情状，真配给人笑书呆子。莎翁作品中最使他感到困难的，便是一部分双关语，带着英国语文中特有的风趣，可是一经译出，便完全失了神韵，而显得蛇足了。

至于他译笔的优劣，我不想为他夸张，将来全集和读者见面以后，自然会有公正的评语。他译述的态度，是相当严肃的，凡未经自己译成的部分，绝对不肯先读别家的译本，怕在无形中受到暗示，影响自己的作风。再因为莎剧材料的丰富，使他很费了一些心血。虽则离完成尚缺五本半，但自从他着手译出《暴风雨》时开始，至死亡为止，经过了已有整整的十年。在这长长的时间里，他自己的笔力，也是显著的进步。大概喜剧部分多数是早就完工的，如《仲夏夜之梦》、《暴风雨》等等，读起来是可爱的轻快，脱不掉稚嫩的口气。而在悲剧以及史剧一部分，则是后期的产物，就可发现作者的熟练、流利，所谓炉火纯青的境地。《罗密欧与朱丽叶》、《哈姆雷特》、《女王殉爱记》、《该撒遇弑记》等篇，尤其是他得意的作品。如果能和其他作家译本对勘，便很容易发现他的特长。但是在用语体诗译出的部分，却要推早期作品较为优美自然，也许只是年龄的关系。刚脱离大学生活时代的朱生豪，完全是一个诗人。有一个朋友说过，朱生豪的本身，便是一首诗，这当然是有相当根据的。

现在说着这些话，已在他死去一年之后，对于他都是无足重轻的了。我自恨不能为他完成未竟的工作，很希望文振弟（现在中大任教）能如他的期待，早日为他了结未偿的志愿。更希望他永生于读者的记忆里，如同永生在我的记忆里一样。恶劣的环境，把生豪磨折死了，但这损失决不完全是属于我私人的。关心中国文化界的大人先生们，将来总该放一线生路，让他们或她们，有足够静静地沉思的机会才好！

（刊于《文艺春秋》第二卷第二期，1946 年 1 月 15 日）

"八一三"日军炮轰上海，朱生豪逃离住所时唯一随身携带的藤箱

两周年祭生豪

　　谁都没有向我撒谎，这又是冬的季节了。在西北风的呼号中，悸栗的不只是衰草枯木，而使我痉挛的，却不是严冬的淫威，而是痛苦的记忆。虽则今年的春天，也曾开过惨红的花，装点这千疮百孔的地面；秋天也曾有过灰白的月亮，照亮惊悸的梦魇。但季节的推流，毕竟没法掩饰过去的创伤。阴霾的风，阴霾的云，是大雪纷飞的预兆，这不是在你逝世之后，又将过着第二个冬天了吗？我悲哀，我战栗，但是我却挤不出泪水，洒向你的灵前，也拉不开喉咙，向你哭诉着委屈。在你逝世两周年后的今天，难道我对于你的哀感竟会如此淡漠了吗？也许人家会作如此看法，但是，生豪，除了你，我不想人家知道我，也不愿人家知道我。你是我这世上唯一的知己，唯一的信仰。你的死亡，带走了我的快乐，也带走了我的悲哀。人间那有比眼睁睁看着自己最亲爱的人由病痛而致绝命时那样更惨痛的事！痛苦撕毁了我的灵魂，煎干了我的眼泪。活着的不再是我自己，只似烧残了的灰烬，枯竭了的古泉，再爆不起火花，漾不起漪涟。不是吗，亲爱的朋友，我将再对什么事感到兴趣，也何必向人求取同情呢？

　　虽则有人说是这个世界，未必像我们眼光中所看到的那样狭窄，但是纵使海阔天空，五光十色，对于我们，不都是一样的囚牢吗？你的忠厚纯洁，正直天真，卓特的智慧，锐敏的感觉，坚强的意志，清白的操守，不都是你自己的罪状，判定你得一辈子困守吗？为着不爱活动，使你不能跟着同事上重庆。为了保守清白，你在沦陷区得熬着贫苦。你的埋头苦干，宁愿饿死不肯丝毫苟且的气节，除了同甘患难的我，谁会明白你，同情你？可是，你毕竟是个弱者，受不住贫病的摧残，终于给压倒了。苦难把我们结合在一起，又把更深重的苦难扔给我独自享受。当我受到更残酷的考验时，我会衷心地祝福你，朋友，对于你，任何苦难都已经无所用其压力了。往年我就是这么想，你在感情上是比我更脆弱的，遭遇是比我更可怜的。虽则你是男孩子，但我总觉得自己还比你坚强过几分。因此我不忍使你受到委屈，宁愿自己担负起全部的不幸。我也曾下意识地感到，我们的结合只是一个偶然，因为人间原是个铺不平的缺陷，迟早你会遗弃我，像西风捐弃了败叶。如今，这一切不都成了预兆，使我实地经受了这难堪的滋味。

　　更大的不幸，是我们还留下这一个苦难的孩子。当他的意识里还没有清楚地认识父亲的时候，你便抛弃了他了。我知道他对于你，也是极大的遗憾，只是你临终时无可奈何地唤着他的小名，便能想象到痛苦是在怎样地啮着你的心。我们自己不能避免不幸的命运，却想不到还把这不幸遗给无罪的小生命。我在他身上，读着你灵魂的影子，在他眼里读着你智慧的光芒，也在他的命运上，读着我们留给他的不幸的烙印。固然我们不知道他将来的遭遇会是什么，但早期的苦难，我们总该担起相当的责任。假使现在的环境没有改变，将来的读书费用，我就无法承担。而且像我这样柔弱的体质，活上三年五年，都是难有把握的，将来丢下他一个人的时候，如其真有灵魂的话，不知又将怎样地为他挂着心，许多事不忍想也不堪想，我总觉得想下去会使我发疯的。

　　你的译著《莎士比亚戏剧全集》，至今还没有出版的确期，我给你写了一篇介绍的文字，但我知道是写得太粗疏的。因为对于一个稍稍认识的人，介绍出他的尊姓大名，衣着容貌，原是极容易的。而对于一个顶熟悉的人，认识的程度不限于表面，要把他的身世性格，作具体底介绍，确是极不容易的事。本来很希望这一部巨著问世以后，可以使你的努力，你的苦心，因此表见，博得一般人的同情。但现在对于你自己，实已无足轻重。万世的荣誉，也不能抵偿你临终时那一分钟中痛苦的万分之一。所以，一切对于我，也都看得淡然了。

人世间的荣辱贫富，我早已置之度外，虽则生活的鞭策，毫不松弛在向我鞭抽。在矛盾的思想下，矛盾的生活下受罪，正有人在说着活该，但是，生豪，为着你的孩子，我必须使他生活下去，我决不会在苦难前畏缩。我唯一的信念是灵魂的确实存在，因为只有这一线希望，能增加我活着的勇气，在渺茫的岁月里，我将依持这一点微光的照耀。当我走完了这命定的路程——不如说是过完了徒刑的岁月，反正世界并不胜似囚笼——时，会看见你含着笑向我招手。那时候，我将怎样轻快地跟着你的踪迹，那管是天堂或是地狱。

最近我希望完成的，是你的坟墓。想起你现在寄寓的会馆，准会使你痛苦到极点。活着顶不惯跟陌生人敷衍的你，现在竟住在如此嘈杂的场所。我想望有一块较为近便的土地，能使你和父母安葬在一起，清风明月之夜，松下泉畔好让诗灵踯躅低吟。但是，买地固然力难即办，安葬又谈何容易，徒然使我心头压着重石，也无法向你告慰，惟有把一切付之命运，让事实为我见证了。

（刊于《文艺春秋》第三卷第六期，1946 年 12 月 15 日，
刊出时标题为《委曲——二周年祭生豪》，使用笔名"小青"）

莎士比亚戏剧单行本序

编者按： 抗日战争胜利后，世界书局曾一度考虑在出版已经译出的莎氏全集之前先出版部分剧本的单行本，宋清如为此拟写了这篇《序》（初稿曾考虑以《译者小志》为标题）。后来因为书局直接出版三卷本《全集》，未出单行本，故《单行本序》也未曾刊用。

盖惟意志坚强，识见卓越之士，为能刻苦淬砺，历艰难而不退，守困穷而不移，然后成其功遂其业。吾于生豪之译莎氏剧本全集，亦不得不云然。余识生豪久，知生豪深，洞悉其译莎剧之始末。且大部之成，余常侍其左右，故每念其沥尽心血，未及完工，竟以身殉，恒不自禁其哀怨之切也。

生豪秀水人，幼具异禀，早失怙恃，性情温和若女子。然意志刚强，识见卓越，平生无嗜好，洁身自爱，不屑略涉非礼，颇有伯夷之风。年十八卒业于邑之秀州中学，入杭州之江大学工国文英文两科，师友皆目为杰出之人才。卒业后于世界书局任英文编辑，每公事毕辄浏览群

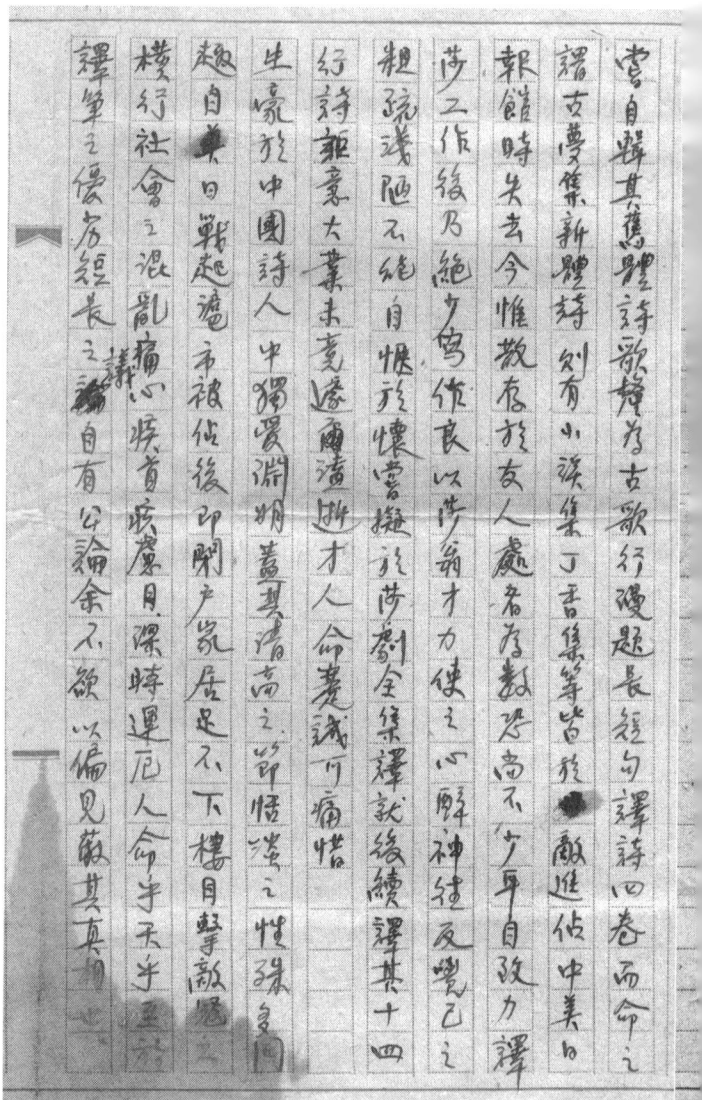

书，尤嗜诗歌。后乃悉心研究莎氏剧本，从事移植。尝谓莎翁著作足以冠盖千古，超越千古，而我国至今尚无全集之译本，诚足令人齿冷。余决勉为其难，一洗此耻。其译作之经过，略见于其自序。厥后因用心过度，精神日损而贫困日甚。译事伤其神，国事家事短其气，而孜孜矻矻工作益勤，操心益苦。不幸竟于三十三年六月肺疾加剧，委顿床席，奔走无方，医药不继，终致于十二月廿六日未时谢世，年仅三十□四①。莎剧全集尚缺五本又半，抱志未酬，哀哉痛哉！

譯者小記

蓋惟意志堅強識見卓越之士為能刻苦譯勤歷艱難而不退少

圍縈而不移然後成其功遂其業者於生豪譯述莎氏劇本全集

亦不得不云然誠生豪久知生豪譯洞盡善其譯述莎劇之始末

且大部之成余嘗偉其左右故每念其譯精遏力瀝盡心血未及

竟工竟以身殉恆不自禁其哀慕之切也

生豪秀水人幼具異稟早失怙特沈靜寡言情性溫和若不屑

意志剛強識見卓越平生除讀書外無嗜好潔身自愛不屑

非禮大有伯夷之風年十八畢業於芭之秀州中學入杭州之

大學事填國文英文兩科師友皆目為傑出之人才民二十二

以冠蓋世界輝耀千古而我國乃至今尚無全集之譯本誠足令

詩歌戲劇後乃悉心研究莎氏劇本從事移植嘗謂莎翁著作足

秋任世界書局英文編輯之職每於公畢暇晷輒瀏覽晨書無倦

人遠冷令余決勉為其難一洗此恥其譯述之經過略見於其自序

願後因用心過甚精神日損而貧困日甚譯事傷其神國事家事

撓其氣孜孜矻矻工作益勤操心益苦劇書頓林蓕走無門醫藥不繼延

至十三年六月因肺疾加劇享年僅三十四莎劇全集尚缺五本有半抱志未

酬哀哉痛哉

生豪長詩歌早年著作均詩箴有致獨樹作風惜大多失於戰禍

生豪喜诗歌，早年著作均失于战火。尝自辑其旧体诗歌，釐为四卷，分歌行、漫越、长短句及译诗，而命之谓《古梦集》。新体诗则有《小溪集》、《丁香集》等。皆于中美日报馆被占时失去。今所存仅少数新诗耳。自致力译莎工作以后，绝少写作。良以莎翁作品使之心醉神往，反觉己之粗疏浅陋，不能自惬于怀。尝拟于莎剧全集译竣而后，再译莎翁十四行诗。不意大业未就，遽而弃世。才人命蹇，诚何痛惜！生豪于中国诗人中，酷爱渊明，盖其恬淡之性，殊多同趣也。至于译笔之优劣短长，自有公论，余不欲以偏见淆其面目也。

译者介绍

当我一想起生豪的时候，好像他还是坐着，握着笔出神凝思的样儿。然而这毕竟是憧憬，是幻象，他再也不回来了，虽则这一段凄凉的悲剧的尾声，也许会激起永久的回响，但对于他本身，对于我，都是无补的了。

我真不知道要怎样的介绍，才能使不认识生豪的人，也能对他略为了解，略为同情。因为生豪活着的时候，就挺不爱在人前表现自己，夸耀自己。要不然的话，也许他成名的机会，早就多的是。他文学上的天才，在中学时期，就有惊人的表现。可是他太谨慎，自己的标准太高，直到大学毕业后，还不愿把作品轻易问世。实际他特长的诗歌，无论新旧体，都是相当成功的。尤其是抒情诗，可以置之世界名著中而无逊色。结果，他却把全部才力精力，集中在译述莎剧全集的工作上。而终因用心过度，体力不支，再加上恶劣的环境（在敌伪的势力下）磨损他的精神，使他没有全部完成，便长辞人世。我每回想起他的殚精竭力，忠实殉道的态度，总不免伤心泪下，悲不自胜。

我初次认识生豪的时候，是在民国廿一年的秋天。在钱塘江畔，秦望山头，极富诗意的之江大学中间。那时候，他完全是个孩子，瘦长的个儿，苍白的脸，和善天真，自得其乐地，很容易使人感到可亲可近。之江的自然环境，原是得天独厚的所在。不论是山上的红叶歌鸟，流泉风涛；或是江边的晨曦晚照，渔歌萤火，哪一处不是诗人们神往的境界。他受着这些清静与美的抚育和熏陶，便奠定了他那清高自爱，与世无争的情性。他常时不修边幅，甚至一日三餐也往往不耐烦按时以进；嘴里时常挂着小歌，满显出悠然自得的神气。但是，正为了这样太柔和的环境，才使他成为一个不慕虚荣，不求闻达的超然的人物，不能尽量表现他的才能，而默默地夭折了。

二十二年的暑天，他脱离了大学生活，入世界书局当英文编辑。那时他实际年龄还不到二十二岁，正似一只自由的歌鸟，投进了笼子。寂寞的诗人，投进了更寂寞的环境。工作的余暇，惟有读书，可以补充他的空虚。他每回写信，都向我诉说："我寂寞，我悲哀，我再没有诗了。"歌声也渐渐从他嘴边消失。他迈上了成人的不平的途径。

  ……从此我埋葬了青春的游戏，

  肩上人生的担负，做一个

  坚毅的英雄。……

      ——《别之江》

的确，那是他转变的时期。

那时詹文浒先生也在世界书局，他发现这一个年青的伙伴如此酷爱诗歌，具有

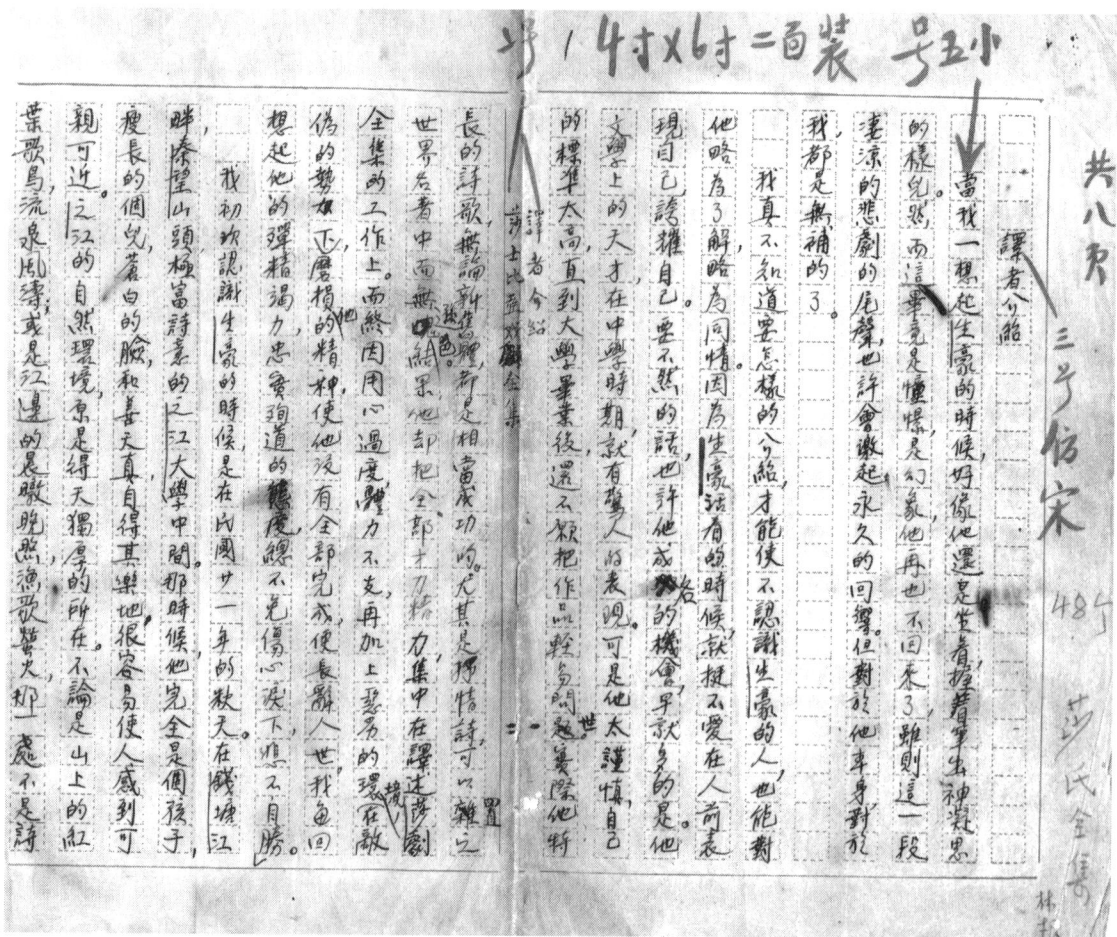

那样卓越的诗歌天才，而且在中英两种文字上都有那么深厚的造就，便劝他从事莎剧全集的移植。从此他便发下愿心，要把这一位英国大天才的作品，全部介绍给中国的文坛。

以后，他便努力地搜集各种版本的莎剧，加以比较研究。一面他更实地研究戏剧的艺术，无论电影或话剧，只须是较为出名的故事，他都加以欣赏批评。他的意见，很多发表在给我的信上。因为他不爱找朋友聊天，唯一的消遣便是写信。而现在，当我再捡起这些宝贵的遗迹的时候，还可以想见他那默默地沉思的神态。

正是二十五年的秋天，他寄给我读他所译出的第一部《暴风雨》，更告诉我译事的计划。他估计全集有一百八十万字左右，可以在两年内译完。接着译出的有《威尼斯商人》、《仲夏夜之梦》、《第十二夜》等一部分喜剧及杂剧，到廿六年秋天，顺利地成功的，大概有七八部。那时因为和世界书局订了

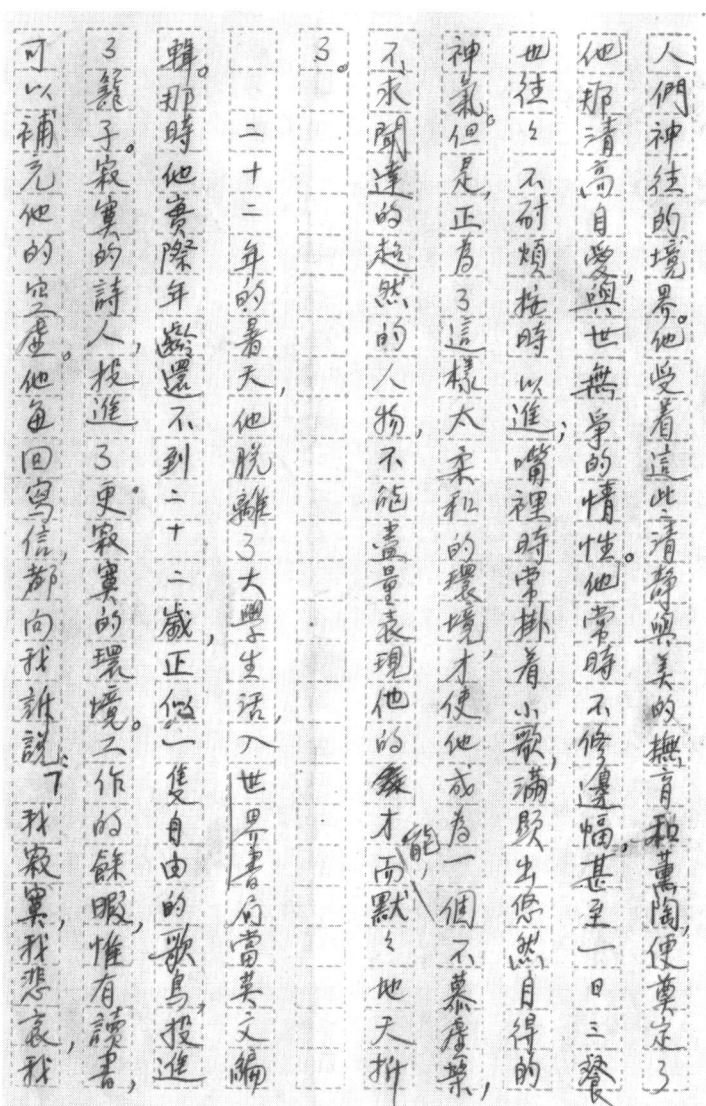

> 人們神往的境界。他受着這些清幽與美的撫育和薰陶，便奠定了他那清高自愛與世無爭的情性。他常時不修邊幅甚至一日三餐也往往不耐煩按時以進；嘴裡時常掛着小歌，滿肚子都儲出悠然自得的神氣。但是正當了這樣太來和的環境才使他成為一個不慕繁華，不求聞達的超然的人物，不能盡量表現他的天才而默默地夭折了。
>
> 二十二年的暑天，他脫離了大學生活，入世界書局當英文編輯。那時他實際年齡還不到二十二歲，正似一隻自由的歌鳥，投進籠子寂寞的詩人投進了更寂寞的環境工作的餘暇惟有讀書，可以補充他的空虛。他每回寫信都向我訴說了我寂寞，我悲哀我

「再没有诗了！」歌声也渐渐从他唇边消失。他遇上了成人的不平的遭遇。

……

从此我埋葬了青春的游戏，

肩上人生的负担，做一个

坚毅的英雄……

的确，那是他转变的时期。

那时摩文辞先生也在世界书局，他发现这一个青年的伙伴

如此酷爱诗歌，具有那样卓越的诗歌天才，而且在中英两种文

字上都有那么深厚的造诣，就便勤他从事莎剧全集的移植。从此他

——一别之江

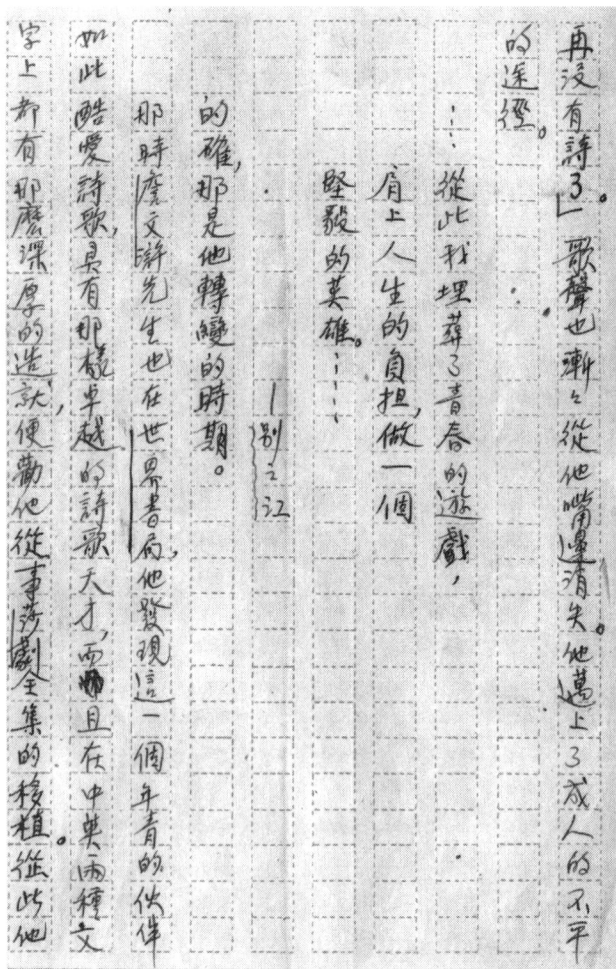

约，译成后随即交向局方。但不幸的战事，曾使他的译稿遗失了一部分。所以现在刊印的《威尼斯商人》、《温莎的风流娘儿们》等几部，都已是第二遍的译稿了。

界书局任职。

八一三的战火，在上海发出吼声，使他从汇山路寓所半夜里跟跄出走，丢了个人的全部财产，只带着一本莎氏剧集和一些稿子。他暂时回到了老家嘉兴，但不久又因为嘉兴将近沦陷而转辗迁避。为了生活的不安定，译事无法进行。一年之后，才从乡村回到了孤岛，仍在世

廿八年秋天，抗战的风云益趋紧张，上海的地位，益显得特殊，生豪应詹文浒先生的邀请改入《中美日报》主编国内新闻版。《中美日报》是那时上海唯一的政府报，各方观听所属，时常受到敌伪的压迫。他协助詹先生担起艰巨的责任，有着相当优良的成绩，但也为了工作太繁重，使他全力贯注，日以继夜，毫无闲暇，对于莎剧工作，差不多是完全停顿着的。牢狱式的报馆生活，挺艰险的但也挺愉快的，就在那样的情形下经过了两年多。当他告诉我报馆中某某两同事失踪的消息的时候，

我真为他捏一把汗。

太平洋的炮火在十二月八日清晨响起，又把他从报馆中轰了出去。失掉了职业，可也恢复了自由，他一离开报馆，立刻在窄小的亭子间内工作起来。同事们陆续向重庆撤退，他却为了不愿再使译事延搁下去，所以决计不走。而且为了几个朋友的鼓励，便在三十一年五月一日和我举行了简无可简的婚礼。

以后，我们离开了上海，理由是避免物质生活的高压。他在故乡闭门写作，专心致志，不说是足不涉市，没有必要时简直楼都懒得走下来。而实际物质生活的压力，依旧追随着我们。以极低微的收入，苟延着残喘。所以，他译述的成果，一天天增加，而精神体力，却一天天的损减了。

莎翁剧集中全部的悲剧、喜剧、杂剧，以及史剧的一部分，都在两年中次第

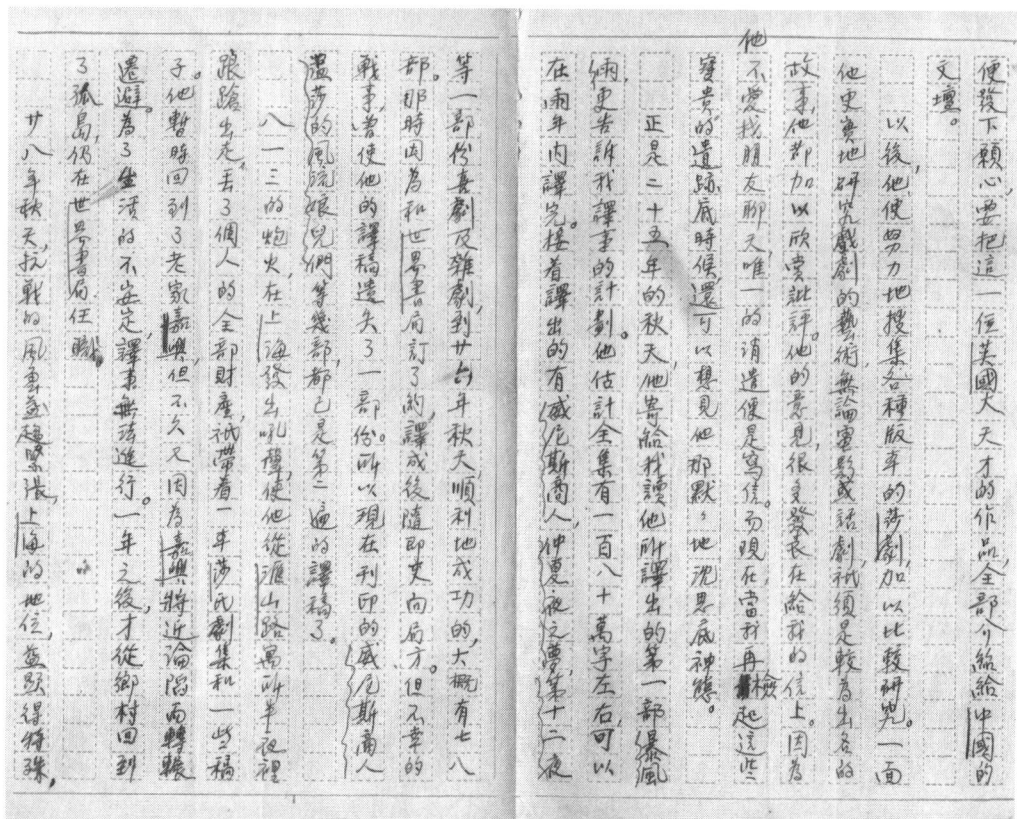

便随下顾心要把这一位英国天才的作品全部介绍给中国的文坛。

以后他便努力地搜集各种版本的莎剧加以比较研究，一面

他又加以欣赏批评他的意见很发表在当时再书报上，一面

故事他都以……

正是二十三年的秋天他曾经我译他所译生的第一部暴风……可以

在两年内译究楼着译出的有威尼斯商人

温莎的风流娘儿们等几部都已是第二遍的译稿了。

八一三的炮火在上海发出……使他从沪山路写所半夜里

浪迹先走丢了几个人的全部财产

子他暂时回到了老家

遣避为了生活的不定译书无法进行，一年之后才从乡村回到

孤岛仍在世界书店任职。廿八年秋天抗战的风云又趋紧张他上海的地信，鱼雁译特殊

译就。

三十二年秋，他日益虚弱的身体，因为过于辛苦而患着齿病。好几个牙齿都发着炎，热度很高。但为了穷，他抵死不肯医治，我没法勉强他。结果齿病是痊可了，身体元气，却从此大伤。恶毒的结核种子，偷偷地在他身上茁长。那年冬季，他老是被小病牵缠着，隔不到半个月，便连续有发热现象。他不但不肯医治，只要略有一些精神，就继续他那唯一的工作。可恨的是我在那时候，忙着照管孩子，全不曾意识到他病势的严重性。直至三十三年六月一日，他突然患着肋骨疼痛，发着高热，

好几个他牙齿都发着炎热度很高但为了穷他抵死不肯医治我没勉强他结果齿病是痊可了身体元气却从此大伤恶毒的结核种子偷偷地在他身上茁长那年冬季他老是被小病牵缠着隔不到半个月便连续有发热现象他不但不肯医治只要略有一些精神就继续他那唯一的工作可恨的是我在那时候忙着照管孩子全不曾意识到他病势的严重性直至三十四年六月一日他突然患着肋骨疼痛发着高热而且有手足痉挛的现象这下我才有了慌微觉得他的同意延医诊治诊断的结果据说是结核性肋膜炎加有肺结核肠结核合并症可肺病似我这样的人不患病那有更适合的患者他苦笑地说我知道痛苦啮着他的心正如嚼

着我的一样像生像那样的敏感一切的欺骗都是无所施其技的但在初痛时希望依旧在我们的眼前闪烁我抱不敢想像黑暗的影子将逐渐向我们伸展然而可爱的潮热一天都不停地损害着他叶物针剂都毫无效力地延至十一月惊然加重终于在十二月二十六日下午未正飞可业何地叶片而逝他神志始终清楚自愤病至垂危脑力却丝毫未受影响这对他说是异样地增加功的莎氏剧集他送命啮胞弟未完振代为续戌病危时他还未曾3痛苦临终时便他最抱遗憾的是他下残和孩子队及尚未完早知一病不起拚着命也要把他译完他对莎剧的精神真可谓鞠躬尽瘁死而后已了

而且有手足痉挛的现象，这下我才着了慌，征得他的同意初次延医诊治。诊断的结果，据说是结核性肋膜炎，加有肺结核肠结核合并症。"'肺病'，像我这样的人不患肺病，那有更适合的患者，"他苦笑地说。我知道痛苦啮着他的心，真如啮着我的一样。像生豪那样的敏感，一切的欺骗都是无所使其技的。但在初病时，希望依旧在我们的眼前闪烁，我绝不敢想象黑暗的影子，将逐渐向我们伸展。然而可恶的潮热，一天都不停地损害着他。药物、针剂，都毫无效力地。延至十一月，病情骤然加重。终于在十二月二十六日下午未正，无可奈何地弃我而逝。年仅三十二岁。他神志始

生豪应廖文辉先生的邀请，收入《中美日报》是那时上海唯一的政府报，各方观感所傥，时常变动敲傍的压迫。他协助廖先生担起艰钜的责任，有着相当优良的成绩，但也为了工作太繁重，使他全力费注日以继夜，毫无间暇对於剧工作，差入，复是完全停顿着的牢狱式的报馆生活，挺艰险的，但也挺愉快的。就在那艰钜的情形下经过了两年，又当他告诉我在撰著两同事失踪消息的时候，我真替他捏一把汗。

太平洋的炮火在二月八日清晨响起又把他从报馆中轰了出去。十

某两同事失掉了职业，可也恢复了自由，他一离开报馆，立刻在管小的亭子间内工作起来。同事们陆续向重庆撤退，他却为了工，预备再使

十一年五月一日和我举行了简无可简的婚礼

译事延搁下去，所以决计不走，而且为了几个朋友的鼓励，便在三

以后我们离开了上海，理由是避免物质生活的高压他在故

御闭户写作，专心致志，不说是足不涉市返有必要时简直懒都懒

得走下来，西实际物质发生的或束，一天天增加，而精神体力，都

收入苟延着残喘所以他译述的成果，一天天地微的

所有剧集中全部的悲剧喜剧杂剧以及史剧的一部分都在

一天天的损减了。

两年中次第译就。

三十三年秋，他日盆虚弱的身体，因为过於劳苦而患着遠病。

终清楚，自怜病至垂危，脑力却丝毫未受影响。——这对他该是怎样地增加了痛苦。临终时使他最抱遗憾的，便是抛下我和孩子，以及尚未完工的莎氏剧集。他遗命瞩胞弟文振代为续成。病危时他还表示过，早知一病不起，拼着命也要把它译完。他对莎剧的精神真可谓"鞠躬尽瘁，死而后已"了。

追想生豪的为人，是太偏于内向的。唯一的原因，也许为了幼失父母，无邪的天真，被环境剥夺得太早了，养成了耿介自爱，沉默寡言的性格。好多生疏的朋友，对于他不甚明了；而他自己也大有不求人知，超然高蹈，与世无争的态度。他在自己的环境中，绝不能同流合污，同任何人都保持着相当的距离，所以他全然是个外貌温柔而实际严肃刚强，具有棱角的人。在学校时代，笃爱诗歌，对于新旧体，都有相当的成就，清丽、自然，别具作风。可惜他自己编订的几册诗集（旧诗词——《古梦集》；新诗——《丁香集》、《小溪集》），都因离开《中美日报》时太匆忙，忘却从书桌中带走，大概无从查考了。尚有一部分留存在我

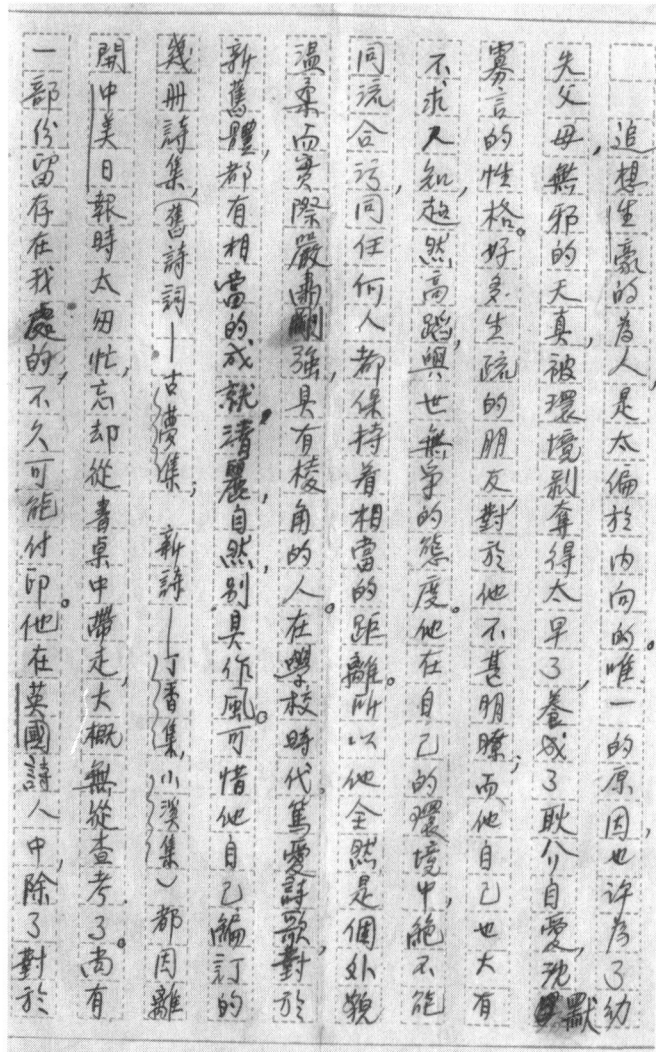

处的,不久可能付印。他在英国诗人中,除了对于莎翁心悦诚服以外,对雪莱、济慈、但尼生、勃郎宁等都有相当的研究。他在高中时期,就已经读过不少英国诸大诗人的作品(因为他读文科,那时高中也分文理科的),感到莫大的兴趣,所以他与他们的因缘,实在不浅。他原想在莎剧全集译成之后,再贾余勇译出莎氏全部十四行诗,然后从事翻译高尔基全集。谁料到这些计划,全成为泡影。他在中国诗人中,特别爱陶渊明,当然因为渊明的恬淡清高,正和他相似之故。

至于他译述莎剧的经过和态度,大概已经在他自序中讲得够详了。但是因为他大半工作的成功,都有我在左右,所以对于他的感受,特别觉得亲切。有时他苦思力索,有时恍然有得,我们分享着其中的甘苦。他工作的时间,总是全神贯注着,每当心领神会的当儿,不知有莎翁,或剧中人物,或自己的分别。他决不愿意有一句甚至一个字大意地放过;也不愿意披阅各家译出本,为的是在自己未译就时,怕受到无形的暗示,影响自己的作风。从译述的辛苦中得到了乐趣,可也耗尽了心力。我眼见他一天天的消瘦,为了家境的困苦,无法挽回可怕的运命。生豪有知,一定会抱怨我和社会对他太无情的虐待。

关于莎氏剧集译笔的优劣，我并不想为他夸张或文饰。因为贤明的读者，自有公正的评论。但我可以顺便提及的，便是在他译就的三十一本又半的中间，译者自己的文笔，有着显著的进步。自从他开始译述至死亡为止，中间经过了整整的十年，笔力方面，有着相当的差别。大概说起来，最初成功的几部，多数是喜剧部分，如《暴风雨》《仲夏夜之梦》等等，文笔是可爱而轻快自然。而后来成功的那些悲剧、杂剧、史剧等，却显得老练、精警、流利，正是所谓炉火纯青的境地。尤其是《罗密欧与朱丽叶》、《汉姆莱脱》、《女王殉爱记》、《该撒遇弑记》、《麦克佩斯》、《李尔王》、《奥瑟罗》等，更是他得意的作品。但在用语体诗译出的部分，却是早期的译作，更较优美自然：也许只是年龄的关系，刚脱离大学时的朱生豪，完全是一个诗人。有一个朋友说过，"朱生豪的本身，便是一首诗"。这当然不是无所根据的。然而，十多年前见到这一首悠然自得的诗的人，如何能想像到，十多年后的这一首诗，会已经由苦难而逝去了呢！

现在距离他死亡的时间，已在一年以上。我不想时间的老人，将会医治我沉重的创伤。为了恶劣的环境，使生豪无法逃避惨酷的命运。但我相信一个天才的夭折，该是整个民族文化的损失。要不是短寿，他的心血准会在这荒凉的文艺园地里，灌溉出更绚烂的花，对于中国文坛的贡献，决不至此。现在我惟有希望他这仅有的成绩——使他呕尽了心血的成果，留着深刻的印象，在读者的记忆里，如同他的精神，永生在我的记忆里一样。

三十五年春清如书于嘉兴秀州中学。
（刊于世界书局 1947 年版《莎士比亚戏剧全集》）

这一首诗，会已经由苦难而逝去了呢！

现在距离他死亡的时间，已在一年以上，我不想时间的老人，将会医治我沉重的创伤。为了恶劣的环境，使生豪无法逃避惨酷的命运。但我相信一个天才的夭折，该是整个民族文化的损失。要不是短寿，他的心血准会在这荒凉的文艺园地里，灌溉出更绚烂的花，对于中国文坛的贡献，决不至此。现在我惟有希望他这仅有的成绩——使他呕尽了心血的成果，留着深刻的印象，在读者的记忆里，如同他的精神，永生在我的记忆里一样。

三十五年春清如书于嘉兴秀州中学。

肆

新时期悼念和追忆朱生豪的诗文

有些人的一生（1980年修改未竟稿）　　关于1935年朱生豪给宋清如的信及冯雪峰等人书信的说明

《伤逝》五章　　『怪人』朱生豪

《悼生豪》和《忆生豪》　　残简情证——重读朱生豪信两封

朱生豪的生平及其翻译《莎士比亚戏剧》的过程　　《寄在信封里的灵魂》序言

发表于《江南》上的短文两篇和书简一篇

有些人的一生（1980 年修改未竟稿）

有些人的一生，
是用彩色渲染的巨像，
是一阕胜利的凯歌；
而你的清影呢，
只是淡墨的泼写，
谱下一支凄怨的悲歌。

韶华、流水的冲刷，
鲜艳一时的画幅，
会出现斑斓的锈迹，
但是一声微弱的虫吟，
有时会激起诗人的叹息，
叮咚的泉鸣不断在山谷回旋。

三十六年的风花雪月，
太阳底下多少生生灭灭，
你的音容笑貌，
不时萦回在我的梦寐，
你的斑斑残简，
不断闪现着泪影和□□

从你第一代的身上，
我读着你的纯朴和□□
从你第二代的眼里，

读着你智慧的余辉。
从莎士比亚的译文里，
读着你搏动的心弦。

《伤逝》五章

——悼念朱生豪去世三十七周年（1981 年 11 月）

祭

我遵从你的预嘱，
亲自为你写上墓铭：
"这里安眠着一个
孤独而又古怪的孩子"——
深深地刻在我的心上。

三十七年的雨雨风风，
人间又经历几度沧桑。
也许你神魂相依，休戚与共，
无须我喋喋叙述诉申。

在那难堪的日月无光的日子，
我曾衷心地为你祝福，
因为生不如死，
莎士比亚也"罪该万死"。

可是今天，大地春回。
我不能不怨你过早地长眠，
辜负了伟大光辉的时代，
辜负了多少不相识的知音！

64

我愿

也许你飞入天宫，
拜访历代的英豪。
莎翁向你亲切道谢，
你却以微笑致歉，
从眉根直红到脖颈。

也许你漫游地狱，
相迎你的是和善的问候，
因为那里还主持着公正，
而你是一生清白、胸怀坦荡。

也许你遨游太空，
乘寒气，驾长风，
印证名山的胜迹，
追寻太白的仙踪。
也许你眷恋乡土，

呵护孤苦的遗属，
为解放的胜利高歌，
为重重的灾难悲愤。

上天入地茫无路，
我愿你——
灵性不泯，
挟风雨作伴，
与日月同存；
我也愿你——
酣睡千秋，
超然尘俗之外，
忘怀古今得失。

朱生豪故居门前的《诗侣莎魂》雕像

你的歌

你曾经唱过春天的歌，
远归的燕子为你伴奏；
因为你心中有喜悦，
洒落出百花的光辉。

你曾经唱过秋天的歌，
飘零的落叶陪你叹息；
因为你心中有忧愁，
一片片乌云锁住你窗前。

你曾经噙着泪花，
哀叹"人间没有伊甸园"，
你曾经滴着心血，
哭诉"屈辱、痛苦、无望的生活"。

你的歌声消失在人海里——
你用沉默为它饯行；
你的诗篇埋葬在炮火中——
你用冷眼向它诀别。

可是你永远不会忘记，
那一串串青春的火焰，
纵使只有太少的人，
曾经感受到这一道光、这一份热。

我怎能忘记

我怎能忘记：
你多么想望有一双翅膀，
跟着云雀自由翱翔；
用嘹亮的歌喉，
迎接灿烂的朝阳。

我怎能忘记：
你多么想望有一阵风，
高高把你举起，
象一朵漫游的云，
用甘霖滋润祖国的大地。

我怎能忘记：
你多么愿意沥尽心血，
写下清新的诗章，
在百花的艺苑里，
散发独自的芬芳。

但是，理想啊理想
终究挣不脱现实的枷锁：
历史的沉重负担，
民族的深重灾难，
时代的风风雨雨，
生活的重重羁绊。

你——
怎能不彷徨苦闷？

因为你沉默寡言，
有人说你"呆"；
因为你哭笑无常，
有人说你"疯"。
可是，我知道，
你愤世嫉俗却有满腔热忱；
你弱不禁风而又桀傲不训。

为了《莎士比亚戏剧》

不是梦幻，却是梦幻。
是戏剧的魅力，
给予你艺术的享受。
那小小舞台上的风云变幻，
凌越时空，摄人心魄。

不似神力，胜似神力。
是莎士比亚的杰作，
打开了你心灵的窗户。
那生动的悲喜情节，
广摄人生的诸相，
洞烛人性的幽微。

不知多少晨昏，
你读了一遍又一遍。
对罗莎琳、朱丽叶……
掬献诚挚的爱；
向哈姆莱特、奥赛罗……
倾注深切的同情。
跟踪凯撒的战鼓驰骋，
依附迫克的仙翼漫游。

你发下愿心：
移栽这一奇葩奇卉，
让祖国的文苑，
更加多姿多彩。

面对这煌煌巨著，
挥动你小小笔尖。
象是虔诚的教徒，
凭着信念——
为了《莎士比亚》——
可以赴汤蹈火！
象是坚强的舵手，
针对航标——
为了完成译稿——
哪怕雨暴风狂！

万恶的侵略炮火，
烧毁了你的一切，
包括你心血的结晶
——你的诗篇、译稿……
但动摇不了你的决心。
从流浪，到蛰伏，

支持你的是莎翁
笼盖千古的精神。

一支笔，几张纸，
就是你战斗的武器。
你要向傲慢的敌人响亮回答：
炎黄子孙决不会永远落后，
只要有一口气，
绝不放弃自己的阵地。

一年、两年、八年、十年，
灾难一次接着一次。
你困守斗室，志在补天，
你废寝忘食，乐在其中，
推敲咀嚼，成句成行，
绞心沥血，熔铸篇章。

但是贫穷和疾病这孪生的兄弟，
都是敌人凶恶的同盟。
它们狼狈为奸，交相煎迫，
使你不得不饮恨倒下，
纵然你心力交瘁，
无愧无怍。

今天，
中华儿女终于吐气扬眉。
莎翁杰作也在祖国园地上
发出特有的光辉。
为了庆贺白花争艳的春天，
你该会含笑九泉。

(刊于《朱生豪传》，吴洁敏、朱宏达著，
上海外语教育出版社，1990年)

69

伉俪 朱生豪宋清如诗文选

《悼生豪》和《忆生豪》

悼生豪

少抱凌云志，长无利禄心；渊明诚所爱，终觉屈原亲。

风高识劲木，多难见忠贞；笔锋诛敌伪，浩气凛然存。

未知生有乐，岂怨死可悲，却怜莎翁剧，译笔竟功亏。

但求生有用，遑计身后名，南湖风月夜，魂兮且长吟。

（写于 1985 年 11 月，刊于《朱生豪传》，吴洁敏、朱宏达著，上海外语教育出版社，1990 年）

忆生豪

放眼收中外，纵情论古今；特爱莎翁剧，奇才举世钦！

男儿志何在？为国为人民！译述缝同好，拳拳爱国心！

风雨同舟日，唱和意相倾！生离常抱憾，死别更伤心！

沧桑五十载，音容犹可寻！斑斑遗墨在，字字见真情。

（写于 1992 年）

中年以后的宋清如

朱生豪的生平及其翻译《莎士比亚戏剧》的过程

编者按：宋清如曾应多种报刊之邀写过许多回忆朱生豪的材料，本文系应《新文学史料》编辑部之约所写，是她在综合已有回忆材料后所写的最为全面完整的一篇。在《新文学史料》1989年第1期以《朱生豪与莎士比亚戏剧》为题发表时，由于篇幅所限和突出"译莎"的重点，曾被删去过半内容。这里收入的是宋清如原作全文。

金缕曲　悼朱朱（1952年）

生死存知己，十年来，梦魂相守，只今能几。昔日吟坛推独步，译笔一时无二，能回荡莎翁才气。近体玉溪才敌手，倚新声姜史差堪比。遗响绝，何人继？

钱江曩日弦歌地，蓦回头，旧游历历，几番悲喜。重到溪山携手处，认取离情待理。但怪得梦醒难记。制就长歌聊当哭，使一江春水都成泪。流不尽，伤君意。

《金缕曲》作者彭重熙君，系朱生豪同窗诗友。战乱之中，天各一方。五二年，当他惊悉生豪已于一九四四年冬去世的消息后，怀着沉痛的心情，谱出了悼念的悲歌。现在，生豪离开人世已经四十多年了。他那短促坎坷的一生，仅留的莎士比亚戏剧译稿，直至他去世后二年多（1947年），才由世界书局印刷出版了二十七个剧本。解放之后，一九五四年，人民文学出版社用"作家出版社"名义印行了他的全部遗译三十一个剧本。译作问世后，据之江大学的海外同学反映，美国文坛"为之震惊"，认为华人竟能有如此高质量的译文，而且出自无名作者之手，实属奇迹。经过岁月的洗礼，专家学者的推敲，他的著作也被认为是文采华赡，有其特色。当然，无论是褒是贬，对于他本人来说，都已无足轻重了。但是，"读其书想见其为人"，似乎是人之常情。因此，这些年来，许多读者和文化界有关方面，都曾直接间接地查访有关朱生豪的事迹、资料，以供研究、纪念。而我，作为他的同学、亲属，而且自始至终干预他的译事，是他莎剧译本的第一个读者，确也责无旁贷地有为他翔实介绍的义务。对我来说，朱生豪并不是一个遥远的古人，但因为他一向沉静寡言，性格内向，虽则我们有过十年的友谊，两年半的婚后生活，也很难深刻全面地表达出他的内心世界。他自己也承认是"一个古怪的孤独的孩子"。特别是结婚以后，他在恶劣的环境中受着困苦生活的折磨，我难以描绘出他那忧国忧民忧家的心境；在埋头伏案、苦思冥想的神态中，我也难以体会到他咀嚼琢磨成句成章的甘苦。现在，我只能根据残留的记忆，残存的信件，以及亲友们陆续提供的资料，作概略的介绍。

身世　童年

朱生豪，浙江嘉兴人。祖父仙洲公，是当时在嘉兴缙绅间颇有文名的贡生。中年早逝，未进仕途。叔祖父云峰公，夭折时才二十岁左右，无子女。仙洲公身后有三女，长女朱秀珍嫁曹姓。次女早夭，三女朱佩霞，即生豪生母。仙洲公去世时，生豪曾祖母洪氏太太尚健在，曾和陈姓沈姓亲戚合资开设油瓷店，遗命孙女朱佩霞招赘陆润（郎轩）为婿，延续朱氏家谱。朱家向以诗礼传家，生豪母亲朱佩霞，早寡的叔祖母，都有一定的文化修养，这对生豪童年所受的教养，有着极大影响。生豪父亲陆润，少年时曾在商店当学徒，婚后筹资经营小布店、织袜工场。但因为人忠厚，又不善谋划，连年亏损，先后倒闭。所以，从表面上看，朱生豪是出生在小商人家庭里，实际上，家庭的教育影响，居于主导地位的仍是诗礼的传统。父亲忙于业务，很少过问家事，由叔祖母、母亲负起操持家务，教育孩子的职责。

一九一二年二月二日，嘉兴南门外鸳鸯湖畔东米棚下朱家院宅内，在全家一片忙碌的气氛中，朱生豪诞生了。这正是冰天雪地严寒的日子，孩子一下地就冻僵了。亏得早寡的大姑母朱秀珍来家协助照料，她急忙解开前襟，让孩子贴着温暖的胸怀，才逐渐苏醒了。按照当时的传统，生日是用阴历年月日计算的。这一天，也是辛亥年宣统三年十二月十五日。但在生豪长大有了历史知识之后，因为不甘当亡清的遗婴，所以废弃阴历日期，只认自己是中华民国的同龄人。孩子的出生，无疑地带给全家以欢欣和希望。为了选取吉利的名字，家人向算命瞎子请教。据说孩子的生辰八字中，五行缺木，但可喜的是有文昌星坐命，将来必然读书成材。于是就给取名文森。后来入学之后，由老师给改为森豪，一直沿用到大学毕业。实际上，他自己总写作"朱生豪"，在诗友间传阅诗词作品上，署名都用"朱朱"。在生豪降生后四年中，又喜添两个弟弟。大弟朱文振，现任四川大学外文系教授；幼弟朱陆奎，自幼体质较弱，不幸也在一九四五年初去世。根据家族协议，大弟朱文振，名义上应继承叔祖母吴氏太太为孙。但弟兄们仍然生活学习在一起。

朱生豪是母亲的掌上明珠，负荷着母亲的希望，也深得叔祖母的爱宠。从呀呀学语到逐渐解事，既受到悉心的爱护，也受到严格的管教。三四岁时，就由母亲、叔祖母教识方块字，读《三字经》、《千字文》、《千家诗》，讲二十四孝故事等作为启蒙。生豪生性聪颖，心领神会，琅琅书声，往往博得母亲的欢颜。而且也因为自幼循规蹈矩，文质彬彬，亲邻之间，都认为是听话的好孩子。生豪曾有诗句"依母孜孜看晚虹"，可以想见他幼小时期在慈母爱抚下的幸福心情。

五岁暑假，朱生豪开始进入南门梅湾街开明初小。由于成绩优异，表现良好，老师选拔他担任班长，经常由他给全班领读。这对于朱生豪也起了一定的鼓舞作用，认真听课，认真完成作业，从不懈怠。毕业时名列第一。按当时通例，学校把大红喜报送到家中，表示祝贺。

朱生豪进入小学之后，随着年龄的增长，求知欲也日见强烈。家里订了《小朋友》、《儿童世界》作为他的课外读物。"童话""儿歌"之类，都使他非常喜爱。家里原有的旧小说，如《聊斋志异》、《三国演义》之类，逐渐地也成了他的珍宝。放假的日子，课余的时间，兄弟们一般都在宅内庭院中活动，听蝉声鸟语，看花开果熟。偶尔到大门外河边，数船只，听吆唱，看人来人往，都觉得新鲜有趣。叔祖母青年守寡，长斋奉佛，广结善缘，因而不时有乡亲或庵堂师太来生豪家作客，带上时鲜瓜菜豆荚之类，笑语喧腾地叙家常，谈年景。使平时相当清静的家庭，增加了活跃的气氛。这一切，在生豪的记忆里，似乎已是遥远的太古时代，但印象却是深刻的。

幸福的童年生活，在生豪的身世中极为短暂。资产阶级虽然完成了民族革命，但并未改变腐败、贫穷、落后的社会本质。军阀混战，外敌垂涎，生产凋敝的局面，影响到各个阶层，各个家庭。地处沪杭道中点的嘉兴小城，也不可能例外。生豪父亲经营的小布店及织袜工场，由于主客观的各种因素，一再亏损。不到几年，就将为数不多的祖遗资金全部耗尽。家庭经济，每况愈下。炎凉的世态，似乎是无情的魔影，影响着家庭的气氛。亲友的往来逐渐疏远了，妈妈的叹息逐渐增多了。妈妈不止一次地哭着对生豪说，"长大了一定要争气啊！"当时的生豪，虽则还不能理解这句话的全部意义，但在幼小的心灵中，却也感到了沉重的份量，刻下了永不磨灭的烙印，成为他自幼刻苦学习，努力向上的动力。长大以后，始终认真工作，洁身自好，以不辜负母亲的期望。

当时城区小学中，要数嘉兴第一高小教学条件比较好，因此生豪初小毕业之后就决定去考一高。但一高离家远，走读不便，家里商议结果，让生豪寄宿在梓桥街大姑母家里，只在每星期六回到南门家中团聚，有时母亲也特地来姑母家探望。其时父亲经营的小布店、小袜厂，已先后倒闭。母亲长期心情悒郁，日见憔悴，据大姑母说是得了"弱病"（也许是肺结核）。多方医治，未见转机．终于在一九二二年十二月的一天，悲惨地去世。病重的时候，始终不能忘怀的是儿子的前途。她把由曾祖母洪氏太太留赠的金银饰物，全部交给大姊（生豪大姑母）保管，嘱托她日后作为生豪继续读书的用途。另有珠花一朵，留待赠给儿媳。大姑母受了重托后，也就负起了教育照顾的责任。后来朱生豪主要也是依赖这批遗物，读完了中学大学。母亲的弃养，在生豪一生中是最早的也是最沉重的打击。童年的幸福，家庭的温暖，都跟着妈妈一起埋葬了。人生的悲苦，开始压上了他的心头。那一年，生豪才十岁。

挨过了凄凄惨惨的年底，生豪父亲为生活所迫，不得不丢下三个孩子，到嘉善一家布店当店员。财破人亡，穷途潦倒。不到两年，因病回家，医治无效，不几天去世。又过了不到两年，家中唯一的老人叔祖母也长辞人世。从此，三个孤儿的生活、家务，全都由大姑母照顾。那时，生豪十四岁。

朱生豪进入一高后两年，文振弟也在初小毕业后进入一高，一同寄宿在姑母家里。

曹家原系嘉兴望族。姑父曹寒生是秀才，曾在天津做过文吏，不幸早逝，没有成就功名。大姑母有二女一子。长女早已出嫁，子曹思泳，北伐时期参加国民革命军，转辗湖南江西一带，很少回家。幼女曹思濂，比生豪年长十多岁，始终未曾婚嫁。大姑母老年时期，照料生豪兄弟辈家务等等，主要由表姊曹思濂协助。星期、假日，生豪兄弟回南门家中时，一般也由表姊陪同。

姑母家人多，房屋不很宽畅。生豪弟兄辈，作为客人，处处自觉，难免拘谨。加以自幼循规蹈矩，从不吵闹，受到全家的称赞。生豪一向沉静的性格，自从家庭迭遭丧患，成了孤儿之后，更加寡言少语。放学回家之后，总是躲在楼上读书，甚至废寝忘食。在一高时的成绩仍然名列前茅，特别受到语文老师的赞赏。据当年同学回忆，生豪曾有儿歌类作品，经语文老师介绍在《小朋友》上发表过。但已无从考查。

一九二四年暑假，朱生豪又以第一名优秀成绩，毕业于高小。这一年，正值学制改革。原来是小学分初、高两阶段七年制，改为六年一贯制；中学阶段由原来的四年一贯制改为初、高中两阶段六年制；大学除医科外，取消预科，改为一般本科四年制。朱生豪投考私立秀州中学，插入初中二年级。仍寄居姑母家。入学之后，对于新的学习环境，新的课程，一时难于适应。特别是因为没有读过初一，存在一定困难。如果说，过去在学习方面总是一帆风顺，现在却遇到了挫折，期中考试竟然出现了不及格。这对于一般学生来说，是一个相当严重的考验。外貌柔弱的朱生豪，在困难面前，不是垂头丧气，消极畏难，而是加倍努力，多读多练，逐渐缩短距离，跃居前列。实际上，这也体现了他一生中的性格特征：择善固执，或者说是：坚持正确，锲而不舍。根据朱文振的回忆，说是生豪从小就被长辈们称为"梗固头"，或"耿固头"（嘉兴方言，意谓"固执"或"执着"）就是指他幼年所表现出来的这种脾气：倾向于坚持自己认为正确的、合理的行为或意见，但也并不是一般的所谓"倔犟"。也正是这种性格特征，始终体现在他对待学习，对待工作，对待译莎事业等等方面。

中学阶段，是他不断努力学习，奋发向上的阶段。虽则根据当时同学的印象，朱生豪在学校里总是独来独往，似乎怀着隐痛。那是因为家庭的境遇，父母的弃养，确实给他留下了难以愈复的创伤。但是，随着知识的增进，视野的扩大，他的思想感情渐渐不再局限于个人的得失悲欢。那年代，五四运动掀起的革命浪潮，一步步深入发展，由李大钊、胡适等人为先导，以鲁迅为旗手的反帝反封建的新文化运动，动摇了顽固的封建堡垒，唤醒了民族意识。站在运动前哨的总是青年学生。每逢国耻纪念日（五月九日，日帝强迫袁世凯签订辱国丧权的二十一条不平等条约的日子），学校都放假，学生上街宣传游行，使国家大事家喻户晓。特别是一九二五年发生在上海的日本纱厂女工顾正红被害事件，轰动全国，京沪一带罢工罢市的斗争风起云涌。大中小学生都走向街头宣传日帝暴行，提倡抵制日货，高呼"誓雪国耻"口号。这对一代青少年，起到了培养爱国思想的作用，激发了为挽救民族危机而奋发图强的志气。从那时起，在生豪的思想深处，埋下了誓为民族争光的奋斗目标。

秀州中学是教会学校，教学抓得很紧。初时，校长是美国人窦维斯博士，全校每天早操，他都亲自带领。窦师母曾经是朱生豪的英语教师，教学认真，要求严格。由于基础扎实，秀州学生的英语水平一般都比较高。生豪对英语的兴趣极其浓厚，放学回家之后，总是反复诵读，也唱英文歌，音调铿锵，歌声嘹亮。姑母说他讲话象蚊子叫，可唱起歌来，那股劲头儿不知是从哪儿来的。

北伐战争胜利之后，为了整顿教育事业，国民政府明令教会学校一律向教育部门登记注册，并改由中国人担任校长。因此，窦维斯退居教职，由黄式金先生任秀州校长。当时高中阶段，从二年级开始，分设文、理科（有的学校还有商科、美术科、师范科等），学生们可以根据自己的爱好兴趣，任意选读。朱生豪选读了文科。主要是因为他英文、语文的成绩都属优秀，而且也比较突出，经常受到老师的赞誉。两年中，朱生豪开始窥见了文学的宝库。在英语课上，他读到了不少英国诗人的名篇，脍炙人口的小说故事，也读到了莎士比亚。那时一般学校高中阶段采用兰姆姊弟改写的 *Tales from Shakespeare*（《莎氏乐府本事》）作为课本，也选读过原作 *Hamlet* 和 *Julius Caesar* 的片段。一个个生动的故事，极大地引起了他的兴趣。语文老师是曹之竞先生，他和胡山源都是 1923 年在上海出版的《弥洒》杂志的小说作者。鲁迅先生在《中国新文学大系》小说二集中所提到的曹贵新就是他。他教的《文学概论》课程，把近代的西方文艺观点传播给同学，也讲授白话诗。因此，朱生豪在高中时期，不但熟悉了《论语》、《孟子》、《诗经》、《楚辞》，李、杜、欧、苏等等，也接受了新文学，新思想。徐志摩、郭沫若、闻一多等当时照耀新诗坛的灿烂群星，使他心神向往。由于触动契机，爆发灵感，他自己也开始写起诗来，内容一般是纯朴的想象，美好的理想，抒发少年情怀，生活感受。大多是小诗。逐渐地形成了他那诗人的气质，也显现了他在诗歌方面的才华。可惜这些早年的诗篇，在多次战火劫难中已全部遗失了。

每逢暑假寒假，弟兄们照例回南门老家。为了丰富假期生活，朱生豪采取了多种措施，初时，一回家就布置学习环境，仿效图书馆，陈列和悬挂各种图书杂志，如《小朋友》、《儿童世界》、《三国演义》、《唐诗三百首》等书。后来几年，又办起了《家庭小报》，朱生豪当仁不让地负起了主编的责任。他精心设计报头，擘划栏目，分"常识"、"故事"、"诗歌"、"谜语"、"新闻通讯"、"论坛"等，发动大家供稿，实际上多数稿子由他自己写，抄录更是一手包办。朱生豪在《家庭小报》上发表的诗歌，署名常用"笑鸿"。版面字体多样，也用各种套色，颇有艺术意味。后来装订起来成一巨册，可惜也在文化大革命中被毁。这种假期活动，无疑地起到了巩固知识，丰富生活，相互学习的作用。至于大部分时间，朱生豪还是有计划地读书，冬夜不畏寒冷，夏夜不怕蚊虫，总是伴着油灯，孜孜矻矻，直至深夜。

毕业前夕，生豪学业成绩，仍冠文科之首，但由于平时不爱活动，体育不及格，不能领受文凭。学校领导爱惜他的才华，答应如果升学可以借给他毕业证书。大姑母遵守生豪母亲的嘱咐，盼望他不辱没母族的门望，加以生豪成绩出类拔萃，也积极支持生豪升学深造。但是，所遗财物，虽则撙节使用，也已所余不多。那年国立浙江大学开始创办。如果能够考入浙大，比之进私立大学费用可以大大减轻。可是生豪报名之后，体检不及格，就被取消了投考资格。所以，正当校园中同班同学们惜别依依，畅谈理想，准备各奔前途的时候，却不见了朱生豪踪影。校长黄式金感到诧异，各处查访，才发现在校园角落里，朱生豪独自低头踯躅，神情黯淡，似有难言隐痛。经耐心长谈，才了解到生豪的困难处境以及继续升学的渴望。黄校长出于爱惜才华的心意，为国育材的责任，毫不犹豫地答应他由学校保送进入正在那年复校的杭州私立之江大学。而且提出向之江申请助学金，用以补助读书费用。在之江校史上，一个非基督徒而能享受巨额助学金的，也许仅朱生豪一人。之江大学和嘉兴秀州中学同属美国基督教长老会，有一定的关系。在朱生豪进入之江后不久，前校长窦维斯去之江教授哲学，黄式金校长也去之江担任教务主任及教育系主任多年。

这一年——一九二九年，文振弟也在秀州初中毕业。大姑母听说邮电部门工作待遇条件好，有前途，就托人介绍文振去嘉善电话局当接线生。一年之后，文振渴求继续升学，才离开电话局考入之江大学附中，弟兄们仍朝夕相见。

追求 豪情

带着落寞的忧伤和阴影，也怀着飘渺的新的希望，朱生豪告别冷落的家门，来到了杭州。在既秀丽，又雄壮的秦望山头，开始了大学阶段的学习生活。朱生豪选修的是中国文学系，简称"国文系"，而选英文系作为辅系。当时之江学生，都必须在主修系之外，再选修一辅系，以免所学范围偏窄。国文系学生往往从日后就业工作条件考虑，选读教育、政治、经济等系作辅系。像朱生豪那样，选取英文作辅系的确也绝无仅有。当时英文系开设的课程，他全部选读，可见他在英文方面，不但有深厚的基础，也有浓厚的兴趣。在新的环境中，对朱生豪吸引力最大的，不单是晨曦夜月，山水风光，可以踽踽独步，浅唱低吟，更主要的是拥有大量书籍的图书馆，可以在知识的海洋中搏击迂回，蒐珍觅宝。国文系主任是钟钟山（泰）先生，德高望重，治学严谨。教师中有专攻词学的夏承焘老师以及李雁晴、胡山源、邵潭秋等专家学者。朱生豪在修毕一年级基础学科之后，才名卓著，师长都刮目相看，许为天才。国文系不分专业，开设的主要课程包括经、子、小学、诗、词曲、理学、清儒考据等等。如果说，朱生豪在中学时期，已经初步熟悉经史诗词，那毕竟只是粗识皮毛，未究真谛。在大学课堂教学中，他领会了老师揭示的精髓，指示的方向。但这些都还不能使他满足，课后他就钻进图书馆广泛阅读，深入思考，揣摩比较，触类旁通。特别对诗、词方面常有独到的见解。他所写的读诗词短论，受到老师高度评价。一九八四年浙江古籍出版社出版的夏师所著《天风阁学词日记》中，载有下列数条：

> 阅朱生豪唐诗人短论七则，多前人未发之论，爽利无比。聪明才力，在余师友之间，不当以学生视之。其人今年才二十岁，渊默若处子，轻易不发一言。闻英文甚深，之江办学数十年，恐无此未易才也。

> （一九三一年六月八日——208页，）

> 阅卷甚忙。朱生豪读词杂记百则，仍极精到，为批十字曰：审言集判，欲羞死味道矣。

> （一九三一年六月十六日——210页）

> ……

在大学一年级时，朱生豪即将选录的纳兰容若词和自己所写的评论，寄给当时在电话局工作的朱文振。在他的启迪影响下，朱文振到之大附中读书之后，也显示了诗歌方面的卓越才华。在古昔诗人中，最受生豪推崇的是太白之逸，义山之丽，长吉之鬼，而屈原的悃款忠诚，能使他迴肠荡魄；渊明的澹泊恬适，也使他欣然向往。他读诗，也写诗，古体、近体、长短句、新诗，各具风骨，不落俗套。

当时之江校园内，爱好诗文的师生为数不少。一九三一年十一月，以夏承焘老师为社长的"之江诗社"初次开展活动。参加的不但有本校部分有共同爱好的师生，也有外来贵宾，如浙大校长程天放，教授郑晓沧等都曾参加过诗社活动。朱生豪当然是社员之一。诗社活动除寻幽访胜，觅句怀古之外，诗友间往往互相传阅酬和。有一次，诗人们泛舟西溪，观赏芦花秋色。朱生豪写了《唐多令》二阕（西溪和彭郎）：

（一）

一棹泛溪船，潆洄水自闲，对芦花零落秋田。遥想孤舟寒月夜，有飞雪，扑琴弦。

沉恨上眉尖，神游忆曩年，今宵清梦到苇边。懒作寻春春日燕，化鸥鹭，漫相怜。

（二）

寥落古词魂，孤庵我拜君，月明溪水影无痕。飞絮飘蓬千万恨，自呜咽，冷云根。

芳意不堪论，休歌纨扇春，繁华事散逐香尘。漫忆徐郎诗句好。流水梦，落花心。

（自注：徐志摩有秋雪庵芦雪歌）

在诗社诸人中，跟朱生豪唱和最多的有彭重熙、张荃（女诗人）、郑天然、任铭善等。后来在一九三四年，朱生豪曾将历年积存的词稿，包括诗友们酬和的篇章，精心甄简，汇抄成《芳草词撷》一册，遗赠彭重熙君。五十年后，彭君亲笔另抄全册，把朱生豪的手笔还赠给我，并且加了附记：

附记

彭重熙甲子（一九八五年）春

生豪于甲戌春（一九三四年春）自沪来杭。重会于秦望山头。握手叙旧，慨然以此册贻我，弥见相知之深，亦从我所好也。所录词颇见当年唱和之乐，雨窗风夕，展咏之亲切有味，足以自遣。四八年，余入蜀时藏于吴门。文革中旧籍尽失，此卷亦不测所在。七八年返里，于意外得之，其喜可知。去冬东归，访晤清如于嘉兴。五十年阔别，得此机缘，亦意外也。问询生豪遗墨，痛惜古梦丁香诸集，均已毁于残暴，则此卷之得全，尤为珍贵。宁割爱还赠清如，以酬相知之深。他日藏之玉笈，传之子孙，则岂仅所好而已。

《芳草词撷》卷中，生豪对所选录的词，不但在佳句警句上加上密圈，而且对各个作者的风格作了精当的评价。如对彭郎的评价是"早作风流宛转，神似饮水。迩来风骨既备，清俊蕴藉，洵是词人本色"。女诗人张荃诗词并佳，古诗苍劲俊逸，才气纵横。生豪对她词的评价谓"清华縣丽，徘徊无厌，有李易安之风神"。而对于气质相近，才学超群的任铭善，则许为"造句生新冷隽，逸才无两，然颇自珍重，不多作"。卷中生豪自录十三首，大多是诗友间唱和之作，对景抒情，伤时怀旧。独《庆春泽》（次韵诸君作）一章情调豪放，别见一格。原词为：

万里秋云，千山落日，丈夫无事萦心。莽莽长河，风高试与凭临。壮怀惟爱投荒雁，谁更听琐琐蛩音。潮深深，濯足沧流，逸兴难禁。

擎云意气擎天志，笑蚁封兔窟，尘梦酣沉。我有豪情，岂愁绿鬓霜侵。欲挥长剑乘风去，等他年化鹤重寻。尽而今，放眼高歌，唱彻平林。

这里充分体现了他胸怀寥阔，意在高远。不甘困守藩篱，在琐琐蛩声中自扰；也蔑视世俗利禄，不屑在醉生梦死中虚度年华。也许有人说，像朱生豪这样的文弱书生，甚至"渊默如处子"，不像也不可能有这样的豪情壮志。实际上，这正是他的"古怪"所在，他的"孤独"的根源。他经常自己标榜"超然高蹈，与世无争"，正因为他怀着"擎云意气擎天志"的"豪情"，不甘与庸俗同流，不能不落落寡欢。诗友中也仅彭重熙任铭善相知较深，往往相对默契，会心微笑。

朱生豪在大学期间，除了认真学好国文系各种课程外，在英文方面，也花同样的甚至更多的精力努力学习钻研。他选读了英文系开设的全部课程，而更主要的是在图书馆里尽情阅读，加深理解，扩大视野。他日文、法文学得不多，所以只能从英文本阅读世界名著。对诗歌、散文、小说、戏剧、以及哲学之类，都深入研究，分析比较。给他感染最深，影响最大的是许多英国诗人的杰作。他曾经在信里说过："由于受英国诗歌的浸润较多，自己的思想感情兴趣爱好都是英国化的。"英国诗人中给他影响最深刻的，首先是雪莱。由于对现实的不满，对自由的渴望，把美好的理想寄托于未来，这些，和雪莱确有相似之处。朱生豪曾经译过一些喜爱的诗篇，收编在《古梦集》里，现已无从查考。

朱生豪在读书时期所写的诗论、诗、词、译诗、论文，为数不少。老师曾鼓励他发表。可他总认为是不足以传世之作，无足轻重。因此，只有极少篇章载在之江校刊上。他甚至说："我不愿意不认识我的人读我的诗。"这种深自韬讳，不求人知的所作所为，怎么能不感到"孤独"，成为"古怪"呢？

一九三一年九月十八日事变发生之后，全国人民以学生界为先锋，纷纷起来反对蒋介石的不抵抗政策。之江师生积极开展各项宣传、请愿活动。朱生豪是校学生会秘书，总是默默地工作。但他的信念是空喊口号不能救国，只有加强自己，才能为国出力。所以，即使在罢课期间，他仍然没有放松过学习。

一九三二年秋，我考入之江文理学院（之江大学于一九三一年春改定校名为之江文理学院，设文、理两学院）国文系。入学不久，我带着好奇的心情，写了一首半文半白的"宝塔诗"，报名参加"之江诗社"的活动。在会场上，初次见到了始终不发一言的朱生豪。在座的诗人们看了我的怪诗，投来各种异样的目光，朱生豪只是低头一笑。后来我才知道，诗社同人间传阅交流的都是古体诗词。诗人中既写旧诗、词，又写新诗的，仅朱生豪、郑天然、任铭善几人。而我只写过新诗，对旧诗词的平仄都不会分辨，难怪要出洋相了。会后不久，朱生豪写了封信给我，并且附有他的几首新诗。以后就常有书信往来，交流诗作。在我学写旧诗、词的过程中，**经常受到朱生豪的指导修改。**

一九三三年夏季，朱生豪毕业前夕，就由前之江教师胡山源介绍，确定去上海世界书局担任英汉编译工作。同去的还有之江附中校长陆高谊先生担任世界书局经理。那年代，毕业同学中除非自己有得力的靠山，找工作并不容易。所以，生豪虽非踌躇满志，但也感到对口，可以有所发挥。他抱着新的憧憬，勇气百倍地告别了大学生活。我们可以从他离校前夕所写的"级歌"《八声甘州》和长诗《别之江》中，体察他当时的情怀和愿望。

八声甘州（一九三三级歌）

又一江春水搅离情，惜别苦匆匆。忆晨瞰夜月，鸣涛霏雪，芳树丹枫。转眼弦歌人去，塔影暝孤钟。别梦应来此，挂属苍松。

聚散何须惆怅，看纵怀四海，放志寥空。慨河山瓯缺，端整百年功。赠君婉娈幽兰①色，一枝香应与寸心同。长记得年年今日，人笑春风。

别之江

再回头望一望你的家，
五月过去了，玫瑰
尚残留在枝头；
一步步一步步你远了！
再回头望一望你的家，
你的相思，你的爱。
望着烟雾的一片，
也别用发愁。
今天开今天的花，

明天结明天的果。
一步步一步步你远了，
记忆发出明净的
缊艳在你的心中。
我再不恨西风
吹冷了我的年华。
只是这一片天真，
永远深锁在心扉，
因为你，慈爱的人

―――――――――

① 兰花是之江大学 1933 级级花。

在你的歌声里藏着
我无尽的美梦……
……

不是矜严的朝阳
又在催我？留恋
已不是时候！珍重地
我藏好这一切，
你美丽的恩赐！
揩干了泪，我走，
趁着朝阳的光辉，
大气的清鲜。再回头
望一望草叶上露珠的
跳跃，密密的林中
小鸟唱着旧日的歌。
唉！我不能忘记
星空下的草坪，月夜的
渔船，一星微弱的萤火
伴着我寂寞的行路；
无数的梦，无数的悲哀，
无数欢忻的笑，无数
天真的活跃，我能寻出
在夕阳下的沙滩上，
在放羊的山坡上，
在寂寞的溪边，
在无寐的夜间

鸣着蟋蟀的墙下……
……

从今天起我埋葬了
青春的游戏，肩上
人生的担负，做一个
坚毅的英雄。过去
有什么好忏悔的？
幸得这一切，医治
我零落的伤痕！但现在
已无须，我要忘记，
不，深锁在我的心头

古昔诗人一句话，
冬天来了，阳春
岂能久远？如今我只期望
西风吹落了辛苦的收成，
残酷的霜霰终究
压不碎松柏的青青；
绵绵的长睡里有一天
会响起新生嘹亮的钟。
我欢喜，我跳跃，
春天复活在我的心中，
那时我再看见了你！

一九三三年五月
（1933 年《之江年刊》）

彷徨　无聊

到了上海，在全新的环境中，开始了新的生活。为了方便，他的寓所，就在离书局不远的平凉路平凉村陆高谊先生家的亭子间里，也就在陆先生家搭伙。世界书局的规模，虽然不能和商务印书馆、中华书局相比，但也有一定的阵容。朱生豪的职务是英文编译所编辑。头几年的具体工作是参与编纂《英汉求解、作文、文法、辨义四用辞典》。这部辞典，是在商务《英汉模范辞典》，中华《英汉双解辞典》的基础上，再参考日本最新的英日辞典加以扩充修订编写的。因此，所收条目完备，例证丰富，成书之后，普遍受到初学者的欢迎。

初到上海，过着离群索居的生活，但他并不是沉湎过去，而是开始了新的追求，正象他在《别之江》中说的："从今天起我埋葬了青春的游戏，肩上人生的担负，做一个坚毅的英雄"，他准备着新的搏击。繁华的十里洋场，也是人文荟萃的中心。新旧的书店吸引着他，大小的剧院电影院吸引着他，使他大开眼界。因为过去之江图书馆的英文书也是陈旧的多，反映近代文艺潮流的极少。可是，他毕竟是穷小子，读新书也不容易。他只能在星期日，假日遛北四川路、四马路，逛旧书店，选买喜爱的书。只要身边有一些钱，每次总要抱一大包回去。放工回家后，天天都得读到深夜。由于特定的性格，长期的习惯，他基本上还是独往独来，除在办公室外，很少与人接触，甚至很少开口说话。他自己说过："一年之中，整天不说一句话的日子约有一百天，说话不到十句的约有二百天，其余日子说得最多的也不过三十句。"亭子间是他的小天地。在这小天地中，他可以放声歌唱，专心读书，确有"与世无争，自得其乐"的情味。有一次，他在信里对他的小天地作了详尽的介绍；

> 房间墙壁昨天粉刷过，换了奶油色。我告诉你我的房间是怎样的。可以放两张小床和一张书桌，当然还得留一点走路的空隙，是那么的大小，比之普通亭子间是略为大些。陈设很简单，只一书桌、一坐椅、一小眠床（已破了勉强支持着用）。书，一部分线装的包起来塞在床底下，一部分放在藤篮里，其余

的堆在桌子上；一只箱子在床底下，几件小行李在床的横头。书桌临窗面墙，床在它的对面。推开门，左手的墙上两个镜框，里面是任铭善写的小字野菊诗三十律。向右旋转，书桌一边的墙上参差的挂着三张图画。一张是中国人摹绘的法国哥朗的图画，一个裸女以手承飞溅的泉水，一张是翻印的中国画，一张是近人的水彩风景，因为题目是贵乡的水景，故挂在那里，其实不过是普通的江南景色而已。坐在书桌前，正对面另有雪莱的像、题名为《镜吻》的西洋画、和嘉宝的照相三个小的镜框。再转过身，窗的右面，又是一张彩色的西洋画，印得非常精美。这些图画，都是画报杂志上剪下来的。床一面的墙上，是两个镜框，一个里面是几张友人的照片，题着 *Old familiar Faces*，取自 Charles Lamb 的诗句；另一个里面是几张诗社的照片，题着 *Paradise Lost*，借用 John Milton 的书名。你和振弟的照片，则放在案头。桌上的书，分为三组，一组是外国书，几乎全部是诗，总集有一本 *Century Readings in English Literature*、一本《世界诗选》、一本《金库》、一本《近代英美诗选》，别集有莎士比亚、济慈、伊利沙伯·白朗宁、雪莱、华茨渥斯、丁尼孙、斯文朋等，外加圣经一本。一组是少少几本中国书，陶诗、庄子、大乘百法明门论、白石词、玉田词、西青散记、儒门法语。除了陶、庄之外，都是别人见赠的，放着以为纪念，并不是真想看。外加屠格涅夫、高尔基和茅盾的《子夜》（看过没有？没看过我送你）。第三组是杂志画报：《文学季刊》、《文学月刊》、《现代》、……《万象》、《时代电影》等。杂志我买得很多，大概都是软性的，而且有图画的，不值得保存的，把好的图画剪下后，随手丢弃；另外是歌曲集，有外国名歌、中国歌、创作乐曲、电影歌等和流行的单张外国歌曲。桌上有日历、墨水瓶、茶杯和热水瓶。

其中变动得最多最快的是书籍方面。每隔一个星期，总有"新"的读物进入他的天地。他陆续读到了许多驰名世界文坛的名篇巨著，如果戈里、陀思妥耶夫斯基、契诃夫、托尔斯泰、莫泊桑、狄更斯、威尔斯、萧伯纳、西席地米尔、辛克莱、马克·吐温、福楼拜、巴尔扎克、乔治·伊里奥、弗洛伊德、王尔德等等的作品，他都深入玩味，探究比较，偶尔也把读后观感写在信内。但他自己声明"最不适合作一个文艺批评家，因为所持的观点不久便放弃了"。渐渐地，他一向偏爱诗歌的情趣，有了显著的改变。对批判现实主义有很高的评价，认为就小说而论，法国和俄国的大作家的成就远胜英国，像福楼拜、契诃夫这样的作家，英国毕竟没有。但是，更使他发生浓厚兴趣的，是戏剧，他认为读戏剧比小说有趣得多。

促成这一转变的关键，除了广泛阅读、扩大视野之外，更主要的是受到一些优秀的电影名片潜移默化的影响。银幕上生动的故事情节和人物形象使他神往，优美精彩的演技使他倾倒。尤其是象嘉宝、利玲哈惠以及其他一些天才明星主演的片子，他都不止一次地去看，觉得那是无上的享受。自从到了上海之后，星期天看电影，成了他的必修科目，有时甚至连看两三场。看后的感想评价，往往也在书信中吐露。

但是，他毕竟不是生活在象牙之塔里。那年代，国际间的风云变幻，侵略者的步步深入，国民党政府一面是不抵抗政策，屈辱苟安，一面是"白色"围剿，镇压革命。上海租界上的红头阿三（印度巡捕）盛气凌人；公园门口，挂着"华人与狗，不得入内"的牌子。霓虹灯下，纸醉金迷，街头路角，乞丐成群。到处是胜利者的狞笑，被压抑者的呻吟。现实生活教训了他，他把人与人的关系归纳为两部分：一部分是神气的人，一部分是吃瘪的人。神气的人总是神气，吃瘪的人总归是吃瘪。而自己呢？是无用者，是弱者，像虫豸，像猪猡，深深感到受压抑的痛苦。对于法西斯的抬头，学术界的复古运动，反动政府镇压学生爱国运动的倒行逆施，都感到痛心疾首。他渴望联苏联共，挽救民族危机。但这些思想，都只是埋在心灵深处，偶尔形诸梦寐，吐露在书信之中。因为他绝少交游，更少活动，是游离在文艺主潮之外的小卒，革命的曙光，可望而不可及。因而明明涉足在人山人海的大都市，却感到有如踽踽独步在沙漠中的困乏、寂寞和孤独。

这种寂寞感和孤独感的由来，也因为个人的抱负无从施展。他经常思索着"人活着究竟是为什么？"他既不能满足于平凡的单调的生活与工作，又看不到自己的前途出路究竟在哪里。他甚至哀叹"……如果到了三十岁我还是这样没出息,我真非自杀不可。所谓有出息,不是指赚三百块钱一月,有地位有名声这些,常常听到有人赞叹地或感慨地说'什么人什么人现在很得法了',我就不眼热(嘉兴方言,意谓:羡慕)这种得法;我只要能自己觉得不无聊就够了。像现在的样子,真令人丧气。读书时代自己还有点自信和骄矜,而今这些都没有了。自己讨厌自己的平凡卑俗,正如讨厌别人的平凡和卑俗一样,趣味变得低级了,感觉也变滞钝了。从前可以凭着半生不熟的英文读最艰涩的Browning的长诗,而得到无限的感奋,现在见了诗便头痛……"。他的所谓"无聊",无非是不甘于无所作为的心境,是彷徨中的寂寞和忧伤。

目标 前进

一九三五年初,由于时局的影响,文化事业愈来愈不景气,世界书局不得不减薪裁员以资应付。朱生豪的月薪,由原来七十元减至五十元。有些同事自动辞职。辞典工程虽已接近尾声,可是原来有相当阵容的编辑部,最困难的阶段,仅留朱生豪一人,而且兼任校对和负责函授学校的摊子。不但忙得团团转,而且经济上也受到影响,难以赡养姑母表姊。他也想辞职不干,但又觉得什么都不会干,何况另找工作,非得求人不行,这又比要他的命还难。幸而书局方面再三挽留,他就只得硬着头皮挨下去。

那年头,也是文化战线上"围剿"与"反围剿"斗争十分激烈的时期,在上海实行书报检查制度。进步书刊,多被禁止发行。革命文化阵线的旗手鲁迅先生,采取以退为进的对策,即倡导翻译,以加强实力,巩固阵地。所以,从一九三四年八月以后,至一九三五年初,鲁迅写了关于翻译的好几篇杂文,提出"拿来主义",因此,继一九三四年的"杂志年"之后,迎来了一九三五的"翻译年"。鲁迅先生自己就花很大功夫翻译出果戈里的《死魂灵》作为表率。也在这期间,鲁迅先生连续写了三篇关于莎士比亚的文章，他渴望有人能够全部译出这套名震世界的巨著，而且认为这是"于中国有益"能"在中国留存"的工作。大概就在这一背景下，上海大书局如商务印书馆、中华书局等纷纷组织专家名流，译出各种世界名著。世界书局也不甘落后，原《英汉四用辞典》主编者詹文浒，看到当时朱生豪思想上的苦闷和生活上的困难，同时也出于对朱生豪的信赖，就建议他翻译《莎士比亚戏剧全集》，跟世界书局洽议出版，并且在陆续交付译稿之后，可以随时领取每千字两元的稿费。由于朱生豪一向笃爱莎剧，这正是投其所好，他就欣然接受了这一建议，而且写信给当时还在中央大学英文系读书的文振弟商议。文振弟的回信不但表示赞同，而且把这一工作，推崇为英雄业绩。因为他在学校中听说过，某国人嘲笑我们是无文化的国家，连老莎全集的译本都没有。这封信，给了朱生豪极大鼓舞，他认识到了译莎工作的意义，不仅是个人的事业，而更重要的是攸关民族的荣辱。尽管任务艰巨，很可能"顶石臼做戏"，吃力不讨好，但还是勉为其难，下定决心，开始着手准备。这是一九三五年夏初的季节。

从这以后，朱生豪的精神面貌大为改观。因为有了前进的目标，纵然是同样繁重的工作，同样单调的生活，却不再感到无聊。首先，他把可以利用的业余时间，从头开始反复研读莎剧。他采用的是一九二八年出版的牛津版莎士比亚全集一卷本。每次逛书店，总是留心蒐集其他各种莎剧版本，以及有注释的单行本、有关批评莎剧的书籍，用作比较参考，加深理解。此外，他还抽出时间，把历年来积存的诗词，加以选剔，抄写装订成册。计有旧诗词（包括近体、古风、长短句、译诗）约三百多页，题为《古梦集》，新诗分订两册，题为《小溪集》和《丁香集》。抄好之后，他都寄交给我保管。后来抗战期间，我寄还给他，终于葬身炮火，全部遗失。

他在认真研读莎剧的过程中，有时也饶有兴味地在信中谈论对戏剧或者某种小说的观感。有一次信中，他就是这样写的：

昨夜读 *Hamlet*，读到很倦了，一看表已快一点钟，吃了一惊，连忙睡了，可是还刚读完三幕。

　　*Hamlet*是一本深沉的剧本，充满了机智和冥想，但又是极有戏剧效果，适宜于上演的。莎士比亚之所以伟大，一个理由是因为他富有舞台上的经验，因此他的剧本没有一本是沉闷而只能在书斋里阅读的。譬如拿歌德的*Faust*（浮士德）来说吧，尽管它是怎样伟大，终不免是一部使现代人起瞌睡之思的作品，诗的成分太多而戏剧的成分缺乏，但在莎氏的作品中，则这两种成分同样地丰富。无论以诗人而论，或戏剧家而论，他都是绝往无继的。

　　我最初读的莎氏作品，不记得是*Hamlet*还是*Julius Ceasar*，*Julius Ceasar*是在Mr. Fisher的班上读的。他一上课，便说：Mr. A，你读Antonius，Mr. B，你读Brutus，Miss C，你读Ceasar老婆的那些lines，于是大家站起来瞎读了一阵，也不懂得读的是什么。这位先生的三脚猫知识浅薄得可以，他和他的学生们一样对Shakespeare懂得没有多少。

　　读戏曲，比之读小说有趣得多。因为读短篇小说太短，兴味也比较淡薄一点。长篇小说又太长，读者的兴味有时要中断。但戏剧，比如说五幕的一本，那么就不嫌太长，不嫌太短。因为是戏剧的缘故，故事的布置必然更加紧密，个性的刻划必然更加鲜明，剧作者必然希望观众的注意集中不懈，因此所谓"戏剧的"一语必然会有强烈的反平铺直叙的意味。如能看到一本好的戏剧的良好的演出，那自然是更为有味的事。可惜在目前的中国不能作这样的奢望。上次在金城戏院看演果戈里的《巡按》，确很能使人相当满意（而且出人意外的居然很卖座，但我想这是原剧通俗的缘故），也许有一天正式的话剧会成为中国人的嗜好吧？但总还不是在现在。卖野人头的京剧（正统的京剧我想已跟昆曲同样没落了，而且也是应该没落的）太不堪了。在上海是样样都要卖野人头的，以明星登台为号召的文明戏，也算是话剧；非驴非马的把京戏和"新戏"揉杂一下，便算是"乐剧"，嘴里念着英文，身上穿着中国戏台上的古装，一面打恭作揖，便算是演给外国人看的中国戏。当然这些都算是高等的，下此的不必说了。

以舞台剧和电影比较，那么前者的趣味显然是较classical的。我想现代电影有压倒舞台剧之势，这多半是与现代人的精神生活有关。就我所感觉到的来说，去看舞台剧的很不愉快的方面，就是时间太长。除非演独幕剧，如果是一本正式的五幕剧，总要演到三个半至四个钟点的工夫，连幕间的间歇在内。这种长度在习惯于悠闲生活的原不觉得什么，但在过现代生活的人看来就很觉气闷。至于如中国式的戏院，大概每晚七点钟开锣，还要弄到过十二点才散场。要是轰动一时的戏，那么也许四点半钟池子里已有了人。时间的浪费真是太可怕了。再加之以喧阗的锣鼓，服装眩目的色彩，疯狂的跌打，刺耳的唱声，再加之以无修养的观众，叫好，拍手以及一切的一切，真会使一个健康的人进去，变成神经衰弱者出来。

以上写于几天前

用三天工夫读完了一本厚厚的小说Arnold Benett作的 *Imperial Palace*，是一个大旅馆的名字。作者是一个有名的英国作家，死于三四年之前，但这本小说的作风趣味我觉得都很美国化。所描写的是以一个旅馆为中心，叙述企业家、富翁、雇员，资本社会的诸态，规模很是宏大。在中国，以都市商业为题材而得到相当成功的，也许只有一本《子夜》吧，但比起来觉得规模未免太小。文章写得很漂亮干净，不过读到终篇，总觉得作者的思想很流于庸俗。他所剖析的是近代资本主义社会中个人的内心世界与客观生活之关系（或"冲突"）。以这个为题材的作品，似乎近来看见的很多，因此不令人感到新奇。其中颇多入微的心理分析，这或许是作者技术最主要的方面。书中的主人翁是一个事业家，理智的人，但作者把他写得非常人情。主要的女性有两个，一个是所谓摩登女子（在中国不会有这样的摩登女子），个人主义的极端的代表，写得似乎过于夸张一点，但代表了富于想象厌弃平凡过度兴奋的现代女性的典型，在恋爱上幻灭之后，便潦草地嫁了人。另一个是有职业有手段有才能的女性，但终于是伏在丈夫的怀里。似乎Benett先生对于女性没有更高的希望，除了作为男人的asset之外，[他把女人分为两种，一种是男人的资产（asset），一种是男人的负担]而把大部分女子归入后一类，对于这点或者未必能令人同意，但也只好置诸不论了。

申译《田园交响乐》、《狱中记》、《死魂灵》读后感

《田园交响乐》关于以一个盲人为题目，及后因眼睛开了而感到幻灭的悲哀，这似乎不是第一本。确实的我曾读过几篇类此的故事，因此这书不曾引起我多的感想。诚然这是一篇好诗。

《狱中记》有动人的力，可惜不是全译。

《死魂灵》纯然是漫画式的作品，似乎缺一般所谓的Novel的性质，但文章是够有味的。

上海的出版界寂寞得可怜，事实上你跑到四马路去，也只有载着女人照片的画报可买。《译文》的停刊很令人痛心。关于文学的刊物，别说内容空虚，就是内容空虚的，也只有寥寥的几本。

（大约写在1935年下半年）

经过一年左右的苦读之后，一九三六年春天，他开始正式试译。最先试笔的是《暴风雨》。他订出翻译计划，估计两年内可以完工。"凡事开头难"，虽则他有了充分的准备，也不可能一挥而就。译事的甘苦，局外人也许难以想象。由于他经常把当时的译写过程、心情动态，向我讲述，现在残在的信件中，还可窥见一斑。而且，我们对于一个人的了解，除了他所留存的陈迹——第一手资料以外，别无其他更可信的资料。

这些残存的书信，都是一九三六至一九三七年抗战之前那段时间里写的。内容都是摘录他在译写莎剧各篇方面的情况和感受。因为他的信都没有具体的年月，而且又是残存的，所以并不完全，次序也不一定正确，只是聊供参考而已。

今天下午，我试译了两页莎士比亚，还算顺利，不过恐怕终于不过是Poor Stuff而已。当然预备全部用散文译出，否则将要了我的命。

（大约在 1936 年夏）

＊＊＊＊＊＊

你崇拜不崇拜民族英雄？舍弟说我将成为一个民族英雄，如果把莎士比亚译成功以后。因为某国人曾经说中国是无文化的国家，连老莎的译本都没有。我这两天大起劲，Tempest 的第一幕已经译好，虽则尚有应待斟酌的地方。做这项工作，译出来还是次要的工作，主要的工作便是把僻奥的糊涂的弄不清楚的地方查考出来。因为进行得还算顺利，很抱乐观的样子。如果中途无挫折，也许两年内可以告一段落。虽则不怎样精美正确，总也可以象个样子。你如没事做，替我把每本译毕的戏抄一份副本，那是我预备留给自己保存的，因此写得越难看越好。

＊＊＊＊＊＊

我已把 Tempest 译好一半，全剧共约四万字，你有没有耐心抄？这篇在全集中也算是较短的；一共三十七篇，以平均每篇五万字计，共一百八十五万言，你算算要抄多少时候？

＊＊＊＊＊＊

有经验的译人，如果他是中英文两方面都能运用自如的话，一定明白由英译中比由中译英难得多。原因是，中文的句子构造简单，不难译成简单的英文句子；英文句子的构造复杂，要是直翻起来，一定是啰嗦累赘拖沓纠缠麻烦头痛看不懂，多分是不能译，除非你胆敢删削。——翻译实在是痛苦而无意义的工作，即使翻得好也不是你自己的作品。

＊＊＊＊＊＊

Tempest 已完工，明天叫他们替钉一钉，可以寄给你看，但不知你能不能对我的译笔满意？

＊＊＊＊＊＊

《暴风雨》译者题记

本剧是莎翁晚期的作品，普遍认为是他的最后一本剧作。以取材的神怪而论，很可和他早期的《仲夏夜之梦》相比。但《仲夏夜之梦》的特色是轻倩的抒情的狂想，而《暴风雨》则更深入一层，其中有对于人间的观照，象征的意味也格外浓厚而丰富，在艺术上摆脱了句法声律的束缚，有一种老笔浑成的气调。或云普士珏罗是作者自身的象征，莎翁以普氏脱离荒岛表示自己从写作生活退隐的决心。如果这不仅仅是一种推测，那么读者在披读本剧时，也许更能体会一番作者当时的心境吧。

一九三六年八月八日

＊＊＊＊＊＊

今晚我把《仲夏夜之梦》的第一幕译好，明天可以先寄给你。我所定的计划是分四部分动手：第一，喜剧杰作；第二，悲剧杰作；第三，英国史剧；第四，次要作品；《仲夏夜之梦》是初期喜剧的代表作，故列为开首第一篇……

《仲夏夜之梦》比《暴风雨》容易译，我不曾打草稿，"葛塔"（这两个字我记不起怎写）的地方也比较少，但不知你会不会骂我译得太不象样。

＊＊＊＊＊＊

《仲夏夜之梦》第一幕的更正：注中关于Ercles的一条，原文划去，改为"赫丘里斯"（Hercules）之讹，古希腊著名英雄。Ercles的译名改为"厄克里斯"，Pyramus的译名改为"匹拉麦斯"。

抄写的格式，照你所以为最好的办法。

《暴风雨》已和这信同时寄出。

＊＊＊＊＊＊

秋天了，明天起恢复了原来的工作时间，谢天谢地的。今后也许可以好好做人了吧。第一译莎剧的工作，无论胜不胜任，都将非尽力做好不可了，第二，明天起我将暂时支持着英文部的门户，总得负点儿责任，虽则没有什么大不了的事干。

《暴风雨》的第一幕，你所看见的已经是三稿了，其余的也都是写了草稿，再一路重抄一路修改，因此不能与《仲夏夜之梦》的第一幕相比（虽则我也不曾想拆烂污），也是意中事。第二幕以下，我翻得比较用心些，不过远较第一幕难得多，其中用诗体翻出的部分，不知道你能不能承认是诗，凑韵，限字数，可真是麻烦。这本戏，第一幕是个引子，第二三幕才是最吃重的部分，第四幕很短，第五幕不过一班小丑扮演那出不像样的悲剧。现在第三幕还剩一部分未译好。

现在我在局内的固定工作是译注几本《鲁滨逊漂流记》，Sketch Book 等类的东西。很奇怪的是这种老到令人起陈腐之感的东西，我可都没有读过。

你信不信在戏剧协社（？）上演《威尼斯商人》之前，文明戏班中便久已演过它了。从前文明戏在我乡大为奶奶小姐们所欢迎（现在则为绍兴戏所替代着，趣味更堕落了，因为那时的文明戏中有时还含一点当时的新思想），那时我还不过十二三岁的样子，戏院中常把《威尼斯商人》排在五月九日上演，改名为《借债割肉》，有时甚至于就叫"五月九日"，把夏洛克代表日本，安东尼代表中国，可谓想入非非。此外，据我所记得的《无事烦恼》、《梵洛那二士》也都做过。当然他们没有读过原文，只是照《莎氏乐府本事》上的叙述七勿搭八地扮演一下而已。有时戏单上也会出现莎翁名剧的字样，但奶奶小姐不会理会。

* * * * * *

抄写的东西，我想请你索性负责一些，给我把原稿上文句方面应当改削的地方改削改削，再标点可以不必依照原稿，因为我是差不多完全依照原文那样子，那种标点方法和近代英文中的标点不一样。你肯这样帮我忙，将使我以后不敢偷懒。

* * * * * *

今夜我的成绩很满意，一共译了五千字，最吃力的第三幕已经完成（单是注也已有三张纸头），第四幕译了一点点儿，也许明天可以译完，因为一共也不过五千字样子。如果第五幕能用两天工夫译完，那么仍旧可以在五号的限期完成。第四幕梦境消失，以下只是些平铺直叙的文章，比较当容易一些，虽然也少了兴味。

一译完《仲夏夜之梦》，赶着便接译《威尼斯商人》，同时预备双管齐下，把《温莎的风流娘儿们》预备起来。这一本自来不列入"杰作"之内，*Tales from Shakespeare*里也没有它的故事，但实际上是一本最纯粹的笑剧，其中全是些市井小人和莎士比亚戏曲中最出名的无赖骑士Sir John Falstaff，写实的意味非常浓厚，可说是别创一格的作品。苏联某批评家曾说其中的笑料足以抵过所有的德国喜剧的总和。不过这本剧本买不到注释的本子，有许多地方译时要发生问题，因此不得不早些预备起来。以下接着的三种《无事烦恼》、《如君所欲》和《第十二夜》，也可说是一种"三部曲"，因为情调的类似，常常相提并论。这三本都是最轻快优美，艺术上非常完整的喜剧，实在是"喜剧杰作"中的"代表作"。因为注释本易得，译时可不生问题，但担心没法子保持原来对白的机警漂亮。再以后便是三种晚期作品，《辛伯林》和《冬天的故事》是"悲喜剧"的性质。末后一种《暴风雨》已经译好了，这样便完成了全集的第一分册。我想明年二月一定可以弄好。

然后你将读到《罗密欧与朱丽叶》这一本恋爱的宝典，在莎氏初期作品中，它和《仲夏夜之梦》是两本仅有的一喜一悲的杰作，每个莎士比亚的年轻的读者，都得先从这两本开始读起。以后便将风云变色了，震撼心灵的四大悲剧之后，是《裘力斯·恺撒》、《安东尼与克里奥佩特拉》、《考列奥莱纳斯》三本罗马史剧。这八本悲剧合成全集的第二分册，明年下半年完成。

但是我所最看重，最愿意以全力赴之的，却是篇幅比较最多的第三分册，英国史剧的全部。不是因为它比喜剧悲剧的各种杰作更有价值，而是因为它从未被介绍到中国来过。这一部酣畅淋漓一气呵成的巨制（虽然一部分是出于他人之手），不但把历史写得那么生龙活虎似的，而且有着各种各样精细的性格描写，尤其是他用最大的本领创造出Falstaff（你可以先在《温莎的风流娘儿们》中间认识到他）这一个伟大的泼皮的喜剧角色的典型，横亘在《亨利四世》、《亨利五世》、《亨利六世》各剧之中，从他的黄金时代一直描写到他的没落。然而中国人尽管谈莎士比亚，谈哈姆莱特，但简直没有几个人知道这个同样伟大的名字。

第三分册一共十种，此外尚有次要的作品十种，便归为第四分册。后年大概可以全部告成。告成之后，一定要走开上海透一口气，来一些闲情逸致的玩意儿。当然三四千块钱不算是怎么了不得，但至少可以悠游一下，不过说不定那笔钱正好拿来养病也未可知。我很想再做一个诗人，因为做诗人最不费力了。实在要是我生下来的时候上帝就对我说："你是只好把别人现成的东西拿来翻译翻译的"，那么我一定要请求他把我的生命收回去。其实直到我大学二年级为止，我根本不曾想到我会干（或者屑于）翻译。可是自到此来，每逢碰见熟人，他们总是问，你在做些什么事，是不是翻译。好像我唯一的本领就只是翻译。对于他们，我的回答是"不，做字典"。当然做字典比起翻译来更是无聊得多了，不过至少这可以让他们知道我不止会翻译而已。

你的诗集等我将来给你印好不好？你说如果我提议把我们两人的诗选别一下合印在一起，把它们混合着不要分别那一首是谁作的，这么印着玩玩，你能不能同意？这种办法有一个好处，就是挨起骂来大家有份，不至于寂寞。

快两点钟了，不再写，我爱你。

一九三六年十月二日夜

＊　＊　＊　＊　＊　＊

请给我更正：《暴风雨》第二幕第二场卡列班称斯蒂芬诺为"月亮里的人"；又《仲夏夜之梦》最后一幕插戏中一人扮"月亮里的人"。那个月亮里的人在一般传说中是因为在安息日捡了柴，犯了上帝的律法，所以罚到月亮里去，永远负着一捆荆棘。原译文中的"树枝"请改为"柴枝"或"荆棘"。后面要是再加一条注也好。

你要是忙，就不用抄那牢什子，只给我留心校看一遍就是。你要不要向我算工钱？

＊＊＊＊＊＊

《仲夏夜之梦》已重写完毕，也费了我十余天工夫，暂时算数了。《威尼斯商人》限于二十日改抄完，昨天在俄国人那里偶然发现了一本窹寐求之的《温莎的风流娘儿们》，我给他一角钱，他还了我十五个铜版，在我的莎士比亚书库里，这本是最便宜的了。

倒了我胃口的是这本《威尼斯商人》，文章是再好没有，难懂也并不，可是因为原文句子的凝练，译时相当费力，我一路译一路参看梁实秋的译文，本意是贪懒，结果反而受累，因为看了别人的译文，免不了要受他的影响，有时为要避免抄袭的嫌疑，不得不故意立异一下，总之在感觉上很受拘束，文气不能一贯顺流，这本东西一定不能使自家满意。梁译的《如愿》，我不敢翻开来看，还是等自己译好了再参看的好。

今晚为了想一句句子的译法，苦想了一个半钟头，成绩太可怜，《威尼斯商人》到现在还不过译好四分之一，一定得好好赶下去。我现在不希望开战，因为我不希望生活中有任何变化，能够心如止水，我这工作才有完成的可能。

日子总是过得太快又太慢，快得使人着急，慢得又使人心焦。

＊＊＊＊＊＊

近来每天早晨须自己上老虎灶买开水，这也算是"增加生活经验"。

＊＊＊＊＊＊

搁置了多日的译事，业已重新开始。白天译《温莎的风流娘儿们》，晚上把《威尼斯商人》重新抄过，也算是三稿了（可见我的不肯苟且）。真的，只有埋头于工作，才多少忘却生活的无味，而恢复了一点自尊心。等这工作完成之后，也许我会自杀。

＊＊＊＊＊＊

我以梦为现实，以现实为梦；以未来为过去，以过去为未来；以 nothing 为 everything，以 everything 为 nothing；我无所不有，但我很贫乏。

＊＊＊＊＊＊

昨天上午八时起身，到四马路去，在河南路看见原来摆的那个旧书摊头已经扩大了地盘，正式成立一个旧书店的样子。买了一本 Macauly 的论文集，一本 Hazlit 的小品文集和一本美国版集合本的 *Hamlet*，一共一块两毛半。杂志公司里买了《文摘》、《月报》、商务新近出版的文学什么、《戏剧时代》、《新诗》、《宇宙风》、《译文》六七种杂志……回来吃中饭。因为是国耻纪念，故不去看影戏，以志悲哀。在房间里抄稿子，傍晚出去。……一个下午及一个晚上，抄了一万多字，然后看一小时杂志，两点钟睡觉。斯乃又一个星期日。

＊＊＊＊＊＊

无论我怎样不好，你总不要再骂我了，因为我已把一改再改三改的《梵尼斯商人》（威尼斯也改成梵尼斯了）正式完成了，大喜若狂，果真是一本翻译文学中的杰作！把普通的东西翻到那地步，已经不容易。莎士比亚能译到这样，尤其难得，那样俏皮，那样幽默，我相信你一定没有见到过。

《温莎的风流娘儿们》已经译好一幕多，我发觉这本戏不甚好，不过在莎剧中它总是另外一种特殊性质的喜剧。这两天我每天工作十来个钟头，以昨天而论，七点半起来，八点钟到局，十二点钟吃饭，一点钟到局，办公时间，除了尽每天的本分之外，便偷出时间来，翻译查字典，四点半出来剃头，六点钟吃夜饭，七点钟看电影，九点钟回来工作，两点钟睡觉！忙极了，今天可是七点钟就起身的。

As You Like It 是最近看到的一部顶好的影片，我没有理由不相信我对于 Bergner 的爱好更深了一层，那样甜蜜轻快的喜剧只有莎士比亚能写，重影在银幕上真是难得见到的，……

《梵尼斯商人》明天寄给你，看过后还我。

＊＊＊＊＊＊

窗外下着雨，四点钟了，近来我变得到夜来很会倦，今天因为提起了精神，却很兴奋，晚上译了六千字，今天一共译一万字。我的工作的速度都是起先像蜗牛那样慢，后来像飞机那样快，一件十天工夫作完的工作，大概第一天只能做2.5/100，最后一天可以做25/100。《无事烦恼》草稿业已完成，待还有几点问题解决之后，便可以再用几个深夜誊完。起初我觉得这本戏比前几本更难译，可是后来也不觉得什么，事情只要把开头一克服，便没有什么问题。这本戏，情调比《梵尼斯商人》轻逸，幽默比《温莎的风流娘儿们》蕴藉，全然又是一个滋味。先抄几节俏皮话你看……

＊＊＊＊＊＊

七日一星期这种制度实在不大好，最好工作六星期，休息一星期，否则时间过去得太快，星期三觉得一星期才开始，星期四就觉得一星期又快完了，连透口气儿的工夫都没有，稍为偷了一下懒，一大段的时间早已飞了去。

……

《皆大欢喜》至今搁着未抄，因为对译文太不满意；《第十二夜》还不曾译完一幕，因为太难，在缺少兴致的情形中，先把《暴风雨》重抄。有一个问题很缠得人头痛的就是"你"和"您"这两个字。You相当于"您"，thou, thee等相当于"你"，但thou, thee虽可一律译成"你"，you却不能全译作"您"，事情就是为难在这地方。

预定《罗密欧与朱丽叶》在七月中动手，而《罗密欧与朱丽叶》不久就要在舞台上演出，我想不一定有参考的必要，他们的演出大抵要把电影大抄而特抄。

＊＊＊＊＊＊

否则我今晚不会写信的，因为倦得很不能工作，所以写信。今晚开始抄《皆大欢喜》，同时白天已开始了《第十二夜》，都只弄了一点点。我决定拼命也要把《第十二夜》在十天以内把草稿打好，无论如何，第一分册《喜剧杰作集》

要在六月底完成，因为我急着要换钱来买皮鞋、书架和一百块钱的莎士比亚书籍。等过了暑天，我想设法接洽在书局里只做半天工，一面月支稿费，这样生活可以写意一点，工作也可早点完成。

我在一九三六年毕业之后，去湖州私立民德简师任教。开学不久，就收到了他寄来的《暴风雨》和《仲夏夜之梦》的译稿。由于教学任务相当繁重，隔了很多日子，才抄写完毕寄去。以后也就不再给他抄写所谓副本了。他预期在一年之内完成的第一分册喜剧杰作从残存的信件来看，似乎没有提到《辛白林》和《冬天的故事》，可能都没有及时译出。这一年，也确实出现了一些挫折，难免影响工作的进展。三六年下半年，形势险恶，真有山雨欲来风满楼的样子。上海不时有战事即将爆发的风声，陆高谊先生全家在风声鹤唳中迁入租界居住，朱生豪即搬至汇山路，先在胡山源先生家暂住，不久又就近另租亭子间，仍在胡先生家搭伙。一九三七年一月，生豪突患猩红热，病情相当严重，由胡山源师母送进医院治疗。病愈出院之后，暂回嘉兴老家略事休养，重又回至书局。这些，对译事进行，多少有所影响。

关于他的译作计划，似乎他的原计划是把《温莎的风流娘儿们》列入第一分册喜剧杰作之内的。后来发觉这本戏的风味别具一格，所以在1944年排版时确定编入第三分册杂剧中去，而把《量罪记》列入第一分册。

屈原是　陶潜否

七七卢沟桥的炮火，震撼全国。上海的空气，更加紧张起来。有的振奋，有的惊惶，有的恐惧。一向痛心于不抵抗政策的朱生豪，对于全面动员，团结抗战，当然积极拥护。但作为一个文弱书生，他认为只有坚持做好本职工作，才能保持实力。所以，他表示只要书局一天不关门，就坚持上班一天。

形势的发展，并不是意外的，但他确实没有做好任何准备。八一三夜间，日军突然在虹口一带开炮登陆，朱生豪从汇山路寓所仓皇出走，随身只带出小藤箱一只，装着一本牛津版莎士比亚全集和几件衣服。第二天打算再回去携取一些东西，但已是一片混乱，无法通行。世界书局总部，原在大连湾路，很快被日军占领，并且放火烧过。朱生豪辛苦收集的各种莎剧、参考资料以及其他书籍用品等等，全部葬身战火。他在亲戚家住了几天，无法和书局取得联系，就在八月二十六日夜间，挤在难民群中，搭火车回到嘉兴姑母家中。他写信告诉我，当时怀着无可奈何的心情，不得不离开动乱中的上海，但工作还在继续着。所谓"工作"，就是他所坚持的译莎。

嘉兴离上海不远，战事发生后，人们开始还有一些侥幸心理，以为吴淞口一带有巩固的防御工事，也许会像一九三二年那样阻遏住敌军的进犯。但事实上，日敌蓄谋已久的侵略计划已经难以遏制，京沪、沪杭沿线，频频受到轰炸破坏。延至十一月中旬，吴淞防线被突破，国民军狼狈后撤。日寇又在长江下游浏河口、浙江乍浦金山卫海口同时大举登陆，包抄南京。嘉兴小城，随之骚动，市民纷纷四散逃难。朱生豪不得不随同大姑母一家逃到新塍，暂时租屋居住。那时候，我在老家常熟乡下，炮火进逼声中，全家匆忙坐船出逃，在常州挤上千疮百孔的军车，二十一日到达南京下关，其后又随难民大流，转辗西上，三八年一月到达重庆。经同事介绍去江津暂时居住。三月中旬向教育部登记后，受国立二中聘去北碚二中女子部任教，跟生豪完全失去了联系，后来听说内地和沦陷区的邮路通了，我去信上海世界书局探问，才知道他是在三八年下半年回到书局的。他来信告诉我逃亡的经过，曾经在新塍镇度过一个冬天，后来又在日寇进逼声中，仓惶逃到水乡新市镇，同行的还有顾姓表叔一家。他在流徙期中，仍继续进行译莎工作。因为他根据日军进占世界书局时曾经放过火，推测那些早已交给书局的译稿，势必悉数毁损，就决心从头重译。所以现在留存的译稿中，就有《暴风雨》、《仲夏夜之梦》、《无事烦恼》三本，是一九三八年完稿的。那期间，他的业余工作，除继续研究翻译莎剧外，也有一些其他作品，在胡山源先生主办的《红茶》文艺半月刊上发表过。已经查到的，计有新诗三首、词三首，译文两篇。从这些作品中，我们可以了解到他当时的思想、心情、生活种种。

新诗三首

一、七太爷

七太爷今年七十岁了，

前清捐过廪补过贡生，

曾有土豪劣绅之目，

清党后服膺总理遗教，

而现今是当地的大慈善家。

他有一位长斋念佛的太太，

和七八个环肥燕瘦的如夫人。

×××××

×××之后，

他挈家避居乡间；

"读书人以气节为重，"

是他平日的恒言。

×××××

于是炮火惊醒了小市民的迷梦，

菩萨的神威再打不退敌人的飞机了；

七太爷的桑梓之乡，

也遭逢到这历史上的命运。

×××××

七太爷是一个大慈善家，

他惨念生民涂炭，

辄摇头长叹而唏嘘；

然而最使他心痛的，

是百余间自己的市房。

×　×　×　×　×

某方求贤若渴，

颇有拉他出任地方艰巨之意，

好，七太爷是一个读书人，

他懂得道理，约法三章堂而皇之地提出了：

一、不许强奸妇女；

二、买卖必须付钱；

三、城厢请不驻兵；

如不照行，他说：

他宁死不能受命。

×　×　×　×　×

三项要求不曾得到答复，

可是有一天几个人拿着手枪登门造访，

明天七太爷荣任了县长。

×　×　×　×　×

自从吃过一记清脆的耳光后，

七太爷便成为感恩深重的奴才了。

他的七八个姨太太剩了三个，

其余踪迹待考。

二、耗子·乌龟·猪

×军到来之日，

某屋的主人仓皇出走，

剩下满屋的耗子，

后圈一条来不及宰杀的肥猪，

和庭心一只积世的老乌龟。

×　×　×　×　×

耗子说，"这是我们的世界了；——。"

于是跳梁无忌，为所欲为。

乌龟是一个哲学家，

惟终日缩头曳尾于阶前，

悠然以度其千岁之长生。

肥猪则免作主人之馔，

深感×军的威德。

×　×　×　×　×

然而一把火烧去了耗子的窠，

感恩的猪奉献给×军一盘美味的烤肉，

更没有人查问乌龟的下落。

三、忆乡间女弟子

也许我将不忘记那一段忍气吞声的日子，

充满着沉痛，屈辱，与渴望的心情；

然而那也不是全没有可恋的，——

门外纵横着暴力的侵凌，

豺狼后面跟着一群无耻的贱狗，

而风雨飘摇的斗室之中，

却还温暖着无邪的笑语。

×　×　×　×　×

雅——大学教授的娇女，

是一个梳着两根小辫子的，

健谈而温婉的小鸟，

到处散布着阳光与青春的纯洁。

也许她还记得莎翁笔下 Cleopatra 的眩丽，

也许她还记得，那段著名的 Seven Stages of Man

在一个兴奋的下午，

她告知我国军胜利的消息。

××××××

明——烟纸店里的姑娘，

是羞怯而沉默的，

头常常低俯着，

英文对于她是一种新鲜的课程，

两星期读完了第一册读本，

无论哪个教员不曾有过这样颖悟的学生。

××××××

而且我怎么能忘记乖巧的小凤，

房东家的小女儿呢？

每天放学回来，

她不忘记交给我一篇稚气的作文。

先生的责任是很重的：

九归乘除在她的算盘上打会了，

分数小数在她的笔下算会了；

她还学会了中国，南京，海南岛，

在英文里叫什么名字。

一个无父的孤儿，

小小年纪怪懂事的，

她知道怎样发愤努力。

早晨练字写总理遗嘱,

蒋委员长是她崇拜的英雄。

×××××

也许我将不忘记那一段忍气吞声的日子,

充满着沉痛,屈辱,与渴望的心情;

然而那也不是全没有可恋的,——

门外纵横着暴力的侵凌,

豺狼后面跟着一群无耻的贱狗,

而风雨飘摇的斗室之中,

却还温暖着无邪的笑语。

　　这些诗篇,在形式上确乎不修边幅,而那种"屈辱、沉痛与渴望的心情"也确乎渗透在字里行间,耐人深思。一方面他痛心于像耗子一样唯知钻谋私利,像肥猪一样醉生梦死,像乌龟一样但求苟安的营营众生,在铁蹄暴力下不免同归于尽,揭露了侵略者的残暴,变节者的丑恶本质;另一方面,他在大劫大难中,也并不是消极悲观,而存在着"渴望"的积极态度。诗第三章中对几个女弟子奋发努力,颖敏好学的描叙,跟残酷的现实成为鲜明的对比,用以寄托他对新一代的希望,对民族前途的乐观,风雨飘摇中的幼苗仍在顽强地茁长。

　　《红茶》文艺半月刊共发行十七或十八期。据胡山源同志回忆,在《红茶》最后五期中,朱生豪还发表过散文,但我尚未查到,不知所署何名。这些作品,主要是对侵略者的愤慨,但意志并非消沉。如"词三首"之一:

满江红　用任彭二子原韵

　　孤馆春寒　萧索煞当年张绪　漫怅望云鬟玉臂　清辉何许　碎瓦堆中乡梦断　牛羊下处旌旗暮　更几番灯火忆江南　听残雨

屈原是　陶潜否　思欲叩　天阍诉　慨蜂虿盈野　龙蛇遍土　花落休吟游子恨　酒阑掷笔芜城赋　望横空鹰隼忽飞来　又飞去

词意伤时感事，满腔忧愤，但并不囿于个人哀乐。特别是他批判了以往对陶潜清高避世的欣赏，吟风赋诗的多事，表明自己决心在民族灾难的岁月中，效屈原的忠贞，作出自己应有的贡献。

一九三九年春，他写信告诉我应世界书局老同事詹文浒的邀请，将去《中美日报》馆任职。语气中流露出因能秉笔诛伐直接参加抗战行列而感到兴奋的情绪。《中美日报》是国民党政府《中央日报》在上海的分部，詹文浒担任该报总编辑。其时后方、上海之间，平信往来得一个多月，所以他来信很少，即有也只寥寥数语。其后我只知道他在报馆中编的是国内新闻版，工作很忙，夜以继日。有一次，他简略地提到报馆中有两个同事失踪，可见当时孤岛上敌人势力的猖狂，斗争的尖锐与复杂。那为数不多的信件，都已在我东归时悉数销毁了。

一九八二年，我得悉在青海师院的范泉教授，当年曾在《中美日报》与朱生豪共过事，即去信向他了解朱生豪在报馆时的工作与表现，他热情地给我提供了有关种种情况。

来信要点如下：

朱生豪在《中美日报》期间的工作态度是比较严肃认真的。他不是编国内新闻版（那是老鲍编的，助手是我的新闻系同学郑忠骆），他是给国内新闻版写"小言"（短评）。有时总编辑詹文浒出题目，叫他写社论，还叫他看大样。生豪在报社的名字叫"朱文森"，我在报社的名字叫"徐文书"，这些名字都是詹文浒给取的，是预防日伪绑架的烟幕。因为我编的是副刊，坐在他的对面（双人写字桌），所以接触较多；但是我一般在半夜后不需工作了，而他却需要继续工作，因此下半夜的情况就不甚了解。当时他的思想情况，就与我个人交谈中所流露，是对国民党顽固派不满的，对共产党是同情的。报社里有一些国民党棍子，言谈时言论反动，他从不插嘴，默然工作；而看到我时，却能悄悄地暴露一些自己的想法：身不由主，笔违心愿。为了吃口饭，找不到工作，只得唯詹文浒之命是从。那时他和我都年轻，詹对我们的态度却是一种对待学者的态度，从不发展我们参加什么反动党团之类的组织，所以在抗日反汪的大前提下，我们凭着一点民族正气而共事下来了。……总的说《中美日报》绝非特务机构，在抗日反汪一点上是符合人民意愿的。但皖南事变发生后，国内新闻版的标题是反共的，非常露骨。日寇冲进孤岛（1941 年 12 月 8 日），托着刺刀的士兵冲上报社大楼时，我和生豪以及排字工人一起，在日寇的刺刀旁徒手逃了出来。从此，詹文浒就不再见面。发解散费时，也是有人通知我们到霞飞路（今淮海路）的一条弄堂里去领取的。这说明我们和国民党反动派没有什么关系，只是凭着民族正义而冒生死危险，通过文字宣传搞抗日工作的。在报社时，生豪只要有空，就看莎剧，查字典，反复思索，有时还和我讨论一些疑难问题，包括当时英国人的风俗习惯之类。较多的时候，他沉默思索。

生豪为国内新闻版写"小言"，有些是詹文浒授意后写的，只得"等因奉此"；有些是他看了新闻稿有感而发的，笔锋犀利，嘲讽和幽默兼备，颇有选存价值。至于社论，正如他对我所说"笔违心愿"，"等因奉此"，不是他所愿意写的文章。其他文章，他很少写。我编《生活与实践丛刊》时他写过一篇文章，笔名朱森。此外用过什么笔名，我不知道。……

在报社时，他沉默寡言，埋头书桌，很少与人交往。他虽和我比较说得来，但我的工作时间和他不一致，见面机会虽多，但都很短暂。加上"孤岛"这个特殊环境，在白色恐怖笼罩下，不敢与他一起外出。

朱生豪在初进《中美日报》馆工作期间，寄宿在河南北路顾姓表叔家里。据表弟顾衍健回忆，那时生豪每天从报馆回家，都带有一大包日文资料，然后忙着写作。因此，可以想见他给国内新闻版写的"小言"，其内容及根据，并非全部依据国内通讯社材料，而是从大量外文报纸中纵观各方面，如国际动态、日本政局等等，加以分析研究，然后揭露实质，指明方向，痛斥敌伪，针砭时政，呼吁团结，鼓舞斗志。如在 1940 年 1 月 2 日"小言"题为《美致日牒文》中，指出"此种不承认主义之重申，虽可表明美对日之坚决立场，但仅属声明态度，而无进一步之制裁为其后盾，则侵略者之野心决不稍戢，故其效果甚微"。又如是年 1 月 4 日"小言"（《大炮不能代牛油》）中，指出"德扩军备战，有增无已……将来英德冲突，在所难免"。这些，足以显示出他观察局势的敏锐和深远。当然，由于报社的特定背景，他的言论肯定也有一定的局限性。但该报在当时上海社会上有较高信誉，成为敌伪眼中钉。有时报纸一上街，就全被特务劫走。而在报馆工作的人员，常有如临深渊危机四伏之感。

生豪在报馆的工作时间，主要是在夜间，经常通宵达旦，能利用的时间极少。所以，在这两年多时间里，译莎工作，基本上是停顿着的。

一九四〇年秋，我转至成都四川省立成都女中任教。由于母亲的催促，四一年暑假后，我辞去教职，取道贵阳，过韶关，经浙赣线绕道宁波、舟山，十月中旬回到上海。十一月，由老同学介绍，在私立锡珍女中当代课教师。当时仍在《中美日报》馆工作的朱生豪，虽曾多次见面，但从未谈起他的工作情况。他依然那样沉默寡言，看起来工作似乎很忙。

专心一志 致力译事

一九四一年十二月七日夜，袭击珍珠港事件发生后，八日凌晨，日军进占租界，同时荷枪实弹、亮着刺刀的日军，冲进爱多亚路 130 号《中美日报》馆，朱生豪杂在职工群中徒手逃出。原先存放在报馆中的诗词集、和其他书籍资料用品等等，都无法带走。日敌也在报馆中放过火。在一片恐怖气氛中，他暂时躲在霞飞路姑母家窄小的阁楼上。报馆负责人转入地下联系，计划撤往后方。寒假之后，我也失业了，寄居在同学华亚若那里，准备仍回重庆工作，并约朱生豪结伴同行。那时之江女诗人张荃也在计划离开上海，她就向生豪建议，为了同行方便，你们不如结了婚再走，可以相互照顾。于是我们就在五月一日匆匆举行了婚礼，准备一同搭船去香港，再转往重庆。但是形势变化很快，原定五月中旬的船期取消了，我回沪时走过的那条路线，也由于日军步步西进不能通行了。加上朱生豪顾虑重重，他不但缺少足够的路费，即使到了后方，能够有个糊口的工作，也难以继续赡养留在上海的姑母表姊。而最不能使他释然的，是译莎工作毫无保证。经过再三权衡，终于决定留下不走。但是挤住两家人的阁楼，毕竟太小，日益腾贵的物价也难以承受，于是，由我母亲协助，在常熟城内租了一间小楼，给朱生豪化名朱福全领了良民证，我们就在六月二日同往常熟暂住。

常熟，在朱生豪印象里，是个山川秀丽的人文荟萃之邦，饶有江南城市的情味。但这次的到来，心情是沉重的，只是为了求得暂时的安定，隐蔽下来继续译莎工作。那时，常熟是重点清乡区，交通要道，都设岗哨，但市民生活，尚属平静。我们的住宿，都是由母亲早作安排。生豪一到新居，就打开书本，开始他的译写工作。

经过两次炮火的洗礼，过去已经译出的那几本喜剧杰作，译稿是否能有幸存，生豪一时无法查核，但稿费都已向书局支领，根据洽议，如果继续履行，势必全部补译出来。所以，他毫不犹豫地再一次从头译起。由于对这一部分原文已相当熟悉，他译写时候不再起草，进行得相当顺利。我们是在母亲家寄食的，不必操心家务。茶余饭后，生豪往往翻阅唐宋各家词集、以及各家诗选、词律、词综等，凭自己的观点遴选名篇佳作，积累既多，辑成《唐宋名家词》，而把那些并非出自名家之手，但一向脍炙人口的如岳飞《满江红》之类列入附录，共计四百首，嘱我系统抄录。可见他对诗词仍然有着浓厚的兴味，借此作为调剂。

译写的进展很快。到一九四二年底，重复译写的喜剧杰作已全部完成，陆续寄交书局。当然这是属于"还债"性质，书局是不再支付稿费的。那时，朱文振在重庆中央大学，全家都在四川，嘉兴老家尚有幼弟朱陆奎照顾。生豪函告陆弟，嘱他稍事安排，以便回家定居。阴历年底，我们就一同回到嘉兴。

沦陷初期，日军因为发现生豪家中有《东方杂志》之类的书籍，进行了重点搜查，慌乱无人之际，游民、乡民又都趁机翻箱倒笼，顺手牵羊。所以，劫后老家，略无长物，我们只得借用文振弟的房间暂住。饱经忧患的生豪，对于这种遭遇，仍然沉默寡言，貌似坦然。春节过后，随即邀姑母一家由上海回嘉兴同住。

朱生豪在对家务生活粗作安排之后，就又开始他的译写工作。晚上没有电灯，他尽量利用白天，埋头伏案，全神贯注。这次是从《罗密欧与朱丽叶》开始的，接着是《哈姆雷特》等悲剧杰作。这部分都还是初译，难度较大。他深思苦想，费力较多。有时为了一词一句的妥贴，往往踌躇再四，甚至得花上一时、半天。特别是遇到原文中语意有双关之处，或在汉语中难以恰当表达的语句，更是难以下笔，原文中也偶然有近似"插科打诨"或不堪雅驯之处，他往往大胆做出简略处理，认为不致影响原作主旨。那时他仅有的工具书，只是两本字典——牛津辞典和英汉四用辞典。既无其他可以参考的书籍，更没有可以探讨质疑的师友。他所耗费的心力，确实难以想象。

嘉兴同样是沦陷区，所幸前门有油瓷店掩护，后宅住户，不受侵扰。生豪平时虽足不出户，但精神上难免如坐囚笼，感到压抑痛苦。因为他过的依然是"忍气吞声的日子，充满着沉痛、屈辱和渴望的心情"。"只有埋头在工作中，才恢复了一点自尊心。"另一个给他压力最大的，是生活的穷苦。那年头，物价飞涨，书局在收到译稿后，曾先后两度提高稿费，但跟米价比较起来，真是微乎其微。生豪生活一向俭朴，但五口之家，窘境是可想而知的。尽管他貌似泰然，但半夜梦回，多次泪沥巾枕。一邻居出于同情好意，曾经向生豪提过："××县的教育局长是之江毕业同学，你们找他谋一个教师的职位，大概不成问题。"生豪当时默不作答，但一向喜怒不形于色的脸上，似乎遭受了冷气的侵袭。事后，他说"要我到敌伪那里去要饭吃，我宁愿到妈妈那里去"。他把仇恨集中在敌人身上，力量集中在笔上，始终坚持译写。因为他永远不会忘记骄横的敌人，嘲讽我们是无文化国家的谰言，只有以实际行动——坚持把莎翁杰作译出来，才能响亮地回答他们"炎黄子孙绝不会永远落后"。

他既要为妈妈争气，宁死不屈，保持一身清白；也要为祖国争气，竭尽全力，做出自己应有的贡献。

但不幸的是辛勤的工作伤耗他的精神，贫困的生活条件无法弥补他的体力。因此，译写的成果一天天增多，健康却日见衰退。一九四三年下半年，腹部疼痛、牙床炎，不时折磨着他，但他长期忍受，不肯求医，而且仍在半病状态中勉强坚持工作。那时我正值产后，又一向体弱，忙于家务、孩子，确实没有意识到问题的严重性，以致他的病根，在我的麻木无知中，逐渐地加深滋长。

截至一九四四年初，他按照原定计划，次第译出了悲剧杰作，继《罗密欧与朱丽叶》之后是《汉姆莱脱》、《李尔王》、《奥瑟罗》、《麦克佩斯》四大悲剧和《裘力斯·凯撒》、《安东尼与克里奥佩特拉》、《考列奥来纳斯》三本罗马史剧共八种，杂剧《爱的徒劳》、《维洛那二士》等十种。生豪估计如果一切顺利进展，年内可以把所有英国史剧十种全部译出，大功告成。世界书局方面，因为莎剧大部分译稿已经收到，就考虑开始排版，商请朱生豪撰写序文。又因为原计划中的第三分册史剧还没有译出，就决定把原定为第四分册的杂剧改为第三分册，先行制版。嗣后，即把排印后的校样，连同译稿一同寄来嘉兴。根据惯例，校样经局方三校之后，再交作者作最后校正。为了节省生豪的时间和精力，这批校对任务，全部由我代劳。校完寄出校样之后，我就把原译稿都留了下来。四月中生豪撰写了《译者自序》，并给一、二、三分册各写了提要。

在《译者自序》中，对于译述的经过和译写的态度，他做了概括的叙述：

> 余笃嗜莎剧，尝首尾研诵全集至十余遍，于原作精神，自觉颇有会心。廿四年春，得前辈同事詹文浒先生之鼓励，始着手为翻译全集之尝试。越年战事发生，历年来辛苦搜集之各种莎集版本，及诸家注释考证批评之书，不下一二百册，悉数毁于炮火，仓卒中惟携出牛津版全集一册，及译稿数本而已。厥后转辗流徙，为生活而奔波，更无暇晷，以续未竟之志。及三十一年春，目

睹世变日亟，闭户家居，摈绝外务，始得专心壹志，致力译事。虽贫穷疾病，交相煎迫，而埋头伏案，握管不辍。凡前后历十年而全稿完成（其后因病重不起，尚余史剧六部未克译出），夫以译莎工作之艰巨，十年之功，不可云久，然毕身精力，殆已尽注于兹矣。

余译此书之宗旨，第一在求于最大可能之范围内，保持原作之神韵，必不得已而求其次，亦必以明白晓畅之字句，忠实传达原文之意趣；而于逐字逐句对照式之硬译，则未敢赞同。凡遇原文中与中国语法不合之处，往往再四咀嚼，不惜全部更易原文之结构，务使作者之命意豁然呈露，不为晦涩之字句所掩蔽。每译一段竟，必先自拟为读者，察阅译文中有无暧昧不明之处。又必自拟为舞台上之演员，审辨语调之是否顺口，音节之是否调和。一字一句之未惬，往往苦思累日。然才力所限，未能尽符理想；乡居僻陋，既无参考之书籍，又鲜质疑之师友。谬误之处，自知不免。所望海内学人，惠予纠正，幸甚幸甚！

……

其时他体力已很衰弱，但仍勉强支持。从年初至四月中旬，又陆续译出了英国史剧《约翰王》、《查理二世》、《亨利四世》上下篇四本。在他把《亨利四世》送至邮局付寄之后，随即给当时在重庆的文振弟写了一封信，其中有一段是这样写的：

……这两天好不容易把《亨利四世》译完，精神疲惫不堪，暂停工作，稍事休养。……这一年以来，尤其是去年九月之后到现在，身体大非昔比……现在则提一桶水都嫌吃力。因为终日伏案，已经形成消化永远不良的现象。走一趟北门，简直有如爬山。幸喜莎剧现在已大部分译好，仅剩最后六本史剧，至多再过半年，这一件负山的工作，可以告一交代，以后或许可以找一点轻松的事做。已译各剧，书局方面已在陆续排版，不管几时可以出书，总之已替中国近百年来翻译界完成了一件最艰巨的工程。……

其后他仍勉强支撑着断断续续译出《亨利五世》第一、二两幕（译稿已毁于1966年）。延至六月初，他突发高热，手足痉挛，延请沈开基医师诊治，确诊是结核病，而且是肠结核、腹膜结核、肋膜结核、肺结核的合并症。这下他才正式放下了笔杆。沈医师了解我们的情况后，主动提出以后定期前来复诊，不收诊金。但那时并无特效药，仅投服退热剂，钙片，注射葡萄糖，潮热继续不断，病情毫无转机。到十二月，病情愈益恶化。但他神智始终清楚，谈吐中仍念念不忘译莎工作。甚至说，早知一病不起，拼着命也要把它译完。病危时，他嘱我转告文振弟继续译完六部史剧，以了未竟之志。有两次，他仰卧床上，高声背诵莎剧原文，音调铿锵，表情严肃，过后却神情漠然，正似久久绷紧的琴弦，终于断了。延至一九四四年十二月二十六日长辞人世。终年三十二岁。

生豪的一生是短促的。他朴实、真诚，爱憎分明，疾恶如仇。在生活上，他拙于应付，不善活动，无疑地是个弱者；在事业上，他认定方向，敢于攻坚，勇于攀登，不愧是个强者。他的一生，是痛苦的，也是幸福的：是伟大诗人莎翁的魅力，使他排除了无聊，使他忘怀了世俗的桎梏，只有埋头在工作中，才感到多少恢复了一点自尊心。我们在读到他的遗译的时候，可以想见他苦思力索的艰苦，也可以领会他恍然有得的欣喜心情。纵使他的译作，还存在着这样那样的缺陷，但那不是他故意偷懒，而只是力不从心罢了。

发表于《江南》上的短文两篇和书简一篇

编者按：1989年第一期《江南》刊出了《朱生豪传》部分章节和黄源为《朱生豪传》写的序《朱生豪实现了鲁迅的企望》，以及包括冯雪峰、楼适夷、曹禺、黄源、宋清如之间有关朱译莎剧和《朱生豪传》出版的五封书信的《作家书简》。同时还刊出了宋清如写的两篇短文。

回忆朱生豪

最近，我有机缘由儿孙陪同，重访了之江大学旧址，并且在图书馆、都克堂①、慎思堂②前拍下了照相。红楼绿树，依稀当年，但又不似当年。半个多世纪过去了，探索过去的踪迹，唤醒了近乎消逝的记忆，我仿佛又听到了朱生豪低声的吟唱，看到了他颀长的身影。

那是一九三三年。正是"五月过去了，玫瑰尚残留在枝头"的季节，朱生豪怀着"肩上人生的担负，做一个坚毅的英雄"的满腔豪情，告别了之江，踏上征途，开始探索人生，寻找出路。他留给我的印象是一个有理想、有志气的青年，一个有热情的诗人。

如果说，朱生豪坎坷的历程，短促的一生可以分成几个阶段的话，那么，在他离开大学的时期，正是开始成熟，振翅待飞的阶段。由于他早经忧患，孜孜好学，从中学到大学，凭着个人的刻苦专研，以及老师们的教导，在中英文方面，都有深厚的基础，尤其爱好诗歌。当时之江中国文学系人才济济，各有所长，可是朱生豪不但在古文、古诗、词方面名列前茅，而且在语体文（当时称新文学）、语体诗（新诗）方面也卓有成就，加之英语水平出类拔萃，可以说是中文系中全面发展的佼佼

---

① 都克堂：当年之江大学的小礼拜堂。
② 慎思堂：之江大学的主教学楼。

者，因而在师生中被誉谓才子、诗人。他自己也有一定的自信和优越感，正如他在《鹧鸪天》中写的"楚楚身裁可可名，当年意气亦纵横；同游伴侣呼才子，落笔文华洵不群"。

那么，他怎么会从一个诗人转而成为一个翻译工作者呢？从我跟他的交往中，我深深体会到其中有一段明显的过程。那就是一九三三至一九三五年间，他经历了思索、彷徨、苦闷、挣扎的阶段，也就是所谓转变的过程。

到了上海世界书局之后，他的具体任务是参与编纂英汉词典，工作是单调的，生活也是单调的，朱生豪感到寂寞，感到孤独。既无小桥流水，更少闲情逸致，低吟小唱的天地只能在梦境中重现。而且，他也明白，只有生活才是创作的源泉，不到风浪中搏击，战场上角逐，必然谱写不出气壮山河的篇章，震撼人心的诗句，而风花雪月，应酬唱和，只能是青春的游嬉。所以，到上海后不久，他就多次向我诉说，"我寂寞，我悲哀，我再也没有诗了。"

但是，十里洋场，多姿多彩的旧上海，给朱生豪提供了新的营养，丰富了他的文化生活。每逢星期日、假日，他总是跑旧书店，上电影院，几乎每天读书到深夜。他读到了许多世界名著，看到了许多国内外产的新片名片。那时莎剧《第十二夜》、《仲夏夜之梦》、《铸情》（《罗密欧与朱丽叶》)、《克利奥佩特拉》等都在银幕上出现过，朱生豪每看到一次这样生动的故事，精湛的演技，总感到是一种无上的享受。逐渐地他对戏剧产生了浓厚的兴趣，特别是深深爱上了莎剧。从此，他不但很少写诗，甚至也不再爱读诗了。

那两年，民族危机，阴霾四布。文化界"围剿""反围剿"斗争十分激烈，文化事业极不景气。在鲁迅先生的倡导下，不少文化名人，分头从事翻译世界名著的工作，为中国文坛输进新血，增加活力。世界书局英文编辑部主任詹文浒对朱生豪有一定的了解和信任，就建议他翻译《莎士比亚戏剧全集》，并且由世界书局陆续收稿支付每千字稿费两元。这一建议，朱生豪欣然接受了，因为这正是投其所好，也可以说是在绝境中看到了出路。我还记得他在信中告知我这一消息时，字里行间所流露的喜悦心情。这以后，他就用全部业余时间，开始了准备工作。不久，他就克服种种困难，着手译莎。所以，可以说从一九三五年到他生命终竭的一九四四年为止，是他艰苦译莎，百折不回，殚精竭力，终以身殉的过程。

曾经有人问过我，朱生豪翻译莎剧的动机是什么？根据我的认识水平来说，首先是由于他对莎士比亚戏剧的热爱，对祖国、对人民的热爱。他在中学、大学阶段，就接触过莎剧，又从不断欣赏艺术表演中，加深了对戏剧的热爱。他在自序中就说："余笃嗜莎剧，前后研读全集十余遍，自觉颇有会心。"也可以说是莎翁艺术的魅力征服了他，使他甘愿为之竭尽全力奔走效劳。而且，他也认为这一精湛的艺术瑰宝是属于全人类的，应该使祖国广大的读者和观众，都能直接地阅读、欣赏、享受。正是这一动机激励着他，才使他在战乱中，在困境中，在疾病的折磨中，始终埋头伏案，艰苦工作。而且为了对作者负责，对读者负责，对观众负责，他始终一丝不苟，精益求精。朱生豪译述的态度，可以引用他在《译者自序》中的一段话来作证。

> 余译此书之宗旨，第一在求于最大可能之范围内，保持原作之神韵；必不得已而求其次，亦必以明白晓畅之字句，忠实传达原文之意趣；而于逐字逐句对照式之硬译，则未敢赞同。凡遇原文中与中国语法不合之处，往往再四咀嚼，不惜全部更易原文之结构，务使作者之命意豁然呈露，不为晦涩之字句所掩蔽。每译一段竟，必先自拟为读者，察阅译文中有无暧昧不明之处。又必自拟为舞台上之演员，审辨语调之是否顺口，音节之是否调和。一字一句之未惬，往往苦思累日。然才力所限，未能尽符理想；乡居僻陋，既无参考之书籍，又鲜质疑之师友。谬误之处，自知不免。所望海内学人，惠予纠正，幸甚幸甚！

从他自己的申述，再对照他当时在那样困苦的条件下，毫不气馁，毫不动摇的事实，足以证明他译述的动机既不是为名，更不是为利，而只是基于对作者的热爱，同时有利于人民。当然，世界书局同事们给他的鼓励和支持，也起了一定的作用。

遗憾的是他没有译出全部戏剧，而且也再没有机缘进一步加工校订，只能寄希望于"知我罪我，唯在读者"了。

现在，半个世纪快过去了。人们在读到莎士比亚戏剧的时候，往往会提到朱生豪的名氏，议论他翻译的得失。但在我的记忆里，他永远是个满腔热情，不计名利，意志坚强的诗人。旧地重游，无异是梦境的再现。苍松古木，早已把他的歌声埋进年轮里，再也发不出回响了。

宋清如在陋居和孙儿之江相伴，那是她最开心的时候

读了《朱生豪传》及其序文

前些日子，杭州大学吴洁敏朱宏达两位副教授，送来了他们合写的《朱生豪传》校样，同时告诉我正在设法联系曹禺同志给传记写序文，还说最近曹禺同志活动很多，一时联系不上。我就建议序文可以请黄源同志写。我并不认识黄源同志，但在三十年代，我读过他编的《译文》和《文学杂志》，留有一定的印象；我在嘉兴秀州中学教过书，从《秀州钟声》和《秀州同学录》上知道他是秀州校友，住在杭州，而且他也是中国莎士比亚研究会负责人之一，所以无形中有着亲切感。这一建议，果然获得了令人感奋的答复。这位八十三高龄的老同志，竟会不辞干扰，欣然接受。他仅用一天多时间读完了传记，接着写下了洋洋洒洒热情洋溢的序文。如果说我读了《朱生豪传》似乎重新见到了朱生豪，那么读了序文，就犹如重新认识了朱生豪生活的时代气氛，进一步理解了朱生豪工作的意义。我为朱生豪感到欣慰，我也为自己感到荣幸。

朱生豪离开我已经四十多年，世界书局初次刊印出版《莎士比亚戏剧全集》也已四十一年了。解放后，重新出版了《莎士比亚戏剧集》三十一种，包括朱生豪的全部遗译。一九七八年，人民文学出版社又经过校订补正，补齐了未译出部分，出版了《莎士比亚全集》。这一部久已名震全球的文学精品的魅力，吸引了愈来愈多的读者。与此同时，朱生豪的名字，引起了不少人的注意，于是也就有人寻踪追迹，想了解他是一个怎样的人。但是，朱生豪短促的生命，不广的交游，生活过的圈子极其狭小，人们只能从我写的《译者介绍》中得知粗略概况。八十年代初，我住在嘉兴，先后有两位同志向我采访，要我提供一些线索。他们经过多方调查，花了不少精力，不久写出了《朱生豪传》。我读了之后，确实很受感动。作品中背景的铺叙，形象的塑造，细节的刻划，都很生动。但总的印象却是不像朱生豪。也就是说，近乎是小说或者报告文学而不像传记。在我的心目中，传记该是比较朴素而接近真实的。当我表示这一意见后，他们主动提出把作品交我留存，暂不考虑发表。对于他们的热情和宽容，我只有无限的感激和崇敬。

　　一九八四年暑假，我接待了杭大朱宏达吴洁敏两位副教授，他们表达了要为朱生豪作传记的诚意。一开始我就声明这传记很难写。因为我知道传记首先得有丰富的资料。至于朱生豪，既没有辉煌的业绩，又没有留存像样的著作，人家熟悉他，只是因为读到了他译写的莎士比亚戏剧，他自己就曾说过，译得再好也是别人的作品。何况他的生活是如此平凡，没有任何闪光的斑点，没有任何离奇的遭遇。他留存在这世上的，除了莎剧译稿外，只有一些残存的信件。而这些信件，又只属于私人情愫的倾吐，属于半个世纪以前现实的观照。我把这些想法向他们交了底，他们却不是知难而退，并且从他们设想的角度，提出了一个个问题，甚至记下了每一句话。他们的热情、执着、耐心、诚恳、终于打开了我设防的门户，倾诉了我所知道的有关朱生豪生平的经历，披展了一些有关资料，也提出了某些可供调查的亲属友好。初次会晤，在取得我的信任和支持下，他们开始了艰巨的工作。

　　走访，信访，查档案馆，查图书馆，发掘，研究，积聚，逐渐有了轮廓，出了成果。

　　一年之后，我读到了《朱生豪传》初稿。作品中朴素地介绍了朱生豪的生活历程，学识基础，成功关键以及他的个性特征，思想情操，呈现的基本上是朱生豪的原形。从中我深深体会到他们在作品中所耗费的精力，也显示了作者对朱生豪的深厚情谊。我为朱生豪感到高兴。

　　朱生豪自己说是"一个古怪的、孤独的孩子"。他之所以自认为古怪、孤独，因为他不合时宜。在时代浪潮的激荡下，独自挣扎，而又无力奋飞。我们熟悉一个人，往往容易记住他的形态、习惯、音容笑貌，很难深入内心。其实每一个人的精神世界，各是一个独立的或大或小的天地。即使最接近、最相知的友朋之间，也只能像似两个星球的相互辉映，难以触及核心。朱生豪的精神世界是宽阔的，复杂的，它溶汇着中西文化的岩浆，跳动着时代的脉搏。是陶潜，是屈原，是李白，是雪莱，是拜伦，……用醇甜的奶汁哺育了他，丰富了他，使他满怀激情，充满理想，追求自由，追求光明，热爱自然，热爱美，他自己也曾说过："我是个理想主义者，一想到现实便使我黯然。"他的沉静、落寞、苦闷的渊源，正如鲁迅先生说的，在那个社会里，他没有生下"根"来，也很难生下"根"。但是，他毕竟是幸运的。是莎士比亚不朽的杰作，撞击出了回响，点燃了他希望的火花。对于朱生豪来说，决定翻译莎剧的计划，是生命、生活、思想、情绪的转折点，正如在汪洋大海中漂流的小艇，看到了前进的航标；又如经过严冬行将干枯的种子，找到合适的土壤，准备发出"根"来。他找到了失落了的自己。莎士比亚在艺术宝库中，不是禁区而是高峰。朱生豪终于鼓足勇气，希冀攀上这一横空出世的高峰刻下自己的名字。所以，自从一九三五年夏天开始起步之后，他的精神面貌有着根本性的变化。他把可以利用的时间，全部用在阅读、研究、翻译的工作上。呻吟少了，闲暇少了，尽管是忙，是累，但他的感受却是"只有在工作中，才能恢复一点'人'的尊严"。这些，所有这些，我在《朱生豪传》中，可以找到线索，发现痕迹。

当然，《朱生豪传》也有其不足之处，但这绝不是作者应负的责任。最突出的问题是既然朱生豪的全部成绩，在于译出了大部分莎士比亚戏剧，读者当然希望从传记中了解更多的有关他翻译时的心境、体会、经验而得不到满足。这是因为译写不是旅游，可以随时摄取胜景，记下路线，作出标志，留给后来者参考。纵使在译写过程中，必得克服一个个难关，逐步深入扩展，但也不似各种阵地战役，声势煊赫，战果辉煌，而只是从愁眉苦脸，到微展笑颜，此中甘苦，实在难以言传。朱生豪译出的莎剧总集三十一种又两幕（《亨利五世》第一、二两幕译稿，已在文化大革命中被毁）前后花了十年时间，但是现存的译稿，基本上都是在不到两年的时间内完成的。这样快速的进度，不但是勤奋，甚至是拼命。用他自己在"自序"中的话来说就是"及三十一年（一九四二年）春，目睹世变日亟，闭户家居，摒绝外务，始得专心壹志，致力译事。虽贫穷疾病，交相煎迫，而埋头伏案，握管不辍"。他那贫穷疾病交相煎迫的处境，人们是容易理解、同情的，至于"埋头伏案"的滋味，他无法吐露，人们也难以体会。在我的记忆里，那时的朱生豪，完全沉浸在工作中，进入了"忘我"的境地。每天，每天，除了必要的饮食睡眠以外，只有莎氏戏剧的故事情节，在他脑海中一幕幕搬演，只有剧中人物的喜怒，牵动着他的心弦。在攀登这一艺术高峰中，不断历险境，度峡谷，终于力竭神衰，不得不放下笔杆。可是要我向热情的作者介绍他那时的情况，我能用什么奉告呢！所以，传记的不足之处，只能留下无可补偿的遗憾了。

读了黄源同志的《序文》，我似乎又听到了三十年代战斗的号角。那一时代的文化阵地上，是壁垒分明的。许多进步青年，革命勇士，在鲁迅先生的旗帜下冲锋陷阵，立下了不朽功绩，甚至用生命，用鲜血，谱出了泣鬼神动天地的篇章。在两大阵营之外，也有竖起超然旗帜的所谓"第三种人"。实际上，只要察看他们的言行和实绩，他们行进的方向，他们留存的后果，就不难判别出是"左"还是"右"，不存在中间的路线。朱生豪自命是"超然高蹈，与世无争"，也许因为是企图逃避斗争，或者因为是自己性格的弱点，生活工作环境的局限，缺乏参加斗争的勇气和力量。但是，在半个世纪之后，我们从他留存的残迹中，不难发现他对革命的倾向，对所谓正统的封建礼教等等的叛逆精神，特别是他所献身的译莎工作，实现了鲁迅先生"于中国有益，在中国留存"的殷切期望。黄源同志说："我写这序文时，好像他曾经生活在我们鲁迅一群中"，是有充分根据的。我相信朱生豪如果有知，也会欣然认同的。

《朱生豪传》不久将和读者见面了，我为朱生豪能有更多的知音感到快慰。在此，我也谨向传纪的作者以及序文的作者表示诚挚的谢意。

一九八八年五月八日草

就为《朱生豪传》作序给黄源的回信

黄源同志：

久仰大名，幸得聆教。深情厚意，获益良深。

拜读序文，更受感动。提挈纵横，高瞻远瞩，不但为传记增光，且亦使译作生色。忆自中学阶段，即受鲁迅教益。鲜明旗帜，导引一代青年，虽未及门，亦沐余泽。生豪自谓古怪孤独，超然高蹈，实则同情倾向革命，渴求进步。故虽貌似平和，而不平之鸣，郁勃之气，时有形诸梦寐，见于信札。时代脉搏，确与鲁迅先生有所共鸣，声气相应。

译事甘苦，诚非旁观者所能深刻领会。莎剧系诗剧，生豪虽采用散文体，仍有如负山之重。加以条件所限，难臻尽善尽美。其译述动机，渊源于对莎剧之笃爱，激发于为祖国文坛弥补空白。而又适逢其机，终于进入忘我之境，倾注全部精力。于此益见莎翁之伟大感召力，足以笼盖全球，照耀千古。

至于立像之计①，似非必要之举。良以逝者已矣，卷帙长存。莎翁杰作，深入人心，生豪有知，当可瞑目。

草草奉复，谨致谢忱。

敬祝

健康长寿

全家幸福

宋清如谨上

一九八八年五月四日

---

①在黄源致宋清如的信中有："……下一个愿望，在下一次中国莎士比亚研究会主办国际莎剧会演时，我要求巴金、曹禺、张君川、黄佐临、杨周翰、卞之琳、李赋宁、方平等同志和嘉兴市一起，共同倡议发起为朱生豪建立一个塑像在南湖之滨……"

黄源同志：

　　久仰大名，幸得聆教，深情厚意，感益良深。

　　拜读序言，备受感动。忆自中学阶段，即受鲁迅教益。贺恨解明 枪矛纵横，高瞻远瞩，不但对我鞭策，且顿使译作生色。引导一代青年，虽未及门，亦沐余泽。先辈自谓古怪张狂，超然高踏，实则同情革命，渴求进步。故虽貌似平和，而不平之鸣，鬱勃之气，时有形诸梦寐，流露于信札诗篇。时代脉搏，确与鲁迅先生有所共鸣，声气相应。

　　译者甘苦，诚非旁观者所能深刻领会。举凡译文译册，先辈曾采用旧文体，仍有如负山之重。加以条件所限，难臻尽善尽美。其译述动机，渊源于对书册之笃爱，激发于弥补祖国文坛之空白，而又适逢其机，终于进入忘我之境，倾注全部精力。

于此益见莎翁之伟大感召力，足以笼盖全球，耀题华千古。

　　至于立像之计，似非必要之举。良以逝者已矣，卷帙长存。传世杰作，深入人心，生豪有知，亦可瞑目。

　　草草奉复，诸政谢忱！

　　敬祝

健康长寿

　　全家幸福

　　　　　　　　　　　宋清如
　　　　　　　　　　一九八八年五月四日。

伉俪
朱生豪宋清如诗文选

关于 1935 年朱生豪给宋清如的信及冯雪峰等人书信的说明

编者按：宋清如还为 1989 年第 1 期《江南》提供了朱生豪 1935 年写的一封长信（本社出版的《朱生豪情书全集（手稿珍藏本）》中第 148 封信），并为这封长信和该期《江南》的《作家书简》分别写了短篇的说明。后来这篇长信发表在《江南》1989 年第 3 期（宋清如另外写了《怪人朱生豪》一文），这两篇说明均未曾刊出。

关于 1935 年朱生豪给宋清如的信

这封 1935 年朱生豪给我的信，是他来了常熟之后写的。那年暑假，常熟到上海刚修通了公路，结束了必须从苏州或昆山再转到上海的历史。朱生豪也是第一次到常熟来看我。那时我老家仍在乡下，城里只是我兄弟一家人居住，实际上我自己也处于做客地位。为了准备招待这一位不善交际，说话不多的男友，我特意事先邀请了中学时的好友作伴，以便缓和气氛。而且

128

那几天我的病还没全愈，由于种种因素，使他这一次探访的结果并不理想。回去之后，感受复杂，思绪纷纭，情怀激动，甚至夜不能寐，洋洋洒洒写下了这封长信，倾吐了他在当面无法说出的话，从沿途景物、个人情性、艺术观点以及家庭经济情况等等，絮絮叨叨，谈说家常，诉叙衷曲。

读了这封信，除了获得一些有关他所谓"古怪的孤独的"特征外，联系他前后的生活道路，思想情操的发展过程，有两点弦外之音，值得补充说明一下。

其一：关于末段所谈文化问题，因为并非专题论著，仅只泛泛提及，但似乎给人以某种程度上有离经叛道的印象。这种思想的根源，有着一定的历史背景。封建王朝的推翻，打破了闭关自守的局面，五四浪涛的冲击，动摇了传统文化的根基。一代爱国志士，除直接从事政治参加革命之外，有的从事实业，有的攻研科学，有的献身教育，以期为祖国作出贡献。其中共同的突出的一点，是博采东西各国之长，用以弥补自己的不足，在突飞猛进的世界潮流中，立于不败之地。就文学艺术界而言，如果仍然固步自封，夜郎自大，怎么能挽救腐化没落的趋势？

也正是在这种形势下，朱生豪对当时的复古运动，产生强烈反感，发出似乎偏激之词。也同是出于这样的思想基础，他决定着手翻译莎士比亚戏剧，使这位卓越诗人的作品，在祖国的文苑中，焕发新的光芒。当然，他对英国文艺的喜爱，特别对莎剧的笃爱，以及当时某些友朋的鼓励，都是促成的因素。而且由于听说当时日本帝国主义者曾嘲笑我们是"无文化

如果仍然故步自封，夜郎自大，怎么能挽救腐化没落的趋势。也正是在这种形势下，朱生豪对当时的复古运动，产生强烈反感，发出似于偏激之词。也同是这样的思想基础，他决定着手翻译莎士比亚戏剧，使这位卓越诗人的作品，在祖国的文苑中，焕发新的光芒。当然，他对英国文艺的喜爱，特别对莎剧的笃爱，以及当时某些友朋的鼓励，都是促成的因素。而且由于听说当时日本帝国主义者嘲笑我们是无文化的国家，连老莎的译本都没有"云云，更加坚定了译莎的信心，为使祖国的文化焕发新的光辉。

其次是信中所谈到的所谓"不朽"问题，似乎很有些特殊意味，他嘲笑并不自诩是"天才"，更不奢求"不朽"，但衷心地热爱"天才"，仰慕"天才"，同时又深切

体会，那些天才们曲高和寡
地感到人海茫茫，知音难得，大有陈子昂那样
"前不见古人，后不见来者，念天地之悠悠，
独怆然而涕下"的慨感。这里，他之所以碰沧
不朽、"天才"，主要是由个人身世之感所引发。
由于他性格内向，落落不合时宜，甚至显得"古
怪"，感到"孤独"。而这一时期，正在他开始
准备翻译莎剧，利用一切可以利用的时间，专
心研读原著，莎翁的卓越天才，广博智慧，在海
从而浮想联翩，感到像这样天才，所留下的
不朽著作，纵使后代不乏知音，难免有令人想
读而不能相识之憾，方起，豪他一向越世高
踌，不慕名利，他决没有企求"不朽"的奢望。

的国家"，因为"连老莎的译本都没有"之后，更加坚定了译莎的信心，为祖国的文化事业奉献自己的光和热。

其次是信中所谈到的所谓"不朽"的问题，似乎很有些特殊意味。他确实并不是自诩是"天才"，更不是企求"不朽"。但他衷心地热爱"天才"，仰慕"天才"。同时又深切地体会到那些天才们曲高和寡，知音难得，大有陈子昂那样"前不见古人，后不见来者，念天地之悠悠，独沧然而泪下"的感概。他之谈论"不朽"、"天才"，主要也是个人身世之感所引发。由于他性格内向，落落不合时宜，甚至显得"古怪"，感到"孤独"。而这一时期，他正在开始准备翻译莎剧，利用一切可以利用的时间，专心研读原著，倾倒于莎翁（的）卓越天才，广博智慧。从而浮想联翩，感到像这样的天才，所留下的不朽著作，作为后代知音，难免只能相望而不能相识之憾。

131

关于"冯雪峰致宋清如"等一组书信的说明

这一组五封信的时间前后相隔四十多年，但它们都是由朱译《莎士比亚戏剧集》和《朱生豪传》的出版串联着的。

(二)关于"冯雪峰致宋清如"等一组书信的
说明

这一组五封信的时间前后相隔四十多年，
但它们都是由朱译莎士比亚戏剧集和以朱生豪
集传的出版时串连着的。

朱译莎士比亚戏剧集，最早是在1947年由
世界世界初次分三辑"喜剧""悲剧""杂剧"出
版，总计包括二十七篇剧本。初印两千本，售
完后，1948年又加印两千本。49年解放后，
世界因属官僚资本企业，由新华书店接受收。
莎剧版本如何处理，林存书，书局曾分给我几
十部至于版本如何处理，我并不清楚。1953年
暑假，我在杭州师范学校任教。有人(我已记不
起究竟是谁了)跟我说，「人民文学出版社」要
要出版"莎士比亚"的书了。但并没有说出版谁

朱译莎士比亚戏剧集，最早是在 1947 年由世界书局初次分"喜剧"、"悲剧"、"杂剧"三辑出版，总计包括二十七篇剧本。初印两千本。售完后，1948 年底又加印两千本。1949 年解放后，世界书局因属官僚资本企业，由新华书店接收。《莎剧》存书，书局曾分给我几十部，至于版本如何处理，我并不清楚。1953 年暑假，我在杭州师范学校任教。有人（我已记不起究竟是谁了）跟我说，人民文学出版社要出版"莎士比亚"的书了，但并没有说出版谁的译本。我知道当时各种中译本中朱生豪译本的篇数最多，于是抱着试探的心情，直接写信给人民文学出版社负责同志，寄去了世界书局出版的三辑莎剧，同时还说明在世界书局已出版的三辑（二十七篇剧本）

的译本。我知道当时各种中译本篇幅最多的是朱生豪译意的译本。于是（我）抱着探询的心情，直接写信给"人民文学出版社"负责同志，同时寄去了世界书局出版的三辑剧本，同时还说明，在世界书局里已出版的三辑（二十篇剧本）三外，还有朱生豪已经译出，书局也已排版，但尚未曾印出的四篇历史剧译稿留在我处。如果出版社决定出版朱译本，可以立即寄上，以供全校汇集。很快我就收到了冯雪峰同志署名的回信。主要是准备出版朱译本，等等我把9册译稿三剧寄去。该信已在文革时期失去。这里所载的就是1953年在我把译稿寄去之后，冯雪峰同志给我的回信。其后有关出版、校对等问题，都直接由编辑部门跟我联系，不再由冯雪峰同志具名了。

其此外四封信，时间都在1988年

从莎国士比亚全集，大陆出版的首先

式出版（中国大陆）是在1978年，广大

生豪的遗评，颇有好评。因而为了搜

的途经，了解他卒世的遭遇经历，思想的

杭州大学西校朱宏达、吴结敏两位

1984年通过调查采访，辛勤劳动，至

完成了《朱生豪传》，并请黄源同志笔

黄源同单志还写了封信给我。过去我对

只有仰慕，毫未尝来谈荆）。读了他的

文之后，抚今追昔感触朱深。回信所

衷曲。

　　杨适夷同志和曹曹禺同志，我都

读了他们给黄源同志的信，深之体会

但对现代中国的文化了世作出了卓越

而且对文化了世的发展，给与深切的

力的支持。在此，我惟有搁就谢悦私

134

之外，还有朱生豪已经译出，世界书局虽已排版，但尚未印出的四篇历史剧译稿留存我处，如果出版社决定出版朱译本，可以立即寄上，以供审核汇集。很快我就收到了冯雪峰同志署名的回信。主要内容是说准备用"作家出版社"的名义出版朱译本，并要我把四册译稿立刻寄去。该信已在文革时期失去。这里所载的就是1953年在我把译稿寄去之后，冯雪峰同志给我的回信。其后有关出版、校对等问题，都直接由编辑部门跟我联系，不再由冯雪峰同志具名了。

此外四封信，时间都在1988年。我记得《莎士比亚全集》译本的正式出版（中国大陆）是在1978年，广大读者对朱生豪的遗译，颇有好评。为了探究他成功的途径，了解他身世的遭遇，思想的历程，1984年后由杭州大学朱宏达、吴洁敏两位副教授，通过调查采访，辛勤劳动，至1988年初完成了《朱生豪传》，并请黄源同志写了序文，黄源同志还写了封信给我。过去我对黄源同志只有仰慕，并未识荆。读了他的来信和序文之后，抚今追昔，感触殊深。回信所陈，确由衷曲。

楼适夷同志和曹禺同志，我都不认识。读了他们给黄源同志的信，深深体会到他们不但对现代中国的文化事业作出了卓越的贡献，而且对文化事业的发展，给予深切的关怀和大力的支持。在此，我惟有掬献谢忱和致以敬礼。

135

伉俪
朱生豪宋清如诗文选

"怪人"朱生豪①

朱生豪的名字，在读者面前，往往和莎士比亚的大名连在一起，这是他的幸运，他的机缘。但他毕竟是一个具体的人，一个特定时代特定社会的人，在沉重的历史桎梏中喘息着，在浩瀚的生活急流中挣扎着。他的短短一生，留下的除了三十一篇莎士比亚戏剧的中译本外，仅有极少几首诗词和一些信件，刻着他生活、思想、情操的痕迹。这些信件，并不属于学术研究，政论高见，只是随意抒发，不少傻话空话，但是他的某些情趣、观感，可能会激发某些人的共鸣，从而得以熟悉他，理解他。这一封呈献给读者的长信，内容比较广泛，但也只是特定的背景下写的，不可能给人以比较完整的印象；因此，我不得不根据自己残存的记忆、局限的水平，再对他矛盾的思想精神状态以及前后有所转变的关键所在，作粗略的介绍。

朱生豪是一个卑微的小人物，他没有任何足以显示地位的职称和头衔，就连大学毕业的"学士"学位，也因为缺少体育学分而属于特殊照顾，使他不敢戴上方帽子照一张相。他是一个傻小子，不懂得也不屑于随时逐流，趋炎附势。他是一个穷小子，在繁华的现代生活中，困守自己的小天地。他是一个诗人，但没有留下一首气势浩瀚，足以震撼时代，流传千古的诗篇。他在勤学苦思中，探索人生的意义，生活的目的；在纷扰的世态中寻找出路——个人的前途和民族的前途。他想飞，想鸣，可又无能为力。于是他不得不发出哀叹，正如雪莱在《西风歌》中所写的：

> 吹我起来吧，像一丝浪，一片叶，一朵云，
>
> 我坠在人生的荆棘上，我流着血，
>
> 时光的重担锁住且压着一个
>
> 太像你的人：难训、轻捷而骄傲。

---

① 此文刊于《江南》1989 年第 3 期，是为同时刊出的朱生豪 1935 年 8 月 26 日写给宋清如的长信所写的说明。

这种种，正是这一些生活上思想上的矛盾，构成了朱生豪之所以成为朱生豪。他说过："我是一个理想家，想到现实，会使我黯然"；"我以梦为现实，以现实为梦；以未来为过去，以过去为未来；以nothing（什么都没有）为everything（一切），以everything为nothing；我无所不有，但我很贫乏。"

但是，必须指出在他生活和思想的矛盾中，主要的一面，是积极的，前进的，而不是消极的，厌世的，后退的。他向往光明，向往自由，对于当时中外法西斯的抬头，感到痛心疾首。对于繁文缛节、陈腐礼教、虚伪客套，感到难于忍受，真想摆脱桎梏，飞出窄小的牢笼。他热爱生活，热爱美，认为音乐是最高级的语言，能够表达深微的衷曲；每读到一篇动人的诗歌，就会心驰神往；看到像嘉宝那样高超艺术的演出，总认为是无上的享受。他珍视真诚的友谊，觉得只有在深切理解自己的人面前，才能毫无拘束，敞开心扉。他寄希望于未来，相信总有一天，生活不复是难堪的苦役。他承认自己十分弱，但有求强的意志；他也承认自己是一个自由主义者，一个趣味主义者。这些说法和想法，陆续散见在他的信札里。

正是这积极的一面起着主要作用，推动着他不断地思索追求，企求实现自己的愿望。在大学毕业前夕，他写下了《别之江》的长诗。他在诗中深情地叙写了校园生活的美好回忆之后，就鲜明地表达了志向。

> 从今天起我埋葬了
>
> 青春的游戏，肩上
>
> 人生的担负，做一个
>
> 坚毅的英雄……

可是，投身繁华的都市，接触到纷纭的世务之后，单调的工作，孤独的生活，逐渐地使他感到颓唐，感到苦闷。他在信中曾经这样倾诉过："如果到三十岁我还是这样没出息，我真非自杀不可。所谓有出息，不是指赚三百块钱一月，有地位，有名声这些，常常听到人家赞叹地或者感叹地说'什么人什么人现在很得法了'，我就不肚热这种得法，我只能自己觉得并不无聊就够了。像现在这样子，真教人丧气。"他的所谓"无聊"，实质上是无所寄托。他并不缺乏自信，但对自己有比较正确的估价，清醒的认识，不至于狂妄自大。读书时期，他在师友中有"才子"的称誉，因为在诗歌方面，被认为有卓越的才华，但是随着时代的进展，眼界的开拓，他不能满足于以往的成绩。在历代文豪、伟大诗人面前，只能自惭形秽，甘拜下风。因此，踏上工作岗位之后，兴趣有所转移，他就很少写诗，甚至不再专爱读诗了。而在没有新的出路前途的情况下，否定自己的过去，留下了一片荒芜的茫茫，一种无所适从的彷徨，一种空虚的失落感，无疑地在精神上是痛苦的。而所谓"无聊"就是这种心情的概括。

这一些，也许就是他自认为"怪僻"和"孤独"的根源。直至一九三五年春季，在他确定了翻译《莎士比亚戏剧全集》的计划之后，才像漂流的孤帆，找到了停泊的港口，找到失落了的自己，也摆脱了所谓"无聊"。现在我们读到他在《莎士比亚戏剧全集》的《译者自序》所写的他对这位世界巨人——莎翁的推崇，以及他自己译写的态度，就可以想见和理解这一艰巨的译写工作，在他心目中的价值和精神上的动力，有着何等的分量。

这封信的写作日期是一九三五年八月廿六日，他是在来了常熟，带着又是委屈，又是高兴的心情回去之后写的。由于精神兴奋，夜不成眠，写下这样一封洋洋洒洒内容广泛的长信。其中流露的心情，大致是冷静的，而主要是坦率的，因为他一向主张在为数不多的知交面前，可以毫无拘束地畅所欲言，披露自己的观点，即使是幼稚的，可笑的。

其中关于中西文化的问题，他的态度，似乎有些甘愿离经叛道，对悠久的东方古老文化不够尊重。实际上，他也是从旧堡垒中起义的。因为他在大学里主修的是中国文学系，吸收消化了丰富的优秀文化遗产；同时，他也受过"五四"新文化运动的洗礼。可是在那个特定的时代，民族危机日益深重，爱国人士无不奔走呼号，寻求国家和民族的出路。文化界在鲁迅先生的旗帜下，向当时那些反动的保守势力展开战斗，其中一个战策就是"拿来主义"，借鉴国外一切优秀的东西，以求充实自己。所以朱生豪反对的只是夜郎自大，固步自封，深切感到必须吸收新鲜血液，扬弃陈腐糟粕，才能发扬光大民族文化，使之立于不败之地。但他的这些想法，也只限于粗浅的"卑卑无甚高论"。至于如何力挽狂澜，改造局面，那就非力之所及了。而这种"卑卑无甚高论"的出发点，应该肯定还是属于忧国忧民，不完全是属于兴趣主义的。

至于他究竟是不是一个"怪人"，那还是让他的信来为他作证吧。

1989 年 3 月 1 日

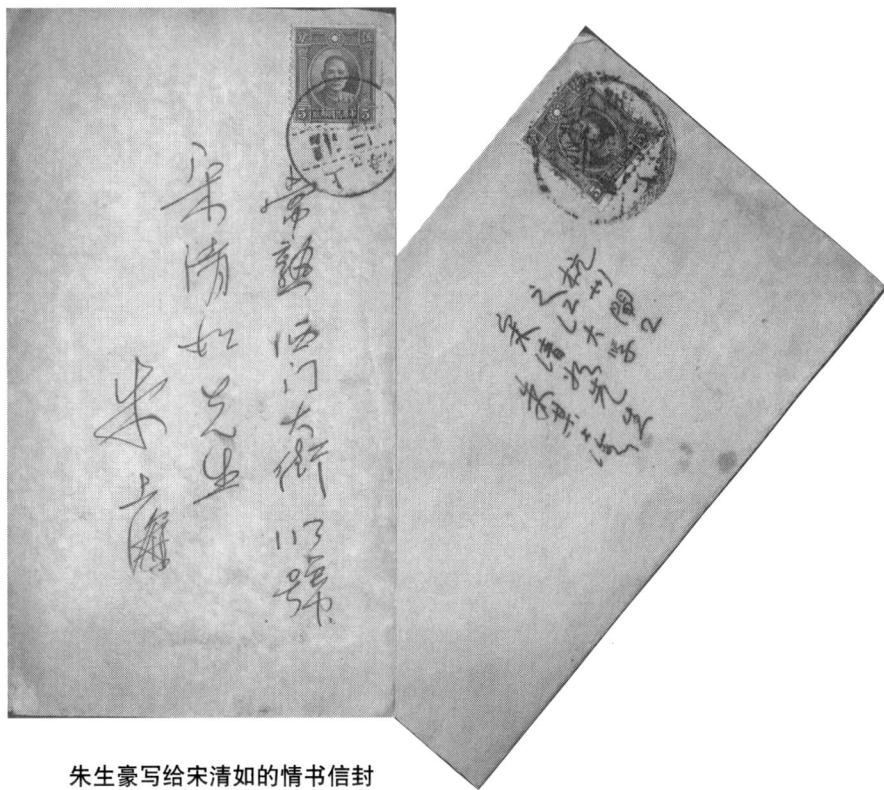

朱生豪写给宋清如的情书信封

残简情证——重读朱生豪信两封

编者按：本文刊于《烟雨楼》1992 年第 2 期，同时刊出的还有两封朱生豪的信，参见本社出版的《朱生豪情书全集》（手稿珍藏本）中第 7 封和第 148 封。

岁月易逝，朱生豪（1911~1942）离开这个风云激荡的世界已快将五十年了。展阅残简，依稀可以辨认他那短促的生命历程中留存的斑斑痕迹。就这两封信来说，流露的主要是诚挚的友情，对诗歌修养的自负和骄矜，勤读过思的习性，以及某些个人的情趣。

这里第一封信的写作时间，约在一九三三年九月或十月之间。因为他给我的信都不记年月，所以难于确定。但很突出的一点，是他刚刚跨出校门，进入世界书局工作的时间不长。在他的生活道路上，开始了新的转折点。

今天我们提起朱生豪，往往把他跟戏剧巨人莎士比亚连在一起，使他荣膺翻译家的桂冠。因为他曾经不折不饶，殚精竭力，留下了一定的业绩。但是，大学读书时期，他在师友同学们的心目中，却是一个颇有才气的诗人。记得他在赠给我的《鹧鸪天》中，曾有这样的几句："楚楚身裁可可名，当年意气亦纵横；同游伴侣呼才子，落笔文华洵不群。"可以想见他那少年风采，不乏骄矜和自信。他对诗歌的爱好，渊源于中学时期，怀着孤儿的悲苦心情，奋发勤学，以期报答慈母的厚望。他博览深思，涉猎诗词歌赋，对于传统名篇，大家杰作，加以比较揣摩，达到心领神会。同时也读了大量英国文学，尤其喜爱雪莱、济慈、拜伦、莎士比亚等的作品。那时五四之后新诗坛上灿烂群星的光芒，也在他身上得到反映。所以，高中时期的朱生豪，已经在诗歌方面崭露头角。他写旧体诗、新体诗，也有少量译诗，和颇有见地的诗论。进入大学之后，在教室里，在图书馆中，他吸收消化，融会贯通，视野逐渐扩大，思路愈见开阔。之江环境优美，门挹钱江风涛，东迎沧海日出，他有时踽踽独步江边，有时结伴曲径探幽，草坪觅句，茅亭听雨，大自然的丰厚赐与，使他经常诗兴勃发。而且，在词人夏瞿禅（当时任之江诗词学教授）的倡导下，有"之江诗社"的组织，才人荟萃，同声相应。诗友之间，唱和频繁。朱生豪的诗词作品，这一阶段趋于成熟，也最为丰富。但是，国难当头，身世凄凉，前途茫茫，流露笔端的，难免多的是感伤情调。这就是他在这封信中所说的"一向沉迷着的感伤的情调的氛围"，"过去的梦"，而在新的环境中，"静味一切"之后发生了"厌弃"，有着摆脱旧我，"努力做人"的愿望。

此后，他确实很少写诗，特别是在他决定译莎之后，真是集中精力，全力以赴。但是，我始终认为"诗人"的素质，正是他翻译莎士比亚戏剧的基础。有了这样深厚的基础，才会对莎翁作品如此心领神会，毅然握笔，殚精竭力，终于译出了三十一篇戏剧，为祖国，为人民，献出了自己的一份光，一份热。

人生的道路，不乏偶然的机缘。我在进入之江大学的第一学期，第一次参加"之江诗社"的会场上，初次认识了朱生豪。过后不久，他就写了封信给我，还抄录了他自己的几首新诗请我"指正"，因为他知道我能写新诗。之江学校不大，人数不多，但男女同学之间，制度上，习惯上，风气上，思想上，有形无形的壁垒是存在的，所以大家都很拘谨。我们之间主要是用书信来往，交流诗作。由于我不曾写过旧诗，连平仄格律都不熟悉，相互酬和的也只能是新诗。直到第二年，生豪已经毕业了，我见到比我高两班的女诗人张荃写了十一首绝句，出于好奇，就模仿着尝试着也写了十一首寄给生豪评改。这就是信中所引述改正的部分。由于试作成绩不佳，自惭形秽，以后很少再写旧诗。即使是新诗，也因为缺乏新的意境，不见长进，也逐渐少写，甚至不写了。这像走路一样，一般正常的人，都能从蹒跚学步到跋涉奔驰，而步履如飞，能够跻身运动场上博取金牌的健儿，只能是少数佼佼者。这也许只是我自己不求上进的遁词。对于曾经对我有所期望的人（包括朱生豪在内）来说，惟有深抱歉疚。

第二封信的写作时间，大概是一九三五年春天。那年头，国难日深，农村凋敝，经济萧条，文化事业尤其不景气。朱生豪所在的世界书局同样陷入困境，不得不大幅度地裁员减薪。原来在生活上、工作中感到孤独、寂寞、烦恼的他，处在重重压力下，怕失业，怕没有出路，多次在给我的信中倾诉他的苦闷。这封信里所说的"你看我苦闷得要疯"，正是他在那一阶段心情的概括。工余时间，惟有读书，可以转移注意，暂时摆脱烦闷，甚至心驰神往，乐在其中。由于自幼勤奋好学，涉猎古今中外，博览文史哲学，逐渐有了评价臧否的标准，也形成了个人的特有兴趣。他自己认为"因为受英国文学的浸润较深，所以趣味比较上是英国式的"。但在小说方面，则推崇法国的俄国的伟大作家，认为英国毕竟没有像福楼拜、柴霍夫等人的成就，至于像莎士比亚、高尔基那样的巨人，中国还不曾出现过。不过这种观点，只是片言只语的泛论，从未有过系统的较为具体的阐述。而且他还申明过最不适宜自己的职业是当批评家，因为所持的观点，很容易改变。当然，他的观点，主要还是体现着他的兴趣。而他的兴趣，则是植根于他的中西文化的消化修养。个人对社会生活的观察体会，以及受时代思潮的影响，那就难以详加分析了。

总之，盖棺定论，他留给我的总的印象是一个质朴的人，待人坦率诚恳，工作认真负责。他曾经给自己拟写的墓志铭是"一个孤独的古怪的孩子"，也许这是他超然自得，与世无争，不能随俗也不甘随俗的自我表白。现在时过境迁，历历往事，只能在他留存的残简中取证了。

1992 年 1 月

《寄在信封里的灵魂》序言

编者按：这是1994年宋清如为她整理的《寄在信封里的灵魂——朱生豪书信集》（东方出版社1995年8月出版）写的序言。

人生如梦，往事如烟，时日闪忽，朱生豪（1912~1944）离开人世，已有五十年了。他短短的一生，是在长夜漫漫的黑暗中挣扎呻吟的一生，是勤奋学习、艰苦工作、渴望光明的一生。家庭的不幸、民族的灾难、疾病的折磨，使他不得不放下译写的纸笔，抛下弱妻稚子，饮恨长终。今天，再一次检阅他残留的信件，真不敢相信这一切不是梦幻，而是真实的历史。

生豪原名朱文森，入学后改名朱森豪，大学时期诗词作品和友人信件中常署名朱朱，工作后改用朱生豪。1912年2月2日，也就是清末宣统三年阴历十二月十五日，出生在嘉兴南门一个没落的小商人家庭里。弟兄三人，生豪是长子，最受母亲宠爱。不幸的是家庭经济每况愈下。母亲在愁苦生活中，对生豪寄予深切期望，曾经流着泪叮嘱生豪说："长大了要有出息啊。"也许这一遗教，终于成为生豪不断力求上进，不断奋斗的动力。更不幸的是母亲去世过早，不久父亲、叔祖母又相继去世。孤儿三人，由早孀的姑母照顾。从此，人生的悲哀，人世的炎凉，开始压上了朱生豪的心头。原来沉静的性格，愈益沉默寡言了。

由于学习勤奋、成绩优秀，生豪小学毕业后，插入初中二年级，1929年毕业于嘉兴秀州中学。得校方推荐，升入杭州之江大学并享受奖学金。

我最早认识朱生豪，是在1932年秋季。我是师范科毕业的。那一年有了新规定，师范生因曾享受公费，不能直接进入国立大学。于是考进了之江大学，选读中文系。那时朱生豪已是四年级学生。之江环境优美，人数不多。在我初次参加"之江诗社"的活动中，偶然地认识了他。因为我在高中时期，开始对新文学有所爱好，也尝试着写些新诗。那天"诗社"活动，我别出心裁地写了首宝塔诗，作为参加诗社的见面礼。不意这个"诗社"的诗人们，不少是诗词能手。他们交流的作品，不是诗，就是词（古体诗词），可我连平仄都辨不出来。于是宝塔诗无异成了怪物。当时彭重熙（生豪同班友人，词极好）看了宝塔诗后，就推给坐在他旁边的朱生豪看。我注意到，朱生豪看了之后，带着微笑把头低了下去，既没有说话，也没有表情。事后，也许是三五天之后，他给了我一封信，附有他自己的三四首新诗，请我指正。我给了回信。这就开始和他有了信件来往，内容无非是交流创作的新诗。后来，我学写旧诗时，也经常请他修改，从而加深了相互理解。他毕业后不久，曾有《鹧鸪天》三首寄赠给我。

赠清如词三首

一九三二年秋至一九三三年初夏

鹧鸪天

楚楚身裁可可名，当年意气亦纵横，同游伴侣呼才子，落笔文华洵不群。

招落月，唤停云，秋山朗似女儿身。不须耳鬓常厮伴，一笑低头意已倾。

忆昨秦山初见时，十分娇瘦十分痴，席边款款吴侬语，笔底纤纤稚子诗。

交尚浅，意先移，平生心绪诉君知。飞花逝水初无意，可奈衷情不自恃。

浙水东流无尽沧，人间暂聚易参商。阑珊春去羁魂怨，挥手征车送夕阳。

梦已散，手空扬，尚言离别是寻常。谁知咏罢河梁后，刻骨相思始自伤。

1933 年他毕业后，到上海世界书局担任英文编辑，继续勤奋自学，也不断跟我通信。可以说我对朱生豪的逐步了解，以至深刻共鸣，都是通过纸、笔作为媒介。1937 年抗战烽火中江浙沦陷之后，我逃离故里，寄迹四川，先后在重庆、成都执教。他在短期逃亡后，仍回上海书局工作，接着应邀至《中美日报》担任编辑。通信时断时续。我在 1941 年回上海的时候，因为怕累赘，把他寄到四川的信件以及其他文字资料全部毁了。所以现在残存的信件，都是在抗战（1937 年 8 月）以前的。（附在末尾的一封，写于 1943 年我们婚后暂别之时，但未曾寄出。）

　　1942 年 5 月 1 日，我和生豪于困顿中在上海结婚。原想婚后赴内地谋生，结果迫于时势而未成行。于是，先回江苏常熟我的老家，后定居嘉兴南门。朱生豪潜心翻译莎士比亚。1944 年 12 月 26 日，在他译完了莎剧 37 个中的 31 个之后，贫病辞世。不到一个月，我又料理了他三弟陆奎的后事，抱着儿子尚刚外出谋生。直至抗战胜利，我才重返家园。发现原有信件，已由他人抄检，凌乱缺损，无法计数。其后，初加整理。我把其中附有他创作的诗歌，以及有关译事的部分，另行包装，以待将来为他印行问世，作为纪念，而且随身携带，其余仍留在老宅。不意"文化大革命"中，红卫兵认为是黄色毒草，将我随身珍藏的书信付之一炬。待我晚年再返家园时，终于已是天朗气晴之日。我从厚厚的尘封中收捡起残留的劫后余烬，无数次地重温生豪的倾诉，与他作心灵的交谈。虽然这些书信远非他的全貌，但毕竟是真实的历史存在。

　　也许有人说，男女（父母子女间除外）之间的书信，都是情书。从广义上来说，似也合乎逻辑。但就事论事，朱生豪的书信，主要是他独特个性的表现，并非执着于异性的追求。他曾不止一次地说过，所谓爱的对象主要是自己想象出来的，并不一定真实存在。换句话说，无非是寻求心灵的寄托。我这样的理解，并不是否定他感情的专注，或者怀疑他的虚假，而是同情他的身世，尊重他的言行。

　　这些残存的信件，既非学术研讨，也没有政治宏论，时代的脉搏极为微弱，无非是个人生活的叙写，情绪的抒诉，以及读书的心得、电影的观感、工作的记述。但是，就前后综合而言，其中有着鲜明的发展变化。从颓唐、苦闷、无聊转而奋发努力，其中贯穿着的主导思想是他的事业心。他在大学毕业前夕，写了一首长诗《别之江》。其中表现了对母亲无限的眷恋，同时鲜明地表示"从今天起/我埋葬了/青春的游戏/肩上/人生的负担/做一个/坚毅的英雄"。足见他对理想充满信心。可是，一到上海，机械的工作，单调的生活，困窘的经济，使他看不到前途出路，于是感叹"人活着究竟是为什么"。但在他决心译述莎剧之后，心情就开始有了转变。尽管是忙、是累，每天每天，读、写至深夜，他却感到"只有埋头于工作，才多少忘却生活的无味，而恢复了一点自尊心"。其后虽然历经磨难，可对译莎工作锲而不舍，尽心竭力，宁以身殉。

朱生豪自己承认是"一个古怪的孤独的孩子"。究竟是怎样的具体特征，综观他的书信，也许可以得出一个轮廓。从信中对我的许多称谓和他的署名，可以看出他唯有与我作纸上谈时，才闪发出的愉悦和放达。一旦与我直面相处时，他又变得默然缄口，孤独古怪了。因为这是第一手资料，足可信赖的。也因为这是第一手资料，可以作为他传记的补充，从而进一步认识理解一个三十年代的知识青年在那特定的时代中独特的思想和生活历程。

1994 年 12 月生豪逝世五十周年之际

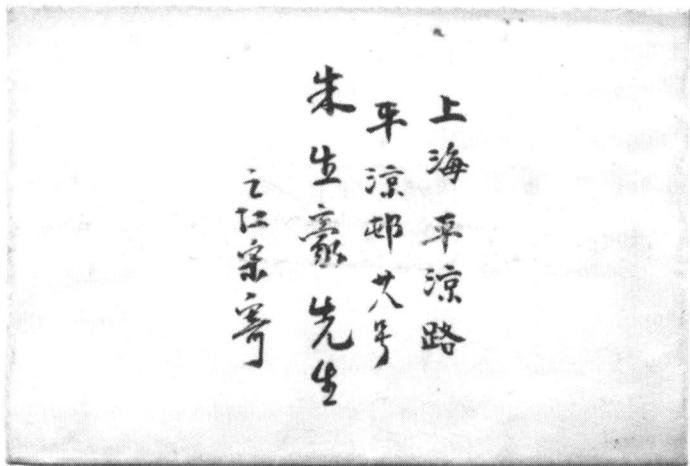

宋清如书寄上海平凉路平凉邨廿八号朱生豪收的信封

其他诗文和通信

伍

宋清如在杭州和学生相聚

黄源老人探望宋清如

朱文振 1990 年底回故乡，叔嫂话家常

伉俪

朱生豪宋清如诗文选

写给学生的诗

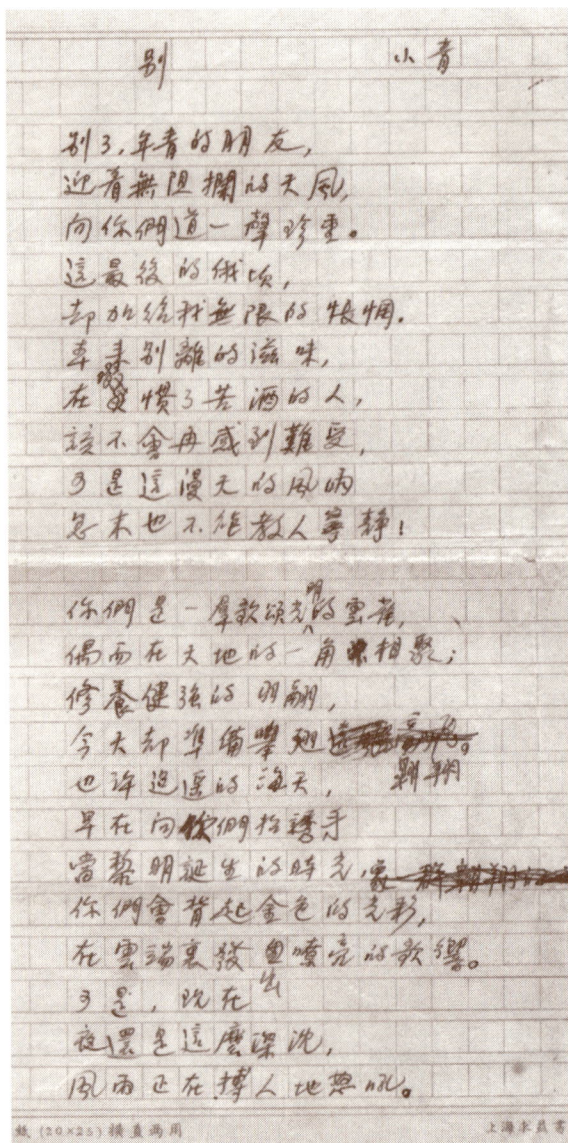

别

别了，年青的朋友，
迎着无阻拦的天风，
向你们道一声珍重。
这最后的俄顷，
却加给我无限的怅惘。
本来别离的滋味，
在啜惯了苦酒的人，
该不会再感到难受，
可是这漫天的风雨
怎么也不能教人宁静！

你们是一群歌颂光明的云雀，
偶而在天地的一角相聚；
修养健强的羽翮，
今天却准备举翅翱翔。
也许迢遥的海天，
早在向你们招手，
当黎明诞生的时光，
你们会背起金色的光彩，

这小小的店房，
已不替像你所剖的适宵，
望着茫茫的一片，
多少得令人发愁。

我们在风雨中相聚，
匆匆中送走了三年的岁月。
我带来的是一颗寂寞的心，
一付黯淡的阴影。
多谢这平安的寓所，
赐给我暂时的安息。
你们无邪的天真
医治了我沉重的创伤。
无论是轻微的叹息，柔和的笑语，
在我的心灵上都曾引起过
激越的回响：
仿佛对着明净的镜面，
照见了自己青春的光焰。
也像一潭静止的死水，
在激荡起无数的泡沫。
谁说这匆匆的梦影，
不曾留下多深的痕迹，
在人生的旅程上，
哪一段不值得珍惜？
不幸的是今天
我们分手的瞬间，
依旧是漫无的风雨，
你们新裁的翅膀，
没法估计前进的速率。
留给我的，便是一份寂寞，
和一片迷惘。

在云端里发出嘹亮的歌响。
可是，现在
夜还是这么深沉，
风雨正在搏人地怒吼。
望着茫茫的一片，
多少得令人发愁。

我们在风雨中相聚，
匆匆中送走了三年的岁月。
我带来的是一颗寂寞的心，
一付黯淡的阴影。
多谢这平安的寓所，
赐给我暂时的安息。
你们无邪的天真
医治了我沉重的创伤。
无论是轻微的叹息，柔和的
笑语，
在我的心灵上都曾引起过
激越的回响：
仿佛对着明净的镜面，
照见了自己青春的光焰。

也似一潭静止的死水，
激荡起无数的泡沫。
谁说这匆匆的梦影，
不曾留下多深的痕迹，
在人生的旅程上，
哪一段不值得珍惜？
不幸的是今天
我们分手的瞬间，
依旧是漫天的风雨，
你们新展的翅膀，
没法估计前进的速率。
留给我的，依旧是
一份寂寞，一片迷惘。

听吧，前进的号角，
已在加紧地催促；
你们再不用迟疑，
收拾起残缺的梦，
跟上时代的步伐，
不必带走过份的忧伤。
你们该相信

听吧，前进的号角，
已在加紧地催促；
你们再不用迟疑，
收拾起残缺的梦，
迈起壮健的脚步，跟上时代的步伐，
不必带走过份的忧伤
跟着忧伤的感伤；
你们该记得相信
光明便在黑夜的尽头，
春天紧跟着冬令的足迹，
风雨的末日，
有皎月的光辉。
认定你们的方向，
集中你们的视力，
穿过崚嶒的云雾，
在春天的边沿，
欢呼你们的胜利。
那时候

辽阔的宇宙里，
许会听见我们的呼应。
再会吧，朋友，
无数的祝福
热诚地向你们握手。
再一次

一九四八年六月八日。
写在秀州中学高三班毕业前夕

光明便在黑暗的尽头，

春天紧跟着严冬的足迹，

风雨的末日，

有星月的光辉。

稳定你们的方向，

集中你们的视力，

穿过严密的云层，

在青天的边沿，

欢呼你们的胜利。

那时候

辽阔的宇宙里，

许会听见我们的呼应。

再会吧，朋友，

无数的祝福，

我再一次向你们挥手。

1948 年 6 月 8 日

写在秀州中学高三班毕业前夕

伉俪 朱生豪宋清如诗文选

92 年致国立二中学生蔡纪淑

编者按：1938 年 3 月，宋清如在重庆北碚的国立二中任教。校中教师和学生都是从沿海各地流亡而来的。在这种特定的历史条件下建立起了一种特殊的师生关系，相互关切，相互依存，感情特别深厚。宋清如和其中许多学生几十年以后还保持着密切的联系。这首诗是宋清如 1992 年在给二中学生蔡纪淑的一封信中写的，记叙了当年在流亡过程中的共同生活并以此共勉。

当年同敌忾，济济一堂亲，一声流亡曲，满座泪沾衿。
革命风云急，神州气象新，报国各有路，天涯若比邻。
沧桑五十载，参商亦常情，相逢应不识，绿鬓笑霜侵。

题《"青鸟"通讯录》

编者按：宋清如为她所教的嘉兴秀州中学 1948 届学生取名"青鸟级"，1990 年 9 月，该级同学编制通讯录时请宋清如题诗，宋清如欣然命笔，写了下面这首诗。

同窗听风雨，胜似手足亲。
分飞四十载，犹系校园情。
秀州钟声永，弦歌德常馨。
河山今胜昔，建树日更新。

《我愿抖落浑身的尘埃》等四首

编者按：这四首诗均系宋清如晚年所写，表达了她对人生的感悟和她淡于利禄，遑论荣辱的超脱心情。

我愿意抖落浑身的尘埃①

我愿意抖落浑身的尘埃
我愿意拔除斑斓的羽衣
我愿意抚平残余的梦痕
我愿意驱逐沉重的灵魂

没有叶没有根没有花朵
没有爱没有恨没有追求
能象轻烟一样无拘无束？
能象清风一样自在自由？

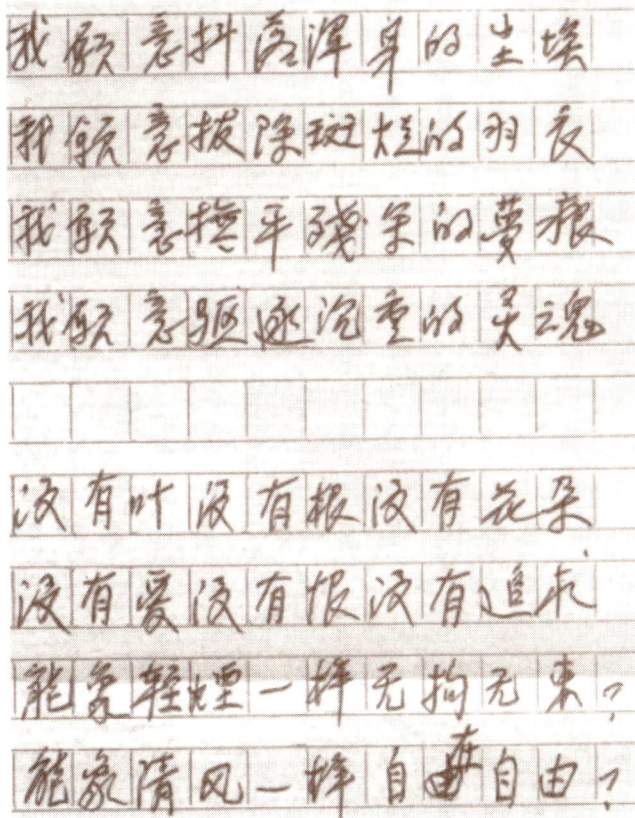

---

①这是见于宋清如遗物中的一张诗稿，约写于八九十年代，具体时间已不可考。

谨向本传作者致谢

编者按：这是在吴洁敏、朱宏达写的《朱生豪传》出版后，宋清如为两位作者题的诗。

沧桑五十载，
生死两茫茫，
何幸传神笔，
音容重焕光。

杂感

编者按：这是宋清如为一些友人在《朱生豪传》扉页上题的诗。

是是非非梦耶真，
白云苍狗几浮沉；
西风一自辞落叶，
海角天涯了无痕。

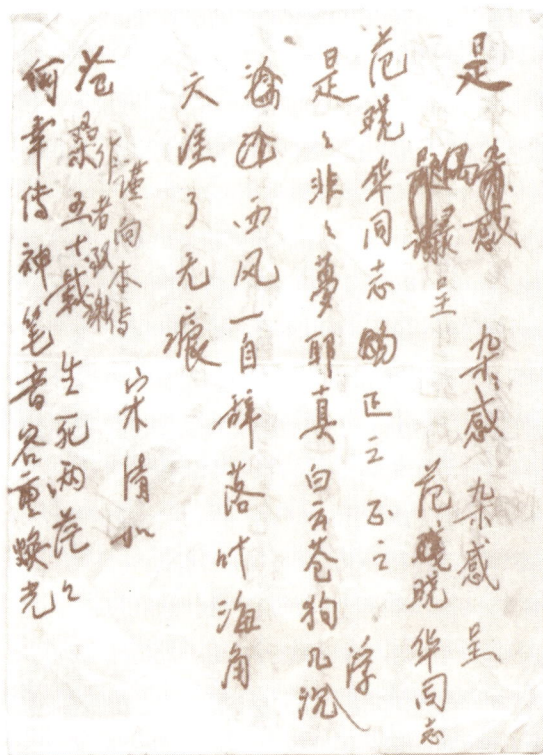

出演电视剧《朱生豪》获"飞天奖"荣誉奖后有感

编者按：这是在王福基前来告诉宋清如获奖和颁奖的情况时，宋清如题给王福基的诗。

世事苦纷纭，茫茫费求索。
吾行守吾是，遑论荣和辱。

贺之江百四十年校庆

编者按：这是宋清如为之江大学140周年校庆题的词。

调寄金缕曲

浙水苍无既 漫回头 百年风雨 沧桑曾几 错落红楼花烂漫 四海英才同契 共晨昏 琢磨淬砺 测地量天补穷白 挽狂澜 经纶从长计 歌慷慨 词清丽

重来今日物华异 喜相逢 皓首交庆 凯歌时继 百尺高楼连片立 换了人间天地 看余晖 犹烛天际 莫道潮汐多变幻 数风流千古终相忆 春浩荡 月千里

浙水沧无既，潮汐多变幻——从之江大学远眺钱塘江

庆三江百四十年

　　金缕曲

浙水苍茫眺漫回头百年风雨沧桑曾几错过
红楼春意暖四海英才同契共晨昏琢磨淬砺测地
量天补罅白揽狂澜经纶从长计歌慷慨词清丽

　　重来今日物华异喜相逢皓首争庆凯歌时继
百尺高楼连片立换了人间天地着金辉犹烛天际
莫道潮汐多变幻数风流千古长相忆春浩莺月千
里

重游之江大学旧址（左起朱宏达、朱尚刚、宋清如、朱之江、吴浩敏）

伉俪 致彭重熙小诗两首

朱生豪宋清如诗文选

编者按：这是宋清如在寄给之江大学同学及诗友彭重熙的新年贺卡上题的两首诗。

岁月，一朵朵闪光的浪花
腾飞追逐嬉戏，终于回归大海

Season's Greetings 像首小诗，像首小夜

宁静中传出柔和的音符，

重熙兄：

岁月，一朵朵闪光的浪花
腾飞追逐嬉戏，终于回归大海
有什么理由埋怨风暴
生活的激流永远飞跃向前

敬祝

健康长寿

清如

有什么理由埋怨风暴

生活的激流永远飞跃向前

1988 年 12 月 27 日

曲

為你帶來健康快樂，直到永遠

浙江文艺出版社 025　025　025　025　025

杭州
1988年12月27日

Season's Greetings

像首小詩

寧靜中傳出多

重熙兄：

告别了，昨天
迎着燦烂的朝阳
面向旅程的新站
山山水水、花花草草
也许是风光旖旎
也许是曲折迷离

告别了，昨天
迎着灿烂的朝阳
面向旅程的新站
山山水水，花花草草
也许是风光旖旎

像首小夜曲 ——————————————————

的音符，爲你帶來健康快樂，直到永遠

等待着探索者观赏、耕耘、收获

前进的每一步，

都标志着新的胜利

恭祝

节日快乐 健康长寿 清如

浙江文艺出版社石25乙0

也许是曲折迷离

等待着探索者观赏、耕耘、收获

前进的每一步

都标志着新的胜利

1990 年 12 月 20 日

宋清如和友人的一些通信

宋清如 1944 年 6 月致陆高谊函稿二件

编者按：宋清如的这两封信的底稿系写在同一张纸的两面。第一封信大约写于 6 月 10 日左右，向世界书局经理陆高谊先生报告朱生豪的病情，并请求支取一些稿费和校对费。陆高谊收到信后，来信表示慰问并额外寄给 5000 元奖金，故宋清如又写了第二封信回复陆高谊。

（一）

高谊先生大鉴久违

道范曷胜景仰外子生豪自去岁迄今因孜孜译事劳心过度时有不适上月二十五日曾函朱联保先生告支稿费二千五百元暨校对费一千元历时半月未见惠下颇为系念本月三日生豪病状突见加剧肋骨肺部均呈炎状且肠胃心脏亦俱有病现由西医诊治针药并用尚未全退恐两三月内不能继续工作特告假两月以资完全休息

（二）

高谊先生台鉴昨奉　　赐函并蒙先惠奖金五千元以赏眉急铭感无既生豪病状当时因症状复杂医生未能确断诊治经过已稍见轻现每日体温最高点仍在 38 度以上似为结核性肋骨炎腹膜方面恐亦蔓延目前日服退热剂间一日注射葡萄糖钙及维他命 C 至于

台端介绍之"大健凰"及"消治龙"两药昨询医生据云可不必用辱承　　眷注敬申谢忱校样前后留存者尚有六册已征得生豪意见开始校阅李耳王第十二夜及麦克佩斯当于一星期内寄上其余三册亦续校后奉寄

高誼先生大鑒久違

道範昌勝景仰外子生病
自去歲迄今因致〻譯事勞
心過憂時有不適上月二十三日曾函朱聯保先生告
支稿費二千五一百元暨一校對費一千元歷時率月末見憲
下頗為贊念本月三日生霽病狀突見加劇肋骨肺部
均呈茨狀且腸胃心臟亦俱有病現由西醫診治針藥並
用尚未全退恐兩三月內不能繼續工作用特告假兩月
以資完全休息

立于八九歲之病孩眉~乏虚胖貌感無寒熱已經生過。前病狀當重
因症狀隱蔽不能確斷之病状。经诊后經过稍見輕減現在
醫者未能斷其病經診治經過稍見輕減。
曰體溫仍在38℃以上似為結核性助骨尖腹膜方面
恐尔蔓延目前日服暖退熱劑間一日注射葡萄糖
鈣及維他命C至於食物端介给之大便風及请注意兩菜附詢醫生擬乃
可不必用屑寸承春注敬申谢快校樣前後留存
者尚有六冊已☐徵得先生意見由開始校閱幸勿
主第十二夜及麥克師斯當於一星期內寄上
其餘三冊亦當續校後奉寄

宋清如 1948 年 5 月致詹文浒函稿

编者按：朱生豪译的《莎士比亚戏剧全集》出版后，经詹文浒推荐，时中央文化运动委员会决定发给奖状"以示表彰而慰魂魄"，并发给国币六千万元的奖金。这是宋清如在收到中央文化运动委员会主任委员张道藩来信并领取奖金后请詹文浒转达谢意的信。

文浒先生大鉴　　赐函拜悉六千万元划条亦经向公益社洽领既荷　　推扬又劳

措置

盛德高谊惠及存亡感戴之忱匪言可宣兹谨附奉致中央文化运动委员会复函一纸恳

为加封转达关于莎剧未竟部分夫弟文振原着手续译已成两部唯笔调语气相差过远

且彼所采为元曲方式（以为莎剧非现代剧故不宜迳译为话剧式）颇有不僧不俗之

病清如既闵先夫之大业未就复痛莎剧之全功难遂拟下学期小儿入学之后抽取课余勉

力迳译成功与否尚未可私望早睹厥成庶可告慰地下耳

文瀚先生大鑒　賜函辭意隆仔萬先切

承經向公益社洽領既荷　雅揚之勞

楷置感卷

高誼惠及存亡感戴之忱匪言可宣祇誌

謹奉致　中央文化運動書　震函一函民中懇心

為加封轉達　關於話劇未完部份夫弟文振

一書手已蒇或工部

原有古蹟譯文推筆調語氣相差過遠且

彼色所採為先世或古為話劇派時代劇瑣亂无道

逕譯為凡話劇式斷有不惟不借之痛信此關失

兄夫逕失業未就後痛苦之全功難意擬自下學期

荒今後之後抽助課餘充餘逕譯或功與否尚末可必

私望之早暗願成底可慰地下再

168

与彭重熙的通信

编者按：1983年以后，朱生豪当年在之江大学的挚友彭重熙和宋清如重新建立了联系，并曾多次来嘉兴探访。十几年间两人常有书信往来，信中除了对当前生活状况的叙说外，有很大一部分内容都和朱生豪有关，包括两人关于《芳草词撷》的谈论，对于朱生豪往事的回忆和评说，对于宋清如整理朱生豪的信件和有关朱生豪资料过程中交换的意见等等。这里仅摘录了宋清如写给彭重熙的一部分信件。

1984年10月24日宋清如致彭重熙

重熙学长：

您好！

承蒙割爱寄下《芳草词撷》后①，一直没有草书道谢，至为失礼，务期恕我疏懒！

今年上半年，嘉兴市文化局方面，曾表示在年底给生豪开个纪念会，但日期并未确定。我想请您把悼念生豪的那阕《金缕曲》，用尺余见方的白纸再抄写一遍寄下，以便在开会时陈列。原因之一是您的大笔，也值得我们纪念。

关于莎氏全集的出版问题，至今仍杳无音信。最近我已直接去信联系，并商

---

①彭重熙在1983年12月27日给宋清如的信中说："前书谈及朱朱于甲戌春贻我《芳草词撷》一卷，录之江吟侣八人词五十六阕，其中希曼（朱姓，之江同班同学，你来时已转学燕京）、张荃各八章，天然、任三各三章，夜子（文振）五章，你四章，自录十三章，拙作十二章。朱朱除自称'以当敝帚之供'外，对每人均有评语并以朱笔圈点。此为其精心评选的手迹，因我对之十分珍视，但见了你们母子之后，觉得我应该割爱，使此卷收藏在你处，其意义更为重大。尤其是朱朱手迹《古梦集》、《丁香集》……等均遭兵燹散失无余，此为硕果仅存的完璧，可为朱氏传家瑰宝。我拟抽暇抄录后即将此卷寄你收藏。"不久后即将《芳草词撷》抄本寄赠宋清如。

重临学长：

您好！

承蒙割爱寄下《芳草词撷》后，一直没有草书道谢，至为失礼，务祈恕我疏懒。

今年上半年，加兴市文化局方面，曾表示在年底给生豪开个纪念会，但日期尚未确定。我想请您把悼念生豪的那阕《念奴娇》，用尺余见方的白纸再抄写一遍寄下，以便在开会时陈列。原因之一，这缘的大笔，也值得我们纪念。

关于苏氏全集的出版问题，至今仍杳无音信。最近我已直接去信联系，并商洽购买几部。等书到之后，一定立刻寄上。

下列几个问题，希您示谕指教：

一、《芳草词撷》中希曼一同学，我未见过，未知是何姓名，现况若何？

二、生豪在之江期间，交游不广，您是他少数知己之一。关于他那时的生活、思想、学习以及在各次学生运动中的情况，在当时师同学中的印象等，我都不甚了解，希望您就回忆所及，尽予赐告给一些。

我自从退休以来，对世俗人事早已心灰意懒，何况荣华富贵，向不分意。但因最近有些人们，鼓励我写一些回忆材料，给生豪留些痕迹。手边虽还画有生豪手书若干，但苦不全面，写起来也实在很困难。现正看手起草，如果遇有问述，

洽购买几部。等书到之后，一定立刻寄上。

下列几个问题，希您不吝指教：

一、《芳草词撷》中"希曼"同学，我未见过。未知是何姓名，现况若何？

二、生豪在之江期间，交游不广，您是他少数知己之一。关于他那时的生活、思想、学习以及在各次学生运动中的情况，在当时老师同学中的印象等等，我都不甚了解，希望您就回忆所及，尽可能介绍一些①。

我自从退休以来，对世俗人事，早已心灰意懒，何况荣辱贫富，向不介意。但因最近有些人们，鼓励我写一点回忆材料，给生豪留些痕迹。手边虽还留有生豪手书若干，但并不全面，写起来也还存在困难。现正着手起草，如果遇有问题，还想请您指正。

时光易逝，又将年终，甚盼您明年东归②，再作小叙。

舍间情况，尚属平安。小孙之江，今年秋季去杭州读外语学校初中。儿媳们时劳往返，家里多少冷静一些了。

祝您

阖府安康

学妹 清如
一九八四年十月二十四日

---

①彭重熙在 10 月 30 日给宋清如的回信中做了介绍："生豪才高命蹇，英年逝世，诚百身莫赎。……我与生豪在同系同学中是最为接近的，但以生豪寡于言笑，我亦非夸夸其谈者，因此相对时以忘言之时为多。我有时以'开开金口'逗之，亦不过片言只语，略无赘辞。有时来我处时，'入不言冷出不辞'，兴会而来，兴尽而返。突出其独往独来的性格。'我醉欲眠，君归且去，总有相思休语也。'非虚语也。生豪选读虽以国文为主系，英语为副系，其所好则在英语。其课外浏览者大都是英国诗歌小说。李培恩院长曾在我前大赞其对英文之造诣，自诩为之江乐育之英才。在夏师倡导的之江诗社中，我对生豪是甘拜下风的。生豪天资敏慧，确是惊人，有一次我与他同看一书，特意加快速度，但仍跟不上他，真可谓'一目十行'。在生活方面，落落寡合，好月夜独步江上，高歌放啸，莫测其意兴所至。有一点我印象中很突出，生豪走路一往直前，只向前看，决不回头返顾。其在校交游者除《词撷》中所录五六人外，略难指数。希曼名朱宝昌，在之江读一年半左右即转学北大，以后则情况不详。"

②彭重熙原籍苏州，但一直在四川内江工作直至退休。其后不时返回苏州故里小住，亦常来嘉兴和宋清如小叙。

171

还想请您指正。

　　时光易逝，又将年终，甚盼望明年东归，再作小叙。

　　余间情况，尚属平安。小孙朱之江，今年秋去杭州读外语学校初中。儿、媳们时劳往返，家里多少冷静一些了。

　　祝您

　　阖府　安康

　　　　　　　　　　学妹　清如
　　　　　　　　　　一九八四年 十月二十日

172

1985年6月3日宋清如致彭重熙

重熙学长：

接读您五月廿六日的来信，很高兴。

只是由于懒，我一直没给您写信，祈谅！

吴洁敏给生豪写传记的计划，是从去年暑假开始的。她热情颇高，据说已完成一部分，但还没给我看过。我也认为这份东西很不容易写，理由您顶清楚。但他们既然有这个决心，那就只能尽力支持。

日子过得真快，又是一个春天过去了。对于我，当然既没有感伤，也没有什么期待。既然是糊糊涂涂过了一辈子，也就只能糊里糊涂再过下去。一切梦似的过去尽管是过去了，但有些记忆印象，在丧失意识以前总还是明晰的。我还清楚记得，在我踏进之江的时候，是那么幼稚、狂野、但也带着一定骄矜。生豪使我折服的原因，首先是他的纯朴、袒率、诚恳的态度，其次是诗歌的才华，在后是热情的信件。我曾经把他给我的每一张字条，每一封信慎重保存着，一直到抗战开始逃难离家时为止。几经浩劫，先是游击队曾在我乡间老家住了不少时候，拿走了我许多书本，也弄掉了部分信件；后来文化大革命又抄走了不少。现在仅存的还有一百封以上。这些残存的信件，有一部分是内容丰富的。其中有对社会的观感，对电影的评介，读书的简介，个人思想、生活、情趣的叙写，翻译过程中的体会，虽则并不系统，而且时间已难分辨。在我说起来，展读这些残迹，无异沉溺在过去的梦幻里，暂时忘怀现实的一切。因此，我打算在我临死的时候，再全部销毁。可是现在吴洁敏她们希望我略加整理，再加上她们业已收集到的生豪遗诗四十多首一同出版。我很难作出决定。因为既然生豪写的基本上属于情书，而且事过境迁，不但不能为人理解，甚至会有腐化青年之讥。生豪本人既不能负责，也决非始虑所及。目前生豪亲友，只有您一人，因此特地跟您商量，希望您霭熙学长：

　　拜读您五月廿六日的信，很高兴。

　　只是由于懒，我一直没给您写信，请谅！

　　吴洁敏给生豪写传记的计划，是从去年暑假开始的。她热情很高，据说已先成一部分，但还没给我看过。我也认为这份东西很不容易写，理由您顶清楚。但他们既然有这个决心，那就应该尽力支持。

　　日子过得真快，又是一个春天过去了。对于我，既没有感伤，也没有什么期待。既然是糊里糊涂过了一辈子，也就只能糊里糊涂用过下去。一场梦似的过去依旧是过去了，但有些记忆印象，在我尚未意识以前，老还是明晰的。我还清楚记得，在我踏进之江的时候，是那么幼稚、粗野，但也带着一定骄矜。生豪使我拜服的原因，首先是他的纯朴、诚挚、诚恳的态度，其次是诛歌的才华，再后是热情的信件。我曾经把他给我的每一张字条、每一封信都妥善存着，一直到抗战开始逃难离家时为止。凡给活动，尤其游击队皆在我方词老家住了不少时候，拿走了我许多书本也弄掉了部分信件；后来文化大革命又抄走了不少，现在仅存的还有一两百封以上。这些我存的信件，有一部分是内容丰富的。其中有对社会的观感，对电影的评介，读书的心得，个人思想、生活、情趣的叙写，翻译过程中的体会，也前后无系统，而且时间已难分辨。在我说起来，展读这些残迹，无异沉溺在过去的梦幻里，暂时忘怀现实的一切。因此，我打算在我临死的时候，再全部销毁。可是现在朱洁敏她们希望我略加整理，再加上她们业已收集到的生豪遗诗四十多首一同出版。我很难作出决定。因为既然生豪写的基本上属于情书，而且时过境迁，不但不能为人理解，甚至会有腐化青年之讥，生豪本人既不能负责，也未必始意所及。目前生豪亲友，只有您一人，因此特地跟您商讨，希望您给我参考。待您八月前后东归的时候，盼来嘉面叙，顺便查阅一部分，再决定是否同意她们的建议。不妥之处，请多见谅。

给我考虑。待您八月前后东归的时候，盼来舍间小叙，顺便查阅一部分，再决定是否同意他们的建议。是否之处，请勿见笑。

黄定安（现名竹坪）①去年十二月底曾来嘉兴参加生豪纪念会，曾有信给您否？这位老先生诗兴不错，在南京结社赋词，赠给我《壬戌玉阶词课》一卷（油印本）。今年未曾通信。

我最近很少出门，杭州也半年未去。健康、生活情况都还正常。

祝您

健康　愉快

清如

一九八五年六月三日

吴洁敏告诉我，夏老师②一直在寻找您，现在大概联系上了？

吴洁敏已经把您 33 年的毕业照翻印后寄去。

吴洁敏还要我把《芳草词撷》中朱朱的遗作作些注释，主要是写作背景"来龙去脉、时代背景"。可我根本不知这些作品的写作年代，更不用说"来龙去脉"了。如果您能给我提供一些有关线索，万分感激。

清如又及③

---

①黄定安，之江同学。

②夏老师：指当年之江大学教师，被誉为"一代词宗"的夏承焘先生，夏先生对彭重熙的词评价极高。

③彭重熙在 6 月 27 日给宋清如的回信中说："我在复吴洁敏第一信时，在最后对她写传记就提出过以下意见，我说：写生豪的传记，是一件很值得的事，但很难，因为生豪只是一代才人，不是什么英雄豪杰，有许多事迹可记。其作品只幸存了莎译全集，其他著述，均已散佚。其个性是'外柔内刚'（清如语），其人生观不是入世而倾向于出世的，其思想境界及内心世界，非世俗浅陋辈所能窥见。以世俗的论点来评骘他，恐怕离多合少，但今天又怎能以超世俗的论点来评骘他呢！因此我认为您这一宏愿，要写得很成功，困难是不少的。"还说："我在年轻时爱开玩笑，曾对生豪开过以下的玩笑，都涉及您，现在写给您看，使您气一气，或者笑一笑，总比镇日沉闷的好。一是您当时有一个'青树'的别号，我常对生豪低吟白石：'阅人多矣，谁得似长亭树，树若有情时，不会得青青如此'，生豪晓得我只是开玩笑，毫没有气恼，只一笑置之。一是我曾戏代生豪作蝶恋花词赠您，其中有句云：'卿是寒梅，我是梅中雪。'生豪对此说：'看了这两句，使我脸红。'当时我和他两无猜忌，何等融洽，想不到这两句词会成谶语，雪早融消，今只寒梅独秀了。生豪的词我最欣赏的两句是：'且莫愁芳草难留，总到处黄花堪住'，的确是名句，但词义不免萧瑟耳。"

黄定安(现名竹坪)去年十二月底曾来北京参加全国纪念会,曾有信给我。这维老先生诗兴不错,在南京结社赋词,只曾给我个手戌玉了皆词课一卷(油印本)。今年未曾通信。

　　她最近很少出门,杭州也半年未去。健康、生活情况都还正常。

　　祝你们

健康　愉快

　　　　　　　　　　　　清安

　　　　　　　　　一九八五年 六月二日

吴法敏告诉我,爱老师一直在寻找绪,现在大概联系上了。

吴法敏已把绪33年的毕业照翻印后寄去。

吴法敏还要我把以前革词搬入中央文史的遗作作整注释,主要是写作背景"丰龙去服、时代背景"。了解根本不知这整绪词的写作年代,更不用说丰龙去服了。如果您能给我提供一些有关线索,万分感激。

清的又风

177

重熙学兄：

久失问候，谅多佳胜。

最近加兴市文化部门（博物馆、图书馆、文化局）多次建议将生豪遗存译稿，交献由彼方妥善保管，以免日久湮灭。并定于本月十七日下午二时举行交接仪式。确切日期，昨午始正式决定

据称市领导对此颇为重视，拟邀请生豪生前友好亲戚，以及有关人员（如秀州、杭州商学院及之江同学会代表等参加）。惟念生豪友好，多已作古，惟 学兄近在苏州，未知能否光临？倘蒙不弃，请即示知！

今年九月初，因患乳腺癌，在加兴市一院进行割除根治手术。创深痛剧，至上月下旬始能出院，至今体力仍未完全恢复，惟日常生活，基本可以自理。一切尚属顺利，诚不幸中之大幸。

敬祝

健康安乐

学妹清如谨上

十一月十日

178

1987 年 11 月 10 日宋清如致彭重熙

重熙学兄：

久失问候，谅多佳胜。

最近嘉兴市文化部门（博物馆、图书馆、文化局）多次建议将生豪遗存译稿、文献由彼方妥善保管，以免日久湮灭。并定于本月十七日下午二时举行交接仪式。确切日期，昨午始正式决定。据称市领导对此颇为重视，拟邀请生豪生前友好亲戚，以及有关人员（如秀州、杭州商学院及之江同学会代表等参加）。窃意生豪友好，多已作古，惟学兄近在苏州，未知能否光临？倘蒙不弃，请既示知！

今年九月初，因患乳腺癌，在嘉兴市一院进行割除根治手术。创深痛剧，至上月下旬始能出院，至今体力尚未完全恢复，惟日常生活，基本可以自理。一切尚属顺利，诚不幸中之大幸。

敬祝

健康安乐

学妹清如谨上

十一月十日

1988 年 11 月 3 日宋清如致彭重熙

重熙学长:

您好?

久未问候,祈谅!

今年五月,《新文学史料》编辑黄汝曾来嘉兴,约我供给关于朱朱的材料。那时我恰在杭州,无以动笔。七月回到嘉兴后,又以天气苦热,懒得难以应付,直至八月底才算脱稿寄去。该稿内容,不过堆砌一些手边资料,毫无新意。开头部分,首先我就用了您的大作《金缕曲》(悼朱朱),用意是表明他的诗人素质,后来的致力翻译,并非本意,同时也为了尊重你们的友情。希望您能原谅我的"先斩后奏"!

最近接黄汝来信,说是要把该稿突出译莎部分,对有关"生平"的篇幅加以压缩,也许明年第一期(《新文学史料》系季刊)可以刊出。黄汝听说我还保留有朱朱的信件,希望我能整理出来交给他们。但我总还拿不定主意。因为那些残存的信件大部分是空洞的,其中有关译莎的部分,已经全都引用在那篇"史料"里,还有一些关于读书的看电影的零星杂感,事过境迁,也没有多少意义。他自己就曾经说过:"我最不合适做一个批评家,因为所持的观点,很快就放弃了"(大意如此)。还有一些纯粹属个人生活、情怀的诉述,更没有公开的价值。为此,我决定不下"整理"的原则、范围。很想听听您的意见①。

据说今年某期《词学》刊物上,刊出了朱朱的二十首词,是朱宏达他们收集

①彭重熙 12 月 25 日给宋清如的回信中说:"《新文学史料》编辑黄汝,整理生豪生平,将在该刊发表。千载万世名,虽为寂寞身后事,但总是一件可喜之事。生豪的聪明才智,非常人可及,故夏师屡次称之为'不易才'。生此变乱无常之世,诚为不幸,短命而逝,尤为不幸。其思想意识,非世俗之人所能了解,给您的信,充分驰骋其神情与幻想,只许得信者为其知音,整理了发表,有此必要否?"

重照学长：

　　您好！

　　久未问候，祈谅！

　　今年五月，《新文学史料》编辑黄浪，曾来嘉兴，约我供给关于朱公的材料。那时我恰在抗州，无从动笔。七月回到嘉兴后，又以天气苦热，懒得难以应付，直至八月底才算脱稿寄去。该稿内容，不过堆砌一些手边资料，毫无新意。开头部分，首先我就用了您的大作《金缕曲》(悼朱公)，用意是表明他的诗人素质，后来的致力翻译，並非本意，同时也为了尊重你们的友情。希望您能谅谅我的"先斩后奏"！

　　最近接黄浪来信，说是要把该稿突出译的部分，对有关"生平"的篇幅加以压缩，也许明年第一期(《新文学史料》系季刊)可以刊出。黄浪听说我还保留有朱公的信件，希望我能整理出来交给他们。但我尚还拿不定主意。因为那些信件大部分是空洞的，其中有关译莎的部分，已经全都引用在那篇"史料"里，还有一些关于读方的看电影的零星杂感，对过境迁，也没有多意义。他自己就曾经说过：我最不合适做一个批评家，因

181

为所持的观点，很快就放弃了"（大意如此）。还有一些纯粹属于个人生活、情怀的评述，更没有公开的价值。为此，我决定不下"整理"的原则、范围。很想听一徵的意见！

据说今年暑期山词学刊物上，刊出了朱之的二十首词，是朱宏达他们收集文章的稿子。其中包括以蒡葑词掇山的十二章以及心声甘苦刀等，由朱宏达加以笺释，并有对您和任铭善、张荃的介绍。该刊由施蛰存主编。我没有见到刊物，据说只印行了二千册，所以一下就没有了。朱宏达说要设法给我搞一本。如果真能弄到，我一定寄给您看。

最近朱宏达特地送来一本山杭大校史通讯刀嘱我寄给您，希检收。

我自去年手术以后，目前体质基本恢复，但走的还是下坡路。小孙朱立江，得意肾西並肾黄，为了争取早日全愈，现在服中药，我特来杭此照顾。也许本月底或下月初才回嘉兴。如蒙赐复，请函寄：杭州文一街翠苑新村西   号   室。这里是学校给我安排的临时住所。祝您

健康

朱清如

1988年11月3日

182

交去的稿子。其中包括《芳草词撷》的十二章以及《八声甘州》等，由朱宏达加以笺释，并有对您和任铭善、张荃①的介绍。该刊由施蛰存主编。我没有见到刊物，据说只印了二千册，所以一下就没有了。朱宏达说要设法给我搞一本。如果真能弄到，我一定寄给您看。

最近朱宏达特地送来一本《杭大校史通讯》，嘱我寄给您，希检收！

我自去年手术以后，目前体质基本恢复。但走的总是下坡路。小孙朱之江，患肾盂肾炎，为了争取早日全愈，现在服中药，我特来杭州照顾。也许本月底或下月初才回嘉兴。如蒙赐复，请函寄"杭州文一路翠苑新村西×幢××号×××室"。这里是学校给我安排的临时住所。

祝您

健康

宋清如

1988 年 11 月 3 日

---

①任铭善，字心叔；张荃，字篠荪，二人均系朱、宋、彭在之江大学国文系的同学和诗友。且均有不俗才华。

1988 年 11 月 26 日宋清如致彭重熙

重熙学兄：

您好！

上次给您的信以及《杭大校史通讯》，想来早已收到了吧？

时日易逝，又入初冬，杭城到处菊花似锦，我却未曾专诚游赏。除了兴味不高之外，体力日衰，大概也是无可讳言的原因。

朱宏达夫妇撰写的《朱生豪传》首四章，将在下期《江南》杂志上先行发表，同期刊出的有黄源同志为传记写的序文。

昨天他们又送来照片三帧，大概是从《之江年刊》上蒐集来的，要我辨认各个成员。可我只认识极少几个人，于是我又想起您，作为当事人之一，印象肯定是比较深刻的。现在我把照片寄上，请您根据记忆，凡是能辨认的，按次逐一标明姓名，填写之后，请直接寄交"杭州大学中文系朱宏达"收，以免周折。如果您手边不再留存这些照片，他们准备再复印一份送给您留念。

朱宏达他们还希望您能提供一些有关"之江诗社"的资料，例如"午园雅集"①盛况，成立经过，以及当年诗人们的神采风貌等等，以便较系统地在"校史"上介绍。用特转告，希予裁夺。

近况如何？如有新作，能赐拜读否？

恭祝

健康安乐

清如

1988 年 11 月 26 日

---

①午园雅集：在《之江年刊》上有一张题为《午园雅集》的照片，是之江诗社的一次活动。

重熙学兄：

　　您好！

　　上次给您的信以及《杭大校史通讯》，想来早已收到了吧？

　　时日易逝，又入初冬，杭城到处菊花似锦，我却未曾专诚游赏。除了兴味不高之外，体力日衰，大概也是无可讳言的原因。

　　朱宏达夫妇撰写的《朱生豪传》首四章，将在下期《江南》杂志上先行发表，同期刊出的有黄源同志为传记写的序文。

　　昨天他们又送来照片三帧，大概是从《之江年刊》上蒐集来的，要我辨认各个成员。了我只认识极少几个人，于是我又想起您，作为当事人之一，印象肯定是比较深刻的。现在我把照片寄上，请您根据记忆，凡是能辨认的，按次逐一标明姓名，填写之后，请直接寄交"杭州大学中文系朱宏达"收，以免周折。如果您的手边不再留存这些照片，他们准备再复印一份送给您留念。

朱宏达他们还希望您能提供一些有关江诗社的资料，例如"午园雅集"盛况，成立经过，以及青年诗人们的神采风貌等，以便较系统地在"校史"上介绍。用特转告，意在载雨奔。

近况如何？如有新作，能赐拜读乎？

恭祝

健康长乐

青如

1988.11.26日。

1990 年 1 月 3 日宋清如致彭重熙

重熙兄：

新年好！

日子过得真是快，好久没有给您信，该道歉的该是我。为了一切说不清的原因，我一直不敢作出邀请您来禾的计划。惟有请您原谅。

去年春天，我去杭州只住了一个月光景，就回到嘉兴。《新文学史料》的编辑要我再整理部分生豪的遗札，我记得是在六月左右交卷的。直到十一月，他们才通知我，准备分两次刊出，但至今未见寄来校样。究竟怎样安排，非我所知也。

《词学》第六期，曾由施蛰存老先生寄给我一册。原拟在您来舍后给您看的，不意您已得先睹了。

朱、吴伉俪转辗求得张荃诗词遗作，并拟为作注解或年谱之类，向我征求资料。我因相处不久，所知不多，无法应命。俟您来舍后，展诵之余，也许能给他们一些帮助。

最近一段时间，多次接待过有关了解朱生豪的客人。说实在话，我所能介绍的，确无任何保留，而且多次介绍，只是老生常谈，反复炒冷饭。很希望您能写一点东西，作为对老友的纪念。因为您跟他相处的日子较久，相知较深，而且是唯一的知友了。

您还记得黄源汉吗？她和颜泽夔①现在北京，有五个子女。最近她信上托我向您问候。

---

① 黄源汉（又为黄元汉）和颜泽夔夫妇都是朱生豪、宋清如在之江大学的同学和好友。

您来嘉兴的日期，我也不敢贸然限定，因为老年人首先得考虑体力条件，也还要考虑气候问题。这里，我提出几个方案，以供参考。

　　一、本月十七日以前；二、二月五日以后（因为小孙开学后居住方便）；三、春暖花开之后。究竟作计如何，请事先示知！

　　小孙之江，今年暑假即将高中毕业。本学期不久前，北京外语学院来杭州招生，作为被保送的八人之一，下半年即将远离南方了。

　　文振弟渴想回乡，终难如愿。听说患有胆石症，近拟春暖后动手术。但愿一切顺利。

　　祝

　　健康愉快

清如
1990 年 1 月 3 日

骊兄：

　　新年好：

　　日子过得真是快，好久没有给您信，该道歉的该是我。为了一切说不清的原因，我一直不敢作出邀请您来未的计划。惟有请您原谅谅。

　　去年春天，我去杭州只住了一个光景，就回到嘉兴。《新文学史料》的编辑，要我再整理部分生豪的遗札，我记得是在六月左右交卷的。直到十一月，他们才通知我，准备分两次刊出，但至今未见寄来样。究竟怎样安排，非我所知也。

　　《同学》第六期，曾由施蛰存老先生寄给我一册。原拟在您来舍后给您看的，不意您已得先睹了。

　　朱美伉俪转辗求得张荃诗词遗作，重拟为作注解或平讲之类，向我征札资料。我因相处不久，所知不多，无法应命。俟您来舍后，展诵之余，也许能给他们一些帮助。

　　最近一段时间，多次接待过有关了解朱生豪的客人。说实在话，我所能介绍的，确无任何保留。而且多次介绍，总是老生常谈，反复炒冷饭。很希望您能写一点东西，作为对老友的纪念。因为您跟他相处的日子较久，相知较深，而且是惟一的知友了。

　　您还记得黄源汉吗？她和颜泽馨现在北京，有三个子女。最近她信上托我向您问候。

189

您来加关的日期，我也无故贸然限定，因为老年人首先得考虑体力条件，也还要考虑气候问题。这里，我提出几个方案，以供参考。

一、本月十七日以前。二、二月五日之后（因为小孙丹学后居住方便）。三、春暖花开之后。究竟作计如何，请事先示知！

小孙之江，今年暑假即将高中毕业。本学期不久前，北京外语学院来校世招生，作为被保送的八人之一。下半年即将远离南方了。

反振希鹄想回乡，终难如愿。听说患有胆石症，亦拟春暖后动手术。但愿一切顺利

祝

健康愉快

清如
1990.1.3日

190

1991 年 4 月 27 日宋清如致彭重熙

重熙兄：

您好！

日子过得真快，转眼又将五月了。开春（新年）至今，我还没有动过笔，原因很多，惟希见谅！

春天的脚步，懒懒散散，今年来得特别慢，却又将溜过去了。我讨厌阴雨，感到压抑，似受囚禁，连眼睛也似乎张不开。最近，天气似乎也有转机，敢于邀请尊驾，来舍小叙。如蒙不嫌怠慢，可多逗留几天，谈谈、读读、走走，尽可不必顾虑。至于日期问题，本来应该悉凭尊便，但最好能在五月一日或二日前来。理由之一是因为我儿子这两天放假，可以到汽车站来接。汽车站已改迁西门中山路，离家较远，您不熟悉。理由之二，我可能在五月十号之后去杭州小住。当然还有天气转暖等因素。也许时间限得太局促，一切还由您裁酌。

我的健康情况，一如往昔，现在日常生活，除阅读消遣外，也还有烧饭任务，但并不紧张。

盼复！

祝

健康愉快

清如

1991 年 4 月 27 日

您还记得《汹涛》①这一刊物吗？有人在旧书堆中发现过这一资料。今将剪报附上。

---

①《汹涛》：之江大学 1933 级文科同学会出的一本文艺刊物，仅出一期，刊有朱生豪的论文《中国的小品文》。

重黑兄：

　　您好！

　　日子过得真快，转眼又将五月了。开春（新年）至今，我还没有动过笔，原因很多，惟希见谅。

　　春天的脚步，懒懒散散，今年来得特别慢，却又将满过去了。我讨厌阴雨，感到压抑，似受囚禁，连眼睛也似乎张不开。最近，

　　天气似乎也有转机，敢于邀请莘驾，来舍小叙。如蒙不嫌怠慢，多耽搁几天，谈谈、读读、走走，尽可不必顾虑。至于日期问题，本来应该悉凭莘便，但最好能在五月

192
20×15=300　　　　　　　　　　第　　页

一日或二日前来。理由之一是因为我儿子这两天放假，可以到汽车站来接。汽车站已经改迁西门中山路，离家较远，怕不顺畅。理由之二，我才能在五月廿号之后去杭州小住。当然还有天气转暖等因素。也许时间限得太局促，一切还由您裁酌。

　　我的健康情况，一如往昔，现在日常生活，除阅读消遣外，也还有烧饭任务，但亚不紧张。　　盼复！

　　　祝

　健康愉快

　　　　　　　　　　　　　　清如
　　　　　　　　　　　　1991. 4. 27日

　您还记得《幽谷》诗刊这一刊物吗？有人在书旧堆中发现过这一资料。今引手剪报附上。

193

1993 年 2 月 22 日宋清如致彭重熙

重熙兄：

接读自嘉兴转来大札，因循未复，至以为歉。去岁十二月，曾有贺年短简寄至苏州，谅未能达。今悉兄远在黄州，流连胜迹，生活悠闲，不胜欣慰。

去岁十月初，因患支气管炎，肺气肿等，气急痰多，进医院治疗。连日挂盐水针，医生误诊为有糖尿病，投以高效降糖药，三日之后，突然昏迷。经抢救后，八小时以上始获清醒。其后虽逐渐恢复，但终因年高体弱，衰老愈甚。十一月初出院，又因小儿尚刚事务繁忙，无力照顾，即被送来杭州，由女儿照料。深感如非体力壮健，多寿非但非多福，且属最大苦事。

此间仍系商学院宿舍，属于额外照顾。虽小套，平日尚清静。小孙之江，假期中曾来作伴数日，十一日已去北京开学。回家时曾转达黄源汉向兄问候之忱。之江自去北京之后，元汉即表示代为照顾，因此每逢周末，之江即去元汉处。元汉来信亦称"全家大小都很喜欢他"。想来亦属缘分也。

关于朱生豪所遗书简，曾由《江南》杂志主编张盛裕联系整理付印。后因彼工作调动，失去联系。复因考虑私人情怀，无益后人，故复迟疑，未能果断。现已字迹模糊，几难辨认。究竟如何处理，愿闻高见，以作参考①。

春寒渐退，行见日丽风和。倘嘉兴故居，仍能暂住，大概三月内可以回家。因循守旧，似已习惯，得过且过，惟求安静耳。所幸近来起居如常，除日常（晴日）略作散步外，生活尚能自理。

杂乱陈辞，不尽欲言。

敬祝

健康

清如
1993 年 2 月 22 日

---

①彭重熙 4 月 12 日给宋清如的回信中说："关于生豪遗书是否整理及发表的问题，生豪的思想境界，当然您比我了解得更真切，他是一年中难得有几十天说上几句话的人，给您的长信，只是与知心人才说的知心话，自不足为外人道。因此他本人的意思可以想见。但事情已过去了半个多世纪，在当前的情势下发表与否，不致有多大危险，因此我认为，您既已对此做了很多工作，何必半途而废。"

重熙兄：

　　接读自嘉兴转来大札，因缤未复，至以为歉。去岁十二月，曾有贺年短简寄至苏州，谅未能达。今悉兄远在黄州，流连胜迹，生活悠闲，不胜欣慰。

　　去岁十月初，因患支气管炎、肺气肿等，气急频更，进医院治病。连日挂盐水针，医生误诊为有糖尿病，投以高效降糖药，三日之后，突然昏迷。经抢救后，八小时以上始渐清醒。其后虽逐渐恢复，但终因年高体弱，衰老愈甚。十一月初出院，又因小儿尚刚事务繁忙，无力照顾，即被送来杭州，由养女　　照料。深感如非体力壮健，多寿兼但非多福，且属最大苦事。

　　此间仍系高学院宿舍，属于额外照顾，甚 195

小套，平日尚清静。小孙之江，假期中曾来作伴数日，自十一日已去北京开学。回家时曾转达黄深汉句兄问候之忱。之江自去北京之后，元汉即表示代为照顾，因此每逢周末，之江即去元汉处。元汉来信亦称全家大小都很喜欢他，想来亦属缘分也。

关于朱生豪所遗书简，要曾由之江南行某君主编张威裕联系整理付印。后因彼工作调动，失去联系。复因考虑到人情怀，无益后人，故复迟疑，未能果断。现已字迹模糊，几难辨认。究竟如何处理，愿闻高见，以作参考。

春寒渐退，行见日萌风和。俟加完故居，仍能再暂住，大概三月内可以回家。因循守旧，似已习惯，得过且过，惟求安静耳。所幸近来起居如常，除日常（晴日）略作散步外，生活尚能自理。

　　杂乱陈辞，不尽欲言。

　　　敬祝

　健康

　　　　　　　　　　　清如
　　　　　　　　　　1993.2.22日.

1995 年 12 月 21 日宋清如致彭重熙

重熙兄：

九月接读大札，知已返川定居。由于种种原因，终于未能早日奉复，至以为歉，请谅！

日前寄奉生豪书信集一册，想已收到？尘烟渺茫，不值一笑。

年来我因体质素弱，虽无大病，但衰惫日甚，耳聋（半聋）目花，今又神思迟钝，下笔维艰。老年滋味，无法申述，惟有得过且过，听其自然而已。以往寒冬，每因气管炎住院治疗，已连续三年。今冬如何，尚不可知。

小孙之江，已于今年十月去芬兰工作，来信述及需学芬兰语。气候较冷，工作情况不详。

小儿尚刚，因旧居破败，无力整修，冬天又寒冷难堪，故决定迁往毛纺厂宿舍。附寄迁移启事一纸，请查阅！

祝

新年愉快

清如
1995 年 12 月 21 日

重照兄：

　　九月接读大札，知已返川定居。由于种种原因，终于未能早日奉复，至以为歉，请谅！

　　日前尝奉生家书信集一册，想已收到？尘烟渺茫，不值一笑。

　　年来我因体质素弱，虽无大病，但衰惫日甚，且耳（聋）目花，现从今又神思迟钝，下笔维艰。老年滋味，无法申述，惟有得过且过，听其自然而已。以往寒冬，健用气管费住院治疗，已连续三年。今冬如何，尚不可知。

　　小孙云汉，已于今年十月去莱莱工作，来信述及需学芬兰语。气候较冷，工作情况不详。

　　小儿尚刚，因旧居破败，无力整修，冬天又寒冷难堪，故决定迁往毛纺厂宿舍。附寄迁移后另一纸，请查收阅。

　　祝

　　　新年愉快

　　　　　　　　　　　　　　　　清如
　　　　　　　　　　　　　　1995.12月21日

1996 年 4 月 16 日宋清如致彭重熙

重熙学兄：

奉读一月十五日大札，迁延数月，迄未奉复，致劳悬念，至深歉疚。迩来想必履祉康泰，新年愉快，为颂为祷！

严冬虽已安度，但春寒多雨，仍无暖意。三日前气温仅 10℃，今日虽已有 24℃，但又转阴雨，难免乍暖还寒，亦无可奈何也。

迩来意趣索然，步履沉重，蛰居斗室，懒于活动。即翻阅书报，以资消遣，亦因眼力不济，不能持久。日常生活，一切从简。所幸小儿尚刚照顾周全，家务琐杂，不必亲自操劳。近年来嘉兴大有发展，招请保姆，诚非易事，不但难有合适人选，且居住条件亦难安排。惟有得过且过，安度余年而已。

生豪故居修缮问题，市领导未透消息。逝者已矣，身外荣辱，非所计也。

小孙之江，去芬兰后，函告平安，并曾有录象片寄来。今年五月一日已有二十四岁。可能于今年岁末或来年年初回国。

言不尽意，诸维珍重。

敬祝

健康 愉快 全家幸福

清如
1996 年 4 月 16 日

重熙学兄：

　　奉诵一月十三日大札，迁延数月，迄未奉复，疚劳参会，至深歉疚。迩来想必履祉康泰，新年愉快，为颂为祷。

　　严冬虽已安度，但春寒多雨，仍无暖意。三日前气温仅10℃，今日虽已有24℃，但又转阴雨，难免乍暖还寒，而无可奈何也。

　　迩来意趣萧索，步履沉重，蛰居斗室，懒于活动。即翻阅书报，以费消遣，而因眼力不济，不能持久。日常生活，一切从简。所幸小儿焘刚瞧破周至，家多琐事，不必亲自操劳。近年来嘉兴大有发展，招请保姆，诚非易事，不但难有合适人选，且屡经条件更难安排。惟有得过且过，安度余年而已。

　　至于故居修缮问题，市领导来函请息。

逝者已矣，身外荣辱，非所计也。

　　小孙立江，青春年后，迟告平安，并曾有来家片寄来。今年五月一日已有二十四岁。可能于今年岁末或来年年初回国。

　　言不尽意，诸维珍重。

　　敬祝

　健康　愉快　全家幸福

　　　　　　　　　　　　　清如
　　　　　　　　　　　　1996. 4月16日

1997年2月25日宋清如致彭重熙

重熙学兄：

接读一月三日大札，得悉　贵体违和，想必早已康复健旺，为颂为祷！

来信展诵再四，颇感亲切①，亦深感慨。岁月不拘，迟暮之年，日见衰惫，回首往昔，未免惆怅。世事沧桑，运命不济，过眼烟花，实亦无足重轻矣。当年友好，惟元汉、泽夔伉俪健在。小孙之江在京读书期间，曾蒙多所照顾，情深谊厚，延及子孙，弥足珍贵。

最近本市秀州书局（系市图书馆所办）负责人便中来舍间查阅生豪所选《唐宋大家词四百首》以及《芳草词撷》，拟代付印。所谓《唐宋大家词选》婚后曾由我用毛笔抄写成册，生豪有一专论，阐述词学渊源，以及历代风格之流变。该文早已佚失，无从查考。窃谓此文之于《词选》，犹如骨肉相附，不可或分，且亦未加注释，当即婉辞谢绝。至于《芳草词撷》，彼意作为文物刊印，以免湮没。惟窃思此卷系　君所转赠，未便擅自作主。用特专函奉告，至希提出意见。若蒙同意付印，请即撰写序言，以便读者探究。该稿卷首选有"希曼"作品，我因入学较迟，不识希曼为何许人。来示中甚希能告知一二。该书编者，拟由生豪署名，是否有当，亦盼见示！

元宵已过，寒气渐淡，今冬又能平安度过，深自庆幸。

不尽欲言，诸希保重！

祝

　　安好

清如

二月二十五日

---

① 彭重熙1月3日给宋清如的信中曾说："昔夏师曾以东坡比生豪，二人时代不同，修短异数，其发挥于辞章，自不可同日而语。若论其天赋，则如精金美玉，谓美玉愈於精金可，谓精金愈於美玉，亦无不可也。今生豪已如晨星之早逝，其译作则如北斗之长存，垂名不朽，当之无愧！昔东坡自语其前身为渊明，其后身将为何人，则姑密而未宣。'枝上柳绵吹又少，天涯何处无芳草'，东坡之句也，生豪取此为词撷之名，当非偶然。生豪于水果中酷嗜荔枝，东坡有'日啖荔枝三百颗，不辞长做岭南人'之句。二人对荔枝，信有同嗜，我疑生豪前身，即是东坡。疑其非不如信其是，质之　清如，当不以我言全是无根之语也。"

重熙学兄：

　　捧读一月三日大札，得悉　　贵体违和，想必年
已康复健驻，为颂为祷！

　　来信展诵再四，颇感亲切，亦深感慨。山岁月
不居，还籍云年，日见衰惫，回首往昔，未免怅惘。世
事沧桑，运命不齐，过眼烟花，实亦无足重轻矣。
年友好，惟元侃、萍娄俩俪健在。小孙云江在京读
书期间，曾蒙多所照顾，课情事谊，延及子孙，弥足
珍贵。

　　最近本市秀州书局（系市图书馆所办）负责人便中来
舍间查询先严所选从唐宋大家词四百首分以及
从等草词撷沉，拟代付印。所谓从唐宋大家词选
婚后曾由我用毛笔抄写成册，先严有一导论，阐述
词学渊源，以及历代风格之流变。该文早已佚
失，无从查考。窃谓此文之于"词选"，犹如骨肉相
附，不可或分，且亦未加注释，书即缮辞谢绝

至于以芳草词横刀，彼意作为文物刊印，以免湮没。惟窃思此卷系——君所转赠，未便擅自作主。因特专函奉告，至希提出意见。若蒙同意付印，请师撰写序言，以便读者探究。该该稿卷首选有"希曼"作名，我因入学较迟，不识希曼为何许人。承示件甚希吾能告知一二。该书编者，拟由生豪署名，是否有考，亦盼见示。

元宵已过，寒气渐减，今冬又能平安度过，深自庆幸。

不尽欲言，端希保重！

祝

安好

清如

二月二拾日

1997年4月3日宋清如致彭重熙

重熙兄：

您好！

三月六日信早已拜读。

日前书局（该书局系本市图书馆主办）范晓华又来联系，余示以来示。彼对所谓《唐宋大家词》未置可否。至于《芳草词撷》则谓采用电脑扫描彩印，完全可以保留笔记格式，作为文物保存。窃意《唐宋词》选坊间已有多种，如无特色，诚无刊印价值。且印行目的，旨在销售，书局亦不敢轻易接受。而《芳草词撷》少量影印，主要为保护文物起见，故书局热忱敦促。

为此，恳请撰写序言，以冠首页。因此集系 君所转赠，写作当时，感受想亦较多。且以迟暮之年，健在者（除希曼君情况不知外）惟君与鄙人耳。回首当年，非君莫属。务希不吝珠玑，告慰泉下①。

其中文振于1993年秋辞世，虚年80岁。90年后由施蛰存见赠《张荃诗文集》一册，系台湾出版，始悉张君已在1959年三月逝世于马来亚吉隆坡。大概1980年左右，在沪上偕元汉同访郑天然在沪时旧居，遇其长子，得悉郑君亦已于1975年在香港去世。

往事依稀，难以言传。措辞杂乱，幸勿见笑！

敬祝

健康愉快

清如
四月三日

---

① 彭重熙在4月17日给宋清如的复信中说："奉读四月三日手书，欣悉词撷可采用电脑扫描影印，保持原状，使生豪潇洒的字迹得以展现，自是值得高兴的事。您要我写篇序文，这可难住我了。我拙于此道，从来没有写文章来发表。无可奈何，要么把以前写的那篇后记增删一下，聊以应命。这仅是篇后记，与序文是两回事，词撷能影印发行，您总不能一句话也不说，您还应写一篇文章来抒写一下情怀，介绍一下生豪的传略，也是必要的。……"

重照兄：

　　您好：

　　三月六日信早已释读。

　　日前书局（该书局系本市图书馆主办）范晓华又来联系，余示以未示。彼对所谓鹿宋嫣家词决置弓盃。至于以芳草词撷取则谓采用电脑扫描影印，完全予以保留笔迹格式，作为文物保存。锡意惜宋词亦选坊间已有多种，如无特色，诚无刊印价值。且印行目的，旨在销售，书局亦不敢轻易接受。而以芳草词撷取少量影印，主要为保护文物起见，故书局热忱敦促。

　　为此，恳请撰写序言，以冠首页。因此集系君所转赠，写作需时，感受较多。想示且以逝幕三年，健在者仅余希曼君情况不知外）迄今健在者，惟君与卸人耳。回首当年，非君莫属。务希不吝珠玑，以告慰泉下。

　　其中文振兄于1993年辞世，虚年80岁。90年后由施蛰存见赠巨张奎诗文集一册，系台湾出版，始悉张君已在1957年逝世于马来亚吉隆坡。大概1980左右，在沪上偕元颐同访郑夫妇在沪时旧居，遇其长子，得悉郑君亦已于1975年在香港去世。

　　往事依稀，难以主续。措辞杂乱，幸勿见笑。

　　敬祝

　　健康愉快

　　　　　　　　　清如
　　　　　　　　四月三日

附：彭重熙 1997 年 4 月 17 日应宋清如之请为《芳草词撷》重写的《后记》

生豪於六十年前自沪来杭，重会于秦望山头，慨然以此卷贻我，弥见相知之深。所录词具见当年唱酬之乐，雨窗风夕，展咏之足以自遣。余一九四八年入蜀时藏于吴门，文革中旧籍尽失，此卷亦不测所在。七八年返里，意外得之，其喜可知。八三年再次东返，访晤清如于嘉兴，问询生豪遗墨，痛惜古梦、丁香诸集，均已毁于兵燹，因於八四年将此册录存后还赠清如。今嘉兴书局范晓华君为保存生豪手泽，将此册影印，弥见珍护文物之热忱。生豪译作莎氏全集外，已出版有《朱生豪传》及其书信集《寄在信封里的灵魂》，可具见其短短一生中的思想境界。此册是其手泽，自更为珍贵。昔贤陈亦峰手录唐五代宋元明清词二千三百六十首，辑为《词则》二十四卷，上有眉批，旁有圈识，一九八四年上海古籍出版社列入稿本丛刊中发行，生豪自不及见。而评点圈识，与彼同一机抒，足证今古才人，具有同识，现公诸同好，非敢以少许胜也。

词撷所录词八人，均当年之江学友。生豪、张荃、天然、任三、夜子均已逝世，希曼存亡未卜，今尚视息人间者仅清如与余二人，咏生豪"且莫愁芳草难留，总到处黄花堪住"之句，能不怆然涕下！

一九九七年彭重熙记

209

宋清如 1988 年 10 月致黄汶的信稿

编者按：1988 年 5 月，《新文学史料》编辑黄汶来嘉兴约请宋清如撰写关于朱生豪生平和译莎事迹的回忆文章。以后又约请宋清如整理朱生豪的书信提供《新文学史料》发表。期间双方多有书信交流。这里是宋清如致黄汶的一封信稿。

黄汶同志：

拜读十七日大札，得悉种种。

关于拙稿的处理，我没有意见。

至于残存的朱生豪的信件，如何整理的原则范围，很想听听您的意见。

具体情况是这样的：

朱生豪是一个非常内向的人，是一个怪人，他自己也承认是"一个古怪的孤独的孩子"。他极少说话，极少交游，但性格坚强，超然高蹈，与世无争。从 1933 年至 1937 年，他在给我的信中，留下了他生活、思想、工作的痕迹。这些信件，总数不少，……现在残存的部分，确数我也说不清。内容大致有几方面：有关译事的部分，基本上已引用。其余有些是关于读书的、看电影的零星杂感，时过境迁，也没有多少意义。他自己就曾经说过："我最不合适做一个批评家，因为所持的观点，很快就放弃了。"（大意如此）还有一些纯粹属于个人生活、情怀、感受的诉述。而书信的体裁，则大多不规范。为此有人主张我整理他的书信集出版，我不敢决定。

很希望您能提出具体要求，以便初步整理，再由你们筛选采用。

黄汶同志：

拜读十月十七日大札，得悉种种。

关于批稿的处理，我没有意见。

至于残存的朱生豪的信件，如何处理的原则范围，很想听之得的意见。

具体情况是这样的：

朱生豪是一个非常内向的人，是一个怪人，他自己也承认是"一个古怪的孤独的孩子"。他很少说话，很少交游，但个性极坚强，超然高蹈，与世无争。从1933年至1937年，他在给我的信中留下了他生活、思想工作的痕迹。这些信，卷数不少，现在残存的部分，确数我也说不清楚。内容大致有几方面：有关译手的部分，基本上已引用。其余有些是关于读书，看电影的零星杂感，时过境迁，也没有多意义，他自己就曾经说过："我最不合适做一个批评家，因为所持的观点，很快就放弃了。"（大意如此）还有一些他棹属于

感受　　而书信的体裁，则更不规范。

个人生活、情怀的诉述。而很少时代气息，采少社会价值。为此有人主张我整理他的书信并出版，我不敢决定。

很希望您能提出具体要求，以便初步整理，再由您们筛选采用。

北京　朝内大街166号
人民文学出版社
《新文学史料》编辑部
黄沙　　同志

出版后记

1.本书分上下两篇，全部由朱生豪宋清如的后人朱尚刚先生整理。上篇收入朱生豪留存至今的主要诗文作品及其手迹，特别是相对完整地收入了朱生豪民国时期尘封的散文随笔、翻译小说、评论等。下篇全面收入宋清如从民国时期到建国后发表的和未发表过的诗歌、散文、纪念文章、通信、手迹等。

此外，还收入了上百幅珍贵的历史老照片，全面展现了朱生豪和宋清如平凡而悲壮的爱情和生平历程，并从一个侧面反映了他们所处的那个时代的历史风云。它和《朱生豪情书全集》（手稿珍藏本）是目前收入的两人除莎剧译著外最全面、最完整、最珍贵的作品与资料汇编。

2.朱生豪、宋清如的很多文章、手稿、文字等，由于历史的原因，一些用字造句的方法、标点符号的使用方法等，与现在的习惯用法等有或多或少的差别，比如，身分、像和象、什么和甚么等，还有个别是作者独特的语言表述习惯、方言、口头禅等，在编辑过程中，我们尽量遵照作者的原作，对这些问题全部保留原汁原味。

3.朱生豪和宋清如写作的东西很多，但后来由于种种原因，散失的也不少。我们一直在致力于收集两人写作的文字、手稿、手迹等，把它们尽可能全面、完整地保存下来。如果您手中有本书未收入的朱生豪和宋清如其他的文章文字，烦请跟我们联系，不胜感谢！

中国青年出版社

新青年读物工作室

短暂的婚姻生活仅两年就以他的离去而结束。
1997年宋清如去世，
他们在天国重聚，
从此再也没有什么能把他们分开了！